CUISSES AVEC DOS

du même auteur

LE DOMAINE CASSAUBON, roman, Montréal, L'Actuelle, 1971.

L'ALLOCUTAIRE, roman, Montréal, L'Actuelle, 1973.

C'T'À CAUSE QU'I VONT SU'A LUNE, roman, Montréal, L'Actuelle, 1974.

Gilbert Langlois

Cuisses avec dos

roman

vlb éditeur

VLB ÉDITEUR
Une division du groupe Ville-Marie Littérature
1000, rue Amherst, bureau 102
Montréal, Québec
H2L 3K5
Tél.: (514) 523-1182
Télécopieur: (514) 282-7530

Maquette de la couverture: Éric L'Archevêque

Illustration de la couverture: Annouchka Galouchko

Distributeur exclusif pour le Québec et le Canada:
LES MESSAGERIES ADP
955, rue Amherst
Montréal, Québec
H2L 3K4
Tél.: (514) 523-1182
Interurbain sans frais: 1 800 361-4806

Dépôt légal — 1er trimestre 1993
Bibliothèque nationale du Québec
ISBN: 2-89005-521-3

À Élyse et Flavie…
deux fleurs impérissables
quelles que soient les saisons.

L'exil, ce n'est pas tellement de se trouver dans un pays étranger dont les mœurs et le climat demeurent un mystère, mais bien plutôt de se sentir égaré dans un siècle que l'on commence à ne plus tout à fait comprendre.

FLORA GROULT
Un seul ennui,
les jours raccourcissent

Le voyage s'étirait au-delà de toute mesure et Bétina prenait son mal en patience. Dès le moment où le *Fokker 100* avait allègrement quitté la piste de l'aéroport de Dorval, elle s'était calé une paire d'écouteurs contre les oreilles et n'avait plus bougé avant l'escale de Québec. Un agent de bord la toucha alors au coude et s'excusa de devoir vérifier son billet; Bétina s'exécuta sans enthousiasme et, la formalité remplie, elle replongea dans le concert de John Lee Hooker capté lors d'une prestation du *bluesman* dans un bar de second ordre de la banlieue de Memphis fin 1968.

Une main lui effleura l'épaule et Bétina en fut quitte pour rouvrir les yeux: d'un air engageant, un homme entre deux âges manifesta l'intention d'occuper le siège jouxtant le sien. Elle y alla d'une moue furtive et le voyageur y prit place avec la discrétion d'un oiseau. Il empestait l'eau de Cologne.

Les vrombissements du moteur et les soubresauts de l'appareil l'amenèrent ensuite à coller le nez au hublot à sa droite. Elle vit la piste s'éloigner et son œil engloba graduellement l'ensemble du complexe aéroportuaire, la ville de Québec, ses banlieues et le mince filet bleuté du fleuve Saint-Laurent. Bétina s'adossa, haussa légèrement le volume de son *walkman* et se laissa inonder par la torpeur. Elle mâchait de la gomme avec frénésie.

Deux pièces de musique plus tard, son voisin, jusquelà d'une retenue à toute épreuve, commença à s'agiter. Il enleva son veston sans ménagement, le plaça sur ses genoux repliés, délia le nœud de sa cravate, releva les manches de sa chemise et actionna le mécanisme d'inclinaison

de son siège comme s'il s'installait pour un voyage trans-
atlantique. Bétina ne fit nul cas du coup de coude qu'elle
reçut dans les côtes; elle soupira tout au plus sans ouvrir
les yeux et croisa une jambe par-dessus l'autre.

Elle se serait laissé envahir par le sommeil si elle
n'avait peu après senti le contact glacé d'un verre contre
la peau diaphane de son poignet. Elle sursauta en enlevant ses écouteurs et se redressa sur son siège, les yeux
grands ouverts, étonnée. Son voisin lui tendait un verre
avec un sourire insistant.

— Scotch, dit-il.

Bétina accepta sans enthousiasme.

— Santé! dit l'homme en portant un toast.

— Santé, fit Bétina.

Le voyageur affichait les apparences d'un professionnel et la prestance d'un homme du monde. Il portait
avantageusement la jeune cinquantaine et Bétina ne pouvait imaginer quelque circonstance où il ne tirerait pas
son épingle du jeu. Bien mis de sa personne, le col de
chemise amidonné et la cravate de soie écarlate, il affichait le profil du frais diplômé d'un cours de relations hu-
maines; il avait cependant le tutoiement facile.

— Sept-Îles? s'informa l'homme en dévisageant sa
compagne.

— Pire, fit Bétina, Pointe-Manitou.

— Pointe-Manitou, répéta-t-il, l'air admiratif en finissant de vider son verre à la deuxième gorgée.

Il y alla alors d'une longue tirade, sûr de lui et
convaincant:

— Le village de Pointe-Manitou traîne une réputation
assez peu enviable, et de tous les villages de la côte, il s'agit
du moins attirant à mon avis. Du bon monde malgré son
isolement, et les autochtones sont là pour y mourir. Les
jeunes, peut-être, se laissent tenter par les attraits de la
ville, mais les aînés ne veulent rien entendre. Personnelle-
ment, Pointe-Manitou me fascine à condition d'en sortir.

Après une pause qu'il occupa d'un geste à attirer l'attention de l'hôtesse, il risqua:

— Je m'y rends assez souvent pour savoir que tu y es étrangère; fonctionnaire sans doute puisque tous les visiteurs à Pointe-Manitou le sont pour l'un ou l'autre des gouvernements.

— Foncièrement fonctionnaire, confirma Bétina, du fond du cœur et dans les tripes. Infirmière pour m'occuper du dispensaire du village.

— … le dispensaire?

— Le dispensaire, confirma Bétina

L'homme tiqua et la dévisagea sans retenue comme si sa voisine débarquait tout droit de la planète Mars; les infirmières devaient l'impressionner. Il éventra le nœud de sa cravate et l'examina des pieds à la tête avec une envie indécente. L'hôtesse présenta deux autres verres; le voyageur s'en empara et en tendit un à sa voisine. Bétina refusa: «Le mien est encore plein, c'est assez.» L'homme insista; Bétina s'obstina. «Quand même», dit-elle en se cabrant.

Pour toute réaction, il le vida d'un trait et conserva l'autre dans sa main.

— Tu ne m'as pas donné ton nom, s'enflamma l'homme en réprimant une grimace.

— Je donne mon nom à personne, répliqua-t-elle, à peine si je le prête. À tout hasard, Bétina. Bétina Pateras.

— Pa…?

— Pa-te-ras, insista Bétina, un p, un t, un s.

L'homme négligea de décliner sa propre identité et demeura silencieux un moment, songeur, comme s'il cherchait le moyen de se rendre intéressant.

— Tu te rends à Pointe-Manitou aujourd'hui?

— Ç'a a tout l'air; je change d'avion à Sept-Îles et hop!

Le voyageur cuvait déjà un fond d'alcool en montant dans l'avion et les scotches qu'il ingurgitait à la queue leu leu l'incitaient à une familiarité agaçante. Il proposa:

— Je descends moi-même à Sept-Îles. Je m'occupe de tout: tu y descends aussi, nous passons une agréable soirée tous les deux et je te garantis une place sur l'avion pour Pointe-Manitou demain. Marché conclu? proposa-t-il en tendant la main.

Bétina crut à une farce et évita de répondre tout de suite. L'homme prit son silence pour une acceptation et se mit déjà à rêver. Elle le ramena à la réalité après avoir trempé ses lèvres dans son verre.

— Chaud lapin en plus, faut pas te gêner.

— Tu ne sais pas ce que tu manques, ajouta son compagnon. Les nuits torrides de Sept-Îles, faut goûter à ça.

— Ça m'en fait de la peine, conclut Bétina.

Il devenait incommodant et Bétina évita d'attiser le feu. Elle lui sourit tout de même, remit ses écouteurs et se détendit. John Lee Hooker prit le dessus.

Elle se rendit cependant bientôt compte de l'intention de son voisin de faire plus ample connaissance. Il entreprit sa conquête en collant son genou contre le sien; Bétina laissa border. Encouragé, il lui imprima un mouvement de va-et-vient régulier et connut autant de succès, ce qui l'encouragea à insister davantage. Bétina laissa encore border. Elle sentit alors la main de l'inconnu effleurer sa cuisse, et après avoir toléré l'exercice durant un moment, elle frappa le grand coup: contre toute attente, elle arracha ses écouteurs, se leva debout et s'empara de la veste de son voisin. «Vieux christ!» clama-t-elle assez fort pour être entendue de tous les passagers de l'avion.

Une hôtesse et les passagers des sièges adjacents furent à même de détailler le tableau: la mine déconfite, les yeux hagards, l'homme resta figé dans une pause pathétique, tenant encore son sexe gonflé dans sa main. «Hostie d'épais!» gueula Bétina en se ménageant une sortie jusque dans l'allée.

Un agent de bord se précipita à sa rescousse et, la saisissant par les épaules, il l'entraîna vers l'arrière de l'appareil. Elle se laissa mener jusqu'au niveau de la dernière rangée de banquettes et retrouva son fils, Vincent, occupé depuis le départ à tenter inutilement d'introduire l'un de ses souliers dans l'autre. Inconscient de l'incident, il ne fit aucun cas de l'arrivée de sa mère.

Bétina se retrouva avec une coupe de cognac dans la main. Elle la but à petites lampées et fut à même de constater le changement d'atmosphère dans l'avion. Certains passagers discutaient à voix basse en haussant les épaules, d'autres restaient indifférents, nullement intéressés par l'affaire, et un jeune couple, à proximité, riait à gorge déployée. Un hercule, tiré de son sommeil et informé de l'incident, s'amena et menaça, le poing en l'air, de ménager un mauvais parti au fautif. Le commandant de bord, frais sorti de son cockpit, le persuada de regagner sa place et s'attarda ensuite auprès de la victime. Il s'accroupit près d'elle:

— Toutes mes excuses, Mademoiselle, mais il s'agit d'un incident tout à fait imprévisible.

— Vous m'en direz tant, ironisa Bétina.

L'homme, tourmenté mais digne, enchaîna:

— Aussitôt de retour à Montréal, je prendrai les dispositions nécessaires pour que ma compagnie vous dédommage d'une façon ou d'une autre.

— Un million, exigea Bétina.

— En attendant, conclut-il, je dois réintégrer mon poste, mais soyez assurée de ma compassion; encore une fois, toutes mes excuses.

— Et bla-bla-bla, apprécia Bétina avec un geste de la tête.

Comme prix de consolation, elle fut traitée avec soin le reste du voyage. On lui proposa cognac sur cognac, un repas chaud, des magazines et Vincent se vit offrir toutes sortes de friandises affriolantes. Au gré de son service, l'agent de bord ajouta un détail croustillant: l'individu pris en défaut était le délégué aux relations publiques de la compagnie d'aviation. Et plus encore, il s'en allait justement vanter les mérites de son employeur devant le gratin de la Chambre de commerce de Sept-Îles. D'ajouter le steward:

— Sobre, un employé tout à fait respectable, mais complètement sauté après trois verres.

— Un vrai homme, quoi.

Bouleversée malgré tout, elle caressa la tête de son fils, les yeux dans le vague. Elle fit mine ensuite de lui retirer sa paire de souliers dont la forme semblait le délecter: l'enfant manifesta sa réprobation par un grognement sourd et un sursaut de mauvaise humeur. Elle tenta de le distraire en tentant plutôt de lui introduire une menthe dans la bouche: Vincent serra les dents au point où ses joues s'empourprèrent, et anticipant une scène, elle tâta de la main la poche arrière de son jean, mais l'enfant s'apaisa et elle n'eut pas à aller plus loin. En raison de son état, Vincent jouissait d'un caractère de chien et à la moindre contrariété, il pouvait tout aussi bien frapper tout ce qui se trouvait à sa portée, sa mère comprise, se rouler par terre ou déchirer ses propres vêtements et ceux des autres. Il devenait alors insaisissable comme une anguille, et en prévision de ces occasions disgracieuses, Bétina portait toujours sur elle une paire de menottes dont elle lui entravait les mains quand tout effort de médiation avait échoué; ainsi neutralisé, Vincent pouvait prendre le temps requis pour revenir à de meilleurs sentiments et éviter à sa mère tout risque de blessure.

La fin du voyage tardait. Bétina se détendit en parcourant les grands titres d'un magazine consacré à la mode. Ses mains tremblaient. Le commandant de bord rappliqua et réitéra ses excuses. En prime, il l'invita à venir visiter le cockpit de l'avion:

— Pour vous changer les idées, précisa-t-il.

Il essuya un refus poli mais ferme.

— Pas la peine, je connais déjà, fit Bétina, un ami est pilote comme vous.

Un peu décontenancé, le commandant s'enquit de ses coordonnées. «Pour les transmettre à ma compagnie», se justifia-t-il. Bétina les lui fournit de bonne grâce et il les nota sur une feuille d'un bloc-notes à couverture rigide avant de réintégrer l'avant de l'appareil.

— Un million, insista-t-elle.

La voix monocorde de l'hôtesse retentit bientôt dans le haut-parleur: on entreprenait les manœuvres de descente et elle pria les passagers de boucler leur ceinture et de redresser leur siège. Tous s'exécutèrent et Bétina soupira d'aise. Ils arrivaient à Baie-Comeau.

L'escale dura à peine quinze minutes, le temps de libérer une dizaine de voyageurs et d'en accueillir autant pour la dernière tranche du voyage. Bétina décela un visage vaguement connu parmi les nouveaux arrivants, auquel elle adressa un sourire contenu sans parvenir à y accoler un nom précis. Plus ou moins intéressée à pousser plus loin son investigation, elle replongea le nez dans son magazine. L'avion reprit l'air en direction de Sept-Îles.

Cette étape était relativement de courte durée. Encore sous le coup de l'émotion, Bétina ne put rien faire d'autre qu'attendre, les yeux au plafond, la respiration saccadée, les mains moites. Elle se sentit peu sûre d'elle-même, encline à la rage et mal à l'aise. Elle se redressa, chassa une bouffée de chaleur et s'empara d'une brosse pour occuper ses mains. Sa chevelure subit tout un traitement; Bétina brossa avec énergie, le geste ferme et termina l'opération en se coiffant en cadogan.

— On se connaît...?

— Ça recommence, sursauta Bétina.

Le jeune homme prit ses aises sur la banquette de l'autre rangée.

— Je t'ai jeté un œil tout à l'heure et j'ai tout de suite pensé que ton visage ne m'était pas inconnu.

— Ton visage tout à fait commun, ton visage de fille.

— Je l'ai, triompha-t-il. Bétina!

— Pan! dans le mille! Un nounours en peluche pour le monsieur.

— Je reconnais ton timbre de voix et je suis certain que ton nom est Bétina.

Elle fut contrainte d'approuver.

Bétina jouissait effectivement d'un timbre de voix en porte-à-faux, cheminant entre le baryton et le ténor selon la période de la journée. «On dirait la voix de Pierre Nadeau», lui avait avoué le père de Vincent à leur première rencontre. Ce qui n'avait pas empêché Bétina de l'aimer comme une dingue à une certaine époque. Et au téléphone, on lui donnait généreusement du *Monsieur* à chaque conversation avec un nouvel interlocuteur. «Madame! n'en finissait plus de préciser Bétina, et rappelez-vous-en la prochaine fois.»

Avec le prénom revinrent les souvenirs à l'esprit du jeune homme. Il se remémora un épisode heureux. «Tu m'avais invité chez toi, un soir, après une rencontre dans un bar, un bar de la rue Stanley à Montréal. Un garçon complètement *stone* occupait ton lit et on avait passé la nuit sur le divan.» Il se rapprocha pour parler directement à l'oreille et ajouta:

— Je t'en avais voulu parce que tu étais menstruée ce soir-là.

— Chanceux.

Sans malice, il continua sur sa lancée:

— Je ne t'y ai plus jamais revue, sauf une fois, mais tu étais déjà accompagnée.

Bétina écoutait, flattée malgré elle. «Tu m'avais pourtant prévenu, au petit matin, d'oublier tout ça, mais on sait ce que c'est», conclut-il, l'air rêveur.

Elle se souvenait aussi et se permit de renchérir:

— T'avais dégueulé sur mon état durant une heure; pas très drôle.

La conversation tomba à plat, à la satisfaction de l'un et de l'autre; il s'agissait d'événements trop lointains pour susciter un intérêt soutenu, des images embrouillées tout au plus, élaguées par les années. À une certaine époque folichonne, Bétina multipliait les rencontres galantes, baisant tout ce qui bougeait au rythme de ses humeurs, et elle avait bien de la difficulté maintenant à se les remémorer toutes en détail; c'était avant Eunice et Jean-Sem. Elle se remit à mâcher sa gomme.

Cette partie du voyage s'achevait, au grand soulagement des voyageurs. Immédiatement avant l'atterrissage, l'avion traversa une masse nuageuse compacte et vibra jusque dans les moindres boulons de sa structure. L'appareil s'effondra ensuite lourdement sur le sol comme si le pilote avait hâte d'en finir et l'hôtesse dut rappeler les passagers à l'ordre: certains étaient déjà debout, même si l'avion roulait encore sur la piste. Bétina laissa descendre tout le monde et attendit sa chance: quand son premier compagnon de voyage se présenta à sa hauteur, elle se leva pour augmenter sa portée et le gifla de toute sa force. «Tiens mon sacrament! Quand tu te masturberas, tu penseras à moi, hostie d'épais!»

L'homme chavira, s'accrocha au dossier d'une banquette et la solide empoigne du steward l'empêcha de s'affaler.

Personne ne dit mot, et, saisissant Vincent par le bras, Bétina dévala l'escalier automoteur pour se retrouver au grand air.

L'escale était de deux heures; Bétina s'en serait bien passé. L'aérogare de Sept-Îles comportait par contre des commodités attrayantes, surprenantes même pour une ville si éloignée des grands centres. D'une facture moderne, vaste et éclairée, on pouvait y tuer son attente dans un restaurant, un casse-croûte plus modeste, un bar de bonne tenue ou une salle aux sièges confortables, agrémentée de plantes suspendues aux feuilles artificielles. Bétina s'y installa et, pressentant le désir de son fils, elle le déchaussa vite pour lui remettre ses souliers dans les mains. Vincent se remit à son ouvrage.

Bétina embrassa la place du regard et ne nota rien de particulier, si ce n'est des voyageurs anonymes, la plupart entre deux vols, comme elle, et d'autres plus nerveux, scrutant le tableau électronique des arrivées et des départs. Elle allait se détendre enfin et Vincent choisit ce moment pour faire des siennes: dans un mouvement tout à fait imprévu, il lança à bout de bras un de ses souliers en grondant comme une bête sauvage. La chaussure manqua de peu un préposé à l'entretien occupé à vider les cendriers et alla choir près du comptoir du casse-croûte. Bétina immobilisa son fils par les épaules, le souffleta sur la joue et lui massa ensuite la nuque sous les regards médusés des spectateurs des premières rangées. Une fillette, témoin de l'esclandre, se pointa tout sourire avec le soulier, l'enfant s'en empara avec une poigne de fer et Bétina reprit ses aises, réjouie de ne pas avoir une fois encore à utiliser les menottes.

Elle ne resta pas longtemps au chômage; peu après, le pilote de l'avion vint prendre place près d'elle, plus détendu et un verre de café fumant à la main. Il se présenta, cette fois, le sourire alerte:

— Capitaine Roch Dufresne pour vous servir, déclina-t-il en offrant une franche poignée de main.

Bétina respira et replaça ses fesses sur son siège.

— J'ai vu, ironisa-t-elle.

Le pilote, nullement décontenancé, accepta le reproche de bon cœur.

— Je m'excuse encore, insista-t-il, et croyez bien que votre «séducteur» n'est pas au bout de ses peines. On vous a mis au courant de ses fonctions, il me semble, et pour l'heure, ses activités sont suspendues au sein de la compagnie jusqu'à nouvel ordre. Il est présentement isolé dans une pièce du second étage et, je viens de le constater, il n'en mène pas large. Je le ramène sur le voyage de retour à Montréal où il aura des comptes à rendre, et à mon avis, il vient d'infliger un sérieux accroc à son plan de carrière.

— Il avait une carrière?

— Je viens de communiquer avec mes patrons, ajouta le pilote, et on vous contactera d'ici quelques jours. Ne vous en faites pas, vous avez toute notre sympathie, dit-il en conclusion.

— Un million non négociable, confirma Bétina.

L'atmosphère se détendit. Un employé de l'aéroport se présenta, afin de faire signer au capitaine Dufresne divers documents relatifs à l'approvisionnement en kérosène et à la vérification de certains mécanismes de son avion. Il lut d'un œil appliqué chacun des formulaires, posa des questions d'ordre technique, émit certaines recommandations dans un même langage et apposa enfin sa signature. Il revint alors à Bétina.

— Vous attendez sans doute quelqu'un qui vient vous chercher?

Bétina en fut quitte pour reprendre son histoire, mais, cette fois, elle s'exécuta avec une bonne grâce évidente en ajoutant certains détails inédits.

— Je vais prendre en charge le dispensaire de Pointe-Manitou. Il n'y a pas de médecin résident; alors, il faut une infirmière pour soigner les petits bobos, précisa-t-elle. Les vrais malades sont évacués par avion-ambulance vers Québec ou Montréal, selon les soins requis.

Le capitaine Dufresne abordait un terrain connu et il remarqua:

— À mes débuts, j'ai été pilote sur cet avion du gouvernement. Deux mois et demi et j'en ai eu assez; c'est presque de l'apostolat.

Bétina se renfroya comme s'il irritait chez elle une corde sensible.

— Pourquoi avez-vous quitté? s'informa-t-elle, l'œil aux aguets.

— Pour un jeune amant des airs, ce sont les périodes d'attente pénibles, avoua le pilote. Quatre ou cinq jours sans voler, à espérer l'appel d'urgence, c'est difficile à supporter.

— J'aime mieux ça, soupira Bétina.

Devinant son malaise, il précisa:

— C'est cependant une excellente école puisque les conditions de vol ne sont pas toujours idéales. Mais après un certain temps, on passe à autre chose, songea-t-il tout haut.

— Dans les ligues majeures, risqua Bétina.

Elle obtint un sourire entendu en guise de réponse.

Un silence plus tard, le pilote consulta le cadran de sa montre-bracelet et prit congé:

— Je repars bientôt, s'excusa-t-il, et je dois me rendre à la tour de contrôle; à bientôt, j'espère, ajouta-t-il en se levant, et la meilleure des chances.

Bétina salua de la tête.

Un commis lui apporta alors ses imposants bagages sur un chariot grinçant.

— Tout y est, annonça le jeune homme l'air triomphant, mais je doute que tu puisses apporter tout ça avec toi à Pointe-Manitou.

Bétina n'y comprit rien et demanda une explication du regard. «T'as pas vu l'avion», trancha-t-il en pivotant sur ses talons.

Elle le suivit des yeux un moment, sans s'inquiéter outre mesure. Elle considéra alors le chariot devant elle et le doute germa dans son esprit: il y avait là de quoi remplir la boîte d'un camion léger. Elle attendit les événements sans se torturer davantage.

Elle en était encore à chercher le moyen d'occuper ses dix doigts quand elle entendit répéter son nom dans un des haut-parleurs encastrés dans les tuiles du plafond; «Bétina, ragea-t-elle, pas Bettina, Bétina, c'est clair!» Elle se présenta là où on requérait sa présence.

Le commis au comptoir d'Air Transit fut clair, net et précis. Elle était, avec son fils, la seule passagère en direction de Pointe-Manitou et la proposition était la suivante: décoller dans les dix minutes, éliminer l'attente, épargner un temps précieux et fournir au pilote l'occasion d'honorer une autre commande dans son avion-taxi.

— Avion-taxi? interrogea Bétina.

Sur ce, le préposé lui donna ces quelques explications: le service aérien régulier s'interrompait à Sept-Îles et depuis là, en raison du faible achalandage, le gouvernement octroyait par contrat la desserte de la basse Côte-Nord à des compagnies privées qui s'adonnaient également à la location d'avions selon la demande. Pour sa part, la compagnie Air Transit offrait un voyage aller retour sur tous les villages de la côte, Pointe-Manitou compris, mais en dehors de son circuit désigné et pour rentabiliser l'affaire, le même avion pouvait être appelé à effectuer des voyages ailleurs, ce qui était précisément le cas aujourd'hui.

— Qu'est-ce que t'en penses? demanda le pilote, qui venait de les rejoindre.

— Tope là!

L'affaire fut conclue en moins de deux.

— Heureusement qu'il y a pas d'autres passagers; autrement, il aurait fallu attacher une remorque à l'avion, remarqua-t-il en suant sur les bagages de sa passagère.

Il était à l'évidence rompu aux hautes manœuvres; il parqua les boîtes, les sacs et les valises dans la soute, le compartiment à outils et les sièges vides, de quoi, un jour de malchance, provoquer une sévère réprimande d'un inspecteur de Transports Canada.

Vincent fut désigné copilote d'office et sa mère, amusée, occupa le seul siège encore à peu près libre auquel elle accéda après des contorsions dignes d'une acrobate. Elle se retrouva coincée en sandwich entre une caisse de livres et le guidon de sa bicyclette. Le *Twin Comanche* effectua un tour de piste, et en poussant à fond les gaz de son appareil, le pilote lança:

— Ataboy! Si jamais on *crash,* on saura à qui la faute.

— *Yes Sir*! cria Bétina.

Occupé à ses boutons, ses cadrans et ses manettes, il resta silencieux pour le reste du voyage. Vincent, affalé, dormait la bouche ouverte, la bave au menton; sa mère en remercia le Seigneur.

La visibilité atteignait dix sur dix et Bétina s'amusa à observer les manœuvres circulaires d'un chalutier et les balivernes d'une baleine; l'appareil volait au ras des eaux. Elle crut que le fleuve allait la frapper en plein visage quand le pilote négocia un virage à quarante-cinq degrés pour orienter le nez de son avion sur la piste d'atterrissage de Pointe-Manitou. Surprise du peu de temps nécessaire pour franchir les quelque cent trente kilomètres depuis Sept-Îles, elle découvrit le point minuscule du village, timide oasis isolée entre la mer et la forêt, non sans une certaine appréhension. Et au moment où l'appareil posa ses roues sur le plancher des vaches, elle ressentit l'impression de franchir une étape importante de sa vie.

L'aérogare de Pointe-Manitou était dépourvu de tout confort; il s'agissait en fait d'un simple bungalow anonyme à l'intérieur duquel on avait abattu les murs. L'unique préposé aux billets, aux bagages et à l'entretien s'estimait tout de même heureux de son sort et il démontrait un entregent sans faille, quelles que soient les circonstances. Il accueillit la voyageuse avec chaleur après s'être donné la peine d'aller la rencontrer à sa descente de l'avion.

— T'es certainement la nouvelle infirmière, lança-t-il l'air ravi et sûr de son énoncé.

— En plein ça, es-tu content? demanda Bétina en posant le pied à terre.

— Bon, enfin une belle fille, adressa-t-il au pilote occupé à convaincre Vincent de descendre de l'appareil; je le savais qu'un jour, ça arriverait.

Bétina n'était pas précisément ce qu'on pouvait appeler une «belle fille» mais du haut de ses cinq pieds huit pouces hérités de son père, avec sa chevelure ambre sombre se répandant au ras des épaules et une constitution allègre, elle dressait le nez sur bien des canons de la beauté féminine. Son visage, d'un moule plutôt conventionnel, se distinguait par une bouche lippue et des yeux pers légèrement vairons sous des sourcils en accent circonflexe qu'elle n'épilait jamais. Les épaules, autant que les hanches, étaient accentuées, les cuisses, déliées malgré tout, et par un curieux caprice de la nature, les seins, quasi inexistants. Tout bien considéré, le préposé n'avait pas tout à fait tort.

Préoccupée par l'attitude rébarbative de son fils, Bétina n'entendit rien du compliment; sourd aux suppliques du pilote, Vincent refusait obstinément de quitter son siège. Prévoyant le pire, Bétina prit appui sur le marchepied et accéda à l'aile de l'avion pour atteindre la porte. Le pilote haussa les épaules et Bétina lui montra de quel bois elle se chauffait: elle accrocha son fils par le tissu de sa chemise, l'extirpa littéralement de l'avion et le tira ferme jusqu'à ce qu'il ait les deux pieds à terre. Surprise de la manœuvre, l'enfant réagit en gratifiant sa mère d'un solide coup de pied dans les jambes. Bétina prit le dessus en lui étreignant le cou d'une main glaciale: Vincent hoqueta et se mit à trembler de tous ses membres.

— Pas commode, ton garçon.

— Il est comme ça quand il se réveille, expliqua Bétina.

Après un bref coup d'œil, le préposé mesura le volume des bagages avec une mine incrédule:

— J'ai jamais vu ça de ma vie autant de bagages dans un avion, mais au moins tu viens pour rester.

Bétina aurait voulu démontrer autant d'assurance.

On passa donc aux actes et Darquis, le préposé, prit la direction des opérations. Il retourna à l'aérogare, effectua des appels téléphoniques et revint annoncer la bonne nouvelle: «Dans cinq minutes, on déménage.»

Il avait tout à fait raison: une jeep de modèle récent et deux voitures se présentèrent peu après et, sur ses directives, les trois véhicules stationnèrent près de l'avion. Darquis passa aux présentations: «Hé les gars, c'est la nouvelle infirmière! lança-t-il à la volée, ça va nous changer de mère Duramet.»

Bétina se sentit reluquée tel un quartier de bœuf sur l'étal d'un boucher.

Pour bien lui signifier que ses services n'étaient pas requis dans l'opération du transbordement, l'un des conducteurs cueillit une bouteille de bière sous le siège de sa jeep et la lui pressa dans la main, réfractaire à toute discussion; Bétina aurait été mal venue de riposter. Elle porta son attention sur Vincent, absent.

Le pilote eut beau multiplier les mises en garde contre la fragilité de certains éléments de son appareil, les manœuvres n'y allèrent pas de main morte, et dans le cours des opérations, on piétina les ailes sans ménagement en plus de massacrer la peinture de la porte et d'arracher le rideau de l'un des hublots.

— Sacrament les gars, faites attention! implora-t-il.

Ce à quoi il s'entendit répondre de respirer par le nez sous peine de voir son oiseau retourné les quatre fers en l'air. «Faites pas les fous, s'excusa-t-il, c'est pas à moi cette bibite-là!»

Bétina s'ennuyait de sa mère, et du bout de l'ongle, elle décollait l'étiquette sur sa bouteille.

L'opération fut complétée en deux temps trois mouvements et le chargement effectué, Darquis proposa de célébrer l'affaire. Sa suggestion fut accueillie avec enthousiasme et une tournée fut offerte à la volée. Bétina avait à peine entamé sa bière et elle refusa tout excès. Le pilote aussi, trop heureux de repartir d'où il était venu.

Darquis, enclin à lier connaissance, y alla de questions plus directes:

— Viens-tu de Montréal? adressa-t-il à Bétina en la fixant droit sur les seins

— Ça a l'air à ça, fit Bétina.

— T'es garde-malade?

— Infirmière, précisa Bétina, in-fir-mi-ère.

— J'ai une douleur là, reprit Darquis en posant la main sur son bas-ventre.

La farce fut accompagnée par de généreux éclats de rire et l'un des manœuvres, blondinet et d'un âge mitoyen, risqua:

— Tu vas habiter seule au dispensaire?

— Avec mon fils, précisa Bétina, pas seule.

— C'est pareil, fit l'autre, offusqué d'être contredit.

Après y avoir effectué une brève inspection, le pilote fit démarrer les moteurs de son avion, tourna sur une pièce de dix sous et décolla sans demander son reste. Vincent se roula à terre en se bouchant les oreilles.

Bétina s'embêtait. Elle observa deux parulines obscures se disputer un ver de terre sous un bosquet à proximité de la piste, puis nota plus loin la présence d'un couple de chiens bâtards occupés à copuler en cadence et s'intéressa vaguement aux mouvements d'un jeune homme à la carrure athlétique en train de poursuivre son épreuve de jogging sur la route de l'aéroport. Ne trouvant plus d'intérêt à rester plantée sur la piste à attendre la fin du monde, elle proposa:

— O.K. les gars, fini les vacances, on s'en va!

— Pas de panique, fit le conducteur de la jeep, on s'en allait; monte avec moi.

Bétina n'était pas pour protester et elle l'accompagna dans son rutilant *Bronco* de l'année, aussi noir du dedans que du dehors. C'était trop facile et Vincent opta pour la *Toyota* rouge de l'un des aides pour effectuer le voyage.

— Je m'en occupe, fit son propriétaire, on va tous à la même place d'abord.

Le convoi se mit en branle et l'aéroport se situant à sept ou huit kilomètres du village, on lia connaissance.

— Tu ressembles à Michael Jackson, remarqua Bétina à l'adresse de son chauffeur.

— C'est un nègre, s'offusqua l'autre en appliquant un solide coup de frein; et chanteur pour chanteur, avec ta voix, toi, tu pourrais passer pour Nat King Cole.

Bétina pouffa de rire en défendant son point de vue.

— Ma voix est ce qu'elle est; quant à Michael Jackson, il est plutôt chocolat au lait maintenant.

Elle n'obtint pas davantage de succès et son compagnon négligea de renchérir.

D'une certaine façon, elle n'avait pas tout à fait tort. Affichant un teint naturellement sombre, son chauffeur avait les yeux perçants, les pommettes saillantes et la chevelure frisée; il promenait même une couette baladeuse sur le côté droit de son front. Même le nez était épaté comme celui d'un boxeur.

— Plus je te regarde et plus je trouve que j'ai raison, insista Bétina. Chantes-tu?

— La pomme, concéda le conducteur, la pomme.

Bétina se tut.

À la route sinueuse en pleine forêt depuis l'aéroport se substitua la rue principale du village. Le chauffeur célébra l'accès à la civilisation en balançant sa bouteille vide à l'extérieur. Il klaxonna pour revendiquer le passage à un handicapé de forte corpulence, à l'évidence atteint de paralysie cérébrale.

— Le maire, observa-t-il à l'intention de sa passagère.

— Ton frère? demanda Bétina l'œil malfaisant.

Il n'osa pas répliquer.

Un peu plus loin, la jeep s'arrêta net dans le terrain de stationnement du dépanneur. Le conducteur s'absenta moins d'une minute et réapparut, un paquet de cigarettes à la main.

— Salut, Aubin, lança un adolescent à bicyclette, ta nouvelle blonde?

— Aubin? risqua Bétina.

— Michael, répondit Aubin en démarrant.

À vue de nez, le village de Pointe-Manitou avait bonne mine; des maisons proprettes aux façades résolument orientées vers le large, des édifices plus imposants tels l'église et l'Hôtel de l'Île aux teintes de pastel, des rues principale et secondaires onduleuses mais sécurisantes. Près du quai, les divers bâtiments de l'usine de pêche abandonnée dont tous les carreaux avaient été brisés par les vandales.

Aubin immobilisa subitement son quatre par quatre à la hauteur d'une jeune fille souriante.

— T'as fait une folle de toi à l'hôtel hier soir; à l'avenir, ôte-toi de dans mes jambes.

— Aubin...

— Quand je suis avec mes *chums,* efface-toi.

— Aubin...

— Et si ton frère veut me casser la gueule, qu'il s'essaye.

«Fait pas chaud», songea Bétina. «Maudite collante», marmonna Aubin pour s'assurer d'être bien entendu de sa passagère.

Avec toutes ces balivernes, ils furent les derniers à se présenter au dispensaire. Les deux autres conducteurs, affalés sur les marches du perron, laissaient le soleil de la fin mai réchauffer leurs membres.

— Vincent? s'informa Bétina en posant le pied à terre.

Vincent demeurait dans la voiture, fixant un point imaginaire sur le tableau de bord.

Voisin de l'école et construit légèrement en retrait de la route, le dispensaire imposait avec son recouvrement de briques rouges. Ancienne maison du gérant de l'usine de pêche, son extérieur demeurait intact malgré son changement de vocation. Un solarium couvrait la moitié de sa face avant, et au deuxième, une lucarne imposante dominait la mer dont le pignon portait un mât de bois blanc; le fleurdelisé était recroquevillé sur lui-même.

Bétina s'apprêtait à effectuer une incursion dans la cour, quand son projet fut perturbé par la venue d'une femme qui déboucha de la route pour s'engager dans la cour, un sourire contenu sur le visage.

— Félicité Desmarais.

— Bétina Pateras.

Tout en dégageant un air de dignité sans faille, Félicité Desmarais paraissait tout de même sympathique. Le visage oblong, la peau laiteuse, ses lunettes à monture d'écaille lui imprégnaient un air sévère vite trahi par des yeux verts dont émanait une bonté naturelle; Bétina avait tout de même perçu la rigueur du geste en échangeant une poignée de main. À cinquante-cinq ans, Félicité Desmarais avait décidé de prendre sa retraite comme responsable du dispensaire et de consacrer le reste de son existence à servir son Créateur au sein de sa communauté religieuse.

— C'est à moi de vous remettre les clés de la maison, dit Félicité Desmarais, mais laissez-moi le plaisir de vous emmener visiter votre domaine.

— Je pensais qu'on allait transformer ça en bordel, taquina Aubin, le sourire fendu jusqu'aux oreilles.

— Tu n'y mettrais certainement jamais les pieds, Aubin, supposa la religieuse nullement décontenancée par la suggestion.

Félicité Desmarais en avait vu d'autres.

Une odeur de cire à plancher imprégnait l'air; la religieuse s'en excusa:

— Sauf quand j'avais des patients à demeure, expliqua-t-elle, ce qui arrivait rarement, je préférais vivre au couvent, d'où cette senteur de renfermé; j'étais un peu comme un taxi, blagua-t-elle, j'offrais mes services sur demande.

— Je vois, dit Bétina.

— On savait toujours où me dénicher et je venais prodiguer mes soins avant de m'en retourner avec mes compagnes.

— Je comprends, dit Bétina.

— Mais vous verrez, il s'agit d'une maison fort confortable. Les pièces sont vastes, meublées avec goût et ça ne manque pas de fenêtres. D'ailleurs, précisa la religieuse, l'ameublement est original. Il appartenait à monsieur Devonshire jusqu'à la fermeture de l'usine, et à la cessation de la maison à la municipalité.

Félicité Desmarais avait l'affabilité contagieuse; Bétina la suivait comme un petit chien dans une tournée éclair de la maison, et suspendue aux lèvres de son guide, elle n'avait rien vu du contenu véritable d'aucune des pièces.

— Pas pire, concéda Bétina en regardant partout.

Toutes deux arrêtées au milieu du corridor du rez-de-chaussée, les deux femmes se dévisagèrent un moment, aussi interdites l'une que l'autre.

— Et malgré son âge vénérable, ajouta la religieuse, la maison est fort bien isolée, ce qui ne manquera pas d'être salutaire à votre voix qui semble affectée par le changement d'air.

— C'est ma voix naturelle, trancha Bétina sans autre explication.

Félicité Desmarais corrigea son impair en enchaînant tout de go:

— Voici enfin votre véritable lieu de travail, annonça-t-elle en poussant une dernière porte, celle de l'infirmerie.

Un nuage éthéré abîma alors leurs narines. Bétina y pénétra et se buta à la table d'examen, recouverte d'un drap immaculé. Tout autour, des tablettes pleines de fioles de médicaments et de flacons remplis de pilules multicolores. Un mortier en céramique trônait sur une table de pin dans un coin à côté d'un bocal en verre plein de morceaux de coton hydrophile. Une boîte métallique rouge, imposante, contenait les pansements de gaze de différentes dimensions. Au plafond, un lustre d'époque trahissait la vocation originale de la pièce, la chambre à coucher.

Bétina respira un bon coup avant de porter ses yeux vers ceux de la religieuse:

— C'est à peu près ce que j'imaginais.

Félicité Desmarais émit alors une singulière suggestion, en modifiant tout à fait le rapport de la conversation comme pour s'assurer de ne pas souffrir de réplique:

— Si tu ne te sens pas bien, insinua-t-elle en la tutoyant tout à coup, étends-toi sur la table et je t'examinerai tout de suite.

— Pas de problème, assura Bétina, ça va bien dans ma tête et dans mon corps; pas de problème.

— J'aurais cru, renchérit sœur Desmarais.

Elle tourna les talons sur ces mots et ajouta, avant de prendre congé: «Après que tu seras installée, je reviendrai t'informer des us et coutumes de la maison.»

La religieuse s'esquiva; elle portait la veste noire d'un tailleur habillé et un pantalon ajusté de couleur havane. Des souliers à talons plats favorisaient sa démarche altière.

Bétina resta désarçonnée avec un goût d'eucalyptus dans la gorge. Elle pressa la clé de la porte au creux de sa main et reprit un bref examen des pièces autour d'elle. La cuisine accueillante, le salon immense, la salle à manger éclairée; la maison exhalait le contentement de vivre en ce bas monde.

Elle opta pour la solution la plus aisée et exigea de ses aides qu'ils distribuent chacune des pièces de ses bagages dans l'appartement où leur contenu était naturellement destiné. Aubin engagea ses compagnons dans un chassé-croisé dont lui seul semblait posséder le secret; même Bétina, amusée, y perdit son latin.

— Attention! prévenait-elle à intervalles réguliers quand l'un ou l'autre des déménageurs escaladait les marches de l'escalier, la vue obstruée par un sac informe ou une boîte remplie jusqu'à ras bords.

— Ça sent le malade ici! n'arrêtait pas de déplorer le plus jeune, et sans le crier sur les toits, Bétina l'approuva entièrement.

On célébra la fin des opérations par de bruyantes libations; entre plusieurs joints de haschisch, on visita trois fois le dépanneur. Le salon fut la première pièce que l'on étrenna et, en fin de soirée, ses murs en avaient davantage appris durant ces heures que durant toutes les années de leur existence antérieure. Étendu à même le bois d'érable sous la table de la salle à manger, Vincent n'entendit rien des célébrations. Ses invités congédiés, Bétina choisit de lui laisser y couler son sommeil et elle s'affaissa toute habillée sur le lit d'une chambre du second étage; la pièce ruisselait d'humidité et la taie d'oreiller propageait un parfum de détersif à lessive.

Avant de solliciter l'emploi d'infirmière rattachée au dispensaire de Pointe-Manitou, Bétina avait demandé des informations plutôt générales sur les modalités de la fonction. Et quand, après le concours public, on lui avait octroyé le poste, elle s'était enquis de renseignements plus particuliers, par exemple, sur le village lui-même et ses habitants.

Pointe-Manitou, dont la naissance remontait à la moitié du dix-neuvième siècle, ne différait pas tellement de la description qu'on en avait faite: un arrondissement concentré au bord de la mer avec un minimum de services, pouvant tout de même déboucher sur une vie agréable pour peu que l'on tolère l'isolement. Savant euphémisme; comme toutes les agglomérations de la basse Côte-Nord, le village n'était relié par aucune voie carrossable vers les municipalités voisines et les automobilistes devaient se contenter de mener leurs montures sur tout au plus huit kilomètres de rues serpentant le village, hormis les différentes routes conduisant plus profondément en forêt vers les camps de chasse et de pêche. Quant à l'approvisionnement en denrées périssables, d'avril à décembre, le caboteur *Manicouagan* venait tous les mardis déverser à Pointe-Manitou ainsi qu'aux quais de tous les villages de la côte son lot de marchandises diverses, commandées dans les établissements commerciaux de Québec et de Montréal; quant au courrier, l'avion s'en chargeait quotidiennement comme il se chargeait de la desserte durant les longs mois d'hiver. Fondée par des pêcheurs madelinots qui y avaient originellement établi une usine baleinière, la municipalité avait davantage connu de bas que de hauts quand, au fil des ans et au gré des aléas de l'économie, l'usine avait modifié sa vocation pour se consacrer successivement à la mégisserie des peaux de phoques, à la transformation de la morue ronde en filets, à la mise en boîte de la crevette pour bifurquer vers le fumage du hareng, avant de fermer définitivement ses portes au milieu des années soixante-dix. Depuis lors, les pêcheurs se concentraient sur la pêche domestique pour ne pas perdre la main, d'autant plus que les gouvernements dépêchaient moult fonctionnaires de tout acabit pour multiplier les études de faisabilité quant à la réouverture de l'usine, et chacun végétait dans l'attente de jours meilleurs. Dans cette municipalité toute paisible et renfermée, où chaque événement considéré ailleurs comme anodin atteignait des proportions considérables, les villageois se montrèrent fort avenants envers leur nouvelle infirmière, conscients qu'elle s'emmenait prendre charge de leur bien le plus précieux malgré leurs nombreux revers de fortune, c'est-à-dire la santé.

Après deux jours d'activités intenses, Bétina était disponible pour honorer ses nouvelles fonctions. Car en plus de compter tous les meubles idoines, la maison renfermait également plusieurs commodités d'usage commun, tels les appareils ménagers, un téléviseur et une chaîne stéréo périmée mais encore raisonnablement performante. Même la vaisselle remplissait les armoires. Le contrat d'engagement suggérait au candidat ou à la candidate d'apporter seulement sa garde-robe et ses effets personnels. Bétina avait suivi la consigne à peu près à la lettre, et plusieurs heures plus tard, elle se sentait déjà chez elle. Même que la nouvelle occupante était parvenue, à coups de détails anodins, à imprimer à cette maison d'allure austère un cachet séduisant: un bouquet d'herbes séchées trônait sur la table de la cuisine, un tissu de chanvre recouvrait l'antique abat-jour de la torchère du salon et l'immense crucifix, au bout du couloir, avait cédé sa place à un *poster* tout en longueur de Paul Piché. Bétina respirait plus à l'aise.

Alors que Vincent s'obstinait à croupir durant des heures dans l'inconfort du sous-sol, elle effectua plusieurs sorties à bicyclette dans le village, surtout le soir à la tombée du jour. Aubin en profita pour se pointer à plusieurs reprises.

— Viens faire un tour.

— Merci, répondait invariablement Bétina, je pédale.

— Tu vas où?

— Je roule.

Aubin faisait voler les gravois sous les pneus de sa jeep et Bétina avait la paix jusqu'au lendemain soir.

À travers les branches, elle en avait davantage appris sur son compte qu'il avait bien voulu l'en instruire lui-même. Sans occupation comme à peu près tous les hommes du village, il semblait cependant indépendant de fortune et ne lésinait pas sur les moyens pour le prouver. Chaque automne, à date fixe, le bateau lui livrait un véhicule de l'année flambant neuf, et à force de négociations ardues avec un envieux du village, il parvenait à lui refiler son vieux qui n'avait d'usagé que le nom. Mécanicien dans l'âme, entrepreneur dans tous les domaines et menteur comme un arracheur de dents, il s'adonnait au commerce des pièces de voitures et d'autres véhicules, à la construction de maisons et au troc de biens et services avec un égal succès. Il était de tous les dossiers relatifs à la survie du village, et si une réunion concernant l'éventuelle réouverture de l'usine de pêche était convoquée, on le trouvait invariablement assis aux premières loges à enguirlander les fonctionnaires en les menaçant de tous les maux; il cultivait sa réputation de grande gueule avec un soin jaloux et ne perdait jamais une occasion de monter sur ses grands chevaux. On le disait en outre amateur de toutes jeunes filles, mais à travers ses innombrables aventures, il avait su manœuvrer pour éviter toute accusation de détournement de chair fraîche. Et sous le couvert de l'anonymat, on le soupçonnait d'importer tout ce que Pointe-Manitou consommait de drogue, mais abstinent lui-même en ce domaine, ses dénigreurs étaient bien en peine d'étayer leurs accusations.

Au retour de l'une de ses promenades, une femme haletante vint quérir les services de Bétina de toute urgence. Selon l'éplorée, son mari, aux abords de l'inconscience, se plaignait d'insoutenables douleurs au creux de la poitrine.

— Quel âge?

— Trente-neuf ans.

Bétina fit un saut l'infirmerie pour s'emparer de sa trousse de secours dans laquelle elle enfouit des flacons de bêtabloquant. Précédée de la femme, elle traversa une partie du village au pas de course pour se retrouver dans la chambre à coucher d'un bungalow de bonne tenue, mais dont l'intérieur sentait l'huile de ricin à plein nez.

Étendu sur le lit, nu comme un vers, l'homme se massait les côtes en sacrant comme un charretier. Bétina se mit à l'ouvrage et fouilla dans sa mallette. Le cadran oscillométrique du sphygmomanomètre indiqua une arythmie cardiaque évidente. La jugulaire se gonflait au point de sembler vouloir éclater et une écume verdâtre s'épanchait de la bouche du malade. Le verdict s'imposait. Elle lui inséra un comprimé de nitroglycérine sous la langue en priant sa femme de lui éponger le visage avec une serviette d'eau froide; l'atmosphère se détendit aussitôt. Avant de prendre congé, Bétina remit un contenant de *novopranols* en recommandant à l'épouse d'en suivre scrupuleusement la posologie. Et en rentrant chez elle, elle s'en fut se laver sous la douche.

Elle occupa les jours suivants à effectuer un recensement complet des ressources de la pharmacie. Félicité Desmarais, au seuil de la retraite, avait manifestement négligé d'en renouveler les éléments les plus indispensables;

le stock de seringues laissait à désirer, plus qu'une boîte de compresses stériles et un seul scalpel mis à mariner dans une solution d'alcool. L'inventaire des médicaments se révéla aussi déprimant et Bétina dressa une liste exhaustive des élixirs et antidotes de toutes natures dont elle estimait avoir à se servir à certaines occasions. Dans les jours suivants, elle reçut même un téléphone d'un fonctionnaire du ministère des Affaires sociales stationné à Québec qui lui demanda si elle n'était pas un peu tombée sur la tête. Bétina lui répondit avec des arguments du même gabarit, le traita de con à la petite semaine et d'inculte rond-de-cuir avant de lui conseiller d'aller se faire foutre: quarante-huit heures plus tard, elle prenait livraison de sa commande à l'aéroport. Darquis n'en revenait pas: «La guerre est déclarée», assura-t-il.

Bétina accepta enfin une invitation d'Aubin qui ne la lâchait pas d'une semelle; il la mena aux points névralgiques du village. Elle bénéficia d'un cours accéléré sur la fertile histoire de la réserve indienne cantonnée en retrait, au sud de l'Hôtel de l'Île. Selon lui, peu enclin à trébucher sur les fleurs du tapis, les Indiens constituaient une race en pleine dégénérescence dont les Montagnais ci-devant constituaient un exemple type. «Des ivrognes du premier au dernier, précisa Aubin, lâches comme des ânes et qui couchent avec leurs sœurs.» Bétina n'en demandait pas tant.

Louis-Olivier Véronneau, le solitaire gardien du phare de la Pointe-Manitou, d'où tirait son nom le village, les accueillit avec un plaisir évident, lui qui était perpétuellement en manque de visiteurs pour relater les épisodes inventés de toutes pièces de son existence d'ermite.

— Veux-tu rire? demanda Aubin.

— Mets-en, répondit Bétina.

Ils escaladèrent les quatre-vingt-seize marches bien comptées jusqu'au sommet du phare pour retrouver le gardien, les jumelles devant les yeux, épiant les manœuvres de deux bateaux à l'horizon.

— J'ai le pressentiment qu'il se passe des choses pas très catholiques au large, dit-il, sans se départir de ses jumelles.

— Vous voyez une sirène, le père, le taquina Aubin, et vous voulez savoir si elle a des beaux tétons.

— Mieux que ça, mon Aubin, regarde toi-même; des bateaux qui répondent pas quand tu les appelles, c'est suspect.

La lunette permettait de distinguer, à plusieurs milles, la silhouette de deux navires accostés l'un sur l'autre, un bâtiment imposant, peut-être bien un vraquier, et un chalutier dont les marins semblaient s'affairer à effectuer le transbordement de marchandises; cette opération, complétée en plein fleuve, avait de quoi surprendre.

— C'est pas la première fois que ça arrive, révéla le gardien, et j'ai beau avertir la Garde-côtière chaque fois, ils me disent qu'ils n'ont jamais le temps de venir.

— Vous êtes un *stool,* le taquina Aubin, je vous pensais pas de même.

— Mon serment d'office, Aubin, qu'est-ce que t'en fais?

On se méfiait de l'imagination fertile de Louis-Olivier Véronneau, un personnage typique qui avait passé sa vie seul au sommet de sa tour. En plus de sa fonction de gardien de phare attitré, il relevait aussi du Bureau national de météorologie pour compiler les données de son pluviomètre, notait les frémissements de l'aiguille d'un sismographe pour le Conseil national de la recherche, et pour le Service canadien de la faune, observait le vol des oiseaux migrateurs. Il occupait le reste de son temps à converser sur son radiotéléphone avec les capitaines des navires croisant dans les parages et à inventer des histoires sans queue ni tête qu'il racontait avec plaisir et sur demande.

— *L'Empress of Ireland* toujours, le lança Aubin, l'enquête progresse?

— Je m'en vais encore témoigner la semaine prochaine, à Londres, avoua le gardien le plus sérieusement du monde. C'est mon quatrième voyage; traité aux petits oignons, dans les meilleurs hôtels, de la boisson tant que j'en veux. La dernière fois, je leur ai dit que vingt heures avant le naufrage, j'avais conversé avec le capitaine qui m'avait paru en état de boisson et là, ils étudient cette nouvelle piste. On verra ben.

L'*Empress of Ireland* avait coulé au large de Rimouski en 1912 et Louis-Olivier Véronneau frisait à peine la cinquantaine.

— Et celle du *R-100?* proposa Aubin.

— Ça avance pas vite, confia le gardien; je me tue à leur dire qu'avec mes jumelles j'avais décelé un défaut dans leur ballon, mais ils continuent de calculer et à douter de ma parole. C'était pourtant très évident qu'en arrière, à droite, il y avait un renflement de la structure qui pouvait mener à une catastrophe et on a vu ce que ça a donné.

Le *R-100* avait visité le Québec en août 1930 et son frère jumeau, le *R-101,* s'était écrasé en flammes à Beauvais, en France, quelques semaines plus tard.

— Plus *flyé* que ça, tu meurs, concéda Bétina en montant dans la jeep.

— Et t'as pas entendu ses meilleures, renchérit Aubin.

Elle eut ensuite droit à une visite du dépotoir, lieu prédestiné d'activités sociales de toutes natures. Deux hommes y déchargaient le contenu hétéroclite d'une remorque. Un jeune couple, enlacé dans une voiture stationnée tout près, célébrait, au vu et au su de tous, les joies de la concupiscence. Et plus près, deux adolescents, fusils à l'épaule, s'adonnaient à la chasse aux rats. Extirpant une antique *Anschutz* de sous son siège, Aubin s'engagea dans la compétition en poivrant les rongeurs de plusieurs rafales de balles de 22 *long rifle*. À eux trois et en aussi peu que cinq minutes, ils débarrassèrent la planète d'au moins deux douzaines de surmulots; Bétina s'imagina sur un champ de bataille.

Pendant que les chasseurs comparaient leurs trophées, elle récupéra un panier d'osier fort bien conservé parmi les détritus; elle lui destina une place sous le lavabo de la salle de bain. Aubin refusa net d'emporter la trouvaille dans sa jeep: «Jamais de la vie, proclama-t-il, ce qui est fini pour les autres est fini pour nous autres.» Bétina plaida sa cause avec éloquence, mais Aubin resta intraitable.

Il eut alors droit à une rebuffade entêtée quand, dans le terrain de stationnement de l'hôtel, il suggéra:

— Une bière ou deux et je te reconduis après.

— J'irai chez moi, refusa Bétina.

— Juste une…

— Pas question, refusa Bétina.

— O.K. d'abord, grogna Aubin en descendant de la jeep, vas-y à pied, t'es trop niaiseuse pour que je te reconduise.

— Tiguidou packsac! accepta Bétina, mais tu pourrais être plus gentil avec les dames.

— Les dames, renchérit Aubin, mon œil!

Bétina lui réserva un chien de sa chienne et marcha jusqu'au dispensaire. Elle laissa là Vincent endormi sur un matelas dévoré dans un coin du sous-sol et occupa sa soirée à cuisiner de la compote de pommes. Et plus tard, pour chasser de son esprit le souvenir des cadavres éviscérés des rats du dépotoir, elle se masturba dans un demi-sommeil.

Elle connut cependant une nuit agitée; à trois reprises elle se réveilla en sursaut; chaque fois, elle se leva et fit les cent pas dans la maison pour modérer la tension. Au petit matin, elle vit poindre le soleil sur la mer à la proue de l'épave du *Marion;* elle s'y promit une incursion, un jour.

Elle avait enfin recouvré un sommeil relatif quand la porte d'entrée fut secouée de coups obstinés. Elle fit la morte pendant des minutes, mais devant l'insistance de son visiteur, elle capitula.

Un homme se tenait à l'entrée et, le nez écrasé contre la vitre de la porte, il scrutait le moindre mouvement à l'intérieur; il se montra enchanté d'obtenir une réponse. Bétina l'entraîna directement à l'infirmerie et y alla d'un «Que puis-je faire pour vous?» plus ou moins enthousiaste. Pour toute réaction, le patient tendit un flacon vide. L'infirmière y dénota une ordonnance rédigée avec une calligraphie méticuleuse par Félicité Desmarais: de l'*antivert,* un traitement allié au syndrome de Ménière. Elle posa les questions d'usage sur la fréquence des poussées de vertige, les bourdonnements d'oreilles et les poussées de surdité. Le visiteur répondit en cherchant ses mots et s'amusa d'être parfois victime de bouffées de chaleur et de sécheresse de la bouche. «Mais à mon âge, précisa-t-il l'œil taquin, c'est peut-être causé par la vue de jolies femmes.» Bétina passa outre et le pria plutôt d'attendre un moment, le temps de vérifier le contenu de son dossier dans le classeur: Rioux... Rivard... Rivest... Roberge, Arthur Roberge, Émile Roberge. Émile Roberge, 59 ans, susceptible de développer une artériosclérose cérébrale. Elle pria son patient de s'asseoir et d'enlever ses lunettes. Émile Roberge obéit et Bétina lui examina chacun des deux yeux.

— Pas de glaucome? demanda-t-elle.

— Glauc...?

— Sentez-vous parfois une douleur dans vos yeux, une pression...?

— Non.

— Depuis quand portez-vous les mêmes lunettes?

— Quatre ans.

Le patient souhaitait reprendre possession de ses verres au plus coupant pour examiner, par l'échancrure du col de son tee-shirt, les mamelons saillants de sa soigneuse.

Elle se redressa et renouvela l'ordonnance en remplissant le flacon de comprimés octogonaux. Satisfait de sa visite, le patient tarda à partir et se mit en frais de lui raconter par le menu l'histoire du dispensaire.

— À l'origine résidence du gérant de l'usine, construit en 1954, incendié en 59 et reconstruit l'année suivante, cédé à la municipalité par la famille en 1974 pour servir l'intérêt public.

— Je sais tout ça, objecta Bétina qui, peu après huit heures du matin, refusa toute oreille sympathique à un cours d'histoire locale.

Elle le pria d'apposer sa signature sur le formulaire à retourner à la Régie de l'assurance-maladie et le reconduisit à la porte.

— Ménagez le sel, recommanda-t-elle d'une voix ferme.

— Pourquoi, j'en ai en masse du sel chez nous?

— Pas trop de sel pour vous, précisa Bétina, c'est mauvais pour les artères.

Bétina retourna s'étendre en travers de son lit et se rendormit pour une heure. Elle ambitionna de prolonger son repos en massant ses membres mais peine perdue. Elle se demanda alors s'il serait séant, pour éviter les visites matutinales, d'afficher des heures de travail décentes à la porte, excluant les urgences bien entendu. Après réflexion et pour éviter toute controverse, elle différa son projet, une fois n'étant pas coutume.

Vincent était de mauvais poil; il semblait actif depuis des heures, occupé à assembler un jeu de blocs improvisé, constitué de pièces de bois de différentes dimensions. Il avait pissé par terre et sa mère le gronda; la réprimande lui pénétra par une oreille et sortit par l'autre. Devant son manque de collaboration, Bétina lui porta son déjeuner à la cave auquel il goûta du bout des lèvres. Assise sur les marches de l'escalier, elle l'accompagna durant une demi-heure jusqu'à la fin du repas. Vincent n'était pas commode et pour éviter tout conflit, il s'agissait de lui octroyer toute liberté; dans ces conditions, son comportement s'avérait acceptable.

C'est en ces termes choisis qu'elle expliqua, un peu plus tard, la personnalité de son fils à la directrice de l'école. Rosemonde Dupéré exigea davantage de précisions.

— Est-il violent?

— Non, jura Bétina, s'il n'est pas contrarié.

Il s'agissait d'une femme d'au plus cinquante ans, bien conservée malgré tout et sûrement célibataire, estima Bétina: sobriété dans le vêtement, coiffure conventionnelle et gestes étriqués. L'expression de son visage s'adaptait instantanément à ses paroles: douce dans le compliment, neutre la plupart du temps et dure dans la réprimande.

— L'autisme est une affection encore mystérieuse, convint Rosemonde Dupéré, devant laquelle la science est impuissante. Vous comprenez mon désarroi.

— Non, objecta Bétina.

La directrice s'accorda un moment de réflexion.

— Avant d'accepter Vincent, il lui faudra réussir différents tests sur ses capacités d'apprentissage. Nous avons ici une école régulière sans aucun professeur en éducation spécialisée; à ma connaissance, votre fils est le seul enfant autistique du village.

— Mon fils peut être intégré dans une classe régulière.

— C'est à voir, reprit la directrice. D'aillleurs, j'aurais aimé le rencontrer pour entreprendre une première évaluation; une bonne conversation avec lui aurait été profitable.

— Il ne parle pas, avoua Bétina avec circonspection. Et pour ramener les choses, elle s'empressa d'ajouter: mais il dessine de façon sublime.

Rosemonde Dupéré resta interdite, dépassée par la complexité de la situation. Elle se leva, replaça les plis de sa jupe grise, et par la fenêtre, couvrit d'un œil maternel les ébats des enfants dans la cour de récréation.

— Je ne puis ajouter grand-chose, conclut-elle, avant d'avoir rencontré Vincent.

Bétina s'engagea à revenir en compagnie de son fils et remercia son hôtesse. «Il ne faut pas vous bercer d'illusions, conseilla la directrice, votre fils gagnerait à fréquenter une institution à sa mesure; ici, nos moyens sont limités.»

— Pas question, affirma Bétina, mon fils me suivra partout.

Encore sous le choc, elle accueillit avec déférence une femme enceinte au début de l'après-midi; le joint de haschisch qu'elle avait inhalé à son retour de l'école dispersait ses effets. Pour gâter la sauce, la jeune femme se présenta au dispensaire une cigarette à la main. Bétina montra tout de suite ses couleurs:

— Dans votre état, le cigarette est mauvaise.

— Je me sens très bien, se défendit la visiteuse.

— Tant pis, concéda l'infirmière avant de s'informer de ses coordonnées.

Bétina consulta le dossier: sept mois et demi d'une troisième grossesse, pas de problème apparent, aucune complication à prévoir.

— Juste un examen de routine, précisa la patiente, le rendez-vous avait été fixé par sœur Félicité.

— J'ai vu, avoua l'infirmière.

Sans aucune sollicitation, la jeune femme commença à se dévêtir; Bétina la laissa à son ouvrage avant de lui demander de monter sur le pèse-personne à cadran-loupe.

— Es-tu docteur? lui demanda-t-elle en la tutoyant comme si elle la connaissait depuis belle lurette.

— Infirmière, répondit Bétina, in-fir-mi-è-re en détachant chacune des syllabes. Et après une pause: As-tu envie d'uriner? en décidant elle-même de la tutoyer.

— Pourquoi? s'informa la patiente, prête à gagner la table d'examen.

— Parce que je dois palper ton ventre et c'est mieux si ta vessie est vide.

Devant l'incertitude de la femme enceinte qui, distraite, interrogeait son envie d'uriner, l'infirmière lui indiqua la direction de la salle de bain, en haut à gauche. Bétina allait lui offrir de passer une jaquette de toile, mais l'autre escaladait déjà l'escalier. À son retour, Bétina se lava les mains dans le minuscule lavabo fixé au mur.

Au fait du protocole, la patiente s'allongea sur la table d'examen, les pieds posés dans les étriers. «Je répète, insista Bétina, la cigarette est mauvaise pour les femmes enceintes.»

— Avec la voix que t'as, tenta de se justifier la patiente, tu dois en fumer plusieurs par jour.

— Je suis pas enceinte, moi, s'offusqua Bétina, ma vie privée te regarde pas et je fume pas de cigarette.

Fière de sa réplique, elle entreprit la palpation avec des gestes fermes mais attentifs. «Si je te fais mal, dis-le», prévint-elle.

La patiente approuva. La tête du fœtus, normalement fléchie, semblait bien engagée dans le bassin. En outre, en compressant l'utérus de sa main gauche, elle perçut aisément de nombreux nodules angulaires, les petites masses qui sont les genoux et les coudes, au bout des doigts de sa main droite. «Ça va bien», remarqua Bétina pour elle-même.

Elle enfila alors un gant chirurgical, en lubrifia l'index et le majeur dans un bocal de gelée bleuâtre et procéda à l'examen vaginal. Elle localisa bien profond les fontanelles et les sutures du crâne fœtal. «Ça va bien», répéta-t-elle.

Elle s'amusa à laisser glisser les doigts sur les pourtours de la tête, grosse comme un pamplemousse. En retirant ses doigts, une odeur de chair humide tirant sur le moisi envahit l'air; Bétina huma tout de même.

Elle pria alors sa patiente de s'asseoir sur la table et l'ausculta. Elle repéra tout de go les battements du cœur fœtal, emballé à cent soixante pulsations à la minute. «Beaucoup de vigueur là-dedans», annonça Bétina avant de s'informer de la cause d'un œdème très évident au niveau de la hanche droite.

— Je me suis cognée sur le coin d'une table, expliqua la patiente.

— Et celui-ci, sur l'épaule?

— Sais pas, hésita la jeune femme.

— C'est la vérité? insista Bétina.

Elle reçut un signe de tête affirmatif en guise de confirmation.

Bétina commanda alors à sa patiente de se rhabiller et nota la présence des œdèmes au dossier. «La grossesse va bien, enchaîna-t-elle, mais prudence: beaucoup de sommeil, de l'air pur et attention à l'alimentation. S'il y a saignement du vagin, douleur au ventre, mal à la tête, vomissements, viens me voir.»

La patiente avait l'air d'accord. Elle signa les formules d'usage et s'esquiva sans un mot de reconnaissance. «Et surtout, pas de cigarette, lança Bétina, c'est mauvais pour le bébé!»

Elle se rendit bien compte que son conseil s'évanouissait dans l'air.

Étonnée, elle retrouva Vincent au salon; le garçon s'occupait à suivre du bout de l'index, le contour des illustrations d'un magazine. Elle prit bien soin de se tenir en retrait, inséra une cassette de Sinead O'Connor dans le magnétophone, ajusta le volume de l'appareil pour n'en tirer qu'un murmure et s'adonna elle-même à la lecture, bien calée dans un fauteuil.

Bétina s'installait sous toutes réserves. Avant de consentir à s'exiler de Montréal, elle avait songé à l'éventualité de subir les affres du déracinement, cette impression malsaine d'être coupée du monde et de recommencer sa vie de zéro. Elle avait prévu le coup, et dès son arrivée, s'était appliquée à entrer de plain-pied dans sa nouvelle existence. En relativement peu de temps, l'aménagement du dispensaire reflétait sa personnalité, les patients de Félicité Desmarais lui manifestaient leur confiance et, au gré de ses sorties dans le village, les gens, bien que discrets, lui démontraient une certaine sympathie. L'épicier lui avait même offert avec bonhomie de facturer ses achats si jamais le chèque de ses émoluments tardait à lui parvenir de Québec. «On connaît ça les fonctionnaires, avait-il précisé, ça a souvent les doigts dans le nez.»

L'achalandage du dispensaire demeurait constant. Bétina n'en retirait aucun mérite; elle poursuivait tout simplement l'œuvre de Félicité Desmarais et se trouvait d'une certaine façon en situation de monopole. Pour les villageois, les choix s'avéraient limités: le dispensaire ou l'hôpital de Sept-Îles; dans cette perspective, il fallait alors se taper l'aller retour en avion à ses frais, se loger, manger, tout ceci pour obtenir des soins bénins et accessibles tout près; Bétina partait gagnante.

Elle occupa la journée du samedi à se familiariser avec ses dossiers de manière à dégager le profil de sa clientèle; elle consulta les documents de chaque chemise dont certains remontaient aussi loin qu'à l'époque de la grippe espagnole. Elle découvrit plusieurs cas de syphilis et certains autres d'infections aujourd'hui disparues, comme la petite vérole et la scarlatine. Les archives révélaient en outre la présence d'un médecin résident pour la durée de chacune des deux guerres mondiales. Et Bétina le constata, Félicité Desmarais, durant les quelque trente ans de son ministère, avait honoré son office dans la tradition de ses prédécesseurs; chaque dossier était soigneusement annoté, précisant la raison de la visite du patient, les symptômes de sa maladie, les médicaments administrés, le suivi et *ne quid nimis*. Le carnet des rendez-vous était à jour.

Vincent toujours cantonné au sous-sol, elle gaspilla sa soirée, prostrée devant le téléviseur, à tenter de s'intéresser à l'intrigue d'un film européen aux dialogues éloquents; en désespoir de cause, elle se coucha sur le coup de vingt-deux heures.

Au petit matin, réveillée en sursaut, elle crut à la levée d'une tempête subite ou à un roulement de tonnerre. Assise dans son lit, le cœur en accéléré, elle identifia plutôt la source du bruit: quelqu'un frappait à la porte d'entrée. Le temps de se vêtir à la diable et de dévaler les marches de l'escalier, le fracas s'était interrompu; une voiture démarra à toute allure. Elle ouvrit instinctivement la porte pour en savoir davantage et fut alors frappée par la surprise: un homme inconscient gisait sur le perron, le torse nu et les bras en croix. En état d'urgence, Bétina le traîna péniblement dans le corridor de l'entrée et alors seulement, alluma la lumière. Le choc: l'homme venait de manger la plus belle raclée de sa vie et ses contusions équivalaient en gravité à celles d'une victime d'un accident de voiture.

À l'applique d'une compresse d'eau froide sur le front, le blessé recouvra la mobilité; il porta la main à son front avant d'être pris d'un vomissement d'une matière fielleuse et verdâtre. Bétina en profita pour lui demander de s'amener dans l'infirmerie; elle n'obtint pas grand succès et se mit plutôt à l'escorter de peine et de misère à la table d'examen.

Elle le dévêtit complètement et para au plus pressé en humectant les éraflures d'une solution aseptique. De l'œil gauche, sévèrement abîmé, s'écoulait un filet de sang par une fistule au niveau inférieur de la fosse orbitaire; Bétina appliqua quatre gouttes d'un collyre clair sur la conjonctive. L'intérieur de la bouche ne payait pas de mine non plus: elle en retira une pleine canule d'une substance baveuse et étrangement opaque. L'homme se libéra d'un rot démesuré qui empestait la bière rance. Elle appliqua un pansement adhésif à la commissure des lèvres. L'inconnu revenait graduellement à lui.

Bétina interrompit ses soins pour tenter d'en savoir davantage; ses questions suscitèrent quelques borborygmes gutturaux et tout à fait incompréhensibles. Elle se remit à la tâche en prospectant les membres; les jambes et les bras avaient échappé au carnage, mais elle décela une fracture évidente à l'index et au pouce droits. Elle entrava complètement la main d'une bande de gaze afin d'en interdire tout mouvement des phalanges. Une délicate palpation des côtes et du ventre ne lui montra heureusement aucun dommage évident; dans le cas contraire, elle aurait alors dû se résigner à mander le *Challenger* du gouvernement pour conduire le patient à un hôpital de Québec.

Libéré des sécrétions inopportunes, l'homme respirait plus à l'aise. Hormis les œdèmes et les inflammations apparentes, il présentait un corps massif, proportionné, avec un volume d'épaules remarquable. Les cuisses, moulées et fébriles, offraient des couturiers saillants. Le sexe était mort, couché sur le côté. Les traits du visage se découpaient fins, en sinuosités, d'un profil rappelant celui d'un renard; les cheveux étaient noirs comme de la suie. La région ombilicale, jusqu'à l'aine, présentait le stigmate asymétrique d'une blessure ancienne; il ne pouvait s'agir là de la conséquence d'une opération chirurgicale. Une autre cicatrice, remontant tout au plus à quelques mois, bombait l'arcade sourcilière droite; l'indigène, si l'impression de Bétina devait se révéler exacte, avait déjà vu neiger.

Devant l'absence de toute pièce d'identité dans ses vêtements, Bétina prit sur elle d'héberger l'inconnu. Dans la poche droite de son pantalon, elle dénicha la somme de cent-quarante dollars en coupures de dix et de vingt, de la menue monnaie et un carré d'au moins une demi-once de haschisch qu'elle décida de conserver par-devers soi. À coups de supplications et d'encouragements, elle parvint à le convaincre d'escalader l'escalier; en le suivant dans les marches, elle s'attarda à la forte carrure des épaules et aux vibrations nerveuses de l'échine. Après l'avoir bordé dans le lit de la chambre la plus proche, elle fut trempée comme une lavette.

Impossible pour elle de fermer l'œil du reste de la nuit. Même si l'homme avait recouvré une respiration à peu près régulière, il souffrait parfois de quintes de toux interminables; elle bondissait à sa chambre de crainte qu'il ne s'étouffe avec des excrétions stomacales. Aux cinq minutes, il était victime de convulsions saccadées et martelait alors le mur avec ses talons.

Le jour se leva enfin. Flairant une présence étrangère dans la maison, Vincent déserta son repaire et s'attarda de longues minutes dans la chambre du malade. Bétina l'accrocha sans coup férir et parvint à lui faire avaler un fruit.

L'homme se manifesta tard dans l'après-midi et, présumant de ses forces, il ambitionna de se lever pour s'écrouler aussitôt lourdement sur le plancher: le plafond de la cuisine vibra et Bétina se rua à folle allure.

— Bière, dit l'homme quand elle pénétra dans la chambre.

Bétina n'avait rien entendu et elle l'empoigna sous les aisselles pour l'aider à se relever. «Bière», insista-t-il en lui compressant un poignet de sa main valide.

— Pas question, refusa Bétina en se dégageant.

— Touche pas, ordonna-t-il en se prenant la tête dans les mains.

Il se massa les tempes, et du bout des doigts, il effleura chacun des traits de son visage en persévérant sur les pommettes des joues. Il aviva les muscles de sa bouche comme pour vérifier son bon fonctionnement. Il posa une main sur la cuisse de Bétina accroupie près de lui et pointa un regard sur ses membres dénudés; il activa ses orteils et les articulations de ses jambes. L'inspection complétée, il arracha d'un geste brusque le pansement qui adhérait au coin de sa bouche et une goutte de sang perla. Il engagea lentement sa main entre les cuisses de Bétina en farfouillant dans la soie de sa jupe indienne. Elle l'encouragea en ouvrant un peu les jambes; de l'extrémité du majeur, en effleurant à peine la peau délicate de son sexe, il la caressa dans un mouvement infiniment langoureux. Elle ferma les yeux, en attente, la respiration coupée. L'homme retira sa main et humecta ses lèvres de la glaire de Bétina; elle n'avait jamais vécu pareille impertinence.

Il renaissait à la vie; alerte malgré son état, il se dressa debout en déclinant toute assistance. Il requit ses vêtements et afficha son désarroi en découvrant l'état de ses pantalons de denim. Il se vêtit tout de même et refusa d'un geste la chemise à carreaux offerte par Bétina. «Bière?»

— Non, répéta Bétina, pas de bière ici; c'est de valeur, hein?

Il souhaitait partir et elle dut faire des pieds et des mains pour le retenir à l'infirmerie. Il refusa de s'y attarder et demeura debout pour que Bétina désinfecte ses éraflures, humecte son œil et lui applique d'un geste autoritaire un autre pansement adhésif au coin de la bouche. Jusque-là soumis, il l'écarta alors du bras; Bétina en avait marre et l'en informa. Elle se planta bien solide sur ses deux jambes et lui empoigna les cheveux: «Si tu veux te battre, c'est ton problème, moi je te soigne après!» Elle connut un succès relatif: pas de mimique de surprise, aucune réaction. Il se fraya un passage, rejeta encore la veste et s'en alla. Bétina eut à peine le temps d'exiger une visite le lendemain et il s'éloigna, le torse nu, claudiquant de la gauche. Depuis la fenêtre du salon, elle le vit se diriger à travers champs vers la réserve indienne.

Elle s'attarda longtemps debout, chancelante, les nerfs à fleur de peau. L'intérieur de ses cuisses était trempé et un chatouillis séduisant lui excitait le bas des reins. L'inconnu, d'une indélicatesse flagrante, avait manifesté une indépendance fauve et Bétina se cramponna de tout son soûl à l'idée de s'élancer à sa poursuite.

Elle retomba sur ses pattes beaucoup plus tard, et pour soustraire de son imagination toute chance de la fourvoyer, elle s'adonna à des activités purement physiques. Discret comme une mouche, Vincent s'était couché dans l'herbe à l'extérieur, s'amusant à promener des cailloux sur son front. Rassurée, elle l'abandonna à lui-même et s'occupa de changer les couvertures de la chambre d'amis, balaya le carrelage de la cuisine, savonna sous le robinet un restant de vaisselle de la veille et à son grand dam... se découvrit entre les quatre murs de l'infirmerie à tâcher de humer encore l'odeur éthylique de l'inconnu. Elle ragea contre elle-même en effectuant un geste d'adolescente en effleurant de sa main le tissu de la table d'examen, là où l'homme blessé s'était étendu la veille.

Vincent honora le souper et se précipita comme un goinfre sur la tourte à la viande; il liquida son assiette en deux minutes et affamé, il arracha sans ménagement celle de sa mère. Elle le gronda, feignit de le contenir, perdit la bataille et l'assiette se retrouva brisée en mille miettes contre le mur du salon. Bétina tremblait de tous ses membres; elle contourna la table, saisit une épaule de son fils d'une main ferme et de l'autre, lui massa la nuque. «Tout doux, tout doux», l'apaisa-t-elle. Vincent se cabra, ingurgita sa dernière bouchée à la volée et échappa à sa mère; réintégrant son royaume obscur, il ne manifesta plus signe de vie du reste de la soirée.

Bétina manquait d'air. Aubin avait du pif, lui qui se pointa comme elle allait sortir. Le téléphone sonna d'ailleurs et Aubin poireauta près de la porte d'entrée, une morue à la main. Jean-Sem, le père de Vincent, décela l'inconfort de Bétina; elle le rassura avec contenance. «Très bien, très bien. — Non, tu peux continuer. — Je suis très contente d'être ici. — Oui, c'est ce que je voulais. — Et toi? — Lou est bien aussi? — Lou t'aime, c'est pas pareil.— Vincent est en forme. — Comment veux-tu qu'il ait changé après dix jours? — Je suis allée. — La directrice de l'école. — Elle veut des tests. — Je vais voir. — Je vais voir. — Bien, je m'arrange. — Je travaille. — Tout à fait, je garde le contrôle. — Les gens sont fins, ceux que je connais un peu sont fins. — Une grande maison en face de la mer. — Pas nécessaire. — Pas besoin. — Pas besoin, vraiment. — Viens, si tu veux, Vincent sera content. — Quand tu voudras, j'ai beaucoup de place et c'est beau ici. — Le temps que tu voudras. — Quatre chambres, un grand salon, l'infirmerie en bas et la cuisine face à la mer. — Quand tu voudras. — Au revoir. — Téléphone encore et avertis avant de venir. — Au revoir.»

Aubin avait pris ses aises, assis à la table de la cuisine. La morue gisait dans l'évier; Bétina s'y rendit voir. «Mon repas pour demain, t'es pas mal fin.»

— Je viendrai la préparer pour la faire cuire, proposa Aubin.

— Tout de même, objecta Bétina, j'ai déjà vu du poisson. Et en hésitant, elle ajouta: Tu pourras venir quand même si tu veux.

— Ouais, si j'ai pas d'autre chose à faire, concéda Aubin.

Aubin était un beau garçon et, conscient de son magnétisme, il exploitait son charme à souhait. Grand et mince, il exigeait beaucoup d'espace pour évoluer, courbant perceptiblement la tête en franchissant les portes, contournant les objets avec emphase et éprouvant toujours la solidité des meubles avant de s'y adosser. De crainte d'abîmer les genoux de ses jambes immenses contre les montants des tables, il s'y asseyait de côté et le poids de ses *kodiaks,* le plus souvent à cru, l'amenait à se traîner les pieds. Et Bétina n'en démordait pas, il ressemblait à Michael Jackson.

— Ta farce était pas très drôle, l'autre soir, quand tu m'as laissé venir à pied, reprocha Bétina.

Fier de son coup encore, Aubin se libéra d'un sourire. «Si je m'étais écouté tantôt, quand t'es rentré, je t'aurais foutu à la porte», lui apprit Bétina.

— C'est ce que tu méritais, se défendit Aubin, une bière a jamais fait mourir personne.

— C'était pas une raison pour me crier des bêtises, insista Bétina, ça marche pas avec moi ces niaiseries-là.

Elle se joignit à lui à la table et lui emprunta une cigarette pour rouler un joint de haschisch; Aubin la considérait avec une certaine hauteur et fumait comme un trou. «Bataille, hier, au village, dit Bétina sans lever les yeux de son ouvrage, j'ai soigné une des victimes.»

— Le sauvage a rencontré son homme, répondit Aubin; c'est ce qui arrive quand on se mêle des affaires des autres.

— Le sauvage…?

— Metallic, l'Indien le plus baveux de la planète; trois bières et il veut battre tout le monde. Il a rencontré aussi baveux que lui.

— Vous jouez dur, remarqua Bétina.

— Avec les sauvages, il faut agir en sauvage, conclut Aubin.

Elle aspira en silence des bouffées de la cigarette fraîchement moulée entre ses doigts à laquelle Aubin refusa de toucher; les paupières mi-closes, elle avait les yeux en pleurs, la gorge sèche et le cerveau alerte. Sa déduction s'avérait donc juste: le blessé de la veille était bel et bien un Indien de la réserve; en outre, Aubin confirmait son appréhension: ses blessures résultaient d'une bataille. À l'en croire, il ne s'agissait pas de sa première et de plus, il avait, semble-t-il, un peu couru après. Elle alla aux précisions:

— Pourquoi la bataille?

— Pour des niaiseries, observa Aubin, une sombre histoire de dope. Quand Vernon Metallic arrive au bar, il veut casser la gueule à tout le monde; hier, ça été sa fête.

Une fumée bleuâtre infectait la cuisine et Bétina proposa un séjour à l'extérieur; Aubin trimbala ses bottes lourdes comme des boulets sur la galerie. Le jour tombait et le ciel sur la ligne d'horizon était tapissé d'or. Des mouches, minuscules et jaunes, collaient aux cheveux et une odeur de poudre de riz flottait dans l'air. Des jeunes festoyaient sur le quai et leur musique égayait le village. Assise sur la plus haute marche, Bétina prisait l'air. Aubin se pavanait en face d'elle et, dans ses histoires, se réservait toujours le rôle principal. «... un plein champ de *pot,* des plans de six pieds de haut dans le coin de Mont-Saint-Hilaire. J'avais un *chum* agronome qui connaissait le tabac et on récoltait deux fois par année. Quand on récoltait, j'engageais des Italiens de Montréal et je leur faisais croire que c'était de la laitue québécoise, une variété découverte à l'Institut agricole de Saint-Hyacinthe. Les Italiens croyaient ça. Avant 1970, personne connaissait ça, le *pot.* Les polices passaient, ils m'envoyaient la main. Je vendais à un grossiste de Montréal qui, lui, fournissait toute la ville. Mon *pot* faisait *flyer* Montréal.»

Bétina écoutait. «Après la récolte, on partait sur des foires de sept huit jours. De l'argent plein nos poches, *chums* avec tout le monde, pas de problèmes. Des filles *"stones* à planche", des quarante-huit heures sans dormir, des parties interminables dans des clubs clandestins...»

— La belle vie, remarqua Bétina.

— Mets-en. Deux mois par année au Mexique, la plage, le soleil, les filles... C'est là que j'ai parti mon importation de sacoches. J'avais ça pour rien, quatre-vingt-dix «cennes», des belles sacoches en cuir repoussé. Je revendais ça huit piastres dans les boutiques de Montréal. Je payais mes voyages avec ça. J'avais un *chum* qui travaillait aux douanes et ça passait comme du beurre dans la poêle, ni vu ni connu.

Aubin étalait ses aventures avec une profusion de détails comme s'il s'agissait d'épisodes de la veille. À l'écouter, il avait été de tous les métiers et dans toutes les parties du monde. Et il s'apprêtait à repartir: «Il faut que ça bouge. Quand les jambes me frétillent, il faut que je décolle; n'importe où, mais il faut que je fasse de l'air. Ça commence, là, et la grande ville va me reconnaître dans peu de temps. Attention le monde, j'arrive!»

C'est plutôt une toute jeune fille qui arriva, transie au point d'éprouver de la difficulté à tenir le guidon de sa bicyclette. C'était cependant tout à fait de sa faute puisqu'elle se contentait de porter, pour tout vêtement, un short de denim minuscule qui lui libérait les cuisses et une ample camisole, peut-être chipée à son père, sous le tissu d'icelle pointaient deux seins menus et prometteurs. Elle apostropha Aubin comme une vraie femme:

— T'es un maudit menteur!

— *Wow!* fit Aubin qui tenait à sauvegarder sa réputation.

Elle laissa tomber sa bicyclette par terre et s'approcha pour l'affronter de face:

— Tu m'avais dit que tu viendrais au lac Nu à sept heures et je t'ai attendu tout ce temps-là!

— M'en souviens pas, se disculpa Aubin, j'étais trop chaud hier soir.

— Ça veut dire que tu te souviens pas non plus de toutes les promesses que tu m'as faites en m'embrassant, qu'on allait sortir ensemble, que tu m'offrirais des cadeaux, qu'on irait à Montréal tous les deux en avion...!

La fillette, courroucée, déversait son fiel en tremblant comme une feuille et se dandinait sur un pied et sur l'autre du haut de ses quatorze ans tout au plus, en escomptant une réponse satisfaisante:

— Laisse-moi tranquille, commanda Aubin, tu déconnes.

— O.K., concéda la tigresse, mais tu me donnes vingt piastres, sinon je dis tout à mon père!

— Pas question! refusa Aubin, et fiche-moi la paix.

— Tu l'auras voulu, menaça-t-elle, et t'es pas mieux que mort!

Bétina assistait à la scène avec détachement; elle rit sous cape en voyant Aubin revenir à de meilleurs sentiments et s'éloigner avec la jeune fille, lui parler dans le blanc des yeux avant de lui glisser discrètement un billet de banque dans la main. Satisfaite, la jeune inconnue chevaucha à nouveau sa monture et s'évanouit dans la nature en criant à tue-tête des bêtises à son séducteur.

Intarissable, Aubin oubliait déjà l'incident pour bifurquer sur une autre saga, mais après sa nuit agitée de la veille, l'attention de Bétina flancha. Le regard dans le vague, euphorique, les membres engourdis, le flot de paroles dégénérait en un bourdonnement sans intérêt; elle s'interposa avec malice:

— Si t'as pas de rendez-vous galant demain, tu viendras souper.

Aubin négligea de relever l'allusion et porta son attaque ailleurs:

— Tu te couches à l'heure des poules.

— J'ai le sommeil facile, expliqua Bétina, et les paupières me tombent.

Il proposa encore une sortie à l'hôtel, une balade en jeep, une promenade à pied; elle se déroba et le laissa sur sa faim.

— *Bye* Michael, salua Bétina et Aubin serra les dents pour éviter de répondre.

Malgré l'éloquence de son invité digne de celle d'un politicien, Bétina avait été distraite en plusieurs occasions. Dans l'état où il s'affichait hier, Vernon Metallic ne transpirait pas du tout la fanfaronnade; fidèle à lui-même, Aubin en rajoutait un peu. Avant de se coucher, elle bifurqua vers la chambre d'amis, imagina l'Indien étendu sur le lit et gagna sa chambre, perturbée, le cœur au ras des pâquerettes.

Bétina s'en repentait mais elle avait suscité son malheur. Épuisée la veille et pressée de gagner son lit, elle était montée directement à sa chambre. Matinal et explorateur, Vincent avait découvert la morue gisant toujours dans l'évier. Au risque de s'infliger de sérieuses blessures avec le couteau à dépecer, il s'était acharné à éviscérer le poisson et à le chantourner en menus morceaux. Le comptoir, la table et le plancher de la cuisine débordaient d'entrailles sanguinolentes, et durant le carnage, le garçon avait multiplié les traces de doigts visqueuses sur les murs. Une boucherie, il y en avait partout!

Elle rejoignit son fils au sous-sol, affairé à polir une boîte de conserve vide avec une brosse à plancher. Assis par terre, la tête dressée, il fixait un point sur le mur de ciment et paraissait se complaire dans le déroulement d'une scène d'un touchant intérêt. Couvert de détritus des pieds à la tête, il empestait le charcutier. Bétina éprouva toutes les misères du monde à le dévêtir et à l'escorter au bain. D'après ce qu'elle en conclut, Vincent s'était payé un déjeuner carnassier et s'en délectait encore; il pointait une arête en guise de cure-dent et dégageait une haleine fétide.

Elle perdit l'avant-midi à nettoyer les dégâts, victime de fréquents haut-le-cœur, et à aérer la maison. Vincent avait poussé le zèle jusqu'à dissimuler les tripailles dans le frigidaire; la tête du poisson, énucléée, gisait sur une chaise. Impuissante à déloger de son humeur les odeurs nauséabondes, elle n'ingurgita rien de la journée.

Les coups discrets frappés contre la porte la ramenèrent sur terre et elle se hâta d'aller rejoindre Vernon Metallic. Il s'agissait plutôt de Félicité Desmarais. Déception. Le temps était couvert et en prévision de la pluie probable, elle était vêtue d'un imperméable vert et d'un béret marine. Elle pinça le nez en pénétrant dans la maison et Bétina prévint les coups en signalant avoir mis à mariner les pièces de viande en prévision d'un pot-au-feu; la religieuse encercla tout de même la cuisine d'un œil circonspect. Elle venait aux nouvelles et Bétina l'informa de l'ensemble de ses activités médicales. Chacune un verre de jus de fruits à la main, elles traversèrent dans l'infirmerie et révisèrent ensemble certains dossiers particuliers. Ainsi, le jour de la vaccination des enfants approchait et il faudrait bientôt organiser des visites à domicile. Bétina résista un peu et Félicité Desmarais invoqua une explication fort sensée:

— Dans une petite communauté comme la nôtre, tu joues un peu le rôle de médecin de garde et ton mandat englobe la visite aux vieux du village, question de prévention, et il y va aussi de leur sécurité psychologique.

— Je vois, fit Bétina.

— Deux religieuses âgées vivent au couvent et tu as dû retrouver leur dossier dans le classeur, mais, comme elles sont bien entourées, elles peuvent être dispensées de la visite.

Bétina prévoyait s'amuser.

La visiteuse déboucha alors sur des questions plus personnelles concernant les attraits de cette nouvelle existence, son adaptation à sa fonction et ses rapports avec les gens. Bétina réagit vaguement à des interrogations pourtant précises et Félicité en remit: «Nous ne nous connaissons pas beaucoup et je n'ai pas de détails sur ta vie antérieure.»

— J'ai terminé mes études à Ottawa et pratiqué mon métier à Montréal durant trois ans, à l'hôpital Notre-Dame, après y avoir effectué mon stage de fin d'études. J'ai quitté ensuite pour Cookshire, dans les Cantons de l'Est, pour cultiver des carottes sur une terre, avec chèvres, éolienne et tout le reste.

— Je comprends, répondit Félicité Desmarais, le retour à la terre.

— J'ai essayé comme d'autres, approuva Bétina.

— Avec ton mari?

— Une compagne, précisa Bétina.

Le séjour dans l'infirmerie achevé, Bétina entraîna sa visiteuse au salon. La religieuse escomptait l'invitation et elle ne se fit aucunement prier pour déménager d'une pièce à l'autre; elles se découvrirent assises côte à côte sur le divan.

— Tu as un enfant? s'informa Félicité Desmarais.

— Un fils, occupé au sous-sol pour le moment.

— Il semble très discret.

— Très, approuva Bétina sans préciser davantage.

La femme ne s'étendit heureusement pas trop sur le sujet. Après une pause et un sourire, elle voulut savoir:

— Pateras, c'est un nom grec?

— Mon père est grec et ma mère québécoise, exprima Bétina, mais moi, je suis née à Montréal; tout ce qu'il y a de plus assimilé, à un point tel que je déteste même les souvlakis, c'est vous dire...

— Oui, oui... fit la religieuse l'esprit manifestement ailleurs.

Elle s'attarda et alors que l'objectif de sa visite avait été atteint, Félicité Desmarais hésitait à partir. La conversation entre les deux femmes se révélait un peu pénible, constituée essentiellement de questions et réponses concises sans sympathie véritable. Elles moisissaient parfois de pénibles secondes sans rien dire, Félicité n'en finissant plus de fixer les genoux de son hôtesse. Au cours de ces moments de tension plus ou moins sentie, Bétina épiait instinctivement par la fenêtre l'arrivée probable de son patient de la veille à qui elle avait fixé rendez-vous. La religieuse retourna en arrière:

— Et le père de ton fils?

Félicité Desmarais obligeait ses interlocuteurs à se tenir sur leur garde; dans le cours d'une conversation anodine,

elle insinuait des questions d'ordre personnel et franchement inopportunes.

— À Montréal, professeur.

La visiteuse manifesta enfin l'intention de prendre
congé; Bétina n'allait pas la retenir. Elle prodigua encore
certains conseils sur la tenue générale de l'infirmerie et
sur la manière dont sa remplaçante devait poursuivre sa
tâche. Bétina laissa border.

— Après toutes ces années consacrées aux malades
de Pointe-Manitou, expliqua-t-elle sur le pas de la porte,
je me sens l'obligation morale de me préoccuper de leur
sort. Tu as toute ma confiance, n'en doute pas, mais au
moment de quitter définitivement ce travail, je m'en rends
compte, le lien n'est pas facile à couper.

Bétina sympathisa tout de même.

En route pour le magasin général, elle s'abandonna au
mouvement de la foule et se retrouva sur le quai pour surveiller l'accostage d'un yatch imposant désigné aux couleurs de la Sûreté du Québec, fraîchement astiqué, le bas-
tinguage bardé d'agents en uniformes et sympathisant aux
salutations des spectateurs. Alors que la population s'apai-
sait habituellement des balancelles des pêcheurs locaux et
de l'escale hebdomadaire du *Manicouagan,* l'apparition de
cette vedette officielle acquit le prestige d'un épisode à inscrire dans les annales du village; tous les gens en état de
mettre un pied devant l'autre émigrèrent sur le quai, même
les religieuses du couvent et le curé en personne. Les
agents se montrèrent toutefois avares de commentaires
face aux questions de leurs hôtes, et après une brève visite
de trois hauts gradés au gardien du phare et à deux fonctionnaires de l'usine de pêche séjournant à l'hôtel, le bateau reprit le large aussi discrètement qu'il était venu.

— As-tu peur, Aubin? demanda quelqu'un.

— Pas une miette, rétorqua Aubin, et si jamais je me
fais arrêter, j'exige de l'être par le chef de la GRC lui-
même, rien de moins.

Au magasin général, elle reçut un accueil cordial. Elle ne s'y était pas beaucoup montrée depuis son arrivée et, elle s'en rendit compte, tout le monde souhaitait lier connaissance. Les femmes certes manifestaient plus de réticence devant l'irruption de cette inconnue dans le paysage, mais les hommes s'affichaient tous plus avenants les uns que les autres; quant aux enfants, ils lui révélaient une jovialité réservée. Elle compléta ses emplettes en un temps record et visita le bureau de poste sur le chemin du retour. Plusieurs lettres l'attendaient, dont une de sa sœur, une autre de son ex-compagne, Eunice, et d'autres plus officielles de différents ministères. Elle sourit en décelant la provenance de la dernière, affichant au coin supérieur gauche, le logotype de la compagnie d'aviation sur laquelle elle avait récemment voyagé.

Sitôt revenue à la maison, elle négligea de ranger ses marchandises pour s'engager aussitôt dans le dépouillement de sa correspondance.

Eunice, dans ses phrases, la rassurait sur les bienfaits de la vie en solitaire, mais en filigrane émergeait d'un désarroi diffus. Convaincue qu'elles avaient trop vite suspendu leur relation à la première crise majeure, elle postulait qu'avec le temps les choses auraient pu se tasser. Elle en voulait pour preuve les multiples occasions où elles s'étaient quittées pour de courtes périodes avant de se raccorder par après en retrouvailles passionnées. À mots couverts enfin, elle réprimandait Bétina pour s'être éclipsée au bout du monde afin de se délivrer de ses responsabilités. Malgré les reproches, elle achevait tout de même sa lettre par des formules flatteuses.

Bétina relut la lettre pour s'imprégner de chacun des termes. Elle le constata, Eunice n'avait pas tout à fait tort et dans les circonstances, compte tenu de leur appartenance, elle aurait pu requérir davantage de considération. Bétina serra les dents et se convainquit d'avoir agi au mieux, pour le bien de l'une et de l'autre. Sonnée, elle négligea la lettre de sa sœur et porta un œil distrait à celle de la compagnie aérienne. Pleine d'excuses et officielle, la missive, autographiée par le président lui-même, incluait un laissez-passer valide pour un an sur toutes les liaisons canadiennes de la compagnie. À condition, bien entendu, de considérer les événements disgracieux du voyage comme un incident clos. Bétina s'en foutait pas mal.

Prétextant une crevaison sur sa monture, Aubin se présenta passées dix-neuf heures dans tous ses états, un *six-pack* sous le bras. Il déblatéra haut et fort contre le garagiste du village:

— Plus moyen de se fier à personne, déplora-t-il, ça se fait fourrer gros comme le bras par les grosses compagnies américaines qui fabriquent les pneus de voiture avec le même caoutchouc que les pneus de fauteuils roulants.

Bétina l'écouta régler le sort du monde avec un détachement amusé. Entre deux envolées oratoires de son invité, elle imagina une explication sensée pour justifier le changement de menu: la morue vidée et assaisonnée pour la cuisson, elle avait commis l'erreur de l'entreposer sur le perron avant de la déposer dans le four; un chat, un chien ou même une mouette lui avait fait son affaire. Aubin ne s'en formalisa aucunement et s'informa de la solution de rechange; la volaille au cari ne lui causa aucun remords.

L'excuse de la crevaison était cousue de fil blanc; Aubin révélait plutôt l'allure d'un homme sur le seuil de l'ivresse. Tout en affichant une indéfectible rigueur dans sa tenue générale, il déployait une prudence excessive dans les gestes les plus anodins et tempêtait sur un volume propre à ébranler les murs de la maison; et il fumait cigarette sur cigarette.

Bétina accepta une bière en guise d'apéritif et son invité sauta sur l'occasion pour l'enguirlander. «Bon, parle-moi de ça, remarqua-t-il, une bonne bière avant de manger. T'es aussi mémère que la sœur Desmarais; on te voit pas au village. Sors un peu, viens faire un tour à l'hôtel; c'est le rendez-vous de la crème de Pointe-Manitou. Faut pas que tu restes cantonnée ici, tu vas t'ennuyer et je te donne six mois avant que tu repartes.»

Bétina accueillit la suggestion avec un grain de sel.

— Je me suis donné un an ici et je resterai un an, assura-t-elle.

— Faut profiter de la vie, enchaîna Aubin, se distraire, se changer les idées, sinon on s'encrasse. Moi, à la baie James, j'avais été engagé comme apprenti électricien; une semaine plus tard, j'avais compris. Les gars s'ennuyaient et j'ai réglé le problème: j'ai ouvert un cinéma. La salle était pleine tous les soirs, et six mois après, tous les chantiers d'Hydro-Québec avaient leur cinéma grâce à moi. La passe. Et pas des films de cul, les gars avaient des revues pour ça, des films normaux, des films d'amour.

Aubin continua de relater sa vie. Un moulin à paroles. À l'en croire, il avait arpenté le pays dans tous les méandres de sa géographie, tout tenté et tout réussi avec un égal succès. Bétina, toute oreille, s'alimentait du bout des lèvres.

Il ramena sur le tapis le sujet de la visite de la vedette de la Sûreté du Québec: «Les gars voulaient se payer un voyage d'agrément, remarqua-t-il, et ils sont venus faire un tour à Pointe-Manitou.»

— Un voyage d'agrément? s'intéressa Bétina.

— Ils font ça chaque année, assura Aubin, ils se payent de petites vacances en visitant les villages de la côte, et pendant ce temps-là, ça se tue à qui mieux mieux à Montréal.

Le repas se déroula à fière allure. Aubin mangea avec un appétit vorace tout en ne s'interrompant pas de parler. Bétina écoutait le plus souvent, tout en se permettant certaines distractions, se limitant souvent à approuver par des signes de tête et des sourires généreux. Aubin n'y voyait que du feu.

L'Indien avait négligé de se présenter et Bétina s'en voulut d'avoir omis de lui fixer un rendez-vous à une heure précise. Au gré de son imagination, elle le découvrait encore, inconscient sur la table d'examen, amoché et docile. La discrétion même à côté d'un Aubin si expressif et démesuré dans ses histoires. Elle se refusa à concevoir la scène si jamais Vernon Metallic avait adopté ce moment pour se manifester.

Sitôt le repas consommé, Aubin proposa à son tour de changer d'air et il la convainquit, à son corps défendant, de l'accompagner sur le quai puisque le *Manicouagan* s'apprêtait à accoster pour son escale hebdomadaire.

La visite des policiers constituait encore un sujet de conversation passionné. Aubin dut subir les affres de sa popularité:

— On pensait qu'ils venaient t'arrêter, suggéra un garçon en l'abordant par derrière.

— Avant qu'ils m'arrêtent, se défendit Aubin, il va y en avoir une maudite gang en-dedans.

— C'est moi qui t'ai dénoncé, cher, avoua une toute jeune fille en fleur qui se déhanchait devant lui comme une starlette, pour le merveilleux viol que tu m'as fait subir samedi soir.

— Pas un mot, blagua Aubin en lui tapotant les fesses, tiens ça mort.

Le quai constituait le lieu de rendez-vous désigné de toute la jeunesse du village, là où se nouaient les intrigues amoureuses et où s'échangeaient les plus éternels serments. Les soirs, après le souper, tous les adolescents s'y compactaient en groupuscules étanches constitués d'après les intérêts de chacun. Les tout jeunes, interdits de séjour dans le cercle des aînés, feignaient de s'adonner à la pêche en attendant de graduer. Les autres, tous sexes mélangés, y écoulaient un nombre d'heures considérable à débattre de balivernes, en ingurgitant force bouteilles de bière et en fumant du haschisch au vu et au su de tout œil le moindrement

exercé. De tous les villages de la côte, Pointe-Manitou traînait la réputation peu enviable de se maintenir en tête des
statistiques pour la consommation de drogue par tête de
pipe, mais les plus savantes études restaient coites quant à
sa provenance. En haut lieu, on soupçonnait l'un et l'autre
sans jamais parvenir à mettre le doigt sur le bobo.

Ils reçurent, Aubin surtout, un accueil cordial; ayant
ses entrées partout et s'intégrant à l'aise à l'intérieur des
différents groupes, il n'en finissait pas de distribuer aux
jeunes filles des compliments sur leurs jambes effilées,
leurs fesses prometteuses et leurs seins affriolants; Bétina
était d'accord quoique plus discrète.

Toujours aussi débrouillard, il s'attela aux présentations:

— Tenez les petits gars, depuis le temps que vous
vouliez la voir de proche, c'est elle l'infirmière. Vous pouvez tomber malades tant que vous voudrez, elle en a vu
d'autres: spécialiste en circoncision.

Jouant le jeu, Bétina approuva de la tête.

— Vends-tu des capotes? interrogea une voix non
identifiée.

Aubin se chargea de répondre:

— Des condoms, des condoms, corrigea-t-il, tu
parles à une infimière, pas à ta blonde.

Un jeunot d'au plus quinze ans proposa un bain col-
lectif. Personne ne releva le pari, mais l'adolescent, mis
au défi de réaliser sa prouesse, arracha tous ses vêtements et se précipita dans l'eau du haut du quai. Il disparut un moment pour surgir peu après, les bras tendus au
ciel en signe de victoire. Son exploit fut apprécié par des
oh et des ah admiratifs, et tout le monde convergea vers
la plage pour l'accueillir en héros. Aubin, dévoué à ses
groupies, enboîta le pas et le brave, revenu sur la terre
ferme transi et triomphant, fut encensé d'honneurs.

Bétina s'attarda plutôt sur le quai pour regarder, de
loin, les marins du *Manicouagan* décharger leur cargaison

destinée en gros au magasin général. Il y avait surtout là des caisses de victuailles de toutes dimensions, de quoi nourrir le village pour toute la semaine et pour le garage, des barils d'essence et des pièces de rechange pour effectuer la réparation des voitures.

Elle se lassa vite de la scène, et quand elle décida de rentrer chez elle, elle eut droit à plusieurs sifflets admiratifs des membres d'équipage; même le capitaine participa au concert.

Espérant peut-être attirer l'absolution pour son méfait de la matinée, Vincent, assis à la table, mangeait du pain avec une méticulosité parfaite; s'abstenant de le distraire, Bétina s'introduisit dans la maison avec la discrétion d'un chat: son fils ne lui porta aucune attention.

Allongée sur le divan du salon, elle reprisa mécaniquement une paire de bas de Vincent tout en laissant dériver son imagination au gré du courant. Elle était perplexe devant l'attitude d'Aubin; personnage intéressant, il cultivait la déplorable habitude de continuellement prendre le plancher au détriment des autres. Ce caprice de la déloger du dispensaire, de l'inviter à l'hôtel, de la présenter comme un trophée de chasse. Bétina n'aimait pas beaucoup ça.

Une idée saugrenue lui traversa l'esprit, celle de se lancer à la recherche de Vernon Metallic, sous le couvert de son devoir professionnel. L'homme nécessitait des soins, et pour une raison inconnue, il avait négligé de donner suite au premier traitement. Il se serait agi pour elle de marcher vers la réserve indienne là où on lui indiquerait son adresse sans poser de question. Un mystérieux désir de le revoir, effleurer sa peau rêche, humer son odeur. À la réflexion, son état ne justifiait pas pareille urgence et Bétina jongla avec le projet une partie de la soirée avant de s'en soustraire.

Ayant rempli son office, le *Manicouagan* appareilla à vingt-deux heures pour les autres villages de la côte.

Plusieurs jours plus tard, Vernon Metallic ne s'était pas encore pointé le nez et Bétina opta pour l'indifférence; l'éthique lui commandait de soigner les malades consentants sans l'obliger à les traiter de force. Elle se fit une raison.

Elle retourna rencontrer la directrice de l'école, accompagnée cette fois de son fils; Vincent fit des manières, mais capitula avec une mauvaise foi obstinée. Rosemonde Dupéré négligea quelque peu son allure sévère et manifesta à ses visiteurs une sympathie véritable. Elle ne démordit cependant pas de son idée et jugea essentiel d'évaluer les capacités intellectuelles de l'enfant avant d'arrêter toute décision. À la guerre comme à la guerre, Bétina offrit son accord.

La directrice énonça alors des questions aussi élémentaires que «ton nom? ton âge? d'où viens-tu?». S'étant emparé d'un cahier et d'un crayon à son entrée dans le bureau, Vincent prenait intérêt ailleurs et Rosemonde Dupéré ne retint aucunement son attention; appliqué à son travail, il ne daigna lever la tête. La directrice lui déposa alors dans les mains un album illustré de bandes dessinées; Vincent l'envoya choir au fond de la pièce. Bétina frétillait sur sa chaise. Résolue à poursuivre le test jusqu'au bout, Rosemonde Dupéré s'amena derrière lui, le saisit par les épaules et l'obligea à se lever de sa chaise. Elle lui suggéra alors de se tenir sur une seule jambe et de regarder le plafond; ne comprenant rien à cet exercice, l'enfant la dévisagea un moment, découvrit les yeux de sa mère et baissa sa fermeture éclair avec l'intention évidente d'uriner. «Oh!» fit Rosemonde Dupéré alors que Bétina replaça les choses à leur place. La directrice n'y alla pas par quatre chemins:

— Je ne crois pas que votre fils ait une place dans mon école.

Bétina s'en doutait un peu. «Ça serait nuire à son propre développement et sa présence dans une classe régulière entacherait celui des autres élèves», enchaîna-t-elle.

— Il pourrait venir comme bon lui semble, proposa Bétina, pour profiter de la présence d'autres enfants.

La directrice pinça les lèvres:

— L'enfant autistique vit dans un monde à part, exclusivement concentré sur lui...

— Vous m'apprenez rien, coupa Bétina.

— ... et quant à moi, je suis d'avis qu'il vaut mieux le laisser seul dans son monde; c'est là, je pense, qu'il trouvera les moyens les plus appropriés pour se développer.

Bétina ne trouva plus là grand-chose à faire, surtout plaider une cause perdue d'avance. Elle s'apprêtait à partir et eut juste le temps de s'emparer du dessin de son fils. Rosemonde Dupéré insista pour en prendre connaissance et mal lui en prit: elle échappa un «Doux Jésus!» éploré. La ressemblance était frappante: avec un souci du détail convaincant, Vincent l'avait représentée accroupie par terre, face à une chaise droite en train de sucer un homme au pénis imposant avec sur le visage une expression d'extase. Elle déchira la feuille en mille morceaux et l'enfouit dans la poche de sa veste.

— Je vous l'avais dit, lança Bétina triomphale, mon fils dessine de façon sublime.

Elle n'espéra aucune marque d'approbation.

Comme l'avait spécifié Félicité Desmarais, Bétina entreprit le jour suivant la visite mensuelle aux vieux du village. La liste comportait cinq noms, trois hommes et deux femmes. Selon ce qu'elle avait déduit, il s'agissait plutôt de rencontres de courtoisie, axées sur le support psychologique et la médecine préventive. Elle se munit donc de sa trousse et partit à la recherche de ses patients selon les adresses consignées aux dossiers. Déception sur toute la ligne. Le mythe de vieillards dociles à l'écoute du moindre conseil de bien-être n'avait pas cours à Pointe-Manitou. À la première porte à laquelle elle frappa, on lui permit d'entrer avec réticence sous prétexte que le patriarche de la place, bien que grippé de ce temps-là, se portait comme un charme. Elle insista tout de même pour le rencontrer et découvrit un vieil homme renfrogné, enveloppé des pieds à la tête par un poncho en poil de vigogne et tirant fébrilement sur le bout d'ambre d'une pipe de porcelaine. Assis près d'un poêle à bois, le dos tourné à la porte d'entrée, il repoussa tout contact physique avec Bétina et refusa de lui adresser la parole. Une femme, présumément sa fille, d'un geste de l'index sur sa tempe, signifia que son aïeul avait perdu la boule. Bétina voulut l'attirer à l'écart mais la femme trouva la précaution superflue. «Vous pouvez parler, de toute façon, il est sourd comme un pot.» Bétina s'informa de l'état du malade et arracha des renseignements au compte-gouttes. Le vieux était grippé, soit, mais aucun drame n'était à prévoir; il avait survécu à des affections plus graves et aucune raison ne justifiait une intervention directe. Il n'était pas question de prendre sa température et encore moins de lui examiner la gorge pour déceler une possible infection. «Il a jamais avalé une pilule de sa vie et il commencera pas à son âge», avertit la femme en se plantant en face de Bétina, les mains sur les hanches. Mal lui en aurait pris d'insister de crainte d'affronter une accusation de tentative de meurtre. Elle tourna les talons et sortit sans aucune civilité.

La deuxième adresse était celle du presbytère. Bétina s'y présenta de bonne grâce, ces lieux étant habituellement synonymes de savoir-vivre. Elle déchanta vite. Le curé du village, un homme arrogant aux allures d'archevêque, l'introduisit avec condescendance. Il réprimanda Bétina sur sa simple qualité d'infirmière et déplora

— Pas nécessaire, répondit Bétina, mais je reviendrai.

Le prêtre pointa le nez au ciel.

La troisième maison fut heureusement plus hospitalière. D'une architecture classique, peinte de couleurs vives, elle était habitée par un couple âgé et prenant bien la vie. En ce début d'après-midi il y régnait une chaleur apaisante. La télévision murmurait, abandonnée dans un coin de la cuisine. Accaparée par l'homme de la maison, Bétina dut se soumettre à un test:

— Mot de huit lettres commençant par un d, personne ou chose que l'on adore?

— Dieu... divin... divinité, répondit Bétina.

— Divinité, applaudit le cruciverbiste en sautillant jusqu'à la table pour inscrire la réponse dans les cases d'une grille de mots croisés.

— Depuis le matin qu'il cherche ce mot-là, remarqua sa femme, occupée à surveiller la cuisson d'une recette de cretons, debout près de la cuisinière.

— Je suis l'infirmière, se présenta Bétina réconfortée.

Les deux vieux vinrent lui serrer la main tour à tour avec un sourire séduisant.

— J'espère que vous ferez honneur à sœur Félicité, avança le vieil homme l'œil malicieux.

Bétina se contenta de sourire et posa une fesse sur le bord d'une chaise. Les patients répondirent sans retenue à toutes les questions: aucune maladie, aucun symptôme, pas la moindre faiblesse.

Elle affronta alors un interrogatoire en règle sur ses antécédents universitaires et sa généalogie; son ascendance grecque suscita des commentaires. «Sur la mer Égée, affirma le vieux, Ellas, en grec». Bétina approuva, amusée. Elle obtint la permission de passer à la salle de bain et à son retour, un pot de cretons fumant l'attendait sur la table. «Laissez refroidir et vous enlèverez le dépôt de gras sur le dessus», conseilla la cuisinière. Bétina prit congé avec une certaine amertume.

Il lui tardait de rejoindre son dernier patient puisqu'il résidait sur la réserve indienne. Durant sa marche de quinze minutes pour s'y rendre, elle huma l'air salin à pleins poumons. Des gouttes de pluie perlaient à ses cheveux et elle boucla le collet de son veston de tweed.

La réserve, plantée en pleine forêt, était constituée d'une vingtaine de maisons disposées en cercle autour d'un îlot communautaire: un parc de verdure mal entretenu et un terrain de jeux pour les enfants. Chaque maison comptait dans sa cour une tente pouvant loger plusieurs personnes. Des hommes s'affairaient sous le capot de vieilles voitures ou autour de carcasses de motoneiges.

Aucun numéro n'apparaissait sur les maisons et Bétina sollicita de l'aide; une Indienne, avenante et occupée à garnir sa corde à linge, lui indiqua la maison où elle devait se rendre. Surprise. Dans la cour voisine, Vernon Metallic se tenait debout, les mains sur les hanches. Sans hésiter un seul instant, Bétina lui rendit visite et l'Indien la reconnut avec un air de méfiance sur le visage. Elle accepta la suggestion de pénétrer dans la tente. Il s'agissait d'un abri rudimentaire comportant le minimum de commodités vitales: un poêle au butane, une table bancale, un lit de camp, quelques casseroles noircies. Au centre et occupant toute la longueur de la pièce, un canoë posé sur des chevalets et dont l'Indien rapiéçait la coque à l'aide de lamelles de fibre de verre. «Je t'avais fixé rendez-vous», reprocha Bétina. Vernon haussa les épaules et s'assit sur le lit en s'essuyant les mains avec un chiffon.

Toute trace de l'incident avait disparu et l'Indien n'en conservait aucune séquelle apparente, hormis sa main droite toujours enveloppée de la même bande de gaze devenue crasseuse par l'usage. «Pas nécessaire», fit l'Indien. Bétina s'approcha, lui prit la main et en fit jouer les articulations: l'Indien réprima une grimace.

— Tu viendras au dispensaire aujourd'hui, exigea Bétina, c'est sérieux.

Vernon Metallic regarda sa main, continua l'exercice et porta ses yeux dans ceux de Bétina. «Tu viendras au dispensaire tout à l'heure, insista Bétina, après la visite sur la réserve, je te ramène avec moi.»

Un peu tendue, elle engloba la tente d'un regard circulaire. Même s'il ne dégageait aucunement l'image d'un homme appréciant le luxe, personne, pas même Vernon Metallic, selon Bétina, ne pouvait tolérer un tel dénuement: aucune chaise dans la place, pas davantage d'appareils électriques et pour toute nourriture, quelques boîtes de conserve posées à même le sol.

— Tu vis ici? demanda Bétina.

— Non, c'est mon atelier, répondit l'Indien.

Soulagement. Il s'empara d'un fond de tasse de thé sur la table et la tendit à son invitée. Bétina resta paralysée avec l'impression d'avaler une solution à base d'encaustique.

— Je t'ai attendu, reprocha Bétina, j'ai même failli partir à ta recherche mais j'ai changé d'idée.

Vernon allait se justifier, mais un petit garçon à moitié vêtu s'amena le quérir: il était demandé au téléphone. Bétina s'esquiva: «Je viens te chercher tout à l'heure.»

Elle se présenta à la maison indiquée pour sa dernière visite, un *bungalow* défraîchi, et en guise d'introduction, la poignée de la porte lui resta dans la main. Un enfant vint lui ouvrir et elle ressentit l'impression de se retrouver dans un monde surnaturel. La maison empestait la poudre d'alun et dans la cuisine, six hommes, installés à même le sol, mégissaient des peaux de castor. Les carcasses sanguinolentes des mammifères gisaient dans une cuve imposante et deux enfants, d'une saleté repoussante, se battaient les fesses avec chacun une queue des rongeurs. Trois femmes, assises à la table, prodiguaient des conseils en langue montagnaise. Bétina resta subjuguée près de la porte un moment sans que quiconque ne lui porte la moindre attention. Forcée d'interrompre le rituel, elle s'éclaircit la voix pour se présenter et annoncer le but de sa visite. Un des ouvriers, le teint buriné, un peu voûté mais encore alerte, s'approcha d'elle et se présenta comme le doyen de la maison; il ne paraissait aucunement les soixante-seize ans mentionnés au dossier. Désirant en finir au plus vite, il déballa son *pedigree* sans attendre les questions de l'infirmière. Un vieil ulcère à l'estomac lui occasionnait parfois des crampes localisées au creux du sternum, l'arthrite lui bloquait parfois les articulations, surtout par temps humide, et son kyste à la base des reins s'amenuisait à vue d'œil. Pour le reste, rien à signaler, à part l'infection périodique de son oreille droite et un abcès obstiné à la gencive inférieure. Trop occupé à l'heure présente, il refusa tout examen et réclama tout au plus une bouteille de camphre; sa trousse en était dépourvue et Bétina s'engagea à lui en faire parvenir une ce jour. «Pour le reste, précisa le vieil Indien, je m'en charge», avant de retourner à son ouvrage.

Désireuse de parfaire sa culture, Bétina s'approcha du chantier; on l'accepta avec des sourires en constatant son étonnement mais nul ne lui fournit d'explications. Les hommes devisèrent entre eux dans un dialecte incompréhensible, constitué de sons monosyllabiques et d'onomatopées rappelant des cris d'oiseaux. Pour alléger l'atmosphère, l'un des Indiens trancha la bourse d'un animal et en offrit le contenu à Bétina: deux testicules de la grosseur de noisettes. Étonnée, Bétina recula d'un pas, mais elle retomba vite sur ses pattes en stipulant sa préférence pour les amourettes de veau.

Elle ne s'attarda pas davantage de crainte de manquer Vernon Metallic. Il l'attendait dans sa tente, occupé à refermer une boîte de résine époxy; après quelque réticence, il l'accompagna jusqu'au dispensaire. En cours de route, il salua des gens par des signes de la main, tint tête à un chien en aboyant plus fort que lui, et manqua de peu une perdrix par un jet de pierre. Il ne prononça aucune parole à l'intention de Bétina.

— Je vais voir ton œil, proposa Bétina en pénétrant dans l'infirmerie.

Vernon s'y opposa mollement en prétextant qu'à part la trace d'une enflure bénigne il y voyait très bien. Bétina se désinfecta les doigts et examina l'intérieur de la paupière inférieure gauche. Elle retrancha un dépôt de matière purulente à l'aide d'un coton-tige et y versa deux gouttes d'une solution stérile; Vernon soupira comme s'il subissait le martyre.

Bétina s'attaqua ensuite à la main; à l'usage, Vernon en avait oublié l'existence et la bande de gaze était imbibée d'un repoussant amalgame d'huile à moteur et d'autres matières du même acabit. Il actionna encore ses jointures avec un certain inconfort. «C'est dangereux», insista Bétina sous le regard sceptique de son patient.

— Dans trois jours, je m'en servirai, assura Vernon Metallic.

Bétina l'incita tout de même à laver ses deux mains dans le minuscule lavabo, après quoi elle refit le pansement.

— Je vais serrer fort, prévint-elle, pour empêcher les doigts de bouger, et il ne s'en porta pas plus mal.

Vernon la dépassait d'une tête, massif et attirant. Une pièce d'homme, soumis malgré ses excès de réticence, tout le contraire de la loque humaine de leur première rencontre. Bétina le bichonna avec agrément, prolongea les soins pour retarder le moment de son départ et s'interrompit seulement quand l'Indien, sans avertissement, manifesta l'intention de partir. Elle lui céda le passage mais il s'arrêta sur le pas de la porte, chercha les mots qui lui manquaient, et Bétina resta en attente, le souffle court. Vernon Metallic l'impressionnait.

Vernon s'était commis. À la suite du séjour dans l'infirmerie, il avait décelé une échancrure dans la moustiquaire de la porte et avait insisté pour la réparer. «Une affaire de cinq minutes», selon lui. Il emprunta du fil à coudre et une aiguille et cousut si bien l'accroc que seul un œil exercé pouvait détecter l'imperfection. Bétina, amusée, prolongea son plaisir et le pria de poser un diagnostic sur le mauvais fonctionnement de son grille-pain électrique. Vernon emprunta un couteau pour en démonter le mécanisme et résolut un problème de court-circuit en un tour de main. «Attention à ton pansement», rabâchait Bétina sur l'épaule de l'Indien qui soupirait d'impatience.

Sur le point de disposer, il invita Bétina à l'accompagner chez lui. «On pourra toujours se préparer un souper», précisa-t-il. Bétina n'allait pas négliger la bonne fortune.

Vernon sembla pris au dépourvu quand il l'apprit mère d'un fils. Il proposa de l'amener et Bétina joua de chance: tiré du sous-sol, Vincent adhéra à la suggestion sans rechigner.

Le ciel s'éclaircissait et un arôme de violette embaumait l'air. Aucun vent. Une motocyclette les doubla à vive allure en pétaradant et Vincent se boucha les oreilles. Vernon dressa son poing au conducteur. Bétina reconnut la voiture d'Aubin stationnée devant l'hôtel.

Depuis la réserve, il fallait encore franchir la distance d'un demi-kilomètre dans un sentier avant d'atteindre le domicile de Vernon Metallic. Familiarisé avec l'exercice, l'Indien les précédait, les prévenant de la présence de branches pointues ou d'aspérités du sol. Bétina suivait de

bonne grâce mais Vincent commençait à tirer de la patte.
Vif comme l'éclair, Vernon saisit une couleuvre lisse et
s'en fit un collier vivant, ce qui incita la troupe à supporter le reste de l'expédition.

Vernon Metallic n'était pas peu fier de son domaine.
Un immense tipi de toile de chanvre dressait son pignon
d'au moins dix mètres vers le ciel. On avait défriché juste
assez large pour en ériger la structure et l'immense tente
reposait dans la forêt comme dans une enclave à l'abri
des intempéries. Un foyer de pierres plates se dressait
face à l'ouverture de la porte et une seconde tente, aux
dimensions plus discrètes, reposait à l'écart; Bétina la
supposa destinée aux obligations sanitaires. Une rivière,
modeste mais enjouée, coulait à proximité. Sans plus attendre, Vincent s'évada de l'attention de sa mère et s'en
fut prendre un bain de pied... sans enlever ses souliers.
Bétina se précipita à sa poursuite mais Vincent avait eu le
temps de s'immerger jusqu'aux genoux. Elle dut elle-
même se déchausser pour attraper la main de son fils,
trop fasciné par le contact de l'eau sur ses jambes pour
accepter de revenir de son gré. Vernon la laissa se débrouiller avec son rôle de mère et se retira dans la tente.
Bétina parlementa avec douceur, multiplia les caresses,
promit mer et monde et Vincent manifesta une bonne volonté équivoque.

Stupeur! Couché de tout son long près de la porte à
l'intérieur, un lynx superbe agréa les visiteurs avec d'immenses yeux rouges. Bétina resta ébahie et prévint tout
geste brusque de son fils. Vernon chassa la bête du pied
et, docile, elle libéra le passage en s'étendant à l'écart.
«Mon gros chat», rassura l'Indien.

Vernon laissa Bétina reluquer son intérieur; la tente
n'avait rien de commun avec un camp de chasse ou tout
autre bivouac temporaire. La pièce circulaire, fleurant la
poire, faisait au moins cinq mètres de diamètre et les
meubles sans luxe s'étalaient tout autour. Une chaudière,

destinée au chauffage et à la cuisine, trônait au centre, posée sur un lit de briques réfractaires. Un ingénieux système de cordages, fixés à même la toile de la tente avec des anneaux d'aluminium, supportait des tentures de coutil et offrait la possibilité d'isoler au besoin une partie ou l'autre de l'immense pièce. Des peaux de différents types de gibier s'agitaient entre ciel et terre.

Fasciné par le lynx, Vincent s'en fut se blottir contre la chaleur de son ventre; sa mère étouffa un cri, mais Vernon s'interposa en plongeant des yeux perçants dans ceux du loup-cervier. Rassurée, elle se laissa tenter par l'examen d'un établi encombré par un fatras d'outils délicats, de lignes et de plumes d'oiseaux multicolores; de toute évidence, Vernon s'adonnait à la fabrication de mouches à pêche. L'Indien lui présenta un verre d'une absinthe amère. «Je néglige mon travail par ta faute», blâma-t-il en dressant sa main entravée.

Bétina ne manifesta aucun regret et Vernon lui dispensa un cours accéléré sur les spécifications des nymphes imitant les éphémères et les perlidés, l'utilisation des sèches pour simuler les insectes adultes et des noyées feignant les ébats des lépidoptères entraînés sous la surface de l'eau. Chacune portait un nom exotique depuis *Jac's Red Stone* à *Brown Bivisible*, de *Dark Hendrickson* à *Black Nose Dace;* de surcroît, chaque leurre répondait à des formes et des couleurs particulières pour abuser le poisson. Zélée dans son apprentissage, Bétina se piqua un hameçon minuscule au bout d'un doigt; habitué aux accidents de la sorte, Vernon y exerça une infime incision avec la pointe d'un couteau et extirpa délicatement le crochet. «C'est ce qui arrive quand on fait pas attention», semonça-t-il et Bétina lui balança un coup de pied au derrière. Un bloc d'au moins une cinquantaine de grammes de haschisch roula par terre et grand cœur, Vernon l'offrit à Bétina: «Garde-le, dit-il, j'en ai d'autre; des cadeaux de mes clients américains.»

Elle le fourra dans sa poche et pour éviter le risque d'autres impairs, elle envahit le divan de cuir, en l'occurrence la banquette arrière d'une voiture américaine. Vernon chargea la chaudière de deux bûches d'érable pour chasser l'humidité, renouvela les potions d'absinthe et vint s'asseoir par terre à ses pieds. Vincent dormait entre les pattes du loup-cervier.

La tête inclinée en arrière, le verre tremblant dans sa main, Bétina frôla la béatitude. Le jeu du soleil entre les nuages composait des effets d'ombre et de lumière sur la toile translucide de la tente. La fourrure des peaux suspendues frissonnait sous l'effet de la condensation et le lynx, étendu de tout son long, ronflait comme un homme. Bétina posa une jambe sur l'épaule de l'Indien.

Ils se rencontraient en tout et pour tout pour la seconde fois et Bétina éprouva l'impression de connaître Vernon Metallic depuis toujours. Ils n'avaient d'ailleurs échangé que des phrases utilitaires et elle était convaincue de tout savoir de lui, le calme et la tempête, le contentement et la fureur. «Tu parles pas…?»

Vernon lui massait du majeur la plante du pied et Bétina frissonnait. Inlassablement, par vagues successives, il étendit sa trajectoire du talon aux orteils et d'une cheville à l'autre. Bétina s'abandonna et un flux de désir inonda ses cuisses. Elle délaissa son verre et se coula sur le plancher. Vernon se libéra de côté, posa un bras sur son épaule et persista à l'apprivoiser en lui titillant l'oreille. Bétina toléra la cajolerie jusqu'à la limite du supportable et n'en pouvant plus de subir le martyre, elle se renversa sur la jambe de son tortionnaire, se cambra en cadence et perdit la boule. En pleurs, elle manda le ciel à son secours et le lynx, importuné, émit une plainte. L'extase.

— Attends.

Bétina empêcha Vernon de la dévêtir, le temps de revenir sur terre. Elle s'allongea sur sa poitrine, enfouit le nez dans la peau de son cou; Vernon sentait le néroli.

— T'aimes ça?

— Mets-en.

Bétina était blottie contre un animal fouineur; du nez, des yeux, des mains, il l'émouvait partout sans amertume. Elle sursautait si Vernon frisait la peau d'une épaule ou rasait le nerf d'une hanche. Avec une économie de gestes prometteuse, éveillé à la moindre résistance, il la dévêtit tout de même, Bétina demeurant moelleuse comme une éponge. Ses vêtements sortaient de la dernière pluie. Elle pointa deux seins accusateurs, dévoila un ventre perturbé et exposa un sexe consentant. Vernon se mit tout aussi nu et l'enleva sur lui. Le voyage! Bétina n'en eut que pour elle, pompant son plaisir à la source du monde, en toute quiétude. Le sexe de Vernon, fièrement dressé, envahissait chacune de ses tripes, lui scellait l'estomac et lui raclait la gorge. Bétina contracta les jambes, déploya les bras en croix, retint son souffle et plongea dans le déluge. Abandonnant son âme, elle astiqua la porcelaine, monta un cheval d'arçons, se pendit à une liane trompeuse et côtoya les portes de l'enfer. Témoin de la confusion maladroite, Vernon songea à lui et abandonna Bétina à la dérive. Il s'accrocha à ses seins désarmés, plongea plus profond encore en elle et déboucha du trépas à la vie. Insupportable! Bétina lui offrit les portes du monde, l'enlaça de toutes parts et pleura toutes les larmes de son corps. «Hostie!»

Vernon l'amadoua en étreignant chacun de ses muscles avec une détermination méticuleuse. De la tête aux pieds, d'une fesse à l'autre, sans jamais lambiner, il enjamba le moindre monticule, s'épancha sur des plaines sauvages, explora le plus infime orifice; Bétina se laissa prospecter comme une esclave.

— Tu t'en vas?

Debout, la tête dans les nuages, Bétina inventoriait ses vêtements. Elle était trempée jusqu'aux os et s'assécha près de la chaudière. Vernon persévéra encore et la séquestra près de lui; elle résista, s'exila au bout de la terre, et expédia toute résistance aux orties. Vernon persévéra avec sa bouche là où il avait laissé avec ses mains. Misère! Il dépista avec sa langue des cavernes inédites et broya des fruits exotiques avec avidité. Bétina était morte. Vernon reprit la gouverne; profitant de chaque éclaircie, contournant le moindre écueil, il intégra Bétina à la vie après des heures d'interminables caresses. Elle sombra de bonne foi pour le plaisir de se laisser ramener au rivage.

— Laisse, christ!

Bétina se dégagea brusquement et reprit du poil de la bête. Le dos tourné pour ne rien apercevoir de toute invite, elle remit ses vêtements, assurée d'être rassasiée.

— Rien de moins, dit Vernon en l'imitant.

Elle s'attarda à l'évier pour s'asperger le visage d'eau froide. Le lynx annonça ses couleurs et s'en vint frôler leurs jambes. Vincent, tiré du sommeil, pleura à s'en fendre l'âme; Bétina le secourut avec ivresse, multiplia les affections et parvint à le replonger dans le sommeil.

— Je pars.

— Moi aussi, dit Vernon.

— Tu vas où?

— Vider mes filets.

— À cette heure? s'étonna Bétina.

— Je manque de temps le jour, expliqua Vernon, j'y vais la nuit. Tu peux venir si tu veux.

Car en plus d'être réputé comme le meilleur guide de pêche au saumon sur toute la côte, Vernon Metallic s'adonnait également à la pêche à la morue avec un égal bonheur, question d'arrondir ses fins de mois. Il refilait ses prises à ses congénères de la réserve et comptait en plus quelques villageois comme fidèles clients. Et s'il arrivait que durant leur migration, quelques saumons désorientés s'accrochaient dans ses filets, il n'en soufflait mot à personne et pratiquait cet autre commerce au noir sans remords et dénichait toujours un acheteur complaisant pour l'encourager dans le braconnage; les noms du curé et du maire du village se trouvaient d'ailleurs inscrits sur sa liste d'attente. Au ministère du Loisir, de la Chasse et de la Pêche, on assurait l'avoir dans la mire mais en pratique, on le tolérait, dans la mesure où l'Indien ne dépassait les bornes et ne se vantait trop ouvertement de ses faits d'armes.

Courbaturée, les membres en compote et la tête engorgée de souvenirs impérissables, Bétina retomba vite sur ses pattes et accepta d'accompagner l'Indien, question de prolonger sa présence près de lui.

Alors que la réserve indienne était enclavée dans la forêt, la tente de Vernon Metallic, dressée à l'écart, se dissimulait dans une sorte d'anse naturelle et un autre sentier, plus court mais mieux dégagé, assurait l'accès directement à la mer. Bétina y fit une autre découverte impressionnante; dans la noirceur, elle aperçut tout de même un quai de bois rond, rustique mais d'apparence solide, auquel était attachée une embarcation sans cabinage qui valsait au gré des vagues évasées. Près du quai, des amoncellements de filets de pêche et des barils bleus et imposants qui étaient utilisés comme flotteurs. Vernon chargea six barils dans la chaloupe en un tour de main, invita Bétina à prendre place et fit démarrer son puissant *Evinrude* qui s'emballa à la première tentative.

Alors qu'elle était installée à la proue, le vent du large lui fouetta le visage et elle se félicita d'avoir songé à se couvrir les épaules d'une couverture de laine sans laquelle elle aurait gelé comme des cretons. Le ciel était sombre et au large, plus loin, un vaisseau de croisière s'imposait, illuminé comme un arbre de Noël.

Vernon manœuvra durant de longues minutes et éclairé par un sixième sens, il se dirigea droit sur ses filets sans qu'apparemment aucune indication ne vienne lui désigner la course à suivre. D'un geste, il pressa Bétina de s'asseoir à même le fond sur une chaudière métallique et prévue à cet effet. Elle obtempéra sans rechigner, d'autant que la levée des filets s'amorça dès lors et imprima au bateau une agitation peut-être bien périlleuse pour tout passager à l'équilibre non exercé. La moisson se révéla satisfaisante, Vernon remplissant deux bacs de morues à ras bord et en cours d'exercice, il exhiba deux saumons flamboyants qu'il dissimula dans une boîte de bois à la poupe.

Le plus redoutable était à venir. Vernon souffla un peu, s'amena près de Bétina pour lui tapoter les seins et elle lui flatta le ventre. Il sentait le sel à plein nez, affichait des cheveux en bataille et était beau comme un dieu d'après ce qu'elle en pouvait juger.

— Je gèle, christ!

— Ça achève, l'encouragea Vernon.

Après ce plaisant intermède, il s'en retourna au centre de l'embarcation et se mit en frais de charger les flotteurs l'un après l'autre, expliquant que nonobstant toutes ces précautions, ceux-ci fuyaient; il devait donc se résoudre à les changer toutes les semaines pour éviter que ses filets ne coulent à pic. Néophyte en la matière, Bétina n'en avait cure et elle pressa Vernon de se grouiller un peu car sinon elle allait attraper son coup de mort. «Ça achève, insista Vernon, et c'est la dernière fois que je t'amène avec moi.» «Ça m'en fait de la peine», rétorqua Bétina en comptant les étoiles.

À terre, Bétina n'eut d'autre souci que de ressusciter le feu et de s'y cantonner durant de longues minutes en se frottant les mains l'une dans l'autre pour rétablir la circulation sanguine. Vernon, ailleurs, transporta ses prises à la tente à l'aide d'une brouette d'une autre époque, mais qui semblait remplir son office avec tous les honneurs malgré son âge vénérable.

— Je m'en vais chez nous, dit Bétina, plus tard, un peu réchauffée.

— Prends une morue, suggéra Vernon.

— Laisse faire, objecta Bétina, je veux plus en voir pour le reste de mes jours.

Elle rassembla ses affaires, s'attarda encore un moment près du feu, salua à la militaire et accrocha Vincent par un bras pour l'entraîner à sa suite.

Orientée par une énergie paisible, elle identifia chaque branche traîtresse, esquiva tous les pièges du sentier en terre battue. Suivant de peu, le lynx les raccompagna par-delà la réserve et rebroussa chemin aux premières lueurs de la civilisation.

Vincent supporta une partie du voyage et s'endormit debout au coin de l'Hôtel de l'Île. Sa mère s'en saisit comme d'un sac de farine, le jucha sur ses épaules et le confina en équilibre certain jusqu'au dispensaire; ainsi disposée, Bétina l'aurait entretenu de la sorte jusqu'à l'aube.

Bétina avait vécu des heures agitées. Ayant épuisé son sommeil, Vincent s'imagina en plein jour et n'arrêta pas d'explorer la maison durant toute la nuit. Au sous-sol, il entreprit la construction d'une structure imaginaire et assembla des pièces de bois à n'en plus finir. Il s'acharna ensuite à rouler inlassablement un verre sur la table de la cuisine. Épris d'aventure, il explora sa chambre pouce par pouce dans laquelle il pénétrait pour la toute première fois. Surmené au petit matin, il s'étendit près de sa mère; Bétina se crut réchappée et elle déchanta vite: Vincent apprécia le confort des couvertures et tel un animal fouineur, il lui lécha un genou jusqu'à ce que mort s'ensuive. Bétina se leva avec l'aube au moment où Vincent tomba de sommeil.

Imbibée encore du musc de la veille, elle dessala dans l'eau d'un bain. À tête froide, sans plus aucune imagination, elle excita sa patience; mariant la douceur et l'intolérance, elle mima les gestes anodins et efficaces de Vernon: ses seins restèrent de glace, son ventre utilitaire et ses cuisses amorphes. Elle s'en prit à l'autorité de l'individu sur ses sens.

Le respect du programme élaboré par Félicité Desmarais lui commandait d'entreprendre la vaccination antivariolique des enfants de l'école avant la fin de l'année scolaire; le dossier mentionnait huit patients. Au téléphone, la directrice exprima une courtoisie réservée et établit le rendez-vous au lendemain.

Aubin sévissait au magasin général en pestant contre le prix des denrées. L'arrivée de Bétina n'interrompit en rien son discours à l'intention de quelques clients impressionnés:

«... les Colombiens sont trop intéressés par la coke pour cultiver le café. Toutes les plantations appartiennent aux Américains qui les exploitent avec la complicité de prête-noms. Les travailleurs sont payés quelques "cennes" de l'heure mais c'est ça ou ils crèvent de faim. Et ils nous vendent ça huit dollars la livre rendu ici. J'en ai cultivé du café en serre chaude en Gaspésie. Du bon qui raclait la gorge, proche du moka de l'Arabie. J'ai approvisionné le village d'Anse-pleureuse durant deux ans avec mon café. Je torréfiais dans le four de la boulangerie et je livrais aux maisons. Quand ça s'est mis à trop bien fonctionner, le gouvernement s'en est mêlé. Mon installation manquait de salubrité: aurait fallu que je porte une résille sur la tête et que j'aille pisser avec des gants de plastique. J'ai tout arrêté ça du jour au lendemain. Pour vider ma serre, j'ai laissé courir la rumeur que je cultivais du *pot:* les flics sont venus et ont tout nettoyé en dedans d'une heure. Ils ont dû éternuer s'ils ont essayé de *sniffer* ça!»

Muni de sa voix de stentor et paré de son allure grandiloquente, Aubin jouait au théâtre; il était passé maître dans l'art de cultiver ses effets, et selon le thème de son discours, il adoptait les allures de ses personnages, se déguisait à l'occasion si l'auditoire en valait la peine. Il cultivait sa réputation d'aventurier avec un soin jaloux et au village, personne ne contestait sa notoriété de coureur de jupons. Un soir, à l'hôtel, on paria des sommes folles sur sa présumée nuit de débauche avec la princesse Caroline de Monaco et Aubin avait tout confirmé avec force détails croustillants. «Gêne-toi pas pour remplir ton panier, je vais te reconduire», offrit Aubin.

Offre fort bienvenue et Bétina profita de l'occasion pour se procurer des denrées dont elle aurait à se servir plus tard. Il laissa son public sur sa faim et son sac de café à la main, il escorta Bétina à travers les allées, énonçant des commentaires impertinents sur chacun de ses achats: le détergent avec phosphate, les agents préservatifs dans la marmelade, le gras dans la viande. «Ça va! fit Bétina abusée, viens me conduire si tu veux, mais j'achète selon mes besoins.» Peu habitué à la contradiction, Aubin resta sans voix un moment, néanmoins, pour satisfaire son orgueil, il remit en question sa compétence d'infirmière. «La santé, confirma Bétina, c'est aussi de pas se laisser importuner par le premier venu.» Aubin avait trouvé chaussure à son pied. Même si un irrépressible besoin de maîtriser les autres l'incitait à de fréquents excès de langage, il ne crachait pas sur la controverse occasionnelle sujette à entretenir la conversation. Et un différend avec Bétina ne lui répugnait pas si tant était la possibilité de le régler à l'amiable.

Il la reconduisit effectivement chez elle mais dans de meilleures dispositions; ne pouvant plus escompter le public pour goûter ses paroles, il devint plus calme.

Aubin collabora au transport des marchandises dans la cuisine sans rouspéter; Bétina le remercia avec emphase et il s'attarda. Assis à la table de la cuisine, il réclama une bière en échange de ses services, mais il dut se rabattre sur un verre de jus de fruits. Il fit la fine gueule mais s'en contenta sans trop de mal.

— On t'a vu passer avec le sauvage, hier...

Bétina l'attendait et fut juste surprise du ton relativement monocorde utilisé par Aubin.

— Avec Vernon, corrigea-t-elle, je suis allée chez lui.

— Attention à ça, tu as dû attraper des poux.

— Franchement, Aubin.

— C'est connu, reprit-il, les sauvages sont pleins de poux et couverts de gales. Trop lâches pour se laver.

Bétina n'était pas pour l'approuver, défendre trop ouvertement l'Indien, toutefois, n'aurait eu pour résultat que d'attiser le feu. Elle acheva de placer ses emplettes et s'assit à la table, un peu absente.

— J'ai soigné Vernon Metallic l'autre jour et j'ai rien découvert.

— T'as mal regardé, c'est sûr. La réserve est un nid de vermine qui déborde jusqu'au village. Les gens veulent que le gouvernement relocalise la bande dans la forêt, là d'où elle n'aurait jamais dû sortir.

— Et tu es d'accord sans doute? demanda Bétina.

— À cent pour cent, confirma Aubin. À part de voir les jeunes indiennes au village, on a rien à perdre. Des belles filles, mais qui sentent le loup-marin.

L'atmosphère était plus ou moins plaisante. Pour une raison obscure, Aubin n'en finissait pas de se placer en travers du chemin de Bétina. Il profitait de toutes les occasions pour se manifester, étirait ses présences, mais, anticipant peut-être un refus, il avait évité de manifester une intention précise envers elle. Tout en se voulant très proche, il jouait les inaccessibles, laissant apparemment à Bétina l'occasion de se compromettre par une parole ou un geste consentant. Il n'y avait pas à s'y tromper, son acharnement à déprécier avec vigueur Vernon Metallic en sa présence démontrait un sentiment ambigu, une jalousie latente. Par ses allures de conquérant et son aisance naturelle, Aubin exhalait un charme certain, mais par orgueil, Bétina se gardait bien d'y succomber.

Pour peu qu'elle le connaissait et pour des raisons différentes, Vernon n'avait cependant rien à lui envier. Retiré dans sa tanière, réticent à se manifester, l'Indien n'en continuait pas moins de susciter la curiosité de Bétina; Aubin avait beau se pavaner comme un paon, elle rêvait de se fondre dans les bras de Vernon Metallic et imagina déjà une raison de se retrouver près de lui.

Aubin n'imposa heureusement pas trop sa présence. Il profita du passage discret de Vincent dans la cuisine pour se vanter d'être lui-même père d'un fils d'une vingtaine d'années, sans trop insister sur le sujet. «Merci pour m'avoir conduite, fit Bétina, t'es pas mal fin.» Aubin l'assura de sa constante disponibilité.

Vincent ayant regagné le sous-sol pour se suffire à lui-même, Bétina mit de l'ordre dans ses affaires. Elle s'occupa à se familiariser encore avec les dossiers de ses patients, astiqua le matériel de l'infirmerie et prépara sa trousse en prévision de la vaccination des enfants. Elle s'installa alors dans le fauteuil du salon pour terminer sa correspondance.

La lettre de sa sœur, qu'elle ouvrait enfin, se révéla d'une tenue sans surprise. Aïda y avait écrit des balivernes sur son travail répétitif, ses amours vacillantes et la température exécrable. Un mot aussi sur la santé défaillante de leur mère et dans ce sens, un avertissement à s'attendre au pire.

Elle choisit plutôt de répondre à la missive d'Eunice, mais la sonnerie du téléphone vint interrompre son projet. Vernon?

Il s'agissait en lieu et place d'un journaliste de la métropole, posé, et à la dic-ti-on exaltée, qui insistait pour la rencontrer. «Quoi?» fit Bétina. Il lui exposa la raison de sa visite en deux temps trois mouvements: dépêché par sa station pour compléter un dossier d'affaires publiques sur les problèmes des villages de la basse Côte-Nord, il avait porté son choix sur Pointe-Manitou et arrivait le lendemain. «Ah!» fit Bétina. Chanceuse, elle allait admirer sa binette au petit écran puisqu'il comptait l'interviewer dans le cadre de son enquête et, ajouta-t-il: «Vous serez bien entourée, puisque le maire, le curé, et la directrice de l'école ont déjà accepté d'y participer.» «Ah! fit encore Bétina, mais étant nouvelle au village, je serais mal placée pour me prononcer et d'ailleurs, les problèmes de la basse côte, je m'en balance pas mal.» «Vous me le direz à la caméra», suggéra le journaliste avant de raccrocher sans autre civilité. Bon.

Elle se remit à sa correspondance et, pour éviter de se laisser influencer, elle se refusa à relire la lettre d'Eunice; elle composa des phrases inédites sur son état d'esprit présent, au fil de la plume et sans trop d'égards aux subtilités de la syntaxe. Contrairement à son ex-compagne, elle jugeait leur séparation salutaire et qui, au bout de la ligne, se révélerait sans doute profitable autant pour l'une que pour l'autre. «*Nous en étions rendues dans une impasse et cette vacance aura pour effet de nous situer.*» Il s'agissait d'une coupure radicale et c'est à ce prix seulement que leurs sentiments allaient se clarifier. «*Tu me manques aussi, bien sûr, parfois, mais la séparation est efficace.*» Il fallait cependant se conformer à leur entente et résister à toute tentative de rapprochement. «*J'ai pris le parti de passer à autre chose et notre rupture est trop récente pour changer d'idée.*» Bétina s'épancha sur des pages et des pages pour préciser ses sentiments et justifier ses actes. «*J'ai découvert avec toi des sensations inédites, mais je veux voir ailleurs.*»

Eunice, encore insistante, serait sans doute déçue mais Bétina avait choisi de voler de ses propres ailes et rien ni personne ne parviendrait à la distraire de son dessein.

Même si elle entretenait avec elle des rapports ambivalents, Bétina se réjouit de la visite de Félicité Desmarais. Après les heures d'une intensité sans mesure avec Vernon Metallic, il lui avait été ardu de se retrouver seule avec elle-même; d'une certaine manière, l'Indien avait imposé sa présence sans trop s'en rendre compte et la solitude lui pesait. Vincent, toujours hors de portée, ne pouvait combler le vide. Même si elle avait toujours clamé haut et fort son autonomie, Vernon jetait toutes ses belles théories par terre. Pourtant, il n'avait presque rien dit, avait manifesté une retenue à toute épreuve mais Bétina était comblée.

L'attitude altière, le geste convaincant, Félicité Desmarais constituait en quelque sorte une bouée de sauvetage dans les circonstances. Contrairement à son allure coutumière, elle s'était libérée de son visage hermétique pour une expression plus attrayante, moins collet monté.

— Je reviens toujours ici avec émotion, s'excusa-t-elle, debout dans la porte de l'infirmerie. Il en est passé des malades durant toutes ces années, des cas difficiles parfois que je n'ai pu sauver.

— En trente ans, il s'en passe des choses, compatit Bétina.

Félicité s'appuya sur la table d'examen.

— Je me souviens d'un cas particulièrement pénible; un homme du village avait poignardé sa femme et ses deux enfants pour tenter ensuite de s'enlever la vie. Une boucherie sans nom. C'était en février, durant une tempête de neige, et l'avion du gouvernement n'avait pu atterrir. On les avait transportés tous les quatre ici. Cauchemar. On avait déposé les corps sur le plancher du salon et alors que je tentais de lui extraire une balle du thorax, l'assassin, dans son délire, trouvait la force de traiter sa femme de tous les noms inimaginables. Je suis parvenue à le sauver in extremis et ramené chez lui sous bonne garde, il s'est empoisonné le lendemain matin; après dix-huit ans, on s'interroge encore sur la provenance de ses capsules d'arsenic. Je ne te souhaite pas un tel carnage, conclut Félicité Desmarais en quittant la pièce.

Les deux femmes se retrouvèrent assises l'une en face de l'autre à la table de la cuisine; Félicité avait accepté un café.

— J'ai visité les vieux du village, dit Bétina avec une certaine fierté, la belle affaire.

— Problème? supposa Félicité.

— Pas vraiment puisque j'ai déjà travaillé en gérontologie durant quelques mois, mais les vieux, ici, sont d'un genre un peu spécial. À part monsieur Wysote de la réserve indienne, les autres sont pas faciles; tous séniles et dans des environnements discutables.

Félicité, sceptique, tenta une explication:

— Le fait que tu sois nouvelle ne t'a sans doute pas aidée.

— Pas ça, insista Bétina; on les croirait séquestrés par leur famille. Même le curé m'a conduite à sa mère avec réticence et il a été désagréable.

— Monsieur le curé est pourtant d'une gentillesse...

— Un frustré, coupa Bétina, le genre d'homme incapable de supporter la présence d'une femme.

— Tu es un peu dure, avança la religieuse; il est souvent amené à régler des problèmes dont nous n'imaginons pas la portée.

— M'en fous, certifia Bétina, et il se prend pour le pape.

Félicité Desmarais s'appliqua à contester l'énoncé:

— C'est un prêtre tout à fait dévoué à son ministère.

— Ça l'empêche pas d'être bête, coupa Bétina.

Elles ne pourraient s'entendre et Bétina laissa border; Félicité Desmarais conclut la même chose et elle agit de même.

Bétina roula un joint de haschisch sur le coin de la table. «Demain, c'est la vaccination des enfants», apprit-elle sans lever les yeux de son ouvrage.

— Ça sera sans doute plus agréable, supposa la religieuse, les enfants sont impressionnés par la vaccination, mais il s'agit d'user d'un peu de diplomatie. Je pourrai t'accompagner, proposa-t-elle, au moins, ils me connaissent.

— Non, objecta Bétina, je préfère y aller toute seule; c'est mon travail.

Félicité repoussa la cigarette de haschisch et Bétina y fit honneur avec une satisfaction tranquille. Son cerveau s'affina immédiatement, sa langue s'engourdit et ses idées s'imposèrent avec davantage d'acuité; elle imagina Vernon courbé sur sa table de travail en train de s'adonner à la fabrication de mouches à pêche.

Félicité Desmarais devint elle aussi rêveuse et s'absenta dans le vague.

— Je suis en période de profonde interrogation, avança-t-elle avec une certaine retenue. Après toutes ces années passées ici, j'ai envie de connaître autre chose. Le dispensaire occupait mon esprit, mais alors que je me retrouve inactive, le temps est long.

— Il y a d'autres religieuses avec vous?

— Toutes plus âgées que moi et d'une certaine façon, d'une autre époque. En quittant le dispensaire, j'avais le projet de me consacrer entièrement à Dieu mais par un brusque revirement des choses, je n'y trouve plus beaucoup d'intérêt.

— Bon...

— J'ai toujours vécu pour les autres et surtout, avec les autres, enchaîna Félicité. Mon rêve est de me trouver seule pour me coucher et me lever à mes heures, manger si ça me tente, côtoyer du vrai monde.

— C'est facile, l'encouragea Bétina.

Félicité Desmarais opina de la tête avec cependant un air d'interrogation.

— Je songe à quitter le village, avança-t-elle, et aussitôt ma décision arrêtée, le plus tôt sera le mieux.

— Il faut pas hésiter, conseilla Bétina, et prendre la décision.

La religieuse s'apprêtait à partir. Elle se leva, contourna la table et vint embrasser Bétina sur la bouche en lui immobilisant la tête dans les mains. Bétina lui caressa l'aisselle.

Victime d'un subit accès d'épouvante, Vincent escalada l'escalier du sous-sol en pleurant à s'en fendre l'âme. Le sachant nul en bricolage, sa mère le crut victime d'un accident et se précipita à sa rencontre. Il n'affichait aucune blessure apparente, mais pour une raison mystérieuse, il manifestait une agitation impulsive, les yeux exorbités. Bétina tenta de l'intercepter pour le presser contre elle; Vincent, coulant comme une anguille, lui glissa des mains et s'enfuit à l'extérieur. À bout de souffle, elle le rattrapa dans la cour de l'église, l'immobilisa avec les menottes et l'escorta à la maison.

Bétina s'était endormie en ressassant les paroles de Félicité Desmarais. Lors de leurs rencontres précédentes, la religieuse avait démontré une maîtrise sans faille et une sérénité évidente; pourtant, elle devait avoir entrepris déjà la remise en question de son avenir pour en être arrivée si vite à une conclusion. Du coup, Bétina lui accorda davantage de sympathie, et sans forcer la note, elle se sentit disposée à la seconder dans la mesure de ses moyens.

Si le baiser, insistant et charnel, échangé avec la religieuse la laissa perplexe, il eut pour effet de susciter en elle le désir; elle revécut avec concupiscence les caresses inédites de Vernon. Sans en appeler à des techniques inusitées, avec des gestes avares d'effusion, il était parvenu à l'élancer dans un état d'ivresse dont elle n'avait jamais connu même les premiers balbutiements. Bétina avait côtoyé une apothéose quasi intenable, prolongée, voisine de la douleur; jamais un être, par les plus savants procédés, ne lui avait procuré autant de plaisir. Elle se caressa langoureusement, imita les effleurements de l'Indien, ses pressions les plus précises et à peine en ressentit-elle un vague frissonnement. Elle s'endormit en pente douce.

À l'école le lendemain, on la toisa avec appréhension. Bétina avait eu beau choisir des vêtements de couleurs vives dans le but de faciliter le contact avec les jeunes, on ne lui destina aucun applaudissement. L'attitude de Rosemonde Dupéré, redevenue précieuse et sans chaleur, n'arrangea pas les choses. Elle la parqua dans un local désaffecté du sous-sol, humide et à l'éclairage vacillant, et lui amena les huit enfants aux regards circonspects. La vue des instruments de «torture» étalés sur la table les laissa sans moyen et les sourires engageants de l'infirmière ne connurent pas un grand succès; Bétina se voulut paisible.

Elle expliqua d'abord la raison de l'entreprise: prévenir toute infection de la variole, une éruption cutanée grave laissant des marques indélébiles sur la peau même après sa guérison. Le procédé: les mouchetures, pratiquées à l'aide d'un instrument désigné sous le terme savant de vaccinostyle. «Malgré son nom, il n'est pas méchant», assura Bétina en exhibant l'ustensile en forme de stylo-bille. Elle désigna un premier sujet parmi les trois garçons présents et adopta celui qui, selon elle, pourrait supporter le plus aisément l'opération; un enfant au visage expressif qui la défia, frondeur et mains dans les poches. Il rouspéta à la suggestion de dénouer la ceinture de son pantalon, mais Bétina le rassura en termes humoristiques: «Personne verra tes belles fesses, juste le bas de ton dos.» Il s'exécuta avec réticence, et courbé sur la table, il subit la scarification au niveau des reins: trois incisions superficielles desquelles jaillit une infime traînée de sang. «Encore! Encore!» haleta-t-il à la fin de l'opération. Jouant le jeu, Bétina lui infligea une faible taloche derrière la tête et appela le suivant.

Les cinq filles y mirent plus de manières et exigèrent le départ de leurs confrères avant de daigner s'exhiber. Les protestations fusèrent et Bétina trancha: il était simple justice que les garçons assistent jusqu'à la fin et de toute manière, expliqua-t-elle, «il ne s'agit pas d'un strip-tease.» Les garçons gagnèrent leur point.

Une dénommée Fanny, friponne et impertinente, joua les héroïnes, s'approcha de la table, tourna le dos au public et baissa sa culotte jusqu'à terre. On ne lui en demandait pas tant, mais elle reçut un chaleureux accueil du public, à coups d'applaudissements nourris et de bravos enthousiastes. Elle s'inclina comme les autres sur la table et présenta deux rondeurs appétissantes soutenues par des cuisses d'une pâleur laiteuse. Troublée par l'odeur aigrelette dégagée par ce jeune corps séduisant, Bétina y dessina trois sillons irréguliers en tenant son scalpel d'une main mal assurée. Les quatre autres fillettes manifestèrent heureusement plus de retenue, mais l'histoire n'en fit pas moins le tour de l'école et Rosemonde Dupéré en récolta des cheveux blancs.

Le journaliste se présenta avec son équipe, une heure plus tard qu'il n'était prévu et sans s'excuser. «J'ai pas juste ça à faire», gronda Pierre Meloche, un visage vaguement connu, en raison de sa présence épisodique dans le bulletin des nouvelles télévisées. «Moi non plus», rétorqua Bétina. Son équipe! Six personnes débarquées le matin d'un avion-taxi et Aubin, le chauffeur. Bétina s'imagina bonne pour le festival de Cannes. Alors que les autres montaient le *set up* dans l'infirmerie pour ajouter au réalisme, Meloche séquestra Bétina dans le salon pour délimiter les cadres de l'entrevue. Aubin, appuyé contre le mur, demeurait étrangement silencieux.

— Comprenons-nous bien, insista le journaliste, mes questions seront précises et je veux des réponses précises, et courtes dans la mesure du possible.

— D'ac, accepta Bétina.

— Je veux que vous me parliez des problèmes du village: l'isolement, le chômage, la pauvreté, la drogue, la...

— Si je te suis bien, coupa Bétina, tu veux nous faire passer pour une gang de niaiseux.

— Pas vraiment, rétorqua Pierre Meloche, mais il faut présenter la situation telle qu'elle est.

Aubin faisait les cent pas en soupirant comme un cheval alors que Bétina considérait plutôt les choses à la légère:

— Faut quand même pas exagérer, plaida Bétina, il y a pas plus de problèmes ici qu'ailleurs; l'isolement, oui, le chômage aussi, la pauvreté, c'est à voir et quant à la drogue, on est pas à Medellin.

Le journaliste reprit son argumentation avec conviction:

— Mes recherches m'indiquent pourtant que Pointe-Manitou est représentatif des autres villages de la côte avec sa consanguinité, les services publics défaillants, les relations tendues avec les Indiens de la réserve...

Aubin avait assez sué et il explosa:

— Coudon tabarnak, pour qui tu nous prends? demanda-t-il au journaliste en le saisissant par sa cravate de lin de Flandre. T'as l'air de penser qu'on est une gang de dégénérés!

Bétina se cantonna confortablement dans le fond du fauteuil pour bien savourer la scène. Aubin enchaîna du haut de ses six pieds: «Je te suis depuis le matin et tu poses les mêmes maudites questions à tout le monde sur les misères du village, la boisson, la drogue, ça finit plus!

— C'est un dossier d'affaires publiques, rétorqua le journaliste, les pieds à deux pouces du sol.

— M'en câlisse! répondit Aubin. Tantôt, je t'ai vu rire ouvertement du maire quand il a bafouillé dans une réponse et tu as essayé de faire avouer à la directrice de l'école que ses élèves étaient tous des innocents! Ça va faire et si vous êtes venus rire de nous autres, vous venez de frapper un nœud, et à partir de tout de suite, trouvez-vous un autre chauffeur, c'est fini pour moi.

Sur un signe du réalisateur, le caméraman avait immortalisé la scène sur la pellicule, le technicien au son promenait son microphone à la barbe d'Aubin et l'assistante accumulait fébrilement les notes; le directeur de la photo se rongeait les ongles.

— Il ne faut quand même pas paniquer, risqua le journaliste en protégeant les boutons de sa chemise.

— Personne panique ici, reprit Aubin, mais il y a un boutte à toute! On se croirait une *gang* d'animaux dans un cirque et vous venez nous observer avec votre lorgnette; ça va faire!

Aubin laissa enfin le pauvre journaliste retomber sur ses pattes, mais il n'en avait quand même pas fini avec son propre dossier. Il s'adressa alors au caméraman: «Et toi, mon homme, tu vas me donner ta cassette tout de suite; j'ai pas envie de passer au téléjournal.»

Le réalisateur s'interposa:

— Pas question, dit-il, personne ne va toucher à ce qui a déjà été tourné!

— Ah non, fit Aubin en s'approchant, c'est ce qu'on va voir.

Il écarta sans ménagement le caméraman de son appareil, força un panneau sur le côté de la caméra, s'empara de la cassette litigieuse, la jeta par terre avant de la piétiner avec ses *kodiacs;* il n'en subsista pas grand-chose, hormis quelques débris épars. Bétina jouissait.

— Je vais vous poursuivre! menaça le réalisateur, appuyé en cela par des signes de tête approbateurs du directeur de la photo.

— Essaye-toi! le défia Aubin, c'est un jeu qui se joue à deux.

Voyant la sauce se gâter, l'assistante voulut s'interposer:

— On a déjà poursuivi...

— Ta gueule! la coupa Aubin, contente-toi de prendre des notes et laisse-nous régler nos affaires entre hommes.

Pour l'équipe de tournage, l'affaire connaissait son dénouement et les techniciens emballaient déjà leur matériel en se demandant s'ils allaient sortir vivants de l'aventure, à voir l'état d'Aubin, rouge comme un coq, la broue dans le toupet et fendant l'air de ses bras impressionnants. «Retournez-vous-en chez vous, conseilla encore Aubin, et vous reviendrez quand vous saurez travailler comme du monde!»

Ils se retrouvèrent en tout état de cause le bec à l'eau; la rumeur de l'esclandre avait rejailli sur le village comme une traînée de poudre et plus personne n'accepta de collaborer au reportage ni même aux déplacements de l'équipe. Pour rejoindre l'aéroport et leur avion-taxi, le journaliste et ses acolytes durent se rabattre sur une charrette brinquebalante, dénichée dans un fond de cour, et effectuer le trajet à pied, une affaire d'une heure au moins, sous les huées de la foule. Le caméraman oublia d'utiliser son appareil pour croquer la scène.

— Tu as été magnifique, avoua Bétina à un Aubin fier comme un coq.

— Personne va venir rire de moi chez nous, rétorqua-t-il, et il se rendit apaiser ses émotions à l'hôtel.

Revenue de ses énervements elle aussi, Bétina imagina, le reste de la journée, un moyen de retrouver Vernon Metallic. Ses éraflures étant pour ainsi dire disparues et sa main en bonne voie de guérison, elle ne trouvait aucune raison véritable d'espérer une visite de sa part; d'ailleurs, l'agitation suscitée par leur dernière rencontre lui avait fait négliger de lui fixer un ultime rendez-vous au dispensaire et connaissant l'Indien, il n'en prendrait certainement pas l'initiative.

Après le souper, Vincent rejeta toute collaboration et aucune cajolerie ne l'empêcha de regagner le sous-sol où il vivait en permanence. Bétina l'y accompagna une fois de plus pour tenter de comprendre et elle fut plongée dans une atmosphère pour le moins déroutante. L'enfant avait élu domicile sous l'escalier et y avait recréé un monde à sa mesure, démuni et contraignant. Désolation. Assis à même le sol, il occupait ses journées entières à disposer sur la surface d'une vieille porte des objets disparates dans un ordre parfait, selon une mathématique dont il était seul à dénouer le secret. Il y avait là des boîtes de conserve vides, des cailloux de formes variées, des clous crochus rongés par la rouille et plusieurs pièces d'un téléviseur éventré. Selon son humeur, Vincent les manipulait à son gré et les alignait symétriquement le long d'une ligne imaginaire. Bétina se risqua à intervertir l'ordre de deux clous tout à fait analogues; Vincent se serait vu traîné au bûcher qu'il ne l'aurait pas plus mal pris: conscient du désastre, il se pâma, se rejeta en arrière et se couvrit les oreilles pour assourdir le vacarme de ses pleurs. Bétina, au bord des larmes elle aussi, se hasarda à le consoler, mais il lui fila entre les jambes, escalada l'escalier avec fureur et s'enfuit se rouler dans la terre à l'extérieur. Deux femmes qui déambulaient sur la route en toute quiétude observèrent Bétina se débattre avec son fils et s'enfuirent à toutes jambes en poussant les hauts cris. Elle parvint, après bien des efforts, à immobiliser Vincent, le menotta derrière le dos et le traîna sans peine dans la maison. Revenu de ses excès, il subit l'épreuve du bain comme un chien docile.

Bétina ressentit une solitude envahissante et trotta d'un pas résolu vers le repaire de Vernon Metallic. Le jour se couchait et un vent d'ouest, prélude à la chaleur, lui colla sa jupe sur les jambes. Deux hommes goguenards l'accostèrent au tournant de l'hôtel et l'invitèrent à les y accompagner: Bétina déclina en les abîmant de bêtises. Plus loin, à l'abord de la réserve, un rouge-gorge effarouché lui frôla l'épaule. Sous l'emprise du désir, elle traversa sans peine la venelle menant au repaire de l'Indien. Le lynx attentif s'amena à sa rencontre en position d'attaque, se planta devant elle et la défia en pleine face. «Belle bête, belle bête», murmura Bétina en lui grattant les oreilles; la bête enjôlée se délecta du tapotement, tourna sur elle-même et précéda Bétina.

Vernon Metallic ne payait pas de mine. Étendu à même le sol près du foyer extérieur, plusieurs bouteilles vides autour de lui, il avait bu au-delà de toute mesure; en manque d'équilibre, il s'était traîné par terre et ses vêtements affichaient une saleté repoussante. Vautré dans l'abîme de l'inconscience, ses muscles s'étaient relâchés et il avait fait dans ses culottes. Dégénérescence.

Par quel bout commencer? Elle entra dans la tente quérir une couverture qu'elle revint étendre près de Vernon. Elle le libéra de ses vêtements un à un et le roula sur la bâche en toile de Vichy réchappée de l'épave du *Marion*. Mou comme une poche et englouti dans un sommeil sans fond, l'Indien aurait subi l'amputation d'un membre sans réagir. Elle le lava à grande eau puisée à même la rivière, l'aspergea d'essence d'oranger et à ce moment seulement, Vernon renaquit à la vie. Il revenait de loin et décela dans le visage de Bétina courbée sur lui un mirage suspect; il ambitionna de s'en défaire en la giflant de toutes ses forces. Bétina tomba à la renverse en émettant un cri de douleur et le lynx aux aguets s'élança toutes griffes sorties et vint se planter droit devant eux. Vernon se tourna sur le côté pour dormir.

Bétina était sonnée et elle demeura un long moment affalée sur le sol, grisée, et des bourdonnements plein les oreilles; le contact de la langue rugueuse du lynx sur sa joue la ramena sur terre. Elle attisa le feu, déposa deux rondins de bouleau sur les braises, se mit nue et s'étendit au côté de Vernon Metallic.

La nuit s'abaissait avec ses frissons. Une fillette, versée dans la pêche à la mouche, exerça son art sur la berge de la rivière et après trois tentatives à peine, attrapa une truite frétillante; le lynx s'en délecta et se lécha les babines.

Emmitouflée dans une chaleur apaisante, ses fesses contre celles de Vernon Metallic, Bétina sombra dans le sommeil. Elle mit sur le compte d'un rêve le fait que, sous le coup de minuit, elle crut entendre un hydravion amerrir sur le fleuve tout près, des hommes s'amener près du quai en discutant à voix basse, effectuer le chargement de quelconques marchandises dans leur appareil et s'envoler ensuite vers le sud. Elle se tourna sur le ventre et continua de dormir sans autre préoccupation.

L'humidité les réveilla à l'aurore. Bétina était encore *groggy* et en se mettant assise, un étourdissement bienfaisant l'assaillit; elle vit des étoiles. Elle frissonna et d'un pas mal assuré, elle gagna la tente pour réapparaître vêtue d'une couverture de laine. Elle recouvra suffisamment d'équilibre pour rallumer le feu alors que Vernon, de peine et de misère, parvint à ouvrir une bouteille de bière et à en ingurgiter le contenu d'une seule traite. Elle se blottit près de lui. Plus confortable, Bétina comptait se rendormir mais Vernon contrecarra son projet. Par petites touches successives, en effleurant à peine l'épiderme, il explora du doigt les rigoles de ses aines. Depuis le bas des hanches jusqu'au faîte du pubis, il circula tant et tant en obéissant à un itinéraire obstiné que Bétina crut sa dernière heure arrivée. Aucun gémissement ni soupir ne convainquit l'Indien d'interrompre sa machination et Bétina, à bout de ressource, l'incita à la mener au bout du monde. Vernon la monta en se tenant après sa tête et manipulant la chair comme s'il se fut agi d'un fruit mûr, il s'installa en elle avec une adresse démesurée. Bétina s'ouvrit pour l'absorber tout entier; de fil en aiguille, sans chichi ni mignardise, Vernon lui infligea une énergie vaporeuse qui se coula dans tous ses sens. Elle tint la barre sans défaillir jusqu'à la limite du supportable, évita les écueils et espéra les estuaires, et confia à l'Indien la besogne de la gouverne en s'accrochant goulûment à ses épaules. Vernon ne pouvait si bien tomber; il empoigna Bétina par les cuisses et s'enfonça encore en elle comme dans un nuage. À bout de souffle, elle voulut parer les coups mais l'Indien sagace déjoua la manœuvre et la raccompagna dans les ronces. Plus morte que vive, Bétina implora le Sauveur, décela un signe et sombra dans le paradis; elle griffa Vernon sur la longueur du dos, lui arracha un à un les cheveux de sur la tête et lui avala la langue. L'Indien la rejoignit au royaume des anges. L'extase.

— Tabarnak!

Ils revinrent longtemps après sur le plancher des vaches, Vernon frais comme une rose et Bétina en petits morceaux. Le lynx, à proximité, ronronnait comme un chat. Pour la soustraire à la froidure, Vernon porta Bétina à son lit et la déposa sur des coquilles d'œuf. Il s'agenouilla en face d'elle, lui replia la jambe et du fin bout de la langue, lui entretint le tendon d'Achille; il la piqua au cœur. Tous ses muscles se bandèrent et elle offrit l'autre cheville; Vernon déclina pour escalader le nerf de la jambe jusqu'au jarret où il décela le confort. Il poursuivit son manège sur la jambe tremblotante et Bétina en vacances trempa dans une mer d'eau douce. Elle se laissa flotter jusqu'à la lie et Vernon, beau joueur, insista davantage; Bétina n'avait rien connu. L'Indien mordilla à peine le vaste interne du genou et, surprise, elle en perdit les pédales et son corps tout entier s'égara dans un dédale de cavernes sous-marines. Il ne lui en fallait pas davantage et elle se raccrocha au corps de Vernon, haletante, sous peine de suffoquer. Il la repoussa avec délices et, maintenant ses jambes écartées avec ses deux mains, il enfouit sa tête tout entière dans sa toison mobile. Bétina se démena comme une diablesse, conjura le lynx de dévorer son maître, cria de douleur et trépassa de syncope. Vernon soufflait comme un âne. «Plus jamais!»

— T'aimes pas ça?

— Tu parles.

Elle peigna avec les doigts malhabiles ses cheveux trempés de la dernière pluie, se redressa avec peine et entraîna Vernon vers elle. D'une main, il allait amener ses seins à sa hauteur. «Non non, laisse laisse!» et Bétina le pressa droit sur son cœur. Il haletait dans son oreille et se nourrissait de son air.

Marchant au branle, les jambes en guenille, Bétina buta sur une bouteille en allant pisser dans la rivière. Domptant son effroi, elle s'aspergea et Vernon lui massa la nuque. De la queue, un castor lança un signal d'alarme et le bec à l'équerre, un héron bleu rasa la surface de l'eau.

Bétina à la dérive recouvra ses vêtements de peine et de misère et Vernon se retira nu dans la tente en espérant son départ.

B étina mit plusieurs jours à se remettre de sa visite chez Vernon Metallic. Il ne l'avait pas manquée en la giflant et, au réveil surtout, elle était victime de sournois vertiges; lors de ses déplacements dans la chambre, elle devait s'appuyer sur les meubles pour ne pas s'affaisser. À plusieurs reprises durant la journée, elle perçut un bourdonnement agaçant dans l'oreille droite comme le ronronnement incessant du moteur d'un séchoir à cheveux; et si pour une raison ou pour une autre elle se penchait à terre, des étoiles perturbaient sa vision au moment de se redresser. La baffe, décochée à main ouverte, n'avait heureusement laissé aucune marque apparente sur le visage dont elle aurait été bien en peine d'expliquer la provenance.

Hormis cet incident déplorable, Bétina cultivait un souvenir impayable de sa visite; l'Indien, d'un mutisme obstiné, ne payait pas d'amabilité et manifestait d'ailleurs une réserve opiniâtre à chacune de leurs retrouvailles. Il hantait son domaine sans s'en éclipser et selon toute apparence, n'y invitait qui que ce soit; confiné à ses mouches, Vernon végétait en chapelle ardente, et à chacune de ses visites, Bétina économisait ses phrases comme dans une église.

Mais malgré sa condescendance pure et dure, l'Indien nolisait toute la bonne fortune en baisant comme un dieu; Bétina tressaillait juste à y penser. Elle avait côtoyé de ces amants évaporés, imbus de maîtrise et de confiance en soi, qui s'esquintaient à la satisfaire en rabâchant des gestes précis flairant la technique. Ils s'inspiraient tous d'une approche analogue, instillaient un abord adroit et sans surprise; la conquête consommée, l'affaire se balançait en un temps record avec à peine un baiser et deux soupirs en guise d'appréciation. Vernon n'en avait cure et à l'occasion la plus inattendue, abusé lui-même, il tentait sa chance sans trop savoir pourquoi, effectuait un rapprochement sans méthode et explorait son corps jusqu'à atteindre un point de non-retour. Vernon enquêtait à des endroits négligés par les autres et pourtant tout à fait à portée de toucher. Bétina jouissait de partout, du genou comme de l'épaule, de la tête comme du cœur. Elle reconnaissait en lui les tendresses d'Eunice, empreintes d'amabilité et d'indulgence après d'interminables heures d'euphorie. Mais malgré leur bonne volonté commune, leur nature ne pouvait mentir et si l'esprit de Bétina s'en découvrait comblé, son corps, par ailleurs, souffrait d'une pénurie de sensations animales. Eunice, consciente, multipliait les ébats précis avec ses mains et avec sa bouche, mais après bien des écueils, Bétina ne s'en retrouvait pas moins frustrée. Elle brûlait de recouvrer les bras de Vernon Metallic.

Darquis, enjoué, visita le dispensaire, une boîte de carton sous le bras.

— C'est pas dans mes habitudes de livrer la marchandise, s'amena-t-il, mais pour toi, j'ai fait un spécial.

— Yeah! fit Bétina, combien?

— Je me fais toujours payer en nature, reprit le livreur en confirmant ses dires d'un clin d'œil complice.

— Toujours le mot pour rire.

Il apportait les médicaments commandés à Québec la semaine précédente. Le préposé à l'aéroport, affable et sans malice, jouissait d'un esprit alerte; malgré ses quelque cinq pieds et son visage bourgeonné, il compensait son physique ingrat en démontrant une bonne humeur permanente.

— Et puis, Pointe-Manitou...? demanda-t-il, adossé au cadre de la porte.

— Pointe-Manitou?

— Comment tu trouves ça? précisa Darquis.

— Je m'amuse, confia Bétina.

— Tu te sens pas loin de ta mère, toi une fille de la ville?

— J'ai pas encore eu l'occasion de m'y arrêter; j'ai des choses à faire ici, pas le temps de m'ennuyer.

— Tant mieux, conclut Darquis, t'es pas mal plus intéressante que la sœur.

Devant son peu d'empressement à repartir, Bétina lui proposa de prolonger sa visite.

— Veux-tu entrer? offrit-elle en l'incitant à la suivre dans la cuisine.

Darquis vérifia l'heure, réfléchit, tourmenté, comme si de sa réponse dépendait son avenir. Hésitant entre son désir et une autre occupation pressante, il choisit la retraite.

— C'est pas l'envie qui me manque, mais l'avion atterrit dans quinze minutes et je voudrais pas manquer l'arrivée de la danseuse pour tout l'or du monde.

— La danseuse? reprit Bétina, interdite.

Darquis était dans son élément, et avant de préciser, il savoura l'étonnement de Bétina en adoptant une attitude comme s'il allait annoncer le déclenchement de la Troisième Guerre mondiale.

— La danseuse à Aubin, précisa-t-il, une de ses amies de Montréal; le party est ce soir à l'hôtel. L'enfer!

Darquis s'en promettait et il jouissait déjà du spectacle. Sur une jambe et sur l'autre, l'imagination en alerte, il invita Bétina à participer à la fête et s'esquiva au comble de l'excitation.

«La danseuse à Aubin», c'était tout à fait dans son style, songea Bétina et il en retirera une occasion supplémentaire de voler la vedette.

Le colis n'était pas aussitôt déballé qu'on se pressait à la porte; Darquis avait répandu la nouvelle. Confrontant les ordonnances aux renseignements compilés aux dossiers, elle renouvela nombre de prescriptions d'astringents et de sédatifs, en plus de combler les attentes de trois adolescentes incertaines en manque de comprimés anticonceptionnels.

Durant l'exercice, Bétina retrouva des visages connus, dont l'épouse de son patient cardiaque et la femme enceinte, une cigarette au bec. De la première, elle apprit avec bonheur l'état encourageant de son mari, au repos complet depuis son attaque; elle renouvela sa prescription de *novopranols*. La seconde manifesta une insouciance déplaisante face à son état: en plus de fumer encore comme une cheminée, elle avoua n'avoir rien entrepris des exercices d'usage. Et le bouquet, elle avait également négligé de prendre rendez-vous à l'hôpital de Sept-Îles en vue de son accouchement imminent; pour compléter le tableau, elle quémandait des somnifères. Bétina opposa son holà et la prit à part pour lui exposer sa façon de penser. Elle lui fit jurer sur la tête de l'enfant à naître de cesser de fumer, lui remit une brochure sur les exercices physiques conseillés à toute femme enceinte et prit derechef pour elle rendez-vous avec l'hôpital.

— Je serais très embêtée de mettre un enfant au monde, expliqua-t-elle, je suis ni médecin ni sage-femme.

La patiente, plus conciliante, s'en retourna sans ses soporifiques.

À la fin de l'après-midi, quand tout le monde fut reparti, Bétina se sentit comme un prêtre au sortir du confessionnal, mais la visite des malades avait eu au moins le mérite de la distraire de la pensée de Vernon. Troublé par tout ce monde, Vincent avait retraité dans la cour arrière où il écrasait des fourmis.

Bétina respirait enfin quand elle reçut un visiteur inattendu: Aubin. Le silencieux de sa jeep crevé, il se présenta avec la discrétion d'un char d'assaut et Vincent regagna le sous-sol à la fine épouvante.

— Tu m'avais pas dit que tu t'occupais des danseuses, lui fit-elle remarquer.

— Une surprise, se défendit Aubin, mais j'ai un grave problème.

Aubin était dans tous ses états; son amie, ci-devant la danseuse, avait mal supporté le voyage et elle souffrait du mal des transports. Depuis son arrivée triomphale en début d'après-midi, alors que tous les hommes du village avaient formé une haie d'honneur, elle endurait une nausée tenace, combattait une diarrhée impertinente et n'arrêtait pas de dégueuler. Pour Aubin, il s'agissait d'une question de vie ou de mort et son honneur étant en jeu; il refila le problème à Bétina.

— Voyons voir.

De par sa fonction, il s'agissait d'une créature superbe répondant au nom prédestiné de Désirée. Grande à n'en plus finir, élancée comme une fusée, elle portait aux épaules des cheveux d'un blond suave; et comme disait Aubin en pareille occasion, un cul à en faire défroquer un pape. Au comble de l'excitation, il n'arrêtait pas de tourner autour, prêt à la dévorer toute crue.

Bétina décida de se faire plaisir; priant Aubin d'attendre au salon, elle s'isola avec la danseuse dans l'infirmerie et lui suggéra de se dévêtir. Désirée ne fit aucune manière et rompue aux techniques de la séduction, nonobstant son état comateux, elle s'exécuta avec grâce en marchant sur des épines. Le pétard! Des oreilles aux orteils, elle disposait d'un corps parfait, de seins menus invitants, de hanches à peine esquissées et de fesses rondes comme des pamplemousses. Les cuisses étaient à l'avenant et conduisaient à un trésor; Aubin avait tout à fait raison. Désirée se coula sur la table comme si elle y allait offrir son spectacle et Bétina, troublée et ravie, entama son examen. D'une main moite, elle palpa la peau satinée du ventre et s'appliqua à déceler le déplacement des viscères; Désirée émit une plainte comme un bébé. Négligeant son stéthoscope, elle ausculta le cœur à mains nues, et simulant une alerte, elle en découvrit les pulsations après une langoureuse investigation à la naissance des seins; la danseuse affichait une peau veloutée comme du satin. Prisant le massage, elle sembla s'endormir et Bétina eut tout le loisir de s'emplir la vue; elle contourna trois fois la table pour l'apprécier sous tous les angles et d'où qu'elle l'observât, la finesse des formes ne se démentait pas. La hanche droite étalait le tatouage d'une minuscule étoile à cinq branches constellée de trois prénoms masculins; nulle mention de celui d'Aubin. Avant que celui-ci ne perde patience, Bétina effleura le visage de Désirée en la priant de se rhabiller; la jeune biche retomba sur ses longues pattes et Bétina, sous le charme, lui remit une à une chacune des pièces de ses vêtements.

Aubin arpentait le salon comme un lion en cage et aussitôt la porte de l'infirmerie rouverte, il vint aux nouvelles, l'œil inquisiteur. Bétina le rassura sur le mal et ses conséquences que quelques comprimés de *novodimenate* devraient contrôler.

— Il faut qu'elle soit en forme à dix heures, ordonna Aubin, sinon je me fais assassiner.

— Je fais mon possible, assura Bétina.

Aubin séquestra la jeune fille comme s'il était son père et, docile, Désirée le suivit comme si elle était sa fille.

Vincent négligea le jambon à l'ananas du souper pour se satisfaire d'un croûton de pain et de fromage. Sa mère le crut blessé à la poitrine en le voyant afficher une plaque rougeâtre à travers le tissu de sa chemise. Jaloux d'un bien précieux, l'enfant se révolta et Bétina éprouva toutes les misères du monde à dépister l'éventuelle source du mal; elle soupira de désolation en découvrant le pot aux roses: prévoyant des jours de disette, Vincent avait rempli sa poche de chemise d'un amas de fourmis dont plusieurs s'agitaient encore avant de rendre leur dernier soupir. Bétina retint un haut-le-cœur et confrontée à la rébellion de son fils à coups de poing et de pied, elle n'eut d'autre alternative que de lui déchirer la chemise sur le dos. En pleine crise de nerfs, il se réfugia dans son monde et, de l'étage, Bétina l'entendit poivrer des objets sur les murs.

Durant la soirée, elle tenta de se distraire en entreprenant la lecture facile d'un roman d'Agatha Christie, agrémentée par la voix paisible de Sade. Peine perdue: détendue sur le divan, l'esprit détourné, elle lisait une page sans la moindre idée du contenu de la précédente; elle posa le livre en désespoir de cause.

Elle n'en espérait pas davantage de lui: Vernon ne manifestait le moindre signe de vie. Émoustillée par le contact complaisant avec Désirée, elle éprouvait de séduisants picotements dans le bas-ventre et décida dès lors de rejoindre l'Indien. Elle partit après une retouche à son maquillage et se retrouva face à un Darquis en sueur, au faîte de la nervosité. À peu près aphasique et s'exprimant par des gestes frisant la pantomime, il supplia Bétina de l'accompagner avec sa trousse d'urgence. Elle imagina le pire et ne fit ni un ni deux.

Son intuition était juste: elle se retrouva à l'hôtel. Alors qu'en cours de route elle imaginait les moyens de soigner les victimes d'une bagarre générale, il en fut tout autrement parvenue sur place. Le bar, d'où émanait une odeur acidulée de haschisch, était comble de clients désolés en attente d'un sort meilleur; Darquis lui dégagea un passage en décochant de généreux coups de coude et la mena au pied d'une scène improvisée dans un angle de la salle: Désirée y gisait nue, absente, et Aubin tentait de la ranimer en pratiquant allègrement le bouche-à-bouche. Tenant à s'assurer de la médication appropriée, Bétina s'instruisit des signes avant-coureurs de l'inconscience. Aubin, dévasté, se chargea de reconstituer le drame: n'éprouvant apparemment plus aucun symptôme de son indisposition de l'après-midi, la danseuse entreprit son spectacle avec prestance, décidée à en mettre plein la vue pour son public conquis d'avance. Elle avait suscité une ovation debout en enlevant l'ultime petite culotte, avant de tournoyer comme une toupie pour permettre à chacun d'admirer les formes accomplies de son corps. Le délire!

Selon le scénario établi, Désirée, munie d'un godemiché révélateur, atteignait le sommet de son art en reproduisant les manœuvres de l'acte sexuel, couchée sur la scène et les jambes ouvertes à tout venant. Darquis lévitait au plafond comme tous les autres alors que la danseuse imita la jouissance finale par une série de convulsions frénétiques. Assis aux premières loges, Aubin salivait comme un loup jusqu'à ce que Désirée, agitée hors de toute mesure, écuma une mousse verdâtre tout en avalant sa propre langue. Personne n'avait jamais admiré pareil orgasme. Vite sur ses patins, Aubin décela la présence du caillou dans l'engrenage et convaincu de la crise épileptique, il demanda du secours.

Bétina n'éprouva aucune peine à recruter des bénévoles pour porter le corps inerte dans une chambre du second étage. Elle dénicha la source du mal: en toute conscience professionnelle et négligeant l'ordonnance, la danseuse avait ingurgité tout le contenu du flacon de *dimenhydrinates* sans égard à sa propension au grand mal. Bétina émit son diagnostic en se retenant de rire à un Aubin au fond de l'abîme: le repos complet pour la nuit.

Bétina rentra chez elle d'un pas allègre et à la première heure du lendemain, elle apprit le départ de Désirée sans tambour ni trompette par le prochain avion pour Montréal.

C'était dimanche. En revenant de l'hôtel aux petites heures, Bétina avait différé son projet de rejoindre Vernon; elle n'en pensait pas moins.

En route pour le dispensaire, elle s'était laissé distraire par le manège d'un avion survolant le fleuve en rase-mottes et éclairant la mer à l'aide de puissants projecteurs. L'appareil tourna sur lui-même plusieurs fois, comme si ses occupants tentaient de déceler une quelconque présence dans la nuit noire, et après au moins quinze minutes de cette surprenante manœuvre à cette heure tardive, il s'éloigna en direction de Gaspé, d'après ce qu'elle put en conclure. Aucun naufrage ou autre catastrophe n'avait pourtant été signalé, et revenue chez elle, Bétina oublia tout à fait l'incident; dans cette région particulière à la merci de tout un chacun, il en fallait davantage pour surprendre le premier venu.

Elle occupa son avant-midi au ménage de la maison et à laver un reste de vaisselle de la semaine. Par une fenêtre de la cuisine, elle observa une embarcation s'approcher de l'épave du *Marion* et des gens l'aborder dans une atmosphère de fête. D'après ce qu'elle en savait, le navire s'était échoué sur les hauts-fonds au cours d'une tempête à l'automne 1987. Chargé d'asphalte liquide, le bateau se dirigeait vers Port-Colborne au moment de frapper son Waterloo. Toute tentative pour le renflouer ayant échoué, on l'avait délesté de son contenu pour l'abandonner à son sort. Devenu par la force des choses une sorte d'attrait touristique, les gens le visitaient par plaisir, espérant peut-être y découvrir un trésor comme dans les légendes. Le maire du village devait sa dernière élection à sa promesse de transformer l'épave en musée maritime; on attendait la subvention.

À midi, Bétina n'y tenait plus: elle était physiquement en manque de Vernon Metallic. Elle s'en voulait un peu sans trop se l'avouer; un comportement de la sorte la ramenait à son époque d'adolescente, alors que découvrant les appétits de ses sens, elle sollicitait les garçons pour les satisfaire. Mais à trente ans passés, bien au fait des aspirations de ses instincts et des moyens de les exaucer, elle s'imaginait à l'abri des transports charnels; Vernon remettait sa tolérance en question.

Penché sur sa table de travail, il ne lui porta d'ailleurs aucune attention hormis de lui apprendre qu'il s'adonnait à la fabrication d'une demi-douzaine de nymphes pour le recteur de l'université de Yale, de New Haven au Connecticut. Bétina arrêta de respirer pour ne rien troubler des poils de lièvres et de castors disséminés alentour du minuscule étau *Sunrise*. Muni d'un porte-bobines *matarelli,* il façonnait le corps de l'artificielle en dissimulant la hampe d'un minuscule hameçon de spires serrées. Il imita le thorax de la mouche en y filant des barbes de plumes de poules de Guinée avant d'y effectuer un nœud final. Bétina admirait, fascinée. Il appliqua un vernis clair sur le leurre avant de le déposer à sécher à côté des autres. Sans quitter des yeux son travail, il entreprit le montage de la suivante et Bétina commença à frétiller. Vernon l'avait à peine saluée et son projet évident était de continuer son travail sans tenir compte de sa présence. Elle s'abstint de l'influencer et pour bien montrer sa réserve, elle accrocha une couverture et s'éclipsa pour s'étendre nue au soleil; plutôt que de disparaître, c'est ce qu'elle imagina de plus approprié dans les circonstances. Le lynx, perplexe à son arrivée, s'étendit à côté d'elle et après avoir bâillé à s'en décrocher les mâchoires, il se coucha de tout son long en posant une de ses énormes pattes sur son ventre; Bétina fit bien attention où elle mettait ses mains.

Enrobée d'une chaleur généreuse, baignée par une quiétude consommée, Bétina se foutait du reste du monde, sauf de Vernon; à part ses épanchements dans leurs moments de tendresse, l'Indien manifestait autrement une amabilité parcimonieuse. Pourtant, malgré son attitude déplaisante, il s'en finissait pas de l'attirer; elle songea à retourner chez elle pour éliminer le problème.

Elle tint bon cependant et congédia ses velléités vengeresses au profit d'un farniente de bon aloi; elle gratta les oreilles du lynx avec nonchalance, identifia les cris de gros-becs errants et autres parulines couronnées et roupilla un peu, couchée sur le ventre. Vernon manifesta sa présence sur la fin de l'après-midi et à l'évidence, il avait négligé ses mouches depuis belle lurette; marchant au branle, le geste incertain, il montrait un regard englouti.

— Vernon...

Vernon n'entendait pas grand-chose et adoptant une hauteur déplorable, il versa le fond d'une bouteille de bière sur elle. Bétina se leva d'un bond et à mains ouvertes, lui appliqua une solide poussée sur la poitrine: l'Indien chancela deux pas en arrière, s'emmêla dans ses jambes et culbuta sur lui-même avant de tomber par terre *knock-out*. «Mon hostie!» fit Bétina.

Vernon n'était pas en état de contester et il laissa ses esprits lui revenir à petites doses, la tête penchée sur le côté. Il fouilla la terre de sa main valide, se remit péniblement sur ses jambes et oublia toute velléité de contre-attaque.

— Va me chercher une bière.

Bétina avait une décision importante à prendre et vite. Debout en face d'elle, l'Indien, bien que se voulant odieux, la détaillait tout de même avec une convoitise évidente. Elle fondit, contourna le lynx et s'envola dans la tente. Vernon s'attela à la tâche de monter un bûcher dans le foyer circulaire et au retour de Bétina, il ne parvenait même pas à placer deux billes l'une à côté de l'autre. Il s'assit par terre et entama sa bière avec avidité. Elle se vêtit à demi et continua l'ouvrage alors que Vernon, dans les vapeurs, tanguait d'un côté et de l'autre.

— Tu me désoles.

— ...

— C'est la dernière fois que je viens ici.

Vernon avait d'autres préoccupations que celle de répondre.

Bétina alluma le feu, glissa sous la couverture et s'installa à côté de lui. La chaleur l'incita à réagir et il se tassa près d'elle. Elle tenta sa chance: «Fais plus jamais de ces hosties de conneries et t'as pas de raison d'être baveux avec moi.

— Baveux? rétorqua Vernon, la bouche pâteuse.

— C'est comme si j'étais pas là.

— Pas vrai.

— Si tu veux plus que je revienne, t'as juste à me le dire.

— ...

Vernon répondait de but en blanc sans lever le ton, l'esprit manifestement incertain.

Changeant du tout au tout, congédiant son irascibilité, il entoura les épaules de Bétina; elle mollit comme une limace et se révolta contre sa propre complaisance. Malgré toutes ses résolutions, ses remises en question, il suffisait que l'Indien lui effleure la peau et elle chavirait.

Elle se convainquit d'une évidence: aucune complicité autre que physique n'existait entre eux, et Vernon, d'ailleurs, ne paraissait aucunement intéressé à développer leur relation; il vivait dans son monde à lui, comblé et peu enclin à en partager les attraits.

Bétina coupa court à ses pensées quand Vernon, sans explication, la délaissa pour se réfugier dans la tente. Le lynx le suivit comme un chat. Elle attisa le feu, enfila le reste de ses vêtements et s'apprêta à disposer la tête haute. Vernon devina son projet, et debout en équilibre instable, il l'incita à le rejoindre. Elle hésita, songea à Vincent et à elle-même, et succomba. «Pas un mot.»

Bétina n'avait aucune envie de s'exprimer; elle s'amena sur le bout des pieds. Se tenant aux meubles pour ne pas tomber, Vernon souffla sur le vernis des artificielles et en proie au vertige, il trouva le salut en s'affalant sur le lit. «Viens me trouver», proposa-t-il, avant de dormir comme un ours.

Bétina s'éternisa devant le feu durant des heures sans réfléchir à quoi que ce soit d'intelligent de crainte que, dans ce cas, elle n'aurait rien à foutre d'elle-même. Avant la tombée de la nuit, elle emprunta une canne à pêche dans la tente et s'exerça, maladroite, dans la rivière; elle ne retira aucun mérite de ses prises puisqu'en cette fin de printemps, les truites compensaient la disette naturelle pour s'élancer avec fureur sur les mouches postiches. Le lynx eut droit à sa portion et à genoux près du feu, Bétina surveilla la cuisson du repas avec application.

Malgré ses abus de l'après-midi, Vernon avait tout de même fière allure. En se levant, il avait pris la précaution d'aller se submerger complètement, et l'esprit revampé, il alla rejoindre Bétina sans contrainte. «Je te croyais partie.»

— J'aurais dû.

Vernon évita de contester et pour passer outre, il s'en fuit quérir deux chaises dans la tente.

Le repas, sans artifice, se déroula empreint d'une tension à couper au couteau.

— T'es pas venue me trouver?

— Pour te regarder dormir?

Le lynx s'imposa, la tête penchée, et lécha les doigts graisseux de Bétina. Elle y puisa un certain plaisir jusqu'à ce que la bête manifeste trop de zèle et lui irrite la peau des papilles rugueuses de sa langue. Vernon prit la relève. «Aimes-tu ça quand je viens ici?»

— Oui.

— Je te crois pas.

— Si j'aimais pas ça, tu t'en apercevrais vite.

— Je me demande...

Bétina avait posé la question avec une certaine appréhension, mais Vernon se montrait ouvert malgré tout. «J'ai l'impression que tu m'en veux.»

— De quoi?

— De venir ici, de déranger ta petite vie tranquille.

— ...

— Tu peux me le dire.

— J'aime ça baiser avec toi.

— *Yeah!*

Vernon, les traits tirés, se réfugia debout sur la berge de la rivière et invita le lynx à plonger. La bête, peu encline, montra son désaccord en se réfugiant dans la tente.

Bétina s'accrocha à Vernon par derrière et l'enveloppant de ses bras, elle lui caressa les seins sous son gilet; il acquiesça en lui tapotant les fesses. «Tu m'aimes juste pour mon corps.»

— Tu te plains?

Sans autre forme de procès, ils se découvrirent étendus sur le lit, chavirés autant l'un que l'autre. «Déshabille-toi.»

La nuit était à vrai dire tombée et Bétina hésita tout de même. Si à quelques reprises ils avaient échangé une intimité totale, Vernon la scrutait comme s'il découvrait une femme dénudée pour la première fois; il étudiait chacun de ses gestes, appréciait le jeu des mains et ne négligeait rien des mouvements de retenue. Dans l'ombre, Bétina ôta la chemise et la laissa couler à ses pieds. Elle s'accroupit en se détournant pour qu'il l'assiste en démontant l'agrafe de son soutien-gorge. Il resta coi et elle se chargea elle-même de l'opération en rougissant. «Ça te gêne?»

— *Christ!*

Prise à son propre jeu, elle se tortilla comme une couventine et se débarrassa du reste de ses vêtements en un temps record. «Et toi?»

Pour toute réponse, Vernon l'attira dans ses bras; elle s'y réfugia comme dans une tombe.

— Ça te gêne?

— Oui, ça me gêne et après?

— Une vraie fille.

— Mais oui une vraie fille, qu'est-ce que tu penses?

Vernon l'entreprit de partout avec des gestes exclusifs. Il s'attaqua à une jugulaire avec l'extrémité du pouce en effleurant à peine l'épiderme. Longuement, avec d'infinies précautions, il navigua de l'épaule au menton, insistant parfois de point en point pour interrompre la circulation sanguine. Bétina avait les yeux à l'envers. Il emprunta l'os de la joue pour accéder au lobe de l'oreille qu'il pressa entre ses doigts à n'en plus finir. Il détenait le contrôle parfait et Bétina supporta la caresse durant des semaines; elle percevait toutes les mers du monde, les ruisseaux les plus discrets et les cascades déchaînées en soupirant sans cesse pour en quémander davantage. Beau joueur et avare d'efforts, l'Indien coopéra à peine en s'amenant aux yeux dont, d'un côté et de l'autre, il provoqua les cils du revers de la main. Bétina râlait, craignant ne plus pouvoir jamais se priver de telle étreinte. Il n'en était davantage utile pour qu'elle s'abaisse tout entière et Vernon eut beau jeu de la satisfaire. Elle le chevaucha en toute humilité comme si elle craignait de le prendre au dépourvu; Vernon se laissa pénétrer en douce, les bras dégagés, sans lui prêter la moindre assistance. La main ferme, elle n'allait pas s'en laisser imposer; l'Indien n'allait pas non plus s'en plaindre et laissant Bétina négliger son port d'attache, elle s'aventura hors des sentiers battus et atteignit vite sa vitesse de croisière. Vernon n'eut alors qu'à la gouverner en égratignant un sein ou en ponçant une cuisse et Bétina manœuvra sans trêve, le nez dans le vent et la chevelure à l'équerre. «À l'os!»

Chambardé dans sa nonchalance, le lynx vint aux nouvelles, enfouit le nez entre les cuisses alertes de Bétina et s'en retourna dormir.

Jaloux, Vernon prit sur lui d'y mettre du sien et s'appuyant sur ses coudes, il imita le lynx en pourléchant le ventre de Bétina. Insupportable. Elle heurta l'extase de plein fouet et crut ne plus pouvoir jamais s'en repentir au point où, paniquée, elle égara son souffle en pleurant comme une madeleine. C'en était trop et elle implora la grâce de Vernon, décontenancé par si peu de connivence. Il renversa tout net Bétina sur le dos et l'esprit en feu, il la viola sans vergogne: elle invoqua tous les saints du ciel, hurla avec les loups, vociféra à s'en fendre l'âme sans le moindre succès. Sans lui accorder la moindre attention, Vernon puisait à la source même de ses larmes et se noya avec vacarme pour autant qu'il soit concerné. «Touche plus, touche plus.»

C'était peu dire et l'Indien espérait cette offre pour décupler son euphorie; de façon sournoise, en pleine connaissance de cause, Bétina lui enserra la tête dans ses cuisses et gravissant les marches l'une après l'autre, Vernon la convainquit peu ou prou de lui déléguer une dernière chance. Elle n'allait pas à ce point manquer de savoir-vivre et à peine eut-elle consenti qu'elle s'en mordait les doigts: de la langue, Vernon la pourchassa dans ses derniers retranchements. Déjà instable sur un instinct et sur l'autre, Bétina coula au fond de l'océan et regretta ses péchés les plus enchanteurs de crainte de ne plus jamais les commettre. Vernon s'acharna sur cette proie difficile à coup de baisers intolérables, et à bout de force, plus morte que vive, elle le supplia à genoux de la supprimer tout de go. Vernon ménagea ses transports; il rapprocha les deux visages, se fraya un regard dans le noir et s'informa des dégâts: Bétina était défaite, haletante, méconnaissable à la suite d'une vision d'horreur. «J'ai plus ma tête.»

Épris de compassion, Vernon embrasa son corps contre le sien et, lui massacrant l'omoplate de la paume, il lui promit de la mener toujours plus creux au fond de l'enfer pour peu qu'elle soit consentante. Elle était aux anges.

Bétina devina l'heure, adressa une pensée intime à Vincent et à l'écoute du cœur de Vernon un moment, elle inventoria ses vêtements avec nonchalance. L'Indien, après bien des tourments, offrit de lui aider à vaincre l'attache de son soutien-gorge. «Pas touche.»

— Une vraie fille.

Bétina s'absenta sans un geste d'adieu, aucune parole flatteuse. Gavée de passion, elle marchait avec peine et aussi, dans ses élans fanatiques, Vernon y était allé fort du côté des caresses; au toucher, elle percevait un élancement imprévu au moyen adducteur de la cuisse gauche et chez elle, dans le miroir, constata la présence d'un bleu attendrissant en plein centre de la fesse droite. Vernon, concéda-t-elle, était un amant magnifique.

Dès le lendemain, Bétina espérait, sans y croire vraiment, un signe de Vernon. Elle l'imagina se présentant au dispensaire pour lui rendre une simple visite de courtoisie; c'était trop espérer et elle congédia bien vite ce souhait de son esprit. Jamais au cours de leurs rencontres l'Indien n'avait manifesté l'intention de la fréquenter, et pour une raison qu'elle parvenait mal à s'expliquer, elle avait omis de l'inviter franchement, de crainte peut-être d'essuyer un refus. Elle jeta son dévolu sur Vincent qui, inlassablement, n'avait que faire de l'affection de sa mère.

Elle songea retourner plaider sa cause auprès de la directrice de l'école, mais lors de sa dernière visite, Rosemonde Dupéré lui avait laissé bien peu d'espoir d'être optimiste. D'ailleurs, à la lumière de certains cours de son diplôme d'infirmière, Bétina avait survolé les affres de plusieurs maladies congénitales et parmi elles, l'autisme était considéré comme l'une des plus irrémédiables. Pour se rafraîchir la mémoire, elle consulta un énorme traité de psychologie poussiéreux dans la bibliothèque du salon et quelques paragraphes bien sentis confirmèrent ses appréhensions. On y décrivait entre autres le comportement type d'un enfant autistique, et si le livre n'avait pas été édité en 1947, elle aurait pu croire que l'auteur avait observé Vincent avant de les écrire; on y confirmait une formidable similitude dans le comportement des jeunes handicapés, et dans l'état actuel de la recherche, bien peu d'espoir était permis. La situation n'avait pas beaucoup évolué; elle replaça le livre, songeuse.

Elle s'en voulait un peu. Obnubilée par son désir de s'exiler de la ville durant une année pour fuir Eunice et orienter sa vie vers une direction étrangère, Vincent avait bien peu compté dans sa décision. Si l'état particulier de son enfant avait effleuré son esprit à ce moment, elle avait opté pour la solution égoïste en se convaincant de dénicher une solution appropriée le moment venu. L'heure approchait où elle devrait s'y atteler, car courant sur ses six ans, Vincent aurait bientôt droit à ce que l'on s'occupe de son état; le village offrait bien peu de possibilités. À la fin de la semaine, Bétina n'avait pas encore imaginé de solution sensée.

Aubin se chargea de la distraire en se pointant le samedi. Affichant une mine superbe, le verbe haut et le geste à l'avenant, il envahit le dispensaire en riant comme un malade.

— Il y a du monde *flyé* pareil, annonça-t-il pour saluer son entrée. Je viens de voir les sœurs revenir du cimetière, la tête basse et les mains jointes en chantant comme des perdues. L'une après l'autre comme une famille de canards, elles marchaient à petits pas comme si elles avaient des petits pois dans leurs souliers. J'ai klaxonné mais aucune réaction; le tonnerre leur serait tombé sur la tête qu'elles n'auraient rien senti. Ça se peut-tu? conclut-il en déposant son *six-pack* de bière sur la table de la cuisine.

Bétina fut contrainte de le rejoindre et espéra une pause dans le discours de son visiteur pour placer un mot; elle n'eut pas cette chance. «C'est elles qui m'ont jeté un sort l'autre jour quand j'ai fait venir la danseuse.»

— Elles ont pas mal réussi, coupa Bétina en réprimant un sourire.

Aubin était sourd et il enchaîna:

— Il paraît même que le curé en a parlé en chaire et selon lui, aussitôt mort, je suis destiné à l'enfer direct. Fait pas chaud! Une si belle petite fille, un ange; les gars bandent encore juste à y penser. J'ai mes contacts et ça sera pas long qu'on va avoir d'autre visite inattendue. Il y a des gars au village qui ont jamais vu une femme toute nue à part la leur; c'est scandaleux! Moi, je dis qu'avant de choisir la sienne un homme devrait en essayer une bonne vingtaine; tu choisis pas à l'aveuglette comme ça. C'est comme quand tu achètes un «char».

— Aubin, sacrament! parle avec ta tête.

— Faut comparer avant d'arrêter son choix. Moi, quand j'avais mon agence de danseuses à Montréal, j'en ai essayé de toutes les sortes et de toutes les couleurs: des Anglaises, des Italiennes, des Marocaines, des Haïtiennes et des modèles pas piqués des vers à part ça. Avant de les refiler à mes clients, je savais à quoi m'attendre. Quand j'ai vendu mon agence, c'était la plus grosse de Montréal. Dans les belles années, trois cent cinquante filles toutes plus belles les unes que les autres; ça fait des cuisses en câlisse!

Aubin avait au moins le mérite d'être distrayant et ingurgitait la bière comme une éponge et fumait comme une cheminée; contrairement à Vernon Metallic, l'alcool attisait plutôt sa jovialité même s'il suscitait chez lui des excès de vocabulaire. Bétina était plus sobre.

Deux femmes débouchèrent dans la cuisine avec une fillette d'une dizaine d'années en pleurs, la main gauche dissimulée dans un tissu de coton blanc imbibé de sang. Pâle comme une feuille de papier, elle allait s'évanouir. Bétina se précipita sans demander d'explication, l'entraîna dans l'infirmerie et déballa le cadeau. Ouach! Elle découvrit de quoi là exercer ses talents de chirurgien: la phalangette, un amas de chair informe, était en charpie.

— Je m'occupe de toi, dit Bétina d'une voix posée en incitant la fillette à s'étendre sur la table d'examen.

Les yeux à l'envers, suant à grosses gouttes, la victime considérait les choses d'un œil différent. Consciente des dommages et du travail nécessaire pour les réparer, elle chercha à fuir en se faufilant entre les deux femmes debout dans le corridor. Jouant sur l'effet de surprise, la fillette gagna tout de même l'extérieur et c'est Aubin, servi par la portée de ses grandes enjambées, qui la rattrapa au milieu de la rue. Bétina prévint toute autre incartade en plaquant un tampon de chloroforme sous le nez de sa patiente; elle travailla alors tout à son aise. Attentif au brouhaha, Vincent vint aux nouvelles, et après un regard désintéressé sur le tableau, il retourna au sous-sol.

L'une des femmes, connue comme la mère, fournit des éclaircissements avec force détails, mais occupée à ses scalpels et ses bistouris, Bétina y porta une attention mitigée et s'intéressa seulement à la conclusion: le doigt abîmé avait été coincé dans la porte d'une voiture.

L'os de la phalangette, complètement à découvert, était écrabouillé: nulle trace de l'ongle, broyé avec la chair; par miracle, l'articulation de la phalange s'activait encore.

— Maudite marde! dit Aubin en pointant le nez.

Les choix étaient limités: sectionner l'os d'un coup ou le recouvrir d'une manière ou d'une autre par une greffe de peau extraite d'une autre partie du corps. L'opération allait noliser toute son attention et Bétina pria les spectateurs de quitter, avant de refermer la porte de la pièce; Aubin maugréa et obéit avec réticence.

Elle dévêtit complètement la fillette, la tourna sur le ventre et lui désinfecta les fesses d'une solution d'alcool; elle succomba à l'attrait de lui humer le sexe au passage, odeur âcre et enivrante. Elle se lava les mains ensuite, les ganta, avant de recouvrir le bas de son visage d'un masque stérile. Elle renouvela la dose de chloroforme et entreprit l'opération proprement dite. La lame du scalpel s'incrusta dans le tissu adipeux de la fesse droite comme s'il se fut agi de beurre mou et Bétina, l'œil certain, en découpa une lamelle de la dimension d'un quart de billet de banque et guère plus épais qu'une hostie. Satisfaite de son habileté, elle soupira un bon coup et s'appliqua alors à modeler le morceau de peau sur l'extrémité du doigt meurtri. L'os étant lisse et coulant comme de la glace, Bétina dut y effectuer des points de suture en surjet pour favoriser la cicatrisation. Un éclair lui taquina l'esprit, le temps de se demander si un chirurgien qualifié aurait agi de la sorte; dans les circonstances, il n'y avait pas d'autre solution et elle passa à autre chose. Elle vérifia le résultat de son travail avec application, en fut satisfaite et banda soigneusement le doigt d'abord et toute la main avec un tissu de gaze. Elle humecta ensuite le sang de la chair vive de la fesse avant d'y appliquer une pommade de pénicilline et de tapisser la plaie d'une compresse de taffetas.

Elle recula de trois pas, soupira un bon coup, et alors que plus rien ne la pressait, elle enleva son masque et ses gants en contemplant ce jeune corps modelé de façon surprenante malgré son jeune âge; déjà les hanches étaient renflées et les cuisses, quoique d'une maigreur alarmante, recelaient une configuration affirmée et suscitaient les plus grands espoirs. Elle retourna délicatement la fillette sur le dos: les seins, quasi inexistants encore, se distinguaient de ceux d'un jeune garçon par le renflement des mamelons, et le pubis affichait un duvet clair. En toute connaissance de cause, sublimant toute réserve, elle écarta les jambes de la fillette, étala le sexe de ses pouces et lécha la minuscule perle du clitoris d'où jaillit un goût d'ail. Contre toute attente, un flot d'urine gicla de la vulve excitée et inonda le visage de Bétina. Il n'en fallait pas davantage pour l'inciter à la dérive et elle but le cidre jusqu'à la lie pour chavirer elle-même. Elle s'immergea à son tour et une caresse furtive à l'intérieur de sa culotte l'empêcha de prolonger son plaisir hors de toute mesure suspecte.

Elle s'adossa au mur, palpa ses seins et recouvra tant bien que mal une respiration posée. Pour se distraire, elle désinfecta et rangea ses instruments chirurgicaux, protégea le corps de la fillette d'un drap immaculé et rouvrit la porte de l'infirmerie. Elle émit alors son verdict aux deux femmes sur le qui-vive, assises dans le salon en compagnie d'Aubin:

— Le doigt est sauvé, l'articulation aussi, mais oubliez l'ongle.

— Vous êtes sûre que l'ongle est fini?

— Oui, confirma Bétina. Désolée.

Les deux femmes restèrent muettes de dépit et s'avancèrent pour jeter un œil anxieux à la patiente. Bétina les rassura: «Elle dort encore; rentrez chez vous et je vous téléphonerai à son réveil.»

La mère signa les formules d'usage, remercia Bétina pour son labeur et entraîna sa compagne.

Aubin avait meublé son attente en ingurgitant les cinq bières et il déblatérait comme de coutume.

— Écœuranterie, affirma-t-il sans ambages, de la viande hachée. Mais t'as rien vu; quand je travaillais pour la Consol, à New Richmond, un mécanicien s'était pris une main dans l'engrenage d'un convoyeur, un carnage m'entends-tu? Un médecin était venu, un jeune blanc-bec frais émoulu de l'université et qui ne savait pas trop comment s'y prendre. Le gars, fils de boucher et conscient durant toute l'amputation, lui dictait quoi faire, quel muscle conserver ou quel tendon sacrifier. L'apprenti toubib était sorti de l'usine sous les huées des travailleurs et une semaine plus tard, il pliait bagage. Un vrai scandale!

— Une amputation est une opération majeure, remarqua Bétina, et un jeune médecin peut hésiter...

— Quand un médecin se lance dans la pratique, il est censé être compétent, rétorqua Aubin. Le problème, c'est que ceux qui viennent en région sont trop innocents pour se trouver du travail en ville, sans ça, ils resteraient là comme tous les autres; s'ils viennent par ici, c'est parce que ce sont des pas bons.

Tout en causant, Bétina effectuait de fréquents allers retours vers l'infirmerie, à l'affût du moindre signe de sa jeune patiente. La fillette ne ressuscita qu'à la mi-soirée; Bétina avait trouvé le temps de confectionner des sandwiches alors que Vincent avait accepté de grignoter deux biscottes du bout des lèvres.

La fillette se pointa nue dans la cuisine en chancelant, étudiant sa main, avec l'air de se demander de quoi il en retournait pour être accoutrée de la sorte. Bétina se pressa à son secours et la protégea sous sa coulpe pour s'entretenir avec elle. Elle l'aida à se vêtir en lui expliquant, en termes choisis, l'aventure dont elle avait été victime: aucune réaction autre que celle d'écouter avec de grands yeux étonnés, même quand Bétina lui disposa l'avant-bras en écharpe. «Tu diras à tes amis que tu portes un trésor», la rassura-t-elle.

Aubin offrit son assistance pour reconduire la patiente chez elle; Bétina accepta à condition de l'accompagner. Marché conclu. Ils occupèrent tous trois la banquette avant de la jeep et quoique évadée du pays des rêves, la fillette combattait les effluves de l'anesthésie, la tête couchée sur l'épaule de sa soigneuse. Bétina l'encercla de son bras et massa l'os de la hanche. Frissons.

Après avoir patiemment attendu le retour de Bétina, Aubin exposa une idée lumineuse:

— Pour faire changement, proposa-t-il, on va chez nous.

Sans avoir pu contester, Bétina découvrit une maison isolée du village, au style indéfini, que la tombée du jour l'empêcha d'apprécier vraiment; en gros, plusieurs pièces raboutées l'une à l'autre, dont seul le concepteur pouvait justifier la configuration. La cour, immense, disparaissait sous un fatras de débris de toutes natures, allant de deux carcasses de voitures éventrées à une pile de poteaux de téléphone. L'épave d'un chalutier, endormie sur le côté, attendait la fin du monde.

Aubin présenta sa mère sans ambages: «Ma mère», dit-il, qui aussitôt se retira dans une pièce du fond comme si elle ne voulait côtoyer personne.

L'intérieur de la maison était à l'avenant, comme à la veille d'un déménagement. Pour rejoindre le salon, Aubin traversa un dédale de boîtes de carton à moitié ouvertes, un pneu de voiture, deux téléviseurs noir et blanc des années soixante et une collection de revues pornographiques jetées pêle-mêle sur le plancher. Une chatte au poil moutonneux fut réticente à céder sa place sur le divan.

Dépourvue, Bétina accepta une bière. Aubin continua son histoire: «Quand je travaillais au Nouveau-Brunswick, un bûcheron s'était à moitié coupé la jambe avec sa scie mécanique, une entaille dans le tibia au point que la moelle de l'os coulait à grosses gouttes. Aucun moyen de sortir de là autrement qu'en avion, et en attendant son arrivée, un Indien qui travaillait avec nous autres avait trouvé le moyen de se rendre utile; il avait attrapé un raton-laveur, appliqué du miel sur la blessure et laissé la bête lécher la plaie "pour éviter l'infection", disait-il. Le pauvre gars se lamentait à tous les saints du ciel. Le seul Indien à peu près intelligent que j'aie rencontré de toute ma vie et n'empêche que ce moyen de fortune avait sauvé la jambe du bûcheron; la salive des animaux est acide et élimine les microbes.»

Bétina négligea de relever la remarque sur les Indiens.

Aubin, assis près d'elle, l'instruisit de ses expériences en la heurtant fréquemment à la cuisse pour soutenir son attention. Bétina nota le changement d'attitude; cultivant des rapports familiers avec elle, il avait manifesté une réserve constante désirant, semblait-il, entretenir une relation tout au plus amicale. La bière peut-être…

Il allait enclencher une autre histoire quand Bétina resta estomaquée: en face d'eux surgissait, altière et d'une beauté insolente, une adolescente d'au plus seize ans, occupée à assécher ses longs cheveux noirs avec des gestes étudiés. Fraîche évadée de la douche, elle se pavanait nue comme au jour de sa naissance hormis la serviette qu'elle balançait d'une épaule à l'autre. «Dodo, dit Aubin, la plus belle de mes nièces.»

Après sa jeune patiente de la journée, Bétina était comblée. Elle présenta la main pour apprécier la richesse de cette peau foncée et lui encercla les doigts avec l'envie de les emprisonner pour toujours. Sans voix. «C'est pas beau ça?» remarqua Aubin en tapotant un sein de l'adolescente, visiblement fier de tant s'en permettre. Bétina eût été aux anges d'agir de la sorte.

La super Dodo, charmeuse, émit un commentaire:

— Tous mes amis de gars sont amoureux de toi.

Bétina esquissa un sourire; Aubin ajouta son grain de sel:

— Tous les gars sont amoureux de toutes les filles, de toute façon.

— Tant mieux, concéda Dodo, et elle s'esquiva, légère comme un mirage.

Une apparition! Bétina la saisit du regard et apprécia la chute des reins, la félinité des cuisses et la prédominance des omoplates. Elle se retint de la poursuivre. Aubin se chargea de la distraire:

— Son père et sa mère sont morts dans un accident de voiture il y a trois ans; comme j'étais son parrain, j'en ai hérité.

Bétina devint distraite. Émoustillée et sans possibilité de se satisfaire, elle songea à Vernon. Après six jours, la présence de l'Indien lui manquait. Elle lui avait rendu visite en milieu de semaine, mais Vernon était absent, et à voir la toile de la tente soigneusement fermée, le linge à sécher à l'extérieur, le lynx en attente, l'Indien était disparu pour une longue période. Il ne lui avait rien appris de son départ.

Aubin causa et causa durant toute la soirée. Dodo apparut, vêtue d'un jean moulant et d'un tee-shirt immaculé qui laissait toute liberté à ses jeunes seins frondeurs; elle les salua avant de s'évaporer en douce. Aubin accepta de reconduire son invitée au dispensaire, mais doucement le ton de sa voix s'éteignait à vue d'œil; il dormait peu après et Bétina rentra à pied.

Bétina se consumait, incapable de subir encore l'absence de Vernon Metallic. Depuis au-delà de dix jours, aucune nouvelle de lui, et à l'occasion d'une autre visite à la tente, elle s'était surprise à interroger le lynx sur la destination de son maître; la bête l'avait considérée avec d'immenses yeux jaunes en inclinant la tête. Elle prit le taureau par les cornes et déboucha sur la réserve pour en connaître davantage. Elle obtint des éclaircissements: en prévision de l'ouverture imminente de la pêche au saumon, l'Indien était allé tester l'efficacité de ses artificielles sur la Grande-Croche à plusieurs milles du village. C'était toujours ça de pris, mais personne ne put l'instruire du moment présumé de son retour. Le moindre mal. Une Indienne, massacrée par l'âge, cousine de Vernon et à l'œil soupçonneux, s'informa de son identité et de la raison de sa visite comme si elle sortait des limbes. Bétina déclina vaguement son *pedigree* et l'autre, plus ou moins sympathique, leva le nez et disparut dans sa maison sans la moindre formule de salutation. Bétina l'envoya paître.

La visite de Félicité Desmarais eut pour effet heureux de la distraire. Même si Bétina l'accueillait toujours avec une certaine appréhension, elle salua sa venue par des épanchements intéressés; la religieuse n'allait pas s'en plaindre.

On aurait pu l'imaginer encore responsable du dispensaire avec cette manière de fouiner à chacune de ses incursions dans la maison. Bétina, offusquée au début, avait ensuite classé cette curiosité malsaine sur le compte de la longue fréquentation de la religieuse avec chacune de ces pièces.

Félicité affichait une bonne mine, meilleure que lors de leur dernière rencontre; son allure reflétait la confiance en soi et la tranquillité d'esprit. Des vêtements de couleurs claires, un minuscule crucifix d'ocre à la parmenture de son veston et une coiffure dégagée en chignon la rendaient déjà plus accessible.

Après quelques considérations d'ordre général sur les commentaires positifs qu'elle avait, disait-elle, retenus sur l'efficacité de son travail, elle informa Bétina de sa décision:

— Après une profonde réflexion et une consultation de ma supérieure, j'ai décidé de quitter non seulement le village, mais aussi la vie religieuse.

— *Yeah!* fit Bétina.

— Et d'une certaine manière, ajouta-t-elle, je t'ai réservé mon ultime mission en tant que religieuse. Demain, je quitte pour Montréal, entreprendre ma nouvelle vie pour le meilleur et pour le pire.

— Bravo! félicita Bétina; difficile?

— Non, objecta Félicité Desmarais, enfin pas autant que je pouvais m'y attendre. Je n'ai eu aucun effort particulier à faire puisqu'en quelque sorte le choix s'est imposé à mon esprit d'une manière tellement évidente que je n'ai eu qu'à suivre mon inclinaison naturelle.

Bétina s'absenta dans la cuisine un moment et en revint avec deux ballons de cognac; la religieuse honora le cordial avec une avidité contenue.

— Un mariage, observa Bétina, fière de sa trouvaille.

— Je me marie avec la vie, approuva Félicité Desmarais. Et après une pause, elle ajouta: Tu as eu une certaine influence dans ma prise de décision, le croiras-tu?

Bétina n'avait aucune raison de refuser de la croire tout en se demandant comment elle avait pu influencer son choix. «Quand je t'ai vue arriver ici, apparemment libre de toute attache, précisa-t-elle, cela m'a fait réfléchir à mon propre sort et je me suis aperçue que le carcan de la vie en communauté me pesait depuis nombre d'années sans m'en être rendu compte.»

— Bon, fit Bétina.

— D'une certaine manière, tu as été l'élément déclencheur et ton contact, même restreint, m'a ouvert les yeux.

— Bon, fit Bétina.

Félicité Desmarais s'agita subitement, délaissa sa coupe et se leva d'un bond; on aurait dit qu'une abeille venait de lui piquer une fesse.

— Je quitte maintenant, ajouta la religieuse, en serrant Bétina dans ses bras comme s'il se fut agi de sa sœur; il faut que j'aille finir de préparer mes bagages pour mon départ. Elle ajouta: rappelle-toi bien que je vais conserver un excellent souvenir de toi, même si nous nous sommes peu connues, pour le reste de mes jours.

— Bonne chance, souhaita Bétina.

Pour toute réponse, Félicité Desmarais regarda Bétina droit dans les yeux, versa une larme et lui pressa les deux mains dans les siennes avant de s'esquiver. «Bonne affaire de faite», songea Bétina.

En cette mi-juin, les vacances s'annonçaient et les élèves de l'école occupaient la majorité de leurs journées à jouer dans la cour de récréation. Bétina profita de la présence de Rosemonde Dupéré à l'extérieur pour aller plaider la cause de Vincent une ultime fois. La directrice, nullement influencée par la température superbe, se montra une fois de plus intraitable; elle vit venir Bétina avec ses gros sabots et prit l'initiative de la conversation:

— Si c'est pour votre fils, entama-t-elle, je continue de réfléchir, mais pour l'instant, mon attitude n'a pas changé. Vincent a besoin d'un enseignement adapté à ses besoins propres et personne ici ne peut lui fournir.

— Comme je l'ai proposé, rétorqua Bétina, il pourrait venir ici pour profiter de la présence des autres enfants. Jouant le tout pour le tout, elle ajouta: j'ai rencontré le directeur de la Commission scolaire qui m'a promis de s'occuper du cas de Vincent.

Un soupçon de détresse traversa le visage de Rosemonde Dupéré, mais elle reprit son équilibre, jeta un regard satisfait sur les enfants dans la cour et émit son verdict:

— Au risque de me répéter, je craindrais que votre fils ne perturbe le développement de mes élèves et ma responsabilité m'empêche encore de répondre affirmativement à ...

Bétina avait tourné les talons.

Elle éprouva une mince consolation en fin d'après-midi; elle reçut la visite de sa patiente enceinte, fière de lui présenter son bébé, la cigarette au bec comme toujours. Bétina s'émerveilla devant la vitalité manifestée par le poupon visiblement dans une forme splendide; du haut de ses quelque trois semaines, il gazouillait déjà comme un ruisseau et paraissait s'amuser dans la vie comme un petit fou.

— J'ai accouché à Sept-Îles, lui annonça la mère, et ça s'est passé comme du beurre dans la poêle.

— Tant mieux, fit Bétina; je vais quand même l'examiner.

— C'est un garçon, confirma la mère, un beau bébé.

La mère le lui présenta comme un trophée et Bétina porta l'enfant jusque dans l'infirmerie; il était lourd, un peu obèse peut-être. Déposé sur la table d'examen, le garçon n'arrêta pas de gesticuler et se calma seulement au toucher des fontanelles déjà en formation. Elle le dévêtit complètement pour le prospecter sous toutes les coutures; pour une raison obscure, Bétina redoutait cette femme frondeuse et pour laquelle elle entretenait une solide antipathie.

Aucune malformation notable, sauf un céphalhématome bénin qui ne suscitait cependant aucune raison de s'alarmer. Le cœur battait à cent trente pulsations à la minute et elle décela un nystagmus prononcé quand elle agita son stéthoscope devant lui. Pour une fois, la mère manifesta une réaction inquiète et Bétina la rassura: ces secousses des globes oculaires, quoique alarmantes chez un enfant si jeune, étaient le lot d'un bébé sur trois.

— Faudrait pas qu'il devienne aveugle, avança-t-elle.

Bétina éprouva tout de même de la compassion pour elle:

— Aucune raison de t'inquiéter; dans un mois ou deux, plus rien paraîtra.

Vincent s'amena comme un cheveu sur la soupe. Figé un instant à la vue du bébé, il s'approcha sur la pointe des pieds comme s'il découvrait un objet bizarre. Il promena une main incertaine sur le petit ventre gonflé: Bétina se crispa, prête à s'interposer à la moindre alerte. Il n'en fut rien et Vincent, acquérant de l'assurance, palpa ensuite le front, effleura le duvet de la tête et saisit une main minuscule; le bébé apprécia en repliant les doigts. Vincent voulut fraterniser davantage en prenant le poupon dans ses bras: Bétina l'en empêcha et son fils manifesta violemment son désaccord en sautant sur place à pieds joints. «Je reviens», dit-elle, en poussant Vincent dans la cuisine pour s'expliquer avec lui.

Peine perdue et aucune caresse ne le raisonna; en désespoir de cause, Bétina le reconduisit au sous-sol. «C'est bien, conclut-elle, en revenant dans l'infirmerie, ton petit homme deviendra un charmant garçon. Tu le nourris au sein?»

— Non, dit la mère, j'ai abandonné après la première semaine en sortant de l'hôpital.

— Je vois, dit Bétina; il faut six biberons par jour, un tiers de lait et le reste d'eau.

— Et du sucre, suggéra la mère.

— Pas nécessaire mais si tu y tiens, c'est mieux le sirop de maïs.

Le bébé s'impatienta et brailla à fendre l'âme; Vincent vint aux nouvelles, bien planté sur ses jambes au milieu de la cuisine. Après son départ, Bétina tenta d'amadouer son fils en l'invitant à l'extérieur; Vincent se laissa conduire sans enthousiasme.

Au bord de la mer, il accepta tout au plus de s'attarder sur la grève mais refusa net toute autre collaboration.

— Un... deux... trois... répète. Un...deux...trois... dit Bétina en lui plaçant des cailloux dans la main. Une...

Vincent ne portait aucune attention aux paroles de sa mère et s'intéressait plutôt au vol des mouettes virevoltant devant eux. «Un... deux...», insista Bétina; «Vincent: un... deux...»

Vincent, tout à sa rêverie, ébauchait, du bout de l'index, la silhouette d'un oiseau dans le sable fin. «Un... deux...», reprit encore Bétina sans autre succès que voir son fils se désintéresser tout à fait d'elle.

Étendue sur la grève, les yeux dans les nuages, elle songea à Vernon. Son absence l'importunait et après cette séparation de quelques jours, elle se rendit compte qu'elle tombait dans le piège de maintenir son attention exclusivement sur lui. Elle ragea davantage contre elle-même que contre l'Indien, mais concéda tout de même qu'il aurait pu l'aviser de son départ; il n'avait aucun compte à lui rendre, bien sûr, mais la simple reconnaissance aurait dû l'amener à considérer un tant soit peu leur relation.

Et Vernon dévoilait cette façon unique de se l'approprier toute à chacune de leurs rencontres, d'une manière entière et exclusive avec un goût de revenez-y. Bétina avait beau tenter de contester cette attirance totalement physique et folle, ses sens l'un après l'autre frémissaient juste à y penser. L'homme avait la caresse intense, le geste exact, la technique impeccable et Bétina se mourait d'ennui.

Envahie par un sentiment tout à fait opposé, elle se pointa à l'hôtel, le samedi soir; tant qu'à attendre, elle avait préféré se distraire un peu. Bien lui en fit.

Aubin, un assidu, déserta sa partie de billard pour l'aborder et manifester son plaisir:

— Enfin, dit-il, la reine qui vient visiter ses sujets!

Bétina contesta la comparaison mais dut, à son corps défendant, parader de table en table pour se laisser présenter en termes élogieux à chacun des clients.

— Tout le monde me connaît, s'acharna-t-elle pour le dissuader, mais Aubin n'entendit rien de ses objections; je suis déjà venue, ajouta-t-elle, lors du spectacle de *ton amie* Désirée.

— Oublie ça, veux-tu? lui glissa Aubin à l'oreille, sinon je réponds pas de mes actes.

— Susceptible, mon Aubin, crâna Bétina, mais n'empêche que ta danseuse était une maudite belle fille pareil.

— Tu parles, dit Aubin.

On la gratifia de salutations empressées et après les civilités, elle se réfugia sur un banc du comptoir; une grosse bière trônait devant elle.

Le bar de l'hôtel n'était pas sans receler un certain charme avec sa configuration oblongue et son plafond haut. La décoration était constituée de pièces tirées du patrimoine local; trois têtes d'une famille de chevreuils aux yeux globuleux, deux saumons naturalisés sur un support de bois d'érable et plusieurs pièces piratées de l'épave du *Marion:* un hublot en cuivre oxydé remplaçait la fenêtre de la porte d'entrée, une poulie énorme supportait la machine à boules et des cordages en quantité couraient comme des serpents au-dessus du bar. La musique, dominée par une amplification exagérée des basses, demeurait inaudible.

— Mets mon *next,* suggéra Bétina à Darquis qui revenait des toilettes.

Le préposé à l'aéroport montra son enchantement de pouvoir rendre service.

Il inscrivit le nom de Bétina sur le tableau noir à proximité de la table de billard et s'amena causer par la suite:

— J'ai mis mon nom après le tien, annonça-t-il, on va voir ce qu'on va voir.

— *Yes Sir,* défia Bétina.

Bétina comptait pour la seule femme dans la place, hormis trois jeunes filles assises plus loin à des tables avec leurs amis. En raison de sa situation particulière, puisque aucune route ne reliait Pointe-Manitou aux villages environnants, le bar servait une clientèle essentiellement locale, à l'exception de deux fonctionnaires dépêchés sur place pour veiller à l'avancement du dossier de l'usine de pêche. Tout au long de l'année, et ce, depuis au moins dix ans, les différents paliers de gouvernements déléguaient des représentants pour rencontrer les pêcheurs, élaborer des plans pour l'aménagement de l'usine ou l'amélioration de la structure du quai et, durant tout ce temps, les portes de la bâtisse abandonnée continuaient de battre aux quatre vents.

— Tu t'arranges comment? s'informa Darquis, toujours sur un pied et sur l'autre.

— Ça t'inquiète? lui fit remarquer Bétina; tu me le demandes à chaque rencontre. Je m'arrange mieux que tu penses, toi qui crains que je m'ennuie à mourir.

— J'ai jamais dit ça, se défendit Darquis; j'ai juste dit que tu trouverais ça changement d'avec la grande ville.

— C'est pareil, confirma Bétina.

Aubin, silencieux jusque-là, n'allait pas manquer d'ajouter son grain de sel:

— Bétina, c'est une fille avec tout plein de ressources, capable de se suffire à elle-même et qui se satisfait de pas grand-chose, ironisa-t-il.

— Va chier, répondit Bétina.

Fier de son succès, Aubin se fit un plaisir d'en rajouter:

— Bétina a besoin ni de moi, ni encore moins de toi pour être heureuse: sa job, son sauvage et l'affaire est *ketchup.*

— Pis, Aubin, as-tu quelque chose contre?

— Pffft, fit Aubin.

Darquis tenta de replacer le train sur ses rails:

— Faudrait que tu nous ramènes une danseuse, Aubin, ça manque de nouveauté au village.

— Six, avança Aubin, visiblement pas dans son assiette, tu en veux de la peau, tu perds rien pour attendre.

La soirée s'annonçait difficile et Bétina entendit comme une libération, l'appel de son nom pour affronter, semblait-il, le champion du village à la table de billard. Elle s'y dirigea sans illusion, bien décidée cependant à y vendre chèrement sa peau. Avec une condescendance tout assurée, le joueur inconnu lui offrit la casse; première erreur. Bétina empocha la cinq dans un coin et la couvrit par deux autres basses, les deux et six dans l'ordre. Son adversaire s'ingénia alors à remonter la côte de brillante façon en enfilant quatre de ses propres boules l'une après l'autre, et dans la même poche encore. Bétina lui adressa un clin d'œil d'appréciation, appliqua une couche de bleu sur le bouchon de sa baguette, jaugea soigneusement la disposition du jeu et s'exécuta:

— La trois au centre par la bande et tac. La une *cross-side* et re-tac.

L'autre trouva la vie moins drôle et téta sa bière avec avidité. Bétina s'empara alors du diable, lui fit chevaucher une boule adverse et annonça la sept dans le coin droit de la table, défi relevé de brillante façon. Elle eut alors droit à des applaudissements timides de la salle et à un rictus tourmenté de son adversaire. Grisée par le succès, elle loupa toutefois la quatre pourtant à portée de l'une des poches du centre. Son rival y vit là l'occasion de refaire sa crédibilité et il réfléchit de longues minutes avant de s'exécuter, arpentant le tour de la table pour négocier son prochain coup et disposer ses boules pour les suivants. Il y parvint au-delà de ses espérances, mais par une grossière erreur de stratégie qu'il noya ensuite dans la bière le reste de la soirée, il empocha la blanche sur la huit, perdant ainsi par défaut. «Ça arrive à tout le monde», tenta de le consoler Bétina, mais son adversaire s'esquiva, la tête entre les jambes sous les sarcasmes des clients.

Darquis était d'attaque:

— Les boules, c'est mon domaine, annonça-t-il d'entrée de jeu, mais il échoua lamentablement dans sa tentative de démontrer son savoir-faire.

En deux tours de baguette magique, Bétina l'humilia et, ajoutant l'injure à l'insulte, elle lui proposa un pari de dix dollars sur une autre partie. Darquis farfouilla dans le fond de ses poches, considéra les boules déjà disposées en triangle sur la table et négligea de ramasser le gant.

— T'en as encore à apprendre sur les boules, railla Bétina.

Elle affronta ensuite trois autres joueurs coup sur coup et les défit à plate couture. Invité à venger l'honneur du village, Aubin repoussa l'offre du revers de la main:

— Quand j'aurai fini ma bière, annonca-t-il; une chose à la fois.

Bétina regagna sa place au comptoir. «À Lennoxville, se vanta Aubin, j'ai déjà battu le club des Hells au complet au pool, un tournoi qui a duré quarante-huit heures sans manger ni dormir. De la coke en masse, par exemple, pour aiguiser les réflexes. J'avais fini la dernière partie par un *clean,* huit boules en ligne et dans l'ordre à part de ça. C'est l'été que j'ai eu ma *Harley* et que je suis parti après faire le tour des clubs de motards des États-Unis. La foire! Des filles et de la dope tant que j'en voulais, t'en as plus, pas de problème, il y en a encore. Un kilo, ça leur fait pas peur à ces gars-là. Ils achètent ça comme du sucre.»

Deux heures et trois grosses bières plus tard, alors qu'Aubin étalait encore ses prouesses, Bétina s'envoyait comme une malade sur la piste de danse. Le bar s'était rempli à pleine capacité et elle était loin d'être en manque de partenaires.

— C'est pas mère Duramet, n'arrêtait pas d'apprécier Darquis.

L'arrivée de Vernon Metallic passa à vrai dire inaperçue aux yeux de la majorité des clients jusqu'au moment où, après avoir lui-même ingurgité deux bières en un temps record, oh surprise, il s'en fut rejoindre Bétina sur la piste de danse; déjà en fête, il marchait en se tenant aux tables et bouscula quelques clients sur son passage. Il reçut un accueil plutôt mitigé: feignant la totale indifférence, elle lui tourna carrément le dos et continua de s'agiter avec son partenaire d'occasion. C'était mal connaître Vernon Metallic. Espérant vainement surmonter les décibels de la musique, il lui confia quelques mots à l'oreille, mais dans l'état où elle s'agitait, Bétina avait d'autres préoccupations. En désespoir de cause, l'Indien l'accrocha carrément par un bras et l'entraîna dans le corridor débouchant sur la toilette. Bétina s'opposa un peu pour la forme et se laissa diriger par la suite comme une proie facile.

— Tu aurais pu me le dire avant de partir, lui reprocha-t-elle, je t'ai cherché partout.

— Ça t'aurait donné quoi? rétorqua Vernon en parvenant tant bien que mal à couvrir le bruit de la musique.

— Ça aurait donné que je me serais pas morfondue pour toi, si tu veux le savoir.

— Morfondue pour moi?

— Ben quoi, qu'est-ce que tu penses?

— ...

— T'es un sale mec, Vernon Metallic! Et un égoïste! Et tu empestes le diable, en plus!

L'Indien accusa le coup avec hauteur. Il tenta de caresser le visage de Bétina, mais elle déclina vite en retournant au comptoir; Vernon l'y accompagna et commanda deux bières.

Bétina avait le gros bout du bâton et ne se gêna aucunement pour l'utiliser; après deux gorgées, elle retrouvait la piste de danse, requérant des partenaires à qui mieux mieux. Vernon se faisait du mauvais sang, mais il résista tout de même à son envie de l'y rejoindre encore.

Après avoir dansé de tout son soûl, Bétina s'en alla le retrouver d'un pas mal assuré; elle téta sa bière comme un veau tète sa mère. «Moi, je suis une fille, Vernon Metallic, une vraie fille qui aime tout le monde, les garçons autant que les filles, on s'en câlisse. Mais il y a une chose, Vernon Metallic, j'aime le monde qui m'aime, m'entends-tu? Ceux et celles qui me laissent tomber: *out*. On me fait pas le coup deux fois.»

— Je t'ai pas laissé tomber, tenta de se défendre l'Indien.

— Quasiment pas, Vernon Metallic.

— Je te dis que je t'ai pas laissé tomber, tenta encore Vernon Met...

— Des hommes de ton espèce, Vernon Metallic, rajouta Bétina, il y en a à la tonne si tu veux savoir, vous êtes tous pareils.

Aubin avait les oreilles dans le crin, mais il se priva d'intervenir dans la conversation à laquelle tous les clients alentour avaient aisément accès.

— Viens-t'en, je suis tanné d'être ici, proposa l'Indien.

— Ah ben, voyez-vous ça, railla Bétina, «monsieur» est tanné et faudrait que je le suive.

— Viens, insista Vernon, allons dehors.

Alliant le geste à la parole, il l'attira avec plus ou moins de délicatesse dans le stationnement de l'établissement; rétive au début, Bétina obtempéra comme un zombi, mais sitôt à l'extérieur, la dispute reprit de plus belle. «Je te répète...»

— Répète rien, Vernon Métallic, je te l'ai dit, t'es un sale mec qui pense qu'à lui seul, un salaud de la pire espèce, un abominable aborigène si tu veux savoir!

Vernon chercha à lui paralyser le visage entre ses mains pour l'embrasser: «Touche-moi pas, je veux plus que tu me touches!»

Vernon força la note et parvint à ses fins. Mal lui en prit, car une solide poussée le renversa sur le sol et Bétina lui sauta dessus comme une tigresse: «Je t'ai dit de pas me toucher! Vernon Metallic, plus jamais!» cria Bétina à cheval sur l'Indien.

Elle cogna, griffa, mordit jusqu'à s'écrouler d'épuisement et de dépit. L'Indien para les coups tant bien que mal, et dans l'attaque comme dans la défense, ils roulèrent tous les deux sur l'asphalte du stationnement. «Écœurant!» trouva encore l'énergie de dire Bétina en embrassant Vernon dans le cou comme une maudite folle.

Ils croupirent de longues minutes, enveloppés l'un dans l'autre, Bétina exténuée, plus morte que vive, Vernon lui caressant le dos comme s'il l'atteignait pour la première fois.

Bétina avait écopé d'une mémorable nuit d'amour.
À la suite de leur violente prise de bec dans le stationnement de l'hôtel, ils étaient rentrés à pied en se soutenant l'un l'autre et au dispensaire, Bétina constata qu'elle n'y était pas allée de main morte.

— Sale mec, n'avait-elle pas cessé de répéter à Vernon en lui appliquant des compresses de peroxyde d'hydrogène sur le visage à coup de gestes hésitants.

Une balafre sanguinolente lui barrait le haut de la cage thoracique et la lèvre inférieure croissait à vue d'œil. «Hostie de batailleur!» rajouta encore Bétina, mais Vernon Metallic s'avéra doux comme un agneau.

C'est à peine s'il objecta:

— C'est ta faute.

— Mouais, fit Bétina, ma faute, mets-en que c'est ma faute, c'est toujours ma faute.

Elle le bichonna tant et bien; Vernon Metallic redevint un bébé. Après une semaine à la pêche, il *sentait le diable,* et Bétina le lava sans rechigner, lui tailla les cheveux un à un et lui rogna les ongles. Affaissé comme un mort sur la table d'examen, l'Indien était aux oiseaux. Il tentait de l'embrasser à chacun de ses gestes, mais toute à son travail, elle se dérobait sans cesse jusqu'à ce qu'il parvienne à l'immobiliser près de lui; elle battit des ailes pour la forme, et stimulée par le contact de cette peau tant escomptée, elle tomba vite dans les pommes. «Tu m'agaces.»

— Pis?

— Tu m'agaces.

— Déshabille-toi.

Bétina hésita, considéra la situation d'un œil averti, pensa à son affaire et éteignit, laissant pour tout éclairage le tube néon de la cuisine. Dans l'ombre, elle se défit de ses vêtements en se tortillant comme une couventine. «Ça te gêne?»

— Pas du tout, mais pas du tout, tu vois bien, exagéra Bétina, tout à fait à l'aise comme si je me déshabillais devant les garçons dix fois par jour.

— Ça te gêne.

Cultivant son plaisir, elle avait le geste lent et la tâche difficile. Elle s'amena sur Vernon à peu près nue.

Affamé, Vernon s'accapara du corps de Bétina comme s'il lui appartenait depuis des lunes; elle lui livra *motu propio*. L'Indien inventait une manière de l'accoster sans retenue en l'invitant partout et nulle part à la fois. Il détecta un sein qu'il pétrit de ses deux mains chaudes et cornées comme s'il protégeait un oiseau blessé. Du bout de l'index ensuite, déambulant en spirale, il anima la chair dans tous les sens en s'ingéniant à réconforter le mamelon; sur un pied de guerre, les armes déployées, Bétina s'apprêtait à engager l'attaque. Elle embrassa l'Indien à bouche perdue en l'encerclant comme si elle allait le dévorer tel quel. Vernon résista un tant soit peu pour l'enraciner davantage et elle tomba dans le panneau: lui coinçant la tête pour ne plus le voir se dérober, elle farfouilla tant et si bien dans sa bouche qu'elle manqua de lui avaler la langue. Après cette première crise, l'Indien s'obstina à poursuivre son ouvrage là où il l'avait quitté; elle n'allait pas s'en plaindre. Elle souffla un peu, réprima un hoquet et devint docile; Vernon eut alors beau jeu de se livrer à elle-même. Bétina bien déployée sur lui, il erra avec un pouce sur le renflement de la hanche comme s'il visait quelque secrète avenue. Bétina frissonna et Vernon négligea de la réchauffer; à peine insista-t-il pour la cajoler encore et dénicha une échappée du côté de la chute des reins. Là, Bétina dévoila son impatience et risqua de se tourner sur le dos; mal lui en prit puisque Vernon, d'une main ferme et doucereuse, gêna toute tentative de dérogation. Maniable au doigt et à l'œil, elle réintégra ses premières amours et il perpétua son manège brutalement. Elle déplora bientôt sa lâcheté quand Vernon, peu enclin à céder à toute réprimande, envahit une fesse sans autre préambule. Surprise de l'impertinence, elle projeta de lui interdire toute incursion de ce côté de crainte de chavirer trop vite, mais au diable les subtilités, elle s'appliqua à s'inféoder en une victime consentante. Et comment. Elle écarta les cuisses, cédant toute inspiration à l'Indien, et il profita de l'occasion pour l'ébahir; il négligea la proie déjà atteinte et s'intéressa plutôt à envenimer des contrées connues: selon toute vraisemblance, il réintégra la hanche trop intrépide. Bétina émit une plainte de déception, mais Vernon n'entendit rien de sa requête et persista dans son dessein: elle écoula le temps en immobilisant sa tête à deux mains en espérant des jours ensoleillés. Il vainquait sur toute la ligne et Bétina adhéra au supplice sans rechigner; il s'accorda le loisir de tâter la hanche puis l'autre, les deux épaules, les seins et toute la longueur du dos sans répit. Bétina était morte. Avant que la situation ne se détériore, il la raviva sans mal en lui excitant le duvet de la mâchoire; elle s'agita mollement comme au sortir d'un bain chaud.

— Je languis.

Vernon n'avait que faire de si peu de considération, mais beau joueur il démontra sa coopération en tombant raide mort; Bétina prit la relève et se proposa sans attendre pour continuer le travail avec la ferme volonté de se laisser séduire. Elle n'imaginait pas y parvenir si vite, et bientôt, Vernon, à son tour, ne se contint plus et elle palpa le sexe dans le fond de ses entrailles. La taille réduite de la table d'examen invitait à toutes les fantaisies et Bétina s'en donna à cœur joie; d'en avant et d'en arrière, de côté et sur le ventre, elle conçut toutes les solutions possibles pour intensifier sa passion. Elle y parvint à demi et après avoir râlé à s'en fendre l'âme, elle manifesta tout de même la force d'inventer d'autres conjugaisons et posa les pieds dans les étriers. Vernon considéra la position avec méthode, obtint l'aval de sa victime, et enfouit son visage dans ses jambes. Bétina crut mourir, et pour éterniser l'agonie dans la mesure du possible, elle le coinça ferme par les oreilles en l'obligeant à jurer de ne plus jamais s'interrompre. L'Indien promit mer et monde, s'abreuva à la source et se noya dans un torrent de satisfaction. Bétina, assurée d'achever sa dernière heure, s'écroula en cascades sur des cailloux aux arêtes aiguës avant d'éclater en mille et un morceaux. Elle soufflait comme une tempête. «L'extase.»

— ...

Elle n'avait rien vu encore. Vernon se dénoua enfin, la disposa droit dans sa mire et visa directement au cœur. Au faîte de la dilatation, mouillée comme une éponge plus morte que vive, elle crut l'affaire dans le sac et prit ses aises, mais c'était mal connaître l'Indien et elle ravala tout de go sa témérité: il s'agita en elle sans prétention d'abord et laissa la chance au plaisir de renaître de ses cendres. Il s'en rendit compte aussitôt: le feu couvait sous roche et ne fut pas long à exploser de nouveau. Bétina se cramponna à lui de part et d'autre, l'enfouit tout entier en elle et rejeta tout net la possibilité de lui offrir la moindre chance de se repentir. Vernon la sauvegarda jusqu'à la lie, la prévenant du coup de grâce, et absorba sa propre sueur. Elle ouvrit les yeux pour se convaincre de ne pas rêver, réintégra les ténèbres à qui mieux mieux et beugla de toute son âme pour éconduire les fantômes. Se croyant interpellé, Vincent tendit l'oreille, vint considérer la situation d'un œil trouble, et estimant sa mère en sécurité, il regagna le sous-sol sans drame.

Ils étaient transis et trépassèrent dans les bras l'un l'autre. Bétina récupéra son souffle tant bien que mal, alors que Vernon, plus calme, avait déjà repris son cours normal. Il tenta de l'amadouer une fois encore, mais Bétina implora son pardon:

— Pas touche.

Elle replaça ses pieds dans les étriers de la table d'examen, mais cette fois laissa ses membres se détendre et ses idées se disposer en ordre; Vernon s'interrogeait debout près d'elle, essayant de comprendre son désarroi. «J'ai cru mourir», dit Bétina, les bras pointés au ciel.

— Belle mort, remarqua Vernon.

— Et tu t'en vas pour une semaine, qu'est-ce que je vais faire?

— ...

— Je crois que je me recroquevillerai dans un petit coin en attendant ton retour. Je vais me consumer de dépit, si tu veux savoir.

Vernon, déjà ailleurs, ne puisait plus grand intérêt dans l'affaire et il ressassait ses vêtements un à un. Bétina décela l'alerte et elle s'ingénia à le retenir en lui promettant mer et monde; il se montra intraitable et nulle supplique ne l'amena à dévier de son idée fixe. «Reste dormir ici, proposa-t-elle, et tu pars à l'aube rejoindre tes amerloques.» Vernon enfila son pantalon. «Je te réveillerai à cinq heures et tu auras tout ton temps.» Il mit sa chemise. «Je te réveillerai à quatre heures, si tu préfères.» Vernon récupéra ses bottes. «Ou mieux, suggéra Bétina, on dort pas du tout et tu pars quand tu veux. Marché conclu?»

— J'ai six jours de pêche au saumon qui m'attendent et je ménage mes muscles.

Vêtue d'une jaquette de toile blanche empruntée de l'armoire de l'infirmerie, elle le reconduisit jusqu'à la route en persistant à plaider sa cause; Vernon avait adopté sa démarche des grands jours et il disparut sans se justifier davantage.

— T'es un hostie de crétin, Vernon Metallic! lui adressa Bétina en guise d'adieu, et si je meurs d'ennui, tu seras responsable!

Avant de retrouver son lit d'un pas hésitant, elle s'en fut dérober une caresse à son fils; Vincent dormait comme un loir sous l'escalier du sous-sol, tout nu et bienheureux. Elle l'imita et pour flotter sur son plaisir, au diable les courbatures, elle dormit sur la table d'examen. Sur le minuscule lavabo de l'infirmerie, elle avait découvert, radieuse, un bloc de haschisch de la dimension d'un dé à coudre.

L'avion atterrit à l'heure sur la fin de l'après-midi, alors que Bétina languissait déjà en attente; Darquis, empressé autour d'elle, s'étonnait encore de son adresse au billard:

— J'ai jamais vu ça, avoua-t-il, une fille jouer au *pool* comme toi.

— T'en as encore à apprendre, Darquis, et sur les filles et sur le *pool.*

— Sur le *pool,* peut-être, crâna-t-il, sur les filles, c'est à voir.

— À voir? fit Bétina.

Darquis tressaillit comme à sa première communion et imagina tout plein de choses.

Eunice, annoncée aussi tard que le matin même, se révéla épanouie et le geste alerte. Crinière au vent, un imposant sac de toile à la main, elle s'affaissa dans les bras de Bétina. Bétina la reconnut avec effusion et Darquis, encore plus troublé, découvrit pour la première fois les ferventes retrouvailles de deux femmes. Il prit sur lui d'aller aux nouvelles et hasarda:

— C'est beau deux sœurs qui se rencontrent...

— C'est pas ma sœur, objecta Bétina, c'est Eunice.

Darquis se tut.

Aubin, délégué taxi de service, se montra plus retors.

— Vous vous êtes ennuyées, les filles, railla-t-il en poussant son moteur à fond. Mon ex-femme était comme ça, toujours pendue après moi comme une sangsue, sans me lâcher d'un pouce. Fine, c'est pas le mot, mais collante comme du miel. J'avais beau lui demander de l'air, la supplier de me donner de la corde un peu, c'était plus fort qu'elle, elle me suivait comme un petit chien. Fatigante, tu dis? À un moment donné, elle a eu la surprise de sa vie quand je lui ai appris que je la laissais. Malade dans la tête. Quand je lui ai dit ça, elle m'a demandé de l'assassiner, trop «nounoune» pour faire ça elle-même. Onze ans que ça dure, et chaque fois que je la rencontre, elle veut encore que je l'assassine comme si j'avais seulement ça à faire. Avec Minouche, une ancienne blonde, c'était tout le contraire; quand je l'ai laissée, elle a ri durant trois jours. Jamais su pourquoi. Je l'ai jamais revue, celle-là, mais il paraît qu'elle rit encore. Elle regarde des photos de moi et elle s'esclaffe. Il y a du monde bizarre dans le monde.

Ni l'une ni l'autre ne trouva l'occasion de placer un mot de tout le voyage de retour, se limitant à échanger des regards complices.

Aubin remit sur le tapis un sujet plus à la mode en s'adressant plus directement à Bétina: «Pas trop déboussolée de ta soirée d'hier? Le sauvage était en forme. S'il avait levé la main sur toi, je lui cassais la gueule.»

— Tu exagères, Aubin.

— Tu peux pas nier qu'à un moment donné ça jasait fort. Malgré la musique, tous les clients du bar comprenaient ce que vous disiez. Avec deux bières dans le corps, le sauvage se prend pour le nombril du monde.

— Tu exagères, Aubin.

— Pas une miette! Jaloux en plus. Tu le connais mal. Il est toujours comme ça avec toutes les filles qui le côtoient. Il a fait de la prison deux ou trois fois parce qu'il avait sacré une volée à ses blondes. Un sauvage, c'est un sauvage.

Aubin en avait trop dit et Bétina accepta comme une libération l'arrivée à destination. Elle s'empressa de rassurer Eunice:

— Aubin parle beaucoup et il prend ses rêves pour la réalité.

Eunice n'en crut pas un mot.

Bétina s'appliqua à la distraire par une visite pièce par pièce du dispensaire pour laquelle elle manifesta un intérêt continu. Elle s'attarda longuement à l'infirmerie, qu'elle avait pris soin d'aérer dans la journée, et lui confia des détails amusants sur sa pratique: «C'est ici que ça se passe, lui apprit-elle, et je te jure, c'est très différent de l'hôpital Notre-Dame, presque de la médecine de guerre.»

Elles se retrouvèrent bientôt assises à la table de la cuisine avec chacune une bière.

— T'es en forme, remarqua Eunice, t'arrêtes pas de sourire.

— Comme je l'ai jamais été, approuva Bétina, le changement d'air. Vincent aussi, il progresse, mentit-elle.

Comme s'il avait entendu l'appel de son nom, Vincent, peu enclin aux civilités, se présenta tout de même et découvrit en Eunice un visage connu; jouant de l'index dans son oreille, il interrogea le fond de sa mémoire sans trop de succès. Bétina l'entraîna près d'Eunice pour lui permettre de l'embrasser: le garçon y décela une menace, s'insurgea contre sa mère et dans l'émeute, renversa une chaise avec dépit. «Tout doux, Vincent, tout doux», le calma Bétina.

Vincent passa outre et l'affligea d'un formidable coup de poing dans le ventre.

Bétina plia l'échine en avalant une plainte et se jeta à corps perdu sur lui pour prévenir toute tentative de récidive. Vincent s'écroula face contre terre mais trouva le cran pour résister avec l'énergie du désespoir. Il s'activa des pieds et des mains, mordit tout ce qui lui tombait sous la dent et griffa comme s'il se défendait contre un fauve. Bétina lui cassa la tête en arrière et appuya de toute sa force: l'enfant s'immobilisa enfin, grogna en suffoquant et dégorgea un jet de bave. «Tout doux, implora Bétina, tout doux.»

Vincent manifesta un sursaut d'énergie et, pour empêcher toute rechute, elle lui passa les menottes, lui caressa longtemps le dos et le reconduisit au sous-sol. «Doux, Vincent, doux.» Et en réintégrant la cuisine, elle ajouta à l'adresse d'Eunice: «Je t'avais prévenue, il est en forme.»

Habituée à de pareils excès comme à la période de leur vie commune, Eunice ne s'alarma pas outre mesure.

D'un calme désarmant malgré la rébellion de son fils, Bétina mit le nez dehors pour respirer durant un moment et se réserva la préparation du souper. «Ton mets préféré: de la moussaka aux courgettes et j'ai acheté du *Ilios*, le seul vin grec disponible ici. Les courgettes sont très mûres, remarqua-t-elle, mais le marchand était tellement content de s'en débarrasser qu'il me les a offertes. Tiens, râpe le fromage.»

— Es-tu sûre que Vincent progresse autant que tu le penses?

— Je suis ici depuis deux mois seulement, il faut pas s'attendre à un miracle. Juge pas sur ce que tu viens de voir; il est beaucoup plus calme et j'ai déjà commencé les démarches pour l'inscrire à l'école. Vincent a tout à gagner à changer d'air. Comme moi, ajouta Bétina.

Eunice proposa des arguments différents:

— Comme je l'ai écrit, demande-moi pas d'être d'accord avec toi. Je suis convaincue qu'on s'est laissées trop vite sans nous donner le «trouble» de régler nos problèmes.

— Pas de problèmes, objecta Bétina, seulement une lassitude autant chez toi que chez moi....

— Parle pour toi; c'est toi qui as décidé de partir et très vite à part de ça. T'étais plus tenable.

— Quand c'est le temps, c'est le temps.

Si Bétina s'attendait à voir Eunice remettre leur séparation en question, elle avait tout de même espéré qu'elle patienterait un peu avant d'aborder le sujet. Mais une demi-heure à peine après son arrivée, elles déballaient déjà leurs sentiments au fil d'une discussion sans issue. Bétina interrompit son travail et s'assit près de sa compagne: «Eunice, j'ai pas besoin de te dire que je suis très heureuse de te recevoir ici, comme je suis toujours très heureuse de recevoir de tes nouvelles. Mais pour moi, je te l'ai déjà dit, la situation est claire: je prends la prochaine année pour réfléchir sur mon sort, voir où j'en suis, et rien me fera changer d'idée.»

La mise au point eut au moins pour effet d'alléger l'atmosphère et Eunice se montra plus raisonnable. Durant le souper, alors qu'elles s'amusèrent à se remémorer leurs meilleurs souvenirs, elle insinua encore quelques allusions sur ses attentes, mais Bétina fit la morte en feignant de ne pas les saisir. Vincent, libéré de ses menottes et gagné par de meilleurs sentiments, accepta de manger, assis craintivement au bout de la table et le nez dans son assiette.

— Il est pas mal beau, remarqua Eunice, et ses cheveux courts lui donnent un air de petit homme.

— Le plus bel homme de la terre, approuva Bétina, et le plus fin aussi.

Elles écoulèrent la soirée sur le perron face à la mer à boire du café et de la bière, et le balcon les protégea d'une pluie constante. Aubin arrêta brièvement les saluer et les inviter du même coup à l'accompagner à l'hôtel:

— Sors-la, ta *chum,* proposa-t-il auprès de Bétina, fais lui connaître le haut lieu culturel du village.

Elles déclinèrent.

Bétina réserva à plusieurs reprises des pensées intimes à Vernon, évadé à la pêche avec les Américains dans le bout de la Grande-Croche; la présence d'Eunice aurait au moins l'appréciable avantage de la distraire durant son absence.

Au lit, elles s'effondrèrent dans les bras l'une de l'autre. Eunice s'agitait déjà, mais Bétina prit bien soin de la prémunir contre un trop grand optimisme:

— Pour être franche avec toi: j'ai baisé toute la nuit avec un homme, et j'ai mon quota de tendresse.

— Avec cet Indien, sans doute?

— Mettons.

— Tu m'oublies vite.

— Je t'ai pas oubliée, reprit Bétina, tu serais surprise.

— C'est ce que je disais, insista Eunice, tout ce qu'on a vécu ensemble, c'est de la «marde».

— Je te jure que non, jura Bétina.

Eunice ne se considéra pas battue pour autant et puisa dans son vaste répertoire les plus irrésistibles éléments de ses mignardises. La joue d'abord, qu'elle titilla de l'extrémité de la langue à n'en plus finir, depuis la commissure des lèvres jusqu'au pavillon de l'oreille en une croisière inlassable, savourant à plein régime le goût notoire de cet épiderme retrouvé. Elle saliva tant et si bien que Bétina en eut bientôt le cou inondé et le ru se répandit jusqu'à la clavicule. Rétive tantôt, Bétina commençait à s'impatienter. Eunice raffina sa technique en s'attardant aux ailes du nez, qu'elle noya tout autant par touches successives avec d'alléchantes incursions du côté des paupières, comme si elle désirait lui interdire à jamais de poser des regards indiscrets. Eunice, familière, frôlait là où il le fallait et, après un si implacable prologue, elle n'allait pas tout bonnement s'interrompre; d'une main libre, elle atterrit sur un sein, lieu de prédilection tout récent de Vernon Metallic. «Ouch!» fit Bétina, tout doux.

— Ton sein est bleu.

— Vincent, peut-être, risqua Bétina.

Eunice se le tint pour dit, et interdite une seconde, elle congédia son désarroi en bifurquant du côté de l'aine en pente douce. Bétina suait à grosses gouttes et trouvait ça pas mal de son goût. Elle accrocha une cheville à proximité et lui infligea un traitement semblable. Il n'en fallut pas davantage pour qu'Eunice collabore à sa manière, et captant le message, elle s'amena tout entière à sa disposition. Bétina ramena des souvenirs satisfaisants et, disposée à en estimer la mémoire, elle en dégusta la source même en s'abreuvant aux confins de l'intimité la plus agréée. Eunice, appliquée à ses propres délices, se surprit à geindre sur son sort et nolisa ses gestes à s'offrir sur toute la longueur de son corps. Bétina, à son tour, s'affaira de plus belle et n'en eut plus bientôt assez de la bouche pour entretenir la jouissance; elle poursuivit avec les doigts là où elle avait négligé, et Eunice, sans trop saisir, lui appliqua la même médecine. Bétina, pour peu qu'elle s'en attendait, balança toute incertitude aux orties et rejoignit le concert jusqu'à épuisement des stocks. Déshabitué d'un tel exercice le lit brailla sur son socle, mais autant l'une que l'autre s'en foutait comme de l'an quarante. Elles pleurèrent *a cappella* à s'en fendre l'âme jusqu'à ultime lippée et prirent grand soin par la suite de se consoler, en souhaitant ne plus jamais se soustraire à ce salut éternel. À l'aurore, Bétina, ravivée des confins de la volupté, retrouva la première le plancher des vaches: «Je me demande...»

— Quoi?

— ...

— Tu te demandes quoi...?

— Rien de bien important; juste ce que j'aime le mieux. Qu'est-ce qui me fait le plus triper?

— Tu tombes dans le panneau; c'est bon pour toi.

— Ta gueule!

Elle la lui cloua d'ailleurs de belle façon avec ses propres lèvres et Eunice accepta de demeurer muette pour le reste de ses jours.

À la suite de deux nuits sérieusement entachées par les affres de l'amour, Bétina aurait bien remis la visite aux malades au lendemain, mais elle s'en justifia auprès d'Eunice:

— Mon devoir m'appelle et je leur réserve une surprise aux vieilles peaux.

Elle se munit donc de sa trousse à tout faire, après y avoir enfoui les médicaments les plus à la mode au cas où, et entama son apostolat. «Viens avec moi, insista-t-elle auprès d'Eunice, ça va les distraire.»

Le vieux renfrogné, toujours aussi absent, n'en continuait pas moins de tirer avidement sur sa pipe en dégageant un nuage de fumée propre à alerter la troupe des pompiers volontaires. Il ne fit aucun cas des visiteuses, et selon sa fille, la grippe qui l'assaillait depuis des semaines s'était enfin dissipée, signe incontestable d'une longue période de beau temps.

— Pépère est un baromètre infaillible, assura-t-elle, et sa réputation a débordé les limites du village; s'il a la grippe, c'est signe de pluie, si ses oreilles coulent, le soleil luit, quand ses membres enflent, on peut s'attendre à de la brume et l'hiver, à l'approche d'une tempête, les vers lui rongent l'intérieur de l'estomac.

— Ah! fit Bétina.

— Et quand il chie dans ses culottes, il faut se préparer à une catastrophe. La dernière fois que ça lui est arrivé, c'est en novembre 1987, la veille du naufrage du *Marion*.

— Et comment sont ses oreilles aujourd'hui? demanda Bétina, perplexe.

— Elles coulent depuis deux jours; préparez-vous à bronzer.

Eunice était crampée.

Le curé, vêtu cette fois d'une soutane vermillon, jouait les monseigneurs. Il accueillit les visiteuses avec déférence et les incita d'un geste grandiloquent à baiser la chevalière qu'il affichait à l'auriculaire droit. Imaginant une coutume établie et ignorante du statut véritable du personnage, Eunice s'exécuta avec courtoisie et poussa le respect jusqu'à poser un genou à terre: Bétina la laissa se gourer et passa le reste de la semaine à lui rappeler son impair en se tordant. Le prêtre, cultivant l'outrecuidance, refusa tout net de les conduire à sa mère sous prétexte qu'elle piquait un roupillon et Bétina se montra enchantée de la nouvelle.

— D'ailleurs, dit-elle, c'est ma dernière visite et à l'avenir, je viendrai sur demande seulement.

— Ah bon, fit l'ecclésiastique, sœur Desmarais nous avait habitués à davantage de dévouement.

— Je vous demande pardon, cingla Bétina, mais Félicité a quitté le village et je pratiquerai mon métier selon ma méthode à moi.

— Tout de même, argumenta-t-il, j'ai tout à fait raison de réclamer un médecin à résidence et votre désintéressement m'incitera à exercer davantage de pression.

— Pressez si vous le voulez, monseigneur, mais vous me ferez pas changer d'idée.

Elle poussa Eunice vers la sortie: «Hostie de malade!» lui confia-t-elle aussitôt à l'extérieur.

Le cruciverbiste s'astreignait avec autant d'entrain à son hobby préféré:

— Mot de six lettres, relatif au sport de l'aviron? demanda-t-il, tout heureux d'obtenir de l'assistance.

— Pagaie, risqua Bétina.

— Impossible, la dernière lettre est un g. C'est un anglicisme.

— Un g? s'assura Bétina.

— Parfaitement, un g.

— *Raming,* si ça peut être utile.

— Le r est bon mais il me faut un o en deuxième.

— *Ronang, rotang, roning...* je donne ma langue au chat, capitula Bétina, et si je trouve, je vous promets de téléphoner.

Alors qu'Eunice feuilletait les pages racornies d'un antique *Larousse* à la recherche du mot espéré, elle passa alors à l'objet proprement dit de sa visite et s'intéressa à la santé du vieux couple; ils affichaient manifestement une forme splendide et rien ne laissait présager la moindre alerte au sujet de leur état. La vieille tira cependant Bétina par la manche et, *mezzo-voce* près de la cuisinière, elle lui apprit que dépensant toutes ses journées dans les mots croisés son mari commençait à confondre le sens des mots:

— Pas plus tard qu'hier soir, assura-t-elle, il m'a dit: «Bonne nuit, ma vieille vache», avant de s'endormir. J'ai cru mourir.

— Ma vieille vache?

— Et ce matin, il s'est fait cuire un œuf d'autruche pour déjeuner, oiseau qu'il n'a jamais vu de sa vie, voulez-vous me dire?

— Ouais, fit Bétina, il est peut-être temps qu'il mette un peu la pédale douce.

— C'est ce que je me dis aussi, approuva la vieille femme inquiète.

Bétina la pria de l'avertir si jamais il s'embrouillait davantage et lui conseilla d'éviter de s'inquiéter tant que les choses en resteraient là.

— Peut-être, hier soir, vous a-t-il salué dans un demi-sommeil.

— Et ce matin? demanda la vieille.

— Ce matin, ce matin, bafouilla Bétina, peut-être n'était-il pas encore réveillé.

— Je prie le Seigneur, avoua la vieille, pour qu'Il me le laisse avec toute sa tête.

— Je suis sûre que vous serez exaucée, encouragea Bétina.

La visite s'acheva sur une note pathétique quand le patient, tout à fait sûr de son coup, remercia Félicité de si bien s'occuper des vieux du village. Et isolant à son tour Bétina à l'écart, il joignit le geste à la parole:

— Je n'ai pas oublié votre communauté sur mon testament, et avec cet héritage, vous en aurez amplement pour refaire la couverture de votre couvent.

Surprise de la confusion, Bétina évita de le contredire:

— Dieu vous le rendra au centuple, assura-telle.

Et elle prit congé avec un autre pot de cretons fumant.

— *Flyés* tes vieux, ne put s'empêcher de remarquer Eunice.

— Tu dis, approuva Bétina.

Elle emmena Eunice à la réserve indienne avec un certain inconfort, comme si sa compagne risquait ainsi de découvrir la véritable existence de Vernon Metallic. Leur séjour y fut cependant de courte durée puisque le vieux Wisote s'était enfui lui aussi à la pêche, emportant avec lui son ulcère à l'estomac, son arthrite et son kyste à la base des reins.

— Inquiétez-vous pas, conseilla une femme de son entourage, il a brûlé son abcès à la gencive avec du décapant à peinture.

— Du décapant à peinture?

— Et avec ça, il s'est juré qu'il viendrait à bout de son abcès.

— Qu'est-ce que tu veux que je te dise? murmura Bétina à l'oreille de sa compagne.

Avant leur retraite, elles furent invitées à déguster une soupe à base de viande de loup-marin.

— Ouach! ne put s'empêcher d'exprimer Eunice.

— Ta gueule, lui murmura Bétina sur un ton qui ne souffrait pas de réplique.

En termes diplomatiques, Bétina expliqua que, vu l'heure matinale, elles sortaient du déjeuner et n'avaient pas du tout faim, mais qu'elles seraient heureuses d'en apporter une portion ou deux de manière à y goûter plus tard dans la journée, et qu'elles ne manqueraient pas ensuite de venir leur faire part de leurs impressions et bla bla bla... et bla bla bla...

— T'es géniale, concéda Eunice sur le chemin du retour, mais tu me feras jamais avaler une cuillerée de cette écœuranterie-là; ça sent le cul.

Au téléphone, le soir, Jean-Sem s'annonça pour la semaine suivante. «Heureusement, je serai partie», remarqua Eunice.

— Ben quoi?

— Tu le sais, j'ai jamais pu blairer ton mari.

— Mon ex, tu veux dire.

— Ton mari, ton ex-mari, c'est du pareil au même.

— Avec Lou probable, mais c'est bête, j'ai pas demandé.

— Ah Lou! geignit Eunice.

— Pas mal ton style, hein?

— La barbe; la seule fille que j'aie *frenchée* en conduisant une moto.

— Au fait, ton commerce?

— Comme d'habitude, le coup s'est donné au printemps, expliqua Eunice, mais heureusement je me suis initiée à l'entretien des *skidoo;* fait que j'ai toujours un peu de travail sur la planche.

— Je l'ai toujours dit, pense à autre chose qu'aux *Harley Davidson*.

— C'est mon *bag,* plaida Eunice.

Elles ne pouvaient déambuler dans le village et manquer Aubin. Il les découvrit à l'entrée du quai, et stationnant sa jeep droit devant elles, il les y invita avec insistance.

— Merci, remercia Bétina, nous sommes rendues; j'ai emprunté une chaloupe et on va visiter l'épave.

— J'y vais avec vous autres, s'imposa-t-il, deux filles toutes seules, c'est pas prudent.

— Tu peux nous accompagner, mais nous pourrions nous débrouiller toutes seules.

— Deux «nounounes», rajouta Eunice qui ne devait rien à Aubin.

Le hors-bord de dix-huit pieds semblait tout ce qu'il y avait de plus fiable et la configuration de sa coque, gracile à la proue, la disposait à fendre les vagues sans ennui. Les passagers empruntèrent une échelle fixée à même la structure du quai et accédèrent sans mal à leur embarcation.

— Attention de tomber, prévint Aubin.

Il existait effectivement un certain danger pour les non-initiés de foutre le camp par-dessus bord, puisque le fond de la chaloupe affichait un tapis verdâtre et odoriférant de limon gluant et visqueux, amalgamé à une couche d'écailles de morue; tout un attirail d'agrès constitué de monofilaments, d'hameçons imposants et de plombs de toutes pesanteurs gisaient çà et là sans ordre, prêts à servir à la pêche en mer. Aubin s'agenouilla près du moteur et l'engin refusa obstinément de démarrer. «Ça m'aurait bien surpris si le moteur à Ducarmel Caron avait été prêt à partir», ragea Aubin à l'intention de ses passagères.

— Montre-nous tes talents de mécanicien! cria un spectateur sur le quai.

Aubin enleva le couvercle de la machine et manipula le câble de la bougie, vérifia la canalisation de carburant et l'étanchéité de la pompe à essence. Tout semblait en ordre, mais après de vains efforts pour insuffler le moindre signe de vie au mécanisme, il céda sa place à Eunice avec réticence.

— Si j'ai pas été capable, jugea-t-il, je pense pas ce que tu puisses faire mieux que moi.

— À voir, répondit Eunice.

Elle jaugea la situation d'un œil exercé, ajusta la tension de la courroie du ventilateur, souleva la capote du carburateur, et munie d'une pièce de dix sous, exerça une torsion d'un quart de tour à la vis de l'étrangleur. À sa première tentative, le moteur concéda des soubresauts prometteurs et un autre quart de tour à la vis salvatrice l'alimenta suffisamment pour lui permettre de démarrer en pétaradant. Les applaudissements fusèrent de sur le quai.

— Chou Aubin! cria un autre spectateur.

— Ma spécialité, c'est les *Johnson,* se justifia Aubin, les *Evinrude,* c'est fait avec de la broche à foin.

Sa voix était couverte par le bruit du hors-bord.

On accédait à l'épave du *Marion* du côté babord par une échelle de corde accrochée là en permanence dont les nœuds s'avéraient rongés par le sel de mer. Son extrémité donnait vis-à-vis un trou béant dans la coque de l'épave, une déchirure d'au moins quatre mètres de laquelle exultaient des détonations sinistres causées par les claquements incessants des vagues contre les parois des compartiments de la cale. Eunice entreprit l'escalade, Bétina la suivit et Aubin, pas fou, se réserva la dernière place de la cordée, profitant ainsi d'un point de vue fort enviable sur les rondeurs de ses compagnes.

Leur apparition sur le pont chassa une bruyante colonie de goélands qui avait envahi l'épave et laissé leurs fientes verdâtres un peu partout. Les panneaux de cale béaient et sur les parois intérieures de la soute gisaient encore de longues coulisses d'asphalte pétrifiées par la basse température de l'eau.

— On dirait une piscine, remarqua Eunice.

— Je te conseille pas de te baigner là-dedans, rétorqua Aubin. Quand je travaillais à la *Dow Chemical,* on expérimentait les effets du goudron sur la peau: pire que le cancer. La résine du *coaltar* ronge les cellules à vue d'œil, la chair se colore en rouge vinasse et sent le moisi;

ça ronge même le métal, et quand on manipulait cette co-
chonnerie-là, on devait enfiler des masques pour éviter de
tomber dans les pommes. Il y avait un chimiste dans mon
département qui refusait de se protéger sous prétexte que
le masque gênait ses mouvements et qui était *stone* trois
cent soixante-cinq jours par année. Je l'ai revu, il y a
deux ans, dans une taverne de Montréal; alcoolique au
boutte, il traîne toujours sa bouteille de résine de *coaltar*
dans sa poche et il en prend une *sniffe* aux demi-heures.
Complètement parti.

Bétina, indifférente aux histoires d'Aubin, explorait
les quartiers de l'équipage. Tous les appartements étaient
ravagés par les vandales et l'ameublement gisait çà et là en
débris épars. Avaient survécu au carnage les photos de
femmes dénudées accrochées aux murs aux endroits où
devaient se situer les lits des matelots. Contraste surprenant, une pièce, donnant sur le pont promenade, semblait
encore habitée, et Aubin expliqua qu'il s'agissait de la
chambre nuptiale, nommée ainsi en l'honneur de l'usage
qui lui était réservé. Elle comportait l'ameublement idoine
d'une chambre fort bien entretenue, dont un bureau d'origine, une penderie encastrée, un fauteuil confortable et un
lit double recouvert d'un sac de couchage. Des bouteilles
vides de différentes marques de bière s'entassaient dans un
coin, mais le plancher était propre et les murs semblaient
même avoir été repeints de récente date; une lampe au
butane pendait du plafond. Selon les explications du guide
d'office, tous les garçons du village y avaient séjourné au
moins une nuit avec une conquête d'un soir et rien de tel
que le dépaysement pour amadouer une fille rétive. Il se
targuait de s'y être lui-même attardé plus d'une fois et d'y
avoir bruyamment consommé des unions inaltérables. Une
chaloupe, réservée à la navette entre la terre ferme et
l'épave, se balançait près du quai et une entente tacite
entre ses utilisateurs la tenait disponible sur réservation; les
détails s'obtenaient auprès du personnel du bar de l'hôtel.

— Ah ben, s'étonna Eunice la bouche ouverte.

La chambre des machines, accessible par un dédale d'escaliers en colimaçon, s'avérait curieusement intacte et dégageait une odeur de mazout. Si l'épave n'avait pas légèrement penché sur tribord, on aurait pu la croire encore en usage et les deux immenses chaudières, munies de leurs composantes vitales, semblaient sur le point de démarrer. Une chaise métallique côtoyait l'imposant bloc-cylindres de l'un des moteurs à proximité d'un coffre à outils, et avec un peu d'imagination, il était plausible de supposer que le mécanicien s'était absenté pour aller aux toilettes.

— Quand j'étais premier maître sur le traversier des Îles-de-la-Madeleine, raconta Aubin, un de mes mécanos était occupé à huiler les soupapes de l'engin, le corps complètement enfoui à l'intérieur, quand le capitaine donna l'ordre d'appareiller. Il a été réduit en bouillie, et selon son assistant, il n'a pas eu le temps de se rendre compte de ce qui lui arrivait: deux tours du moteur et il n'en restait plus rien. Le bateau a continué de naviguer toute la saison et à l'automne, quand est venu le temps de vidanger l'huile, la compagnie en a envoyé une bouteille à sa femme en souvenir. Mais la veuve joyeuse, vite revenue de son chagrin, n'a pas fait le rapport et a cru à un échantillon publicitaire; elle a versé l'huile dans le moteur de sa voiture. Faut-tu être malade?

Bétina sursauta en accédant à la timonerie; la pièce, ravagée comme les autres, recelait cependant de quoi surprendre puisqu'un mannequin grandeur nature, réchappé du magasin général, empoignait fièrement le gouvernail, les yeux droit devant et une pipe emmanchée dans sa bouche mi-ouverte. Il revêtait un authentique habit de capitaine aux manches galonnées et, bombant le torse, portait allègrement la casquette circulaire des officiers de marine. L'illusion était frappante et une rumeur circulait selon laquelle les nuits de pleine lune on l'apercevait du

village consulter ses cartes et vérifier sa course à l'aide
d'un sextant. Le curé s'y était laissé abuser, et pour couper court à toute légende, il avait conjuré le lémure en y
célébrant une messe solennelle le jour de la Fête-Dieu. Le
capitaine avait cependant acquis davantage de galon en
résistant à l'exorcisme.

Le jour tombait et un vent du large envahit la passerelle; les mouettes courroucées regagnaient leurs quartiers
pour la nuit. Aubin se retira à l'écart pour pisser dans le
fleuve et Eunice enlaça Bétina un instant et l'embrassa sur
la bouche; Bétina lui caressa furtivement un sein.

— On rentre avant que les vagues grossissent trop,
proposa Aubin en revenant.

Les deux femmes lui emboîtèrent le pas et il emprunta le premier l'échelle de corde de manière à se réserver
le gouvernail pour le retour. Voulant tout de même leur
en mettre plein la vue, il longea l'épave sur toute sa longueur et immobilisa l'embarcation sous les écubiers, au
milieu de la proue imposante.

— On dirait une cathédrale, remarqua Bétina, impressionnée.

Dans le naufrage, les ancres avaient été déployées et
leurs chaines, attaquées par la corrosion, se recouvraient d'al-
gues visqueuses. Une plaque de rouille de la grandeur d'une
main d'homme se détacha de sous la ligne de flottaison et
s'abîma dans la mer avec un bruit sec. Eunice, pourtant pas
poltronne et qui examinait la targette d'un hublot rapportée
en souvenir, sursauta et dans un geste instinctif, pressa une
main de Bétina dans les siennes. Aubin commençait à se
poser des questions.

Ils accostèrent à la nuit noire et furent accueillis par
des retardataires en train de boire de la bière sur le quai.
Aubin se vit demander s'il avait utilisé la *chambre nuptiale,* mais il tourna la farce à son avantage:

— J'avais oublié la clé, répondit-il; le temps de passer la chercher à l'hôtel et on y retourne.

Il accepta une bière au dispensaire, et affalé sur le divan du salon, il proposa à ses compagnes d'organiser un «party» sur l'épave dans les prochains jours:

— Le vingt-trois juin, il y a deux ans, on a monté le feu sur le pont du *Marion*, un projet de fous avec tous les efforts que ça nous a demandés pour transporter le bois sur l'épave, mais personne n'a regretté ses sueurs. On voulait du spécial et on a eu du spécial. La moitié du village y était et tous les pêcheurs avaient contribué à transporter les fêtards avec leurs bateaux. La foire! On avait allumé le feu à minuit, de la musique *live* pour danser et de la bière en masse. La *chambre nuptiale* n'avait pas dérougi de la nuit, et à l'aube, le bateau de la Garde-côtière était venu croiser dans les parages: les gars comprenaient plus rien, un bateau échoué depuis deux ans. Ces gars-là sont pas trop de «party» et ils nous ont tous accusés de méfait public avant de nous reconduire à terre avec leurs zodiacs. Ça nous a coûté à chacun un cinquante d'amende, mais avec le *fun* qu'on avait eu ça revenait pas cher de l'heure.

Importuné par les éclats de voix, Vincent se pointa le bout du nez, une main dans l'entre-jambes, regarda de quoi il s'agissait et s'apprêta à retourner là d'où il était venu:

— Pipi, Vincent, conseilla sa mère.

Pour une fois, il acquiesca sans révolte et s'isola dans la salle de bain durant de longues minutes avant de réintégrer le sous-sol.

La proposition d'Aubin resta lettre morte alors que Bétina roulait un joint de haschisch sur la table du salon et Eunice, les yeux dans le vague, s'étendit de tout son long sur le plancher. «On verra», fit Bétina sans entrain.

— Mon dossier est déjà assez épais comme ça, pas question d'ajouter une plainte, rétorqua Eunice encore moins enthousiaste.

Aubin ingurgita sa bière sans ménagement, réitéra son invitation à finir la soirée à l'hôtel et disposa.

— Vendredi soir, ça serait parfait pour le «party», insista Aubin avant de prendre congé.

— On verra, répéta Bétina dans le même état d'esprit qu'Eunice.

Le projet venait de mourir dans l'œuf.

— Aubin a de ces plans, remarqua Eunice.

— Aubin...

Elles s'attardèrent sur une deuxième bière, allongées côte à côte sur le tapis, au son de la voix chaude de Rose Laurens. Eunice sentait le gemme et, la tête appuyée sur l'une de ses mains, elle pointait Bétina droit dans les yeux:

— Tu m'aimes encore.

— ...

— C'est évident que tu m'aimes encore.

— C'est trop tôt pour le savoir, je suis partie depuis deux mois.

— Ça change rien à l'affaire, argua Eunice, dans un an, tu m'aimeras encore autant.

— On verra à ce moment-là; dans ma tête, je recommence à neuf.

— Tu m'accueilles à bras ouverts, plaida encore Eunice.

— Pis? T'es de passage.

— Ça change quoi que je sois de passage? Tu peux pas nier que nous nous retrouvons avec plaisir.

— Ça empêche rien, se défendit encore Bétina, qu'est-ce que tu veux que je te dise? C'est bien évident que, si tu me fais des avances, je vais y répondre; pas folle.

Bétina ne croyait pas si bien dire et Eunice obéit à son penchant en acceptant l'invite: elle releva les cheveux de Bétina au niveau de la nuque et exerça une patiente rotation du bout de l'index autour de l'atlas. Bétina se braqua carrément face contre terre pour lui permettre de la caresser plus à l'aise et Eunice manifesta sa reconnaissance en lui pourléchant l'épiderme. Bétina tendit l'arrière-train comme une chatte en chaleur, mais Eunice, ménageant ses effets, s'obstina à lui taquiner l'hélix de l'oreille depuis la conque jusqu'au lobule sans s'occuper d'elle. Bétina se serait bientôt endormie peu à peu si, au fil des événements, Eunice ne s'était pas montrée plus entreprenante en la dénudant de son gilet pour parfaire son voyage. Elle reconquit la nuque qu'elle agaça à peine pour concentrer ses effets à la ligne mitoyenne des omoplates, explorant l'une et l'autre sans vergogne et n'osant altérer aucune d'elles en particulier. Bétina goûtait la laine de mérinos; Eunice vérifia si la saveur s'ébruitait davantage et aménagea dans la région sacrale avec le même procédé opiniâtre. Emmaillotée par la torpeur, Bétina n'avait pu prévoir le coup bas, et pourtant pleine de bonne volonté, elle manqua de s'insurger devant une impertinence si somptueuse. Eunice la consola bien vite en congédiant tout scrupule pour finir de la dévêtir complètement: Bétina obtempéra sans incertitude au point où elle en était. Eunice n'avait encore rien prouvé de malicieux et, à main ouverte, elle frictionna les fesses de Bétina avec une économie de gestes prometteuse. Libre de son temps et de ses actes, elle flâna de l'ongle du pouce autour des éphélides congénitales et Bétina, avide, la pria d'une plainte de ne pas se gêner si tel était son désir. Eunice discernait sa victime par cœur et fit la sourde oreille au point où sa compagne, passant outre, s'initia elle-même à la volupté. Elle n'allait pas interrompre un tel élan de générosité et contempla Bétina perdre le souffle par à-coups. Elle la laissa s'évaporer sur elle-même et opta alors pour la bienveillance en reprenant la tâche là où elle l'avait suspendue. Bétina éprouva plus de résignation, essuya une larme fugace et réintégra la case de départ sans pour autant s'avouer vaincue. Eunice avait de quoi s'attendrir: repliée en chien de fusil pour voir de quoi il en retournait, elle mima les gestes de Bétina en pure perte, car déjà au fait du procédé elle manifesta un symptôme d'insolence en manœuvrant sa tête d'un geste étudié et se disposa, relevée et béante, à saluer la note ultime. Eunice s'inféoda à la directive, contourna les obstacles de tous poils et cala encore

Eunice s'enflait la tête avec les affections qu'elle était parvenue à escroquer, et dans son délire, elle n'arrêtait pas de harceler Bénita afin de lui soutirer des engagements précis. Au comble de l'optimisme, elle proposa même de s'établir au village et de partager sa vie durant son séjour. Il était de notoriété qu'aucune obligation de quelque nature ne la sollicitait ailleurs et le temps d'un bref aller retour à la ville pour liquider certains détails impertinents, elle reviendrait alors en bonne et due forme, disposée à reprendre la vie commune dans des conditions, selon elle, plus favorables.

— À mon avis, plaida-t-elle au déjeuner, cette séparation de quelques semaines a été assez pénible pour nous ouvrir les yeux.

— ...

— Regarde-toi aller. Tu frémis encore à la moindre de mes caresses comme au début, et essaie de me contredire.

— ...

— À moi aussi, c'est évident, tu me fais encore le même effet et pour être franche, après ton départ, j'ai essayé ailleurs. Sans vraiment courir après, sans me lancer à corps perdu à droite et à gauche, mais à Montréal il n'y a pas à chercher midi à quatorze heures.

Bétina retira sa main qu'Eunice s'appropriait du revers de la sienne. «Pour tout dire, j'ai baisé avec des femmes beaucoup plus désirables que toi, des plus moches, mais des plus désirables aussi, c'est normal, hein? Sans vouloir t'écœurer avec ça, j'en ai certainement retiré du plaisir à chaque occasion, mais il manquait quelque chose.»

Eunice se confiant en toute quiétude, presque à voix basse, interrompant ses aveux par des gorgées de café.

Bétina écoutait vaille que vaille, étourdie par le souvenir de Vernon Metallic qui aurait pu lui confier des aveux similaires si jamais il avait accepté de se vider le cœur. C'était là son attrait de se dérober toujours au moment où il était le plus désiré, et surmontant tout orgueil, elle ne finissait plus de se pendre après lui pour le retenir; Vernon demeurait sourd à ses appels comme s'il avait autre chose à faire dans la vie. Il pouvait cependant se targuer d'avoir le geste alerte et la parole difficile, au point où Bétina en était rendue à se demander si elle n'était pas en train de se fourrer le doigt dans l'œil. À voir.

— Va pas croire que notre séparation a été olé olé, avoua Bétina à son tour, mais ma décision était la bonne. Oui, je te retrouve avec plaisir, je le répète, oui, tu me fais *flyer* quand on baise ensemble, mais j'attends pour savoir ce qui va arriver.

— ...

— Je me répète encore, mais en arrivant ici, j'ai fait des coupures pour recommencer de zéro. *Out* les souvenirs. Moi non plus j'ai pas cherché les aventures, mais il fallait bien qu'il se passe quelque chose à un moment donné.

— ...

— Oui, je suis capable d'en prendre, mais si je suis venue ici, c'est aussi pour Vincent, beaucoup pour Vincent, à qui je veux tout donner. Il a besoin d'attention et je la lui donnerai, seule avec lui tous les jours, pas distraite.

Bétina délaissa la table, victime d'une bouffée de chaleur malcommode. Elle versa le reste de son café dans l'évier et un faux mouvement lui fit échapper sa tasse qui tomba par terre en se brisant en morceaux. Elle hésita un instant, regarda Eunice en plein visage et sortit à l'extérieur prendre l'air. Eunice l'y rejoignit, sur son quant-à-soi.

Bétina jeta un regard circulaire autour d'elle, s'accrocha au garde-fou de la «galerie», tendue et incertaine: «Notre relation nuisait à Vincent.»

— Christ!

— Pas de panique et je me demande aussi si c'est mieux pour lui de se retrouver seul avec moi.

La conversation fut interrompue par la sonnerie du téléphone et Bétina fila répondre. Deux phrases plus tard, elle avait raccroché. Le temps de se vêtir en vitesse, d'attraper sa trousse, elle décampait déjà vers une quelconque urgence au guidon de sa bicyclette. Elle aurait éprouvé du mal à reconnaître la maison où elle avait pourtant eu déjà affaire si un attroupement dans la cour ne lui avait pas facilité la tâche. Elle se fraya un passage parmi une bonne vingtaine de spectateurs, les mains sur les hanches, et s'accroupit près du malade pour lequel, elle le constata derechef, elle ne pourrait pas grand-chose. Il s'agissait de son même patient cardiaque à qui elle avait déjà fourni des médicaments, et se croyant peut-être rétabli, il avait entrepris la construction d'une annexe à son hangar. L'effort avait été trop grand, et selon un voisin venu l'assister, la crise était survenue au moment où la victime sciait un madrier avec une égoïne. «Pfft, fit Bétina en branlant la tête, et personne a pensé lui aider!» lança-t-elle à la ronde.

Le pouls était au point zéro. L'homme gisait face contre terre, et selon toute vraisemblance, sa tête avait heurté le chevalet puisqu'il saignait abondamment de la bouche. Il tenait encore fermement la poignée de la scie dans sa main crispée. Bétina le tourna sur le dos, s'assit à cheval sur ses jambes, et après avoir déboutonné sa chemise à carreaux, elle entreprit de vigoureux massages cardiaques à mains ouvertes. L'exercice se prolongea durant des minutes, et à bout de souffle, elle demanda l'assistance d'un spectateur pour prendre la relève. Elle profita du répit pour libérer la bouche de la victime avec un bouchon d'ouate avant de pratiquer en alternance la respiration

bouche-à-bouche. Toutes les manœuvres s'avérèrent infruc-
tueuses: les pupilles dilatées étaient stationnaires, la respiration inexistante et le pouls, encore envolé. «Il est mort,
annonça Bétina à la ronde, transportez-le dans la maison.»

Deux femmes éclatèrent en sanglots et s'en retournèrent chez elle se supportant l'une et l'autre. Du coup, Bétina
apprit que la propre femme du malheureux était absente,
partie à la cueillette des bleuets dans le bout du lac Nu avec
ses deux enfants. Un homme demanda s'il pouvait appeler
le croque-mort. «De toute façon...», répondit Bétina.

Le curé s'annonça, la soutane à l'équerre, le goupillon à la main. Il ordonna de dégager le mort jusqu'à ce
que lui-même en ait fini avec lui et il se lança alors dans
une série d'invocations latines avec force gestes théâ-
traux. Il trempa ensuite le pouce dans le récipient aux
saintes huiles pour tracer ensuite de minuscules croix sur
le corps du macchabée aux endroits stratégiques.

— Si seulement on pouvait compter sur les services
d'un médecin, remarqua-t-il après sa mascarade.

— On pourrait enfermer les fous, répondit Bétina en
enfourchant sa bicyclette.

Elle informa les voisins de sa disponibilité si jamais la
veuve réclamait du support à son retour et elle rentra au
dispensaire.

Eunice macérait dans un bain de gentiane et elle
observa Bétina avec une certaine rancœur au moment où
elle vint s'asseoir sur le banc de toilette pour lui tenir
compagnie. «Il y a des moments où j'éliminerais du monde. Un homme meurt d'une crise cardiaque et personne
réagit. Ça se peut-tu? Au moins vingt spectateurs autour
et aucun se donne la peine de le tourner sur le dos pour
l'aider à respirer.»

— ...

— Et après, surprise, il est mort, christ!

Eunice naviguait ailleurs et accordait à Bétina une
oreille distraite pour le moins; aussi bien dire qu'elle ne

l'écoutait pas du tout. Elle émergea de la flotte et se planta droit devant elle, dégoulinante.

— Notre relation a été nuisible pour Vincent, si j'ai bien compris?

— J'ai pas dit ça.

— Presque pas, non.

— J'ai dit que je réfléchissais pour aider Vincent; j'élimine des choses.

— Et je fais partie de la «vente de garage»?

— Tu me comprends pas, si tu veux savoir. Tu me comprends pas parce que tu veux pas comprendre.

— Je comprends ce qu'il y a à comprendre, et laisse-moi te dire...

Bétina en avait marre de devoir toujours justifier ses actes et elle s'apprêta à quitter la pièce. Eunice la rattrapa par les cheveux: «... laisse-moi te dire une chose, Bétina Pateras: j'ai rien à voir avec ton fils, et s'il est mongol, c'est pas de ma faute!

— Mongol?

Eunice avait prononcé un mot de trop et Bétina le lui fit bien voir. Elle prit correctement appui sur ses deux jambes et, concentrant toute son énergie dans son bras droit, elle lui mit son poing sur la gueule. Eunice, pourtant pas «feluette», n'attendait pas pareille réaction: elle s'accrocha au lavabo, arracha le porte-serviettes et se retrouva à nouveau dans le bain qui, du coup, se vida de moitié. Bétina s'agenouilla et l'empoigna à la gorge: «Redis jamais ce mot-là, entends-tu? Vincent est plus intelligent que toi et moi! Un jour, mon fils va se réveiller et je prouverai que j'avais raison!»

— Bonne chance, hoqueta Eunice.

— Personne va m'empêcher de réussir.

— Je t'ai jamais empêchée de faire quoi que ce soit.

— Tu m'as pas aidée non plus! T'es sortie de ma vie et c'est tant mieux.

Apaisée, Bétina relâcha son étreinte et se redressa en tremblant de tous ses membres. Eunice gisait dans le bain, de l'eau noyant ses jambes et son bassin. Bétina lui colla la tête sur son ventre et lui caressa un sein avec avidité: «Ce que t'as jamais compris, c'est que mon fils passe avant moi, et avant toi dans mes affections. J'ai quitté son père pour les mêmes raisons que je t'ai quittée quand j'ai su que vos présences lui nuisaient.»

— ...

— Je suis pas venue si loin sans raison. Depuis ton arrivée, je te sens collante comme si tu essayais de m'arracher des aveux. C'est plate, mais pense pas rependre des relations avec moi, pas tout de suite en tout cas.

Bétina en avait marre et elle laissa Eunice se débrouiller avec son bain.

Elle se changea les idées en rangeant la vaisselle du déjeuner, avant de porter un bol de céréales à Vincent au sous-sol. L'enfant l'accueillit avec un certain empressement et lui offrit sa dernière œuvre: l'exacte reproduction de sa chambre dans leur maison de Cookshire. On aurait dit une photo; il n'avait omis aucun détail. La pièce oblongue était dessinée d'après la vision obtenue depuis la porte d'entrée. Tous les meubles étaient représentés à l'échelle, à leur place respective avec en prime leur contenu, s'il y avait lieu. Ainsi, la commode, dans le coin gauche, comportait toute une série de bibelots disparates disposés en ordre parfait, allant du modèle réduit d'une voiture sport à une perdrix naturalisée perchée sur une branche de bouleau. Vincent n'avait rien négligé, pas même une flagrante excoriation, à gauche, dans le bois du deuxième tiroir, et que Bétina avait imparfaitement masquée avec du plâtre avant de retoucher la peinture. La table basse, sous la fenêtre, affichait une tenue semblable, et Vincent y avait croqué avec le même souci l'amoncellement habituel de vêtements qui y logeaient sans omettre, dessous, deux paires de baskets élimées dont les lacets couraient par terre comme des lombrics. Les rideaux ondulaient sous une brise légère, mais l'artiste n'en avait aucunement négligé les motifs, des moulins à vent brodés fin sur le tissu de voile et dont les rotors continuaient de tourner. La courtepointe du lit, relevée sur les oreillers, se décorait de motifs originaux comme si Vincent l'avait eue sous les yeux pour la reproduire. Aux murs, chacune à leur place, les décorations plus vraies que nature impressionnaient par leur miniaturisation, dont un casse-tête représentant un troupeau de vaches collé sur un carton fort et dont Vincent avait tracé les infimes interstices de toutes les pièces; un travail de moine. Dans le coin de droite figurait même une attendrissante toile d'araignée circulaire avec, çà et là dans ses entrelacs, les cadavres desséchés de mouches domestiques. Pour peu qu'elle s'en souvienne, Bétina n'y décela aucun élément absent et c'était là le tour de force, même si Vincent s'exprimait au crayon de plomb, tout un jeu de rehauts et de pointillisme rapprochait la reproduction de la couleur. Elle versa une larme, et comme elle s'apprêtait à étreindre son fils pour le féliciter, il s'empara du dessin d'un geste convaincu, froissa la feuille dans le creux de sa main et la projeta dans un coin. «Oh!» dit Bétina.

Vincent s'empara du plat de céréales, lui tourna le dos et commença à manger sans autre manière.

Eunice, confrontée à la réalité, n'en mena pas large du reste de la semaine. Bétina imagina plusieurs moyens de la réconforter, lui démontra des tendresses constantes et persista à la distraire; elle se complut dans des attentions de toutes sortes en ne négligeant aucune occasion de renchérir. Constatant qu'elle était allée trop loin dans ses accusations, elle s'employa à atténuer ses propos, mais Bétina, loin de lui en tenir rigueur, manifesta tout de même une indépendance farouche et inaltérable.

Eunice prit le parti d'agir de même, et utilisant la bicyclette de Bétina, elle employa ses journées à découvrir le village en touriste, quittant tôt le matin pour ne réapparaître qu'à la tombée de la nuit. C'est à peine si, lors de ses retours, elle trouvait encore l'énergie pour relater les péripéties de ses excursions avant de s'endormir sur le divan ou de gagner la chambre en douce. Un soir, par contre, elle rentra plus enflammée que d'habitude et manifesta un indéniable entrain à relater les pérégrinations de sa journée, d'autant que roulant devant la maison d'Aubin il l'avait invitée à venir se désaltérer. «Sa nièce, un ange, précisa Eunice en salivant encore. D'après ce qu'elle en put apprendre, profitant à plein du soleil du midi, Dodo se vautrait dans la cour sur une couverture immaculée, mettant ainsi en relief son bronzage déjà accentué pour la saison. Elle ne portait pour tout vêtement que la culotte enivrante d'un bikini microscopique de l'enfourchure d'icelle émergait la cordelette d'un tampon hygiénique. Bétina l'envia un peu de s'être délectée de la sorte, mais laissa Eunice continuer sur sa lancée pour lui entendre ajouter des détails passionnés sur la fermeté de ses seins, le galbe alléchant de ses hanches et la séduisante musculature de ses cuisses. «Je l'ai déjà vue, précisa Bétina, un chef-d'œuvre.»

Dans une tentative sournoise pour susciter la jalousie, Eunice en rajouta dans le long et dans le large et insinua que, pour une raison non précisée, Aubin s'absenta au village et elle se retrouva seule avec la jeune merveille durant plus d'une heure, s'accordant ainsi le loisir de l'examiner sous toutes les coutures. «Une peau de pêche», souligna-t-elle, incitant ainsi à imaginer qu'elle s'était octroyée l'immense privilège de pousser plus intimement son investigation. Bétina résista à l'envie de lui poser des questions.

La veille du départ de son invitée, Bétina prit sur elle de lui manifester davantage d'intérêt et Eunice renaquit de ses cendres. Contrairement à son habitude, elle séjourna toute la journée au dispensaire où elles purent enfin se côtoyer et, çà et là, se manifesterer mutuellement une tolérance non feinte. En début de soirée, sur le perron, Bétina amena le sujet de leur relation sur le tapis et Eunice profita de l'occasion pour se justifier davantage; elles confirmèrent chacune leurs positions, mais y apportèrent tour à tour des éclaircissements de bon aloi. «On se reverra plus tard», dit Bétina.

— Quand?

— Quand j'aurai fait mon temps ici. Monte pas sur tes grands chevaux, mais pour le moment Vincent demande beaucoup.

— Vincent est pas exigeant.

— C'est toi qui le dis.

Tout compte fait, Eunice, elle en informa Bétina sur l'oreiller, ne fut pas trop déçue de sa visite. Consciente qu'elle avait trop espéré de cette rencontre, elle repartait cependant fixée sur son sort, et d'une certaine manière, l'esprit en paix. «J'aime mieux ça, avoua Bétina, on mérite mieux que des chicanes.»

Eunice congédia toute rancœur et démontra une ferme volonté de susciter l'absolution pour ses incartades. Elle bichonna Bétina sans coup férir, s'appliquant à lui révéler un attachement hardi par des gestes insolites. Elle occupa la bouche de ses propres lèvres jusqu'à la lie, dans un désir d'y puiser une saveur qu'elle n'oublierait plus jusqu'à la fin de ses jours. Bétina l'offrit sans discrétion en espérant davantage, mais Eunice, sur ses gardes, s'interdit promptement de prolonger ses effusions.

— Tu comprends, expliqua-t-elle, après la semaine que nous avons passée, attends-toi pas à ce que je saute en l'air.

— Pffft.

— D'ailleurs, expliqua-t-elle encore, je te touche dans le noir, mais mon esprit est tout plein du corps de Dodo, je dois dire.

— La belle enfant, approuva Bétina avec réticence.

Eunice reprit l'avion dans des dispositions contradictoires, heureuse d'avoir rencontré son ex-compagne pour tirer les sentiments au clair, mais bien loin des souhaits qu'elle avait formulés. Bétina, pour sa part, éprouva l'impression d'une liberté inédite et rappliqua de l'aéroport, la tête légère et le cœur en vacances.

Le passage d'Eunice avait pourtant laissé des marques dont Bétina eut du mal à se dégager. Dans les jours qui suivirent son départ, un insidieux sentiment de solitude s'installa et elle éprouva l'impression d'évoluer sur une île déserte, isolée du monde et sans complice sur qui s'épancher. Car avant sa visite, même si leur relation languissait au point mort, elle se confortait dans la quiétude de compter sur elle en cas de besoin, une impression que nulle distance ne pouvait altérer. Mais après la nécessaire mise au point toute récente, Eunice semblait en avoir pris son parti et avoir accepté les nouvelles conditions de leur entente au-delà de ses propres espérances. Bétina surnageait.

Restait Vernon mais dans son cas, encore et toujours, Bétina ne cultivait aucune illusion euphorique. À vrai dire, ils célébraient leur harmonie au fil d'une passion sans équivoque, mais, hormis leurs ardents contacts occasionnels, bien peu d'affinités les rapprochaient; l'Indien puisait en elle ce que bon lui suffisait, sans plus, et se dérobait pour le reste. À voir.

Et Vincent, l'autre pôle, était d'un autre apport. Comme Vernon, en fait, il déployait une suffisance sans borne dont Bétina paraissait exclue. Elle était des journées sans même l'apercevoir et jamais, de mémoire, son fils n'avait sollicité la moindre affection. Ils vivaient comme des étrangers à proximité, et leur farouche indépendance n'en était que plus difficile à supporter.

— *Ecce homo!* lança avec entrain Bétina à un Aubin préoccupé.

N'ayant rien perdu de sa superbe, il se présentait soucieux, les sourcils à l'équerre et des gouttes de sueur au front. Il traînait un *six-pack* de bières qu'il déposa sur la table de la cuisine, déboucha une bouteille pour son hôtesse et une pour lui-même.

— Je le savais que c'était une tête de linotte, mais pas à ce point-là, confia-t-il après deux gorgées.

— C'est-à-dire...? interrogea Bétina.

— C'est-à-dire que j'ai un problème et tu es la seule personne qui peut m'aider, reprit un Aubin désemparé et qui martela la table d'un solide coup de poing.

— Dieu! reprit Bétina, es-tu malade?

— Pas moi, rassura-t-il, mais si ça continue je vais le devenir.

— Bon, fit Bétina dans l'attente des développements.

Aubin n'était pas homme à tourner autour du pot et il ne fit aucune manière pour l'instruire de l'objet de sa visite. Sans même se justifier, refusant d'assumer sa responsabilité dans l'affaire, il n'usa d'aucun stratagème pour lâcher le morceau et dévoila la raison pour laquelle il s'était mis les pieds dans les plats. Bétina accueillit la nouvelle avec humeur.

— Quel âge?

— Quinze ans, la petite maudite.

— Et tu me dis que c'est pas ta faute, Aubin, elle est bonne en sacrament.

— Je te raconterai pas comment c'est arrivé, se justifia Aubin, mais il y a des circonstances où un honnête homme peut pas résister à la provocation.

— Mon œil.

— Un corps de quinze ans qui se dandine devant toi, je connais aucun gars qui peut résister à ça, se justifia encore Aubin en pure perte.

— Plus tu parles, plus tu te cales.

Bétina pensa vite et suggéra la seule solution possible, en l'occurrence un avortement à l'hôpital de Sept-Îles.

— Es-tu folle? objecta Aubin, même sa mère sait pas qu'elle est enceinte. Je me vois mal prendre l'avion avec elle pour un voyage de noces.

— Qu'est-ce que tu veux que je te dise? plaida Bétina à cours de ressources. C'est ça ou tu deviens père à nouveau dans quelques mois.

— Jamais de la vie et c'est là que je vais savoir si tu es une vraie *chum!*

Aubin n'y alla pas par quatre chemins et proposa dare-dare l'avortement en bonne et due forme, ce à quoi s'opposa énergiquement Bétina. «Si tu le fais pas, je le fais moi-même, osa-t-il, à court d'arguments. J'ai déjà vu un vétérinaire avorter une jument et je suis capable de faire pareil.»

— Et j'avertis la police, enchaîna Bétina, c'est un acte médical que j'ai pas le droit de faire.

Aubin avait la parole en bouche et une heure plus tard, après trois bières et un plaidoyer propre à convaincre la Cour suprême elle-même, il avait remporté sa cause: Bétina flancha en songeant surtout aux conséquences malheureuses chez la jeune fille si jamais son état devait être connu au village. «Amène-la, accepta Bétina, et si je me retenais pas, je te foutrais mon poing sur la gueule.»

— J'ai le dos large, plaida encore Aubin, mais tu connais pas le fond de l'histoire; elle, m'a harcelé durant des semaines pour que je couche avec elle, et à un moment donné, il y a des arguments plus convaincants que d'autres, si tu comprends ce que je veux dire.

— Ta gueule! Reviens à sept heures et arrange tes flûtes pour que «ta blonde» passe la nuit ici et toute la journée de demain.

— Tout ce temps-là? fit-il d'un air surpris.

— Je ferai l'avortement ce soir et je la garderai toute la nuit, expliqua Bétina, c'est pas une jument, c'est une femme.

— La petite maudite, maugréa Aubin.

Bétina prit le temps de se mijoter un bon souper, un rôti de porc aux fines herbes serti de patates brunes, de manière à bien relaxer avant l'opération et à atténuer aussi les effluves de la bière et du haschisch.

Elle achevait de manger, seule à la table puisque, fidèle à son habitude, Vincent refusait toute nourriture, quand sa sœur lui adressa un appel téléphonique angoissé. Leur mère, qu'un cancer généralisé achevait de consumer, allait au plus mal et Aïda la conjurait de lui rendre visite, «peut-être la dernière», précisa-t-elle. Même si la chose s'annonçait difficile, Bétina promit d'y réfléchir, mais il ne fallait pas trop y compter puisqu'elle ne pouvait laisser ses patients sans ressources, sans compter les urgences toujours possibles. Aïda insista tant et tant que Bétina dut, à son corps défendant, promettre de se rendre au chevet de la mourante dans les prochains jours, deux semaines tout au plus. La belle affaire.

Aubin se présenta à l'heure et stationna son quatre par quatre tout près du perron afin d'éviter les regards indiscrets. L'air soucieux, il dut supporter sa conquête pour qu'elle parvienne à escalader les marches de l'escalier. L'adolescente, que Bétina avait déjà croisée au village à une époque plus heureuse, n'en menait pas large et butait contre son ombre. Elle affichait un visage bouffi, avec des yeux à moitié morts comme si elle sortait d'une cuite de trois jours.

— Mon Dieu! l'as-tu battue? demanda Bétina en venant à sa rencontre.

— J'ai assez de problèmes de même.

Ils escortèrent la malade dans l'infirmerie, et alors que Bétina recensait ses instruments de travail, Aubin se rendit utile en aidant la jeune fille semi-consciente à se déshabiller, après quoi il la prit carrément dans ses bras pour la déposer sur la table d'examen. «On dirait que c'est déjà commencé», supposa-t-il en brandissant la culotte maculée de sang de l'adolescente.

Bétina alluma. Elle posa les questions d'usage et, entre autres, s'informa des causes d'un tel état de délabrement. Pour toute réponse, la patiente fondit en sanglots en se cachant le visage avec ses mains.

— Ça fait mal, ça fait très mal.

— Qu'est-ce qui fait mal? demanda Bétina, ton ventre?

— Là, là, je vais mourir, précisa la jeune fille en pointant son vagin qui continuait de saigner.

— C'est ça, elle accouche, diagnostiqua Aubin.

— Ta gueule.

Bétina se ganta et inspecta la source du mal alors que la jeune fille tomba dans les pommes. «Christ! soupira-t-elle, c'est pas possible.»

— Quoi? s'inquiéta Aubin, vois-tu quelque chose?

À l'évidence, la jeune fille avait pris le taureau par les cornes en essayant elle-même de s'avorter. Une inspection sommaire montra plusieurs scarifications accidentelles des parois vaginales et une flagrante intumescence de la muqueuse utérine.

— Boucherie, ajouta Bétina en levant les yeux au ciel.

— Ça empeste le steak haché, remarqua Aubin, le nez sur l'épaule de Bétina.

— À qui la faute, tu penses? demanda Bétina qui se vit répondre par un soupir, et éteins-moi cette cigarette au plus vite.

Elle poussa plus avant son examen en installant un spéculum *Sims* pour accéder au col dont elle écarta les lèvres avec une pince à griffes. Elle y découvrit un autre motif de désolation puisque même l'amnios était perforé d'où s'écoulait une substance séreuse. L'adolescente n'y était pas allée de main morte et encore heureux qu'elle n'ait pas posé de geste irrémédiable. «Je fais rien ce soir», décida Bétina.

— Comment ça? s'inquiéta Aubin.

— Trop charcutée, je dois attendre à demain.

— T'es sûre?

— Mettons.

Bétina se munit d'une pince porte-éponges et désinfecta la cavité vaginale avec une solution aseptique dans laquelle elle introduisit un tampon hygiénique pour absorber les mucosités glaireuses.

En soufflant un peu, ils devisaient encore sur l'invraisemblable tentative de l'adolescente de s'avorter elle-même, quand un jeune garçon apparut, dans la porte de l'infirmerie, comme un cheveu sur la soupe. Il haletait et Bétina supposa devoir affronter dans les prochaines minutes une nouvelle urgence. Le gamin, manifestement issu de la réserve indienne, livra alors son message en une unique et courte phrase avant de déguerpir les pattes aux fesses:

— Vernon fait dire qu'il est revenu.

— Youpi! ne put s'empêcher de s'exclamer Bétina.

Aubin, qui voulait en finir au plus vite, insista pour que Bétina procède le soir même, mais elle confirma ses positions. «Je t'ai dit demain, Aubin, et tu es chanceux que je m'en occupe quand même.»

— Ouais, maugréa Aubin.

Il porta la patiente dans une chambre de l'étage et Bétina lui administra un sédatif avant de la border pour la nuit.

C'est en rangeant ses instruments qu'elle émit sa brillante idée à Aubin qui ne la lâchait pas d'un pouce:

— T'es pas mal chanceux.

— Tu trouves? demanda Aubin.

— Oui, parce que tu seras *baby-sitter* cette nuit, je sors.

— Pardon?

— Je sors et tu vas garder «ta conquête».

— Ah non, se plaignit Aubin au bord de la dépression, moi qui voulais aller me changer les idées à l'hôtel.

— Un service en attire un autre, ajouta Bétina assez contente d'elle.

— T'es sûre qu'elle peut pas rester toute seule? Avec la piqûre que tu lui as donnée, elle est assommée jusqu'à demain matin.

— Aubin, pesta Bétina, si tu ajoutes un mot, je te casse la gueule.

Aubin se tut et s'installa devant la télévision pour ronger son frein.

Le temps d'une douche rapide, de quelques coups de brosse dans les cheveux et Bétina était prête à partir. «Si elle se réveille ou pour tout autre problème, tu sais où me trouver», lança-t-elle à un Aubin affaissé.

— Je vais te dénoncer à l'Ordre des Infirmières, menaça Aubin, on n'abandonne pas ses patients pour aller courir «la galipotte»!

— Et on baise pas les mineures! répondit l'infirmière en claquant la porte.

Bétina flotta jusqu'au repaire de Vernon Metallic et dans la pénombre, elle distingua l'angoissante silhouette du lynx qui s'amenait à sa rencontre au pas de course. La bête s'arrêta net tout à coup et lui barra carrément le chemin; elle s'interrompit elle aussi et dut alors se soumettre à l'inspection habituelle: un insoutenable regard interrogateur suivi d'une insistante séance de reniflement dans l'entrecuisse. Durant l'exercice, elle perçut des éclats de voix à proximité; elle réussit apparemment le test puisque la bête tourna sur elle-même et l'escorta jusqu'à la tente.

Vernon était «sur le party» en compagnie des deux Américains qu'il avait accompagnés à la pêche, et, malgré l'heure tardive, ils finissaient de souper. Les restes d'un saumon gisaient dans une feuille d'aluminium près du feu et la boisson coulait à flot. Bétina eut droit à un accueil chaleureux de la part des invités, mais Vernon, le nez dans son verre, manifesta une réserve déplorable; c'est à peine s'il se rendit compte de son arrivée. Interdite, elle se présenta comme une amie de l'Indien; pour expliquer sa présence et aussi parce qu'il fallait bien qu'elle dise quelque chose, elle expliqua que, d'une certaine manière, elle répondait à son invitation. Pour garder contenance et occuper ses mains, elle accepta un gin imbuvable avant de subir des invités le récit imagé et ennuyeux de leur partie de pêche; ils se référaient à des épisodes appréciés d'eux seuls, en appelaient à des événements hors contexte et sans intérêt, et l'alcool aidant, ils se contredisaient sur des détails à qui mieux mieux. Bétina zieutait fréquemment en direction de Vernon Metallic qui semblait dormir, assis par terre, la tête calée sur l'estomac. Elle songea à disparaître à plusieurs reprises.

Elle coupa court à un interrogatoire en règle des pêcheurs; c'est à peine si elle déclina d'avares détails sur son travail au dispensaire et sur les raisons qui l'avaient incitée à y venir exercer sa profession. Quand le plus jeune des deux, et le plus frondeur, la questionna sur ses relations plus ou moins intimes avec leur guide, elle lui coupa le sifflet en lui disant sans détour que ça n'était pas de ses affaires; l'autre précipita son verre dans les arbres et défia Bétina:

— *Shit!* tou sais pas vivre comme tous les autres icitte, baragouina-t-il, en s'avançant vers elle.

Nullement impressionnée, Bétina, jusque-là assise sur une chaise de camping près du feu, se leva d'un bond et l'affronta:

— Touche-moi, mon câlisse! et disant cela, elle se retrouva nez à nez avec lui.

Le lynx, jusque là étendu près de son maître, sursauta, s'intéressa à la scène et émit un grognement menaçant en venant voir de plus près.

— Couché! fit Vernon revenu du pays des rêves, couché!

La bête contourna l'Américain par derrière, lui appliqua un coup de tête dans les reins et obéit alors à l'ordre de l'Indien.

— *Fuck!* dit-il, si tou te trouves tout seule avec moi, tou vas te rappeler de notre rencontre.

— T'auras pas cette chance, hostie de con, répondit Bétina, et attention à ce que tu vas dire!

L'autre Américain, passif depuis le début, entraîna son compagnon près de la rivière; ils s'assirent sur la berge avec chacun une bouteille de gin entre les jambes.

Bétina en avait marre et elle laissa une dernière chance à Vernon avant de décider si elle rentrait ou non chez elle. Elle ramassa la vaisselle du souper, offrit les reliefs du saumon au lynx et pria l'Indien de bien vouloir se grouiller le cul si jamais il était encore intéressé à la voir. Vernon émanait des limbes et il eut besoin de plusieurs minutes avant de recouvrer complètement ses esprits. Il s'empara d'une bouteille à ses pieds. «Une gorgée et je pars», menaça Bétina.

— Les nerfs, rétorqua Vernon avant de boire une longue gorgée de gin.

— Viens dans la tente, proposa Bétina, viens.

Vernon s'amusa un moment à feindre d'interrompre le goûter du lynx qui régla le problème en s'emparant du squelette du saumon dans son énorme gueule pour aller s'étendre plus loin afin d'avoir la paix. «Viens, insista Bétina, viens dans la tente.»

Vernon se mit péniblement sur ses jambes et la démarche incertaine, il s'accrocha à elle pour se laisser mener comme un enfant avant de retrouver son lit comme une délivrance sur lequel il se jeta à corps perdu. Bétina le délivra un à un de ses vêtements, fit de même avec les siens et dans le noir total, elle s'étendit sur lui. Vernon considéra la situation d'un autre œil et il la repoussa violemment au point où Bétina, à mille lieues de s'attendre à une réaction de la sorte, se retrouva corps et âme par terre. «Vernon, supplia-t-elle, sois fin.»

Pis, il en rajouta en se redressant sur son lit et, détendant la jambe, il l'atteignit en pleine figure:

— Va trouver ton Américain, ordonna-t-il, t'aimes ça *cruiser*, continue.

Bétina se redressa comme une tigresse et l'accapara sans prudence:

— Ta gueule! l'enjoignit-elle à son tour, tu dis des bêtises.

— Vas-y, insista Vernon, avant de tenter une nouvelle fois de la chasser du lit.

Bétina s'accrocha de toutes ses forces au cou de Vernon Metallic, para les bourrades avec l'énergie du désespoir.

L'Indien multiplia les gifles, additionna les taloches et atteignit son but plus souvent qu'à son tour. La puce à l'oreille par les cris étouffés et les mouvements contenus, le lynx vint côtoyer l'arène, se posa en arbitre et, jugeant que le combat se déroulait dans les règles, retourna s'isoler près du feu pour digérer son repas. Bétina tint bon, évita de se plaindre pour se soustraire au secours des Américains et à la première accalmie, en larmes retenues, elle passa à l'attaque. Vernon en vit de toutes les couleurs quand elle s'acharna à son tour à lui fourrer les quatre doigts de sa main droite dans la bouche. L'Indien mordit de toute la puissance de ses mâchoires, mais plutôt l'amputation que la honte et Vernon, dépourvu, rendit les armes en suffoquant. Ils étaient à bout et couverts de sueur.

— Sois fin, Vernon, supplia toujours Bétina, qui trouva encore la force de le couvrir de baisers.

Privé d'air durant un moment, Vernon étendit les bras en croix pour favoriser sa respiration; accroupie sur ses cuisses, elle-même haletante, Bétina imprima un mouvement de va-et-vient à son ventre et l'Indien recouvra graduellement un souffle régulier. «Là, dit-elle, c'est mieux.»

Dans l'obscurité, elle le devina en train de masser ses tempes des majeurs et elle se rendit utile en promenant délicatement la pointe humide de sa langue sur la peau déliée des paupières. Vernon se tint tranquille; elle eut beau jeu de poursuivre son traitement à sa manière et tenta une incursion des deux côtés de la racine du nez, sans préférence pour l'un ou l'autre. Le duvet s'imbiba et elle sentit les cils inférieurs se dresser contre elle; elle les mata en les imprégnant tout aussi et Vernon, croyant à des sanglots, accepta de se laisser consoler. Bétina lui accorda l'absolution en s'intéressant alors à ses lèvres qu'elle assiégea par les commissures pour finalement peu s'y attarder, préférant pénétrer tout de go dans la bouche par-delà les lèvres proprement dites. Vernon répondit à son appel séducteur et lui réserva à son tour un traitement de son cru, se retirant pour naviguer tout autour, de la racine des cheveux à la flèche du menton. Aiguisée par tant de sollicitude, Bétina commença de s'agiter en douce au niveau des hanches. Vernon posa une main apaisante sur ses reins et prolongea le plaisir en lui inondant aussi une épaule d'une manière semblable. Il s'éternisa sur la clavicule, la compara à l'autre en vitesse et réintégra sa position originale comme s'il entendait la soumettre à son adjuration; Bétina se laissa choir dans l'aventure, disposée à subir les plus indicibles affronts. L'Indien espérait ce signal pour la satisfaire et s'ingénia à inventer mille et une astuces pour repousser le moment fatal, la pourléchant partout et nulle part à la fois. Lasse d'attendre la délivrance, Bétina perdit la tête et s'écarta pour tâcher de l'introduire entre ses jambes, mais Vernon dompta son impatience en dévalant l'abdomen à tombeau ouvert pour interrompre sa chute au niveau du thorax. Bétina révéla sa fureur en tentant de se dégager, mais mal lui en prit. Dans son initiative, elle ne s'offrit que davantage et Vernon sombra encore plus profond dans les ruines. N'y tenant plus, elle s'installa à sa portée, renversée en arrière, et Vernon n'eut plus alors qu'à cueillir le fruit mûr sans autre forme de procès. Il avait raison d'être fier de son initiative, puisque Bétina mourut en chute libre, s'amollit au soleil et se défit en petits morceaux. C'était mal connaître Vernon que de se croire rassasiée, et par un tour de passe-passe dont il conservait le secret, il parvint, patience sur patience, à la remonter de toute pièce. Bétina riposta d'abord en indiquant par un retrait stratégique avoir amplement son quota, mais il la poursuivit de ses assiduités au point que quel que soit l'endroit où elle se terra, il la dénicha sans cesse; las de cette course inutile par monts et par vaux, il l'empoigna sans mesure par le cœur et s'enfouit enfin en elle. Saisie par cette démesure, Bétina le jugea insupportable d'autant qu'affalé sur elle il l'empêchait de respirer; elle se fraya alors un chemin au grand air et, bonne fille, elle se boucha les oreilles pour attendre l'explosion. C'était sans compter sur ses propres sens, car confinée dans l'attente, l'œil taquin et la tête légère, elle fut la première surprise de réintégrer le septième ciel. Par crainte de tomber de trop haut, elle s'accrocha à Vernon de toutes ses forces, mais lui-même en manque d'équilibre, il ne lui fut d'aucun secours et arriva ce qui devait arriver: ils tombèrent tous les deux dans la plus ardente jouissance qu'il leur avait été donné d'imaginer. Ils se fondirent l'un dans l'autre, se séparèrent à des éternités de distance avant de se rejoindre encore et toujours pour s'évader de plus belle. Le voyage! Bétina, ruisselante et amusée, confondit le lynx avec son maître et lui gratta longuement le derrière des oreilles; l'animal ne bougea pas d'un poil jusqu'au terme de cette attention gratuite. «Tu repars?» demanda Bétina, éteinte.

— Tantôt.

— Longtemps?

— Une semaine.

— Yeurk!

Il n'en fallait pas davantage pour que Bétina ne s'attarde. Elle se cantonna bien profond dans les côtes de l'Indien, ramena l'unique couverture sur eux pour ne rien gaspiller de sa chaleur et ne ferma point l'œil de la nuit même si Vernon, repu, destina plutôt ses rêves à ses artificielles.

Au matin, les deux pêcheurs dormaient encore au bord de la rivière; furtive, Bétina apprivoisa le lynx et s'enfuit sur la pointe des pieds pour ne pas les réveiller.

Aubin en faisait autant devant la télévision encore ouverte.

E n rentrant chez elle, Bétina s'était jetée sur son lit, question de récupérer un peu. Elle dormit une heure à peine, le temps de se dégourdir les membres, de tasser ses idées dans sa tête et d'apaiser ses sens. Aubin joua au coq en souffrant à sept heures d'une formidable quinte de toux qui manqua de réveiller le village entier. Barricadé dans la salle de bain, il éructa, rota et cracha avec une telle vigueur que Bétina s'amena, soucieuse, pour lui porter secours; il refusa toute assistance en assurant être dans son état normal puisque de tels excès se produisaient deux ou trois fois par semaine.

— Tu fumes trop, bonhomme, l'avertit Bétina.

— ...

Aussi surprenant que cela puisse paraître, Vincent n'avait apparemment rien entendu du tapage, pas plus que la fragile patiente du deuxième, toujours sous l'effet des sédatifs.

Aubin, familier de la maison et ayant recouvré la santé, prépara du café, alors que Bétina s'affairait à stériliser les instruments destinés à l'opération prochaine.

— Elle m'avait pourtant juré qu'il y avait pas de danger, la petite maudite, lança Aubin depuis la cuisine. Envoye donc, Aubin, envoye, ajouta-t-il en adoptant un ton affecté, qu'est-ce que tu penses? Quand une fille t'enlève ta chemise de sur le dos, qu'elle farfouille dans tes culottes, j'en connais pas beaucoup qui peuvent résister à ça. Et quand elle enlève les siennes par-dessus le marché, c'est l'enfer. Les filles de quinze ans de nos jours, elles sont bâties comme celles de vingt-cinq de mon temps, difficile de faire la différence. Pas plus intelligentes, par exemple; une fille, c'est une fille: deux ou trois petits becs et l'affaire est *ketchup*.

— Les capotes, Aubin, c'est pas fait pour les fous, remarqua Bétina en se laissant servir le café.

Elle avait vécu une nuit pour le moins agitée et payait maintenant pour ses excès; le coup de pied de Vernon avait provoqué un œdème heureusement discret à la joue gauche, ses yeux éprouvaient du mal à se fixer sur un point précis, et la morsure à la main droite, non seulement avait provoqué une incurvation concave au niveau du métacarpe, mais affectait l'extension complète des doigts. «Le lynx», expliqua-t-elle au regard interrogateur d'Aubin en s'efforçant de changer de sujet.

— Ça prend juste un sauvage pour élever un lynx comme un chien, remarqua Aubin.

Un joint de hasch, pensa-t-elle, aurait pour effet de lui tranquilliser les esprits; aucunement bigot, Aubin manifesta tout de même de l'étonnement:

— De bonne heure sur la dope; en forme?

— Mouais.

— La nuit avec ton sauvage?

— La débauche totale, avoua Bétina, le sourire fendu jusqu'aux oreilles.

Elle inhala presque à elle toute seule les vapeurs apaisantes de la décoction, ingurgita un deuxième café en pensant à Vernon, et sonna la charge: «Va me la chercher», commanda-t-elle à Aubin.

Pressé d'en finir au plus vite, il obéit derechef et afficha un optimisme prudent:

— Tu vas voir, ça va bien aller; n'importe qui est capable de faire ça.

— Ça te tente de le faire toi-même? demanda Bétina.

— C'est pas ce que je voulais dire, corrigea Aubin, n'importe qui de qualifié.

— Merci de ta confiance.

La jeune fille émergea du sommeil comme Aubin la déposait sur la table. Elle afficha de grands yeux étonnés, reconnut les murs de l'infirmerie et se mit à pleurer en douce. «T'inquiète pas, la rassura Bétina, tu sentiras rien et ce soir, ça sera un souvenir.»

La patiente se calma un peu et réclama de passer à la toilette. Aubin allait se dévouer encore, mais Bétina s'interposa: «Je vais t'aider, et c'est mieux si tu marches pour délier tes muscles.»

Elle l'escorta, patienta le temps qu'elle se vide la vessie, et poussa le zèle jusqu'à lui essuyer elle-même la vulve en effleurant tout au plus la chair meurtrie. Au retour dans l'infirmerie, elle lui exposa le *modus operandi* de l'opération en pesant chacun de ses mots:

— Je vais t'administrer une piqûre...

— Une piqûre?

— ... une piqûre dans la moelle épinière pour déposer un liquide qui va insensibiliser ton bassin; comme ça, tu sentiras rien du tout. Après, j'irai chercher le fœtus avec cette pince pour l'enlever de ton corps, le placenta après s'il ne vient pas avec, et il restera à nettoyer ton utérus avec ceci en forme de petite cuillère. C'est tout. Je répète, tu sentiras rien du tout.

— Tu peux pas m'endormir? demanda la patiente à moitié rassurée.

— Non, expliqua Bétina, il vaut mieux que tu sois consciente; tu sentiras rien, insista-t-elle.

— Fais pas ta «nounoune», conseilla Aubin.

— Aubin, fit Bétina.

Bétina l'invita à poser les pieds dans les étriers de la table pour un examen préopératoire. Le tampon était complètement imprégné d'une matière noirâtre et glaireuse qu'elle examina un moment avant de le jeter à la poubelle; Aubin recula d'un pas. Elle prospecta alors la cavité vaginale avec soin pour constater l'heureux état des lieux: les éraflures, quoique encore apparentes, affichaient bonne mine et le gonflement de la muqueuse utérine paraissait un tant soit peu résorbé. «T'es pas mal chanceuse, avoua Bétina à sa patiente, tu aurais pu te blesser beaucoup plus.» Elle demanda: «Dis-moi avec quoi t'as essayé.»

— ...

— Il faut que je sache, mentit Bétina, c'est très important.

La jeune fille hésita un long moment, versa une autre larme et avoua enfin:

— C'est ma *chum* qui m'a aidée.

— Avec quoi? insista encore Bétina.

— ... avec une fourchette.

Bétina hocha la tête en soupirant.

— Ta gueule, Aubin.

À la guerre comme à la guerre et le temps était venu de passer aux choses sérieuses.

Bétina commanda à sa patiente de se tourner lentement sur le côté et de se placer en chien de fusil de manière à bien dégager l'espace épidural; elle désinfecta la peau au niveau inférieur du canal sacré, s'empara de la seringue de Luer Lock dont elle enfonça délicatement l'aiguille dans l'articulation sacro-coccygienne. «Attention, ça va piquer un peu», avertit Bétina.

La jeune fille tenta d'un mouvement de la main d'interrompre la manœuvre:

— Haï!

— Non non, c'est fini, dit Bétina, là, c'est fini.

Elle engagea plus profond le piston de la seringue pour en vider complètement le corps de pompe et pria sa patiente de reprendre sa position originale.

— Haï, fit-elle encore.

— Tu vois, c'est fini, la rassura Bétina, et à partir de maintenant tu sentiras plus rien, juste un picotement au niveau de tes reins.

Elle laissa le temps à l'injection d'atteindre le maximum de son effet et en profita pour se ganter, ajuster son banc au niveau idéal et inventorier ses instruments de travail une dernière fois avant d'entreprendre l'opération proprement dite.

Consciente d'atteindre l'étape cruciale de l'intervention, la patiente hésita un instant avant de placer ses pieds dans les étriers, consulta Aubin du regard qui n'osa pour une fois dire un mot, et s'exécuta en fermant les yeux. «Go! Go! Go!», fit Bétina.

Il s'agissait d'une entreprise pour le moins délicate, d'autant que Bétina n'en avait jamais pratiquée de cette nature; elle démontra donc une prudence excessive. Elle posa un écarteur vaginal, et délicatement le spéculum Sims par la suite, exposant ainsi la zone de travail.

— J'aurais jamais pensé que c'était fait de même en dedans, remarqua Aubin qui ne perdait rien des manœuvres.

— Ça t'aura au moins appris quelque chose, répondit Bétina.

Elle manipula alors le dilatateur Goodell-Ellinger modifié pour écarter le canal cervical et exposa l'amnios qui suintait encore; la pointe aiguë du scalpel en accentua l'ouverture et la tête luisante du fœtus apparut, imparfaitement formée et d'un volume irrégulier. Bétina se frotta énergiquement les mains l'une contre l'autre pour activer la circulation sanguine, respira un peu et entreprit l'extraction de l'embryon à l'aide d'une pince à griffes. Elle s'acharna longtemps sur cet amas de chair plus ou moins consistant, comme si elle décollait du fond d'une casserole un rôti qui aurait pris au fond. Elle y parvint enfin en saisissant le fœtus par la chair de ce qui semblait être une épaule et elle tira délicatement jusqu'à l'évulsion complète; rassurée, elle déposa alors l'avorton dans une assiette après avoir sectionné le cordon ombilical. Mesurant tout au plus huit centimètres, on distinguait nettement la configuration des bras et des jambes, mais la tête, énorme par rapport à l'ensemble, formait un tout avec le tronc. Pour sa gouverne, Bétina voulut en connaître le poids: quatorze onces, et il s'agissait d'un garçon.

— Un ange de plus, s'excusa Aubin.

Bétina répéta l'opération pour extraire cette fois le placenta qui lui occasionna quelque misère; elle dut se munir d'une autre pince à griffes, farfouiller tout au fond et autour, tirer sur le cordon pour parvenir enfin à le délivrer du corps de la mère. Elle déposa le tout dans l'assiette à côté du fœtus. «On dirait un foie de bœuf», dit Aubin.

— Aubin!

— Le pire est fait, ajouta-t-il, confiant.

— C'est tout ce que tu peux dire.

Bétina compléta la besogne par un curetage en règle de la paroi utérine, à l'affût de la moindre accumulation, de matière afin d'éviter tout risque d'infection. Le travail se poursuivit durant d'interminables minutes et Aubin en profita pour aller fumer deux cigarettes dans le salon. Au retour, il croisa Bétina, l'assiette dans les mains, en route pour la toilette afin de se débarrasser du fœtus.

La patiente, les yeux grands ouverts pourtant, surnageait dans les vapeurs et elle ne manifesta aucune réaction quand Bétina lui apprit que le travail avait pris fin; elle la délivra des écarteurs, lui allongea les jambes sur la table, enfouit une serviette sanitaire et la vêtit d'une jaquette de toile. «Porte-la sur le divan», demanda-t-elle à Aubin.

Ce qu'il fit et Bétina l'enveloppa dans une couverture.

L'opération avait duré tout au plus vingt minutes, mais Bétina se sentit épuisée comme si elle avait trimé durant des heures. Elle demanda à Aubin de lui préparer un autre café.

— Un cognac? offrit-il, j'en ai.

— Une larme dans mon café, peut-être, accepta Bétina.

Vincent se manifesta en apparaissant dans la cuisine, les yeux petits, tout nu. Il ne regarda personne, gagna la toilette, urina et retourna au sous-sol aussi discrètement qu'il était venu. «Mon ex-mari arrive demain, tu me conduiras à l'aéroport», proposa Bétina.

— Pas de problème, accepta Aubin.

Autant Bétina se montra réservée, autant Aubin honora le flacon de cognac, ce qui n'était pas pour modérer sa verve: «Quand je vivais dans une commune, dans le bout de Percé, raconta-t-il, j'avais vu faire un avortement par une supposée sage-femme. "Écœurantrie!" On avait dopé la fille ben raide et la sage-femme l'avait avortée avec un *Electrolux,* dans un motel du village parce qu'on avait pas l'électricité dans notre commune.»

— Ouach! fit Bétina.

— T'aurais dû voir ça. Le pire, l'électricité avait manqué au moment où le bébé voulait sortir et elle avait dû finir quasiment à la petite cuillère, éclairée par une lampe de poche. Faisait pas chaud. Du sang partout, dans la chaleur, avec quinze personnes sur le «party» dans le motel.

— Criminel, remarqua Bétina.

— C'est bien pour dire mais une heure après, la fille s'envoyait sur la piste de danse, fraîche comme une rose. De la maudite bonne dope.

Aubin s'attarda jusqu'au midi, partagea un sandwich et disposa ensuite pour aller noyer ses malheurs à l'hôtel.

— Repasse en fin d'après-midi, elle sera en forme pour retourner chez elle, suggéra Bétina en désignant la jeune fille du menton.

— Pas de problème, promit Aubin, et s'il y a quelque chose d'anormal, téléphone.

Après sa nuit à la tente et toutes les émotions de la matinée, Bétina sentit la fatigue l'envahir et elle s'allongea sur une couverture à même le plancher du salon pour tomber immédiatement dans un profond sommeil; elle trouva à peine le temps d'éprouver une pensée langoureuse pour Vernon.

Aubin revint à seize heures, un coup dans le nez. «Ça passe la nuit sur la corde à linge et ça dort en plein jour!» tonna-t-il en entrant.

— Ta gueule! fit Bétina en sursautant.

La jeune fille, bien qu'encore étendue sur le divan, souriait de toutes ses dents, manifestement enchantée de la tournure des événements. «Et puis?» s'informa Bétina.

— J'ai mal au ventre, avoua-t-elle.

— Ça va durer deux ou trois jours, mais fais attention, conseilla Bétina. Essaie de pas monter les escaliers, marche lentement et ne te plie pas trop.

Aubin cherchait un moyen d'intervenir et il crut être spirituel:

— Et pour les garçons, attends une semaine, ajouta-t-il.

— Ta gueule! fit Bétina avant de poursuivre: le saignement va durer quelques jours, mais je vais te donner des serviettes, et des calmants au cas où. Si tu sens quelque chose d'anormal, gêne-toi pas pour téléphoner, le jour ou la nuit. Tu reviendras pour un examen, jeudi à dix heures.

La jeune fille écoutait en fixant Bétina droit dans les yeux et apprécia les conseils en se levant pour l'enlacer longuement, pleurer à chaudes larmes et l'embrasser dans le cou. Bétina échappa aussi son émotion alors qu'Aubin, étranger, en profita pour accaparer la toilette et pisser en paix.

— Merci ben, fit-il en raccompagnant la jeune fille, je te revaudrai ça.

Il le prouva le lendemain même en conduisant Bétina à l'aéroport. L'avion se présenta avec un retard d'une demi-heure, et pour meubler l'attente, Darquis leur proposa le visionnement d'une cassette pornographique dans un cagibi réservé à l'entreposage des bagages. Aubin souscrit à l'idée et Bétina, réticente au début, y puisa tout de même une certaine complaisance puisque le document, pleine couleur et bénéficiant d'une prise de son surprenante, laissait la vedette à trois lesbiennes adorables qui y mettaient du cœur pour mériter leur cachet. Darquis commentait:

— Regarde si elle est cochonne, celle-là, la petite noire. Regarde-la comment elle aime ça, elle a les jambes ouvertes à 90 degrés, une vraie acrobate. Sucer une fille de même, un gars est au paradis.

C'est de valeur; des maudites fifines, du gaspillage.

Au comble de l'excitation, Darquis se dandinait sur une jambe et sur l'autre et redisposait fréquemment dans sa culotte son sexe impressionné; plus calme, les yeux fixés sur l'écran, Aubin enchaîna:

— À Montréal, une fois, avec des *chums,* on a fait venir des fifines dans notre chambre d'hôtel, une noire et une blanche, quelque chose de bien. Ça coûtait cent piastres par fille pour une heure mais c'était pas cher. J'ai jamais vu des filles jouir autant, une vraie orgie, avec la bouche, les doigts, les vibrateurs, les *china balls,* tout ce qu'il fallait pour de la «belle» ouvrage. On en a eu pour notre argent et comme on était un bon public, les filles ont continué durant une demi-heure gratuitement. Le plus drôle, c'est qu'un de nos *chums* était sorti prendre une bière au bar de l'hôtel en disant que ça l'intéressait pas, et quand il est revenu dans la chambre à la fin du *show,* il s'est rendu compte que la blanche était sa cousine; ça fait de touchantes retrouvailles. Il en parle encore.

Tout en affichant un détachement sans faille, Bétina ne négligeait cependant rien des exercices et elle fut presque déçue au moment où l'avion se posa sur la piste. Elle prit cependant le temps de s'enfermer dans la toilette minuscule de l'aérogare de fortune pour assouvir son excitation, à l'abri des regards indiscrets et des commérages.

Jean-Sem descendit le premier de l'avion, suivi du pilote et de Lou, assise à l'arrière. Sans même saluer Bétina, il s'informa de Vincent. Elle dut mentir et lui avouer qu'il avait refusé de venir; en fait, elle avait omis de l'inviter. Beau joueur, Jean-Sem évita tout reproche, l'embrassa avec emphase et céda sa place à Lou qui en fit autant.

Jean-Sem était le type d'homme à s'accommoder de toutes les situations, liquidant vite ses problèmes et acceptant bien la vie. Un peu plus de trente-cinq ans, professeur de biologie dans un cégep, il avait partagé la vie de Bétina durant six ans, à Montréal, avant qu'ils ne décident, d'un commun accord et un an après la naissance de Vincent, de se séparer. Bétina avait ensuite connu Eunice, pour le meilleur et pour le pire. Grand, blond, mince, dégagé,

Jean-Sem prenait soin de sa personne et de sa santé, et occupait ses loisirs à se perfectionner dans son art en se maintenant à l'affût du moindre insecte ou batracien croisé sur sa route.

Quant à Lou, qui avait remplacé Bétina dans son cœur et dans sa vie, il s'agissait d'une longue chose assez agréable à regarder, toute mince, toute noire, les cheveux au ras les fesses, les seins proéminents, avec des cuisses filiformes comme des manches à balai. Elle butinait d'un emploi à l'autre, un mois secrétaire et serveuse de restaurant la semaine suivante, et s'avouait assez d'accord avec les idées de Jean-Sem.

Aubin dénicha tout de suite en Jean-Sem un éventuel complice de cavale et les deux hommes se saluèrent comme s'ils s'étaient toujours connus. Aubin les ramena au dispensaire et Lou eut tôt fait de se former une idée sur le village:

— C'est tout?

— C'était le village, confirma Bétina, à quoi t'attendais-tu?

Jean-Sem, plus documenté, apprécia la géographie charmante, les maisons typiques et décela la présence d'une gallérie au passage:

— Y a-t-il beaucoup d'abeilles par ici? demanda-t-il, l'air intéressé.

— Des abeilles et beaucoup, beaucoup de mouches à «marde», répondit Aubin.

Vincent ne fit aucun cas de l'arrivée de son père et refusa tout net de quitter son repaire pour venir saluer Lou; pour fraterniser avec lui, Jean-Sem fut donc contraint de passer le reste de l'après-midi au sous-sol. Lou, qui le connaissait peu, s'y rendit voir et elle revint au bout de cinq minutes, le compliment à la bouche:

— Il a l'air bien, se contenta-t-elle de remarquer.

Après le souper, Bétina proposa une promenade dans le village, mais sa proposition obtint un succès mitigé; Lou s'avoua lasse et préféra s'étendre sur le divan pour roupiller un peu alors que Jean-Sem, plus en forme, retourna causer avec Vincent quelques minutes et disparut en douce. Bétina gagna sa chambre elle-même, retrouva aussi son lit et dirigea ses pensées vers Vernon. Sa joue montrait encore un gonflement vers l'intérieur, et si elle appuyait avec sa langue, elle provoquait une douleur aiguë qui se répercutait jusqu'à l'oreille interne; quant aux doigts de sa main droite, elle éprouvait encore du mal à les fléchir et éprouvait un élancement déplaisant au tendon interne du majeur. Et elle s'ennuyait de l'Indien à s'en confesser.

C'est Lou qui, la première, donna signe de vie et Bétina la rejoignit dans la cuisine. Elle fumait comme un trou, adorait le haschisch et ne crachait pas sur la bière, de sorte qu'à onze heures, un peu pompette, elle se mit subitement à s'inquiéter de Jean-Sem, évanoui depuis de le début de la soirée; elle imagina le pire, le supposa victime d'un quelconque accident et refusa de se retrouver veuve si jeune.

— Voyons, dit Bétina, «paranoïlle» pas.

Loin de se casser la tête, Bétina prenait l'absence de Jean-Sem à la légère, assurée de le retrouver à l'hôtel; elle avait vu juste: il était accoudé au bar, un peu gris, et écoutait les histoires d'Aubin dans un état voisin, en riant à gorge déployée. Il accueillit Lou sans débordement, alors qu'Aubin agit tout autrement avec Bétina: elle eut droit à une reconnaissance tangible pour ce qu'elle avait fait pour lui et se vit offrir toutes les consommations qui la tentaient, peu importait le prix.

— Toi, tu sais vivre, lui confia-t-il dans le creux de l'oreille et tu peux me demander ce que tu veux. Une opération comme ça, ajouta-t-il, c'est pas à la portée de n'importe qui et je me demande ce que j'aurais fait si tu n'avais pas été là.

— Ferme-la, lui conseilla Bétina, parce que si tu continues, demain matin, tout le village va savoir que j'ai fait un avortement aujourd'hui.

— On s'en fout, fit Aubin au-dessus de ses affaires.

En ce lundi soir, les chaises du bar étaient occupées à moitié et la musique jouait moins fort que d'habitude; des consommateurs animés de l'une des tables s'affrontaient au poker alors que deux clients poursuivaient une partie de backgammon au comptoir. Le barman, affable et empressé, renouvelait les commandes et distribuait discrètement sur demande des carrés de haschisch à des consommateurs privilégiés. Les deux fonctionnaires de service, isolés à une table du fond, discutaient en manipulant des papiers sans se mêler aux clients autochtones. Au nombre des autres, plusieurs s'occupaient à observer Lou, pendue au cou de Jean-Sem pour lui adresser de doux reproches.

Bétina trempa les lèvres dans le ballon de cognac. «La petite maudite, insista encore Aubin, elle aurait mérité que je lui botte le derrière.»

— Aubin!

— Je sais ce que tu penses, confia-t-il, mais enlève-toi de la tête que c'est seulement de ma faute; on est deux là-dedans et elle a beau avoir juste quinze ans, elle a déjà vu neiger. Je te l'ai déjà dit, quand une fille farfouille dans tes culottes...

— Laisse faire les détails, insista Bétina.

— O.K.! accepta Aubin, mais t'es une maudite bonne fille pareil, confia-t-il en interceptant un bras de Bétina. Si jamais tu es mal prise, n'importe où n'importe quand, fais-moi signe, et si ton sauvage lève la main sur toi...

— Je suis capable de me défendre, coupa Bétina et Vernon est pas comme tu penses, mentit-elle.

— Je le connais, Metallic, expliqua Aubin, il est fin comme ça, au début, pour gagner ta confiance, mais attends de le connaître, tu m'en donneras des nouvelles.

— Ouach!

— Un hypocrite, un visage à deux faces! M'en fous qu'il soit vénéré sur la réserve comme un sauveur, parce qu'il est le seul sauvage à avoir de l'argent dans ses poches et qu'il fait des cadeaux aux enfants, mais on se demande où il le prend, son argent.

— Jaloux, Aubin? le piqua Bétina.

— Pas une minute, s'en défendit Aubin, mais tu me feras pas accroire qu'il peut mener un tel train de vie avec ses mouches à pêche; on connaît ça de l'argent, ça pousse pas dans les arbres.

— Jaloux, Aubin, conclut Bétina.

Lou avait décidé de se dégourdir les jambes, seule sur la piste de danse, alors que Jean-Sem, au-dessus de ses affaires, contemplait sa propre image réfléchie dans la glace devant lui en dodelinant du chef. Aubin commençait lui aussi à avoir son voyage, et pour entretenir sa compagne, il maintenait une main salvatrice agrippée au comptoir.

— Une fille, enchaîna-t-il, personne a le droit de lever la main là-dessus. J'ai fait beaucoup de passes croches dans ma vie, mais jamais je me suis permis de battre une femme. Pas parce que certaines l'auraient pas mérité, mais les femmes et les enfants, c'est sacré: faut pas toucher à ça pour aucune considération.

— Bravo Aubin!

— J'avais un de mes frères qui battait sa femme, comme ça; quand je l'ai su, je suis moi-même allé lui casser la gueule, une volée du sacrement. Après, il s'est tenu tranquille.

— Bravo Aubin, approuva Bétina qui commençait à ressentir elle aussi les effluves de son troisième cognac.

Elle en accepta un quatrième sans réticence.

— Un double, commanda Aubin au serveur avant de commencer à se répéter. Ça prenait juste une fille comme toi pour me rendre un pareil service et je vais t'en être reconnaissant jusqu'à la fin de mes jours, fie-toi sur moi. Et sans que tu t'en rendes compte, je te regarde aller, des fois, et je trouve que tu es une maudite belle fille.

— Tu vas pas me chanter la pomme, observa Bétina tout de même ravie.

— C'est pas mon genre mais, insista-t-il, je peux me permettre de te dire que tu es une belle fille sans que tu t'enfles la tête avec ça. Belle, intelligente et chaude, souligna Aubin en mal de confidence.

— Chaude...?

— Chaude, confirma-t-il, ça paraît au premier coup d'œil; un gars sent ça ces affaires-là et toi, c'est évident: ta façon de marcher, de te tenir, de parler même.

— Tu m'en diras tant.

— Et la seule fille que je connaisse qui me tient tête, qui m'engueule et qui m'envoie chier; j'aime ça de même.

— Tu trouves?

— *Yes Sir!* fit Aubin en la prenant par la taille. On a jamais couché ensemble et on couchera probablement jamais; je trouve ça de valeur parce qu'il me semble qu'on pourrait avoir du *fun.*

— Tu penses?

— Mets-en, l'assura Aubin. Tu es un peu vieille à mon goût mais dans ton cas, pas de problème.

— T'as pas mal le tour avec les filles, observa Bétina, un vrai don Juan, ajouta-t-elle en se détachant.

— Prends pas ça mal, s'excusa Aubin, tu devrais le prendre comme un compliment.

— Une folle, conclut Bétina.

Lou s'était dénichée un partenaire en la personne de Darquis qui ne demandait pas mieux que de lier connaissance. Jean-Sem n'avait pas bougé d'un pouce et tanguait de plus en plus sur bâbord. Bétina décida de partir, même si Aubin imagina toutes sortes de bonnes raisons pour la retenir. Elle revint au dispensaire bringuebalante en respirant à pleins poumons pour pallier les effets de l'alcool. Sa joue la faisait souffrir.

Surprise! Vincent était couché dans son lit et elle s'étendit près de lui en le serrant dans ses bras.

Dès son lever, le lendemain matin, Jean-Sem regretta son incartade de la veille. Si Lou était rentrée à la fermeture du bar, à trois heures, luimême avait accepté une dernière bière chez Aubin et son séjour s'était prolongé jusqu'à l'aube.

— Une vraie machine à paroles, confia-t-il au déjeuner; et intéressant en plus. Une histoire n'attend pas l'autre et on dirait que ce gars-là a vécu sept vies tellement il connaît du monde.

— Aubin est jamais en manque d'histoires, confirma Bétina, mais à la longue, trop c'est trop.

— C'est pas ce qu'il m'a dit.

— Quoi? fit Bétina, sceptique.

— Il est très évident qu'il a un œil sur toi.

— Non; il vient ici tous les jours et je le vois au village, mais dans le fond Aubin attend rien de moi; je suis pas son genre.

— De toute façon, conclut Jean-Sem.

Il se munit de son carnet de notes et disparut pour la journée comme il le fit tous les jours de la semaine. Dans le milieu de la matinée, il tenait compagnie à Vincent pour plus ou moins une heure et s'évadait ensuite, à la découverte de la faune du coin. Il mangeait de la biologie au point d'y consacrer ses fins de semaine et ses vacances, et quelles que soient les circonstances, toutes les raisons étaient bonnes pour s'attarder à l'environnement d'un insecte rare, s'intéresser au vol d'un oiseau ou constater l'état de putréfaction d'un crustacé échoué sur la plage. Revenu au dispensaire à la tombée du jour, il s'isolait dans le salon pour compiler les notes prises en vitesse et les compléter par ses propres observations au besoin. Si l'aventure l'entraînait dans des endroits plus éloignés, Aubin se plaisait à lui servir de guide et de chauffeur moyennant une bière ou deux à l'hôtel à la fin de l'expédition.

— Il est comme ça à l'année, confiait Lou en haussant les épaules.

— Il a pas changé, confirmait Bétina.

Jean-Sem eut d'ailleurs de la chance puisqu'un matin, après avoir fait le tour du village, la nouvelle parvint au dispensaire par les bons soins d'Aubin, d'ailleurs:

— Viens, dit-il, j'ai un cadeau pour toi.

Une baleine s'était échouée à la pointe est du village, et de par sa qualité, Jean-Sem fut mandé pour présider les opérations de sauvetage; il s'en montra ravi.

Il s'agissait en fait d'un baleineau d'environ cinq mètres, captif de la berge à la faveur de la marée descendante. Le mammifère reposait sur son flanc gauche très enflé, sa langue était tailladée, son corps éventré, preuves évidentes qu'il avait été happé par l'hélice d'un navire. Même si l'animal respirait encore péniblement, le verdict était formel: il ne pourrait s'en réchapper. Jean-Sem évalua son poids à deux tonnes et il fallut douze hommes pour le tirer sur la plage. Avisé, le ministère de l'Environnement de Sept-Îles délégua deux fonctionnaires par avion nolisé: Aubin les accueillit à l'aéroport et leur servit de chauffeur, trouvant là l'occasion de se faire un peu d'argent de poche. Les biologistes, munis d'instruments appropriés, effectuèrent une mini-autopsie pour récolter divers échantillons des viscères du cétacé avant de retenir les services d'un tracteur à chenilles pour l'enterrer. Jean-Sem compila de nombreuses notes sur l'événement et y trouva matière à alimenter un prochain cours au cégep.

Les biologistes s'en retournèrent sitôt leur travail achevé, laissant sur leur faim les nombreux spectateurs, mais l'échouement du cétacé fournit l'occasion à plusieurs de se réunir à l'hôtel pour commenter l'événement, Aubin

en tête. L'alcool aidant, chacun y alla de ses propres co-
casseries ayant marqué la chronique folklorique du village,
tel l'appareillage du bateau fantôme à chaque mi-carême,
la danse des feux-follets au solstice d'été ou l'enfant bizarre
issu de l'accouplement d'une sirène de mer avec un la-
mantin; Aubin tenait le plancher pour relancer la cadence
quand l'imagination montrait des signes de faiblesse.

Si Jean-Sem découvrait un plaisir immense à fréquenter les villageois qui le lui rendaient bien, Lou s'affichait plutôt discrète et se cantonnait au dispensaire, laissant
à Bétina le soin de la distraire. Elle lui expliqua son travail
sous toutes les coutures, lui commenta des photos de sa vie
avec Eunice et entreprit avec elle de nombreuses marches
sur la grève. De Vernon il ne fut jamais question, même si
Bétina pensait à lui à tout moment de la journée.

Un soir que Jean-Sem se présenta plus tôt que d'habitude, elle profita du souper pour l'entretenir de leur fils
commun.

— Comment tu le trouves? demanda-t-elle en présumant de la réponse.

— Aucun changement.

— Je sais, rétorqua Bétina, je suis ici depuis quelques
semaines seulement; je parle de son allure générale.

— Aucun changement non plus, répondit Jean-Sem,
il est tel que je l'ai vu avant votre départ.

— C'est tout ce que tu as à dire?

— ...

— Je sais que t'étais pas d'accord, se justifia Bétina,
mais je suis sûre que le changement lui fera du bien. Il te
voit moins, mais c'est pas tragique.

— Tragique?

— Je veux dire que tes absences le dérangent pas, comme les miennes le dérangent pas non plus; c'est une chance.

Au moment où Bétina lui avait annoncé sa décision
de s'exiler pour une année, Jean-Sem avait fait des pieds
et des mains pour l'en dissuader, proposant même de

prendre Vincent à sa charge, mais à force d'explications, de justifications et de patience, elle était parvenue à le convaincre de la justesse de son projet. Sans tout à fait manifester son accord, il avait cessé de révéler bruyamment son opposition, déléguant à Bétina l'entière responsabilité de son action. Elle s'en était montrée ravie. «Et, poursuivit-elle, je vais m'occuper de lui après les vacances et je te jure de découvrir ce qu'il a dans la ventre.»

Autant Jean-Sem pouvait se montrer volubile sur à peu près tous les sujets possibles, autant il perdait ses moyens quand il était question de Vincent. À l'instar de tous les pères, il avait fomenté de grands projets pour son fils unique, rêvant d'en faire un scientifique connu ou un artiste célèbre, mais avait amèrement déchanté en constatant son handicap. Par la suite, il s'était contenté de tenir la barre en se rendant bien compte qu'il n'y avait rien à y faire, contrairement à Bétina qui s'était engagée à colmater la brèche; son idée tenait toujours.

Alors que Lou, aucunement intéressée, s'était retirée aussitôt que Vincent était devenu le sujet de conversation, Bétina et Jean-Sem en discutèrent durant des heures sans vraiment parvenir à vider la question. Depuis des années, ils avaient considéré la question dans tous les sens sans vraiment y apporter de solution nouvelle, et bien souvent, ils se contentaient de répéter les même arguments à la lie en s'encourageant l'un l'autre. Depuis la fin de leur relation, leur fils constituait leur seul lien affectif, hormis une inaltérable tendresse. «Eunice est venue le semaine dernière», apprit Bétina pour entamer un sujet nouveau.

— ...

— Du plaisir, ajouta Bétina.

Jean-Sem n'était manifestement pas intéressé à en apprendre davantage.

Au moment où Bétina et lui s'étaient décidés, d'un commun accord, à discontinuer leur relation, Jean-Sem avait bien deviné que, de par sa nature sensuelle, elle ne serait pas longue à replonger dans les bras d'un autre, mais jamais il n'avait imaginé qu'il serait remplacé dans son cœur par une femme. À maintes reprises, il s'était inquiété de sa responsabilité devant un tel revirement de situation, et même si Bétina lui avait juré qu'il n'y était pour rien, il continuait de traîner un soupçon de remords dont il n'était jamais parvenu à se débarrasser tout à fait. Pour lui, cette question, davantage que celle de Vincent, n'avait jamais été réglée, et chaque fois qu'elle apparaissait sur le tapis, il tentait de l'expliquer par d'obscurs raisonnements relevant de la philosophie et sombrait dans le pessimisme. «Pauvre Jean-Sem, compatit Bétina, t'as jamais compris.»

— Compris oui, précisa Jean-Sem, accepté non.

Bétina n'allait pas répéter encore ses explications depuis le début puisque, de toute manière, il continuerait de l'écouter avec de grands yeux incrédules. «Lou est couchée, proposa-t-il, viens prendre une bière à l'hôtel.»

— J'en ai ici.

— Je préfère sortir; viens avec moi, insista Jean-Sem.

— Nous sommes déjà allés, objecta encore Bétina.

— Viens que je te dis.

Elle jugea l'idée saugrenue, mais elle céda tout de même, pour le plaisir de Jean-Sem seulement.

La soirée était superbe, et après le temps plus ou moins maussade des derniers jours, les étoiles brillaient dans le ciel. Des jeunes avaient allumé un feu sur la grève et certains dansaient pieds nus dans le sable à la cadence d'une musique endiablée. Aucun vent ne perturbait l'ascension de la colonne de fumée et un imposant navire, tous feux éteints, semblait avoir interrompu sa course juste en face du village.

Le feu réquisitionnait plusieurs fêtards de sorte que le bar s'affichait à peu près désert hormis les quelques irréductibles habitués; même Aubin brillait par son absence.

— Il est gravement malade, supposa Bétina.

Elle ne s'en porta pas plus mal.

Elle choisit tout de même une table tout au fond de manière à assurer leur intimité et Jean-Sem manifesta tout de suite un regain de vitalité; comme il l'avait pressentit, le changement d'air lui était profitable.

Vincent revint sur le sujet et Bétina confirma encore ses desseins sans aucune concession. «Je te jure, Vincent est bien ici, assura-t-elle, et même si tu trouves pas de changement, il est plus en forme.»

— Si tu le dis.

— Je le dis.

— Et l'école? s'informa Jean-Sem.

Bétina hésita un moment, le temps de prendre une longue gorgée de bière:

— Un peu de misère; la directrice veut rien savoir.

— Comment ça?

— Vincent est le seul enfant autistique du village et elle a personne pour s'occuper de lui.

— Si j'allais la rencontrer à mon tour?

— Je préfère pas, objecta Bétina, ça donnerait rien. Je laisse passer l'été, et à l'automne, je le suivrai de près pour lui enseigner les rudiments de la lecture et l'encourager dans le dessin.

— Tu es courageuse.

— Normal. Il faut mettre la patience.

Jean-Sem commença à manifester une bonne humeur nouvelle et commanda encore de la bière. «Et quand je retournerai à Montréal, ajouta-t-elle, il pourra aller dans une école taillée sur mesure pour lui.»

Le plan semblait plausible et Jean-Sem aurait été bien malvenu d'objecter; d'ailleurs, il n'objectait plus depuis longtemps, libérant tout le champ à Bétina. «Ça me fait beaucoup de bien de parler de Vincent, confia-t-elle plus tard; même si je suis bien ici, il arrive de m'ennuyer de te parler de lui.»

Jean-Sem écoutait de moins en moins et lorgnait ailleurs, comme si, de son côté, il considérait le salut de

Vincent assuré. Le rythme cadencé d'une pièce de musique capta l'oreille de Bétina et elle se lança sur la piste de danse, seule, pouvant ainsi laisser libre cours à ses mouvements. Jean-Sem gagna le comptoir pour tenir conversation au barman pour qui il avait développé une sympathie naturelle dès leur première rencontre. L'incident du baleineau réunit alors deux ou trois autres consommateurs autour d'eux et ils entreprirent alors la narration de l'incident en y apportant des détails inédits.

Bétina ondula au rythme de la musique et dansa durant près d'une heure, sans s'interrompre pour nulle autre raison que de se désaltérer par deux autres bières qu'elle commanda de son propre chef. Elle s'en revint alors retrouver Jean-Sem, couverte de sueur, la tête vide de tout souci et s'ennuyant comme une folle de Vernon Metallic. «Paye-moi une bière, demanda-t-elle à Jean-Sem, plus de fric.»

Jean-Sem acquiesça et la reprit sous sa gouverne, délaissant le barman et les clients agglutinés autour de lui.

— Tu danses que la tête t'en tourne.

— Mets-en.

Sa physionomie avait changé, et quand elle prit place sur le banc près du sien, Jean-Sem crut se rendre compte qu'elle avait pleuré; elle avait les cheveux collés sur la tête, la peau du cou humide et un cerne de transpiration lui plaquait son tee-shirt sur le ventre. «De la bière, toujours de la bière», remarqua Bétina.

— ...

— On dira ce qu'on voudra mais une chance que ça existe; maudite bière.

— Personne t'oblige à en prendre.

— Laisse faire, veux-tu?

Bétina sombra alors dans un profond silence que Jean-Sem n'osa perturber. Elle évaluait sa propre image réfléchie dans la glace devant elle et agrippait sa bière à deux mains sans bouger d'un poil. Le fait d'avoir discuté du cas de Vincent l'avait portée à saisir l'immensité de la

Jean-Sem n'en revenait pas encore et Bétina ne fut pas longue à l'instruire de ses intentions en se mettant en frais de le déshabiller à son tour. Quand ils furent nus tous les deux, elle effleura à peine les préliminaires trop contraignantes pour le monter tout de go et entreprendre une croisade en pays connu et chaque fois davantage appréciée. Jean-Sem prit alors les commandes et l'empoignant aux hanches, il la dirigea de main de maître, la manœuvra haut et court, l'incita à dépasser ses propres espérances tant et si bien qu'elle sombra vite dans la déchéance totale: en pleine vitesse de croisière, balançant toute contrainte par-dessus bord, Bétina passa outre à toute retenue et heurta l'hystérie de plein fouet. Pour éviter de trébucher et de s'infliger une quelconque blessure, elle se cramponna à lui à pleines mains, banda tous ses muscles l'un à la suite de l'autre et se laissa entraîner à bon port comme si elle n'avait que ça à faire dans la vie. Jean-Sem, jusque-là retenu ailleurs, prit le mors aux dents, et n'y tenant plus, s'esquinta à sa manière plus mort que vif à son tour. «*Fuck*, mon homme, tu me dois bien ça!» Bétina ne croyait pas si bien dire et Jean-Sem lui en devait encore davantage. Le temps de retomber sur ses pattes un moment, il nolisa ses ressources pour reprendre la pôle là où il l'avait négligée; elle s'en montra ravie, et dans le temps de le dire, elle se disposa en attente pour recevoir les derniers outrages, ouverte et pleine de bonne volonté. Jean-Sem la contourna tout à fait, ajusta ses flûtes dans la mesure de ses moyens et lui obéit au doigt et à l'œil: il sua toutes les gouttes de son corps, cabra le dos et fléchit les genoux, monta sur ses grands chevaux pour adopter son allure des grands jours et parvint au-delà de ses espérances à projeter sa dernière cartouche à une Bétina au sourire fendu jusqu'aux oreilles. Elle s'était crue sauvée de toute démesure mais mal lui en prit; la première épatée, ayant considéré Jean-Sem de haut, elle s'affaissa plus bas et dut s'accrocher à la tête du lit pour éviter de tomber à la renverse. Y découvrant un intérêt inattendu, Jean-Sem la retint de force contre lui et resta aveugle au drapeau blanc qu'elle tenta maladroitement de hisser pour implorer sa grâce.

— Madame est servie!

— Pffft! souffla Bétina, occupée ailleurs et à court de vocabulaire.

Jean-Sem ne la lâcha pas d'un pouce, et sans trop savoir où cela allait le mener, il ne regarda pas à la dépense et la poussa dans ses derniers retranchements. Bétina s'accrocha encore, se conforta sur ses quatre membres et explosa de plus belle à fière allure en faisant bien attention de ne pas tomber. Elle rua dans les brancards, évalua son équilibre, ouvrit les bras pour s'envoler et perdit ensuite tous ses moyens, prise à son propre jeu. Plein aux as, Jean-Sem n'eut qu'alors à la maintenir au faîte de la gloire sans autre souci que de la satisfaire du tout au tout; il s'y employa avec compétence et démesure au point où Bétina crut mourir sans plus savoir pourquoi. «Pleine jusqu'aux oreilles.»

— Tant pis pour toi.

Ils avaient évacué leurs derniers aveux, et au prix encore d'une ou de deux caresses furtives, évitèrent tant bien que mal d'en faire un drame. Revenue des nuages, l'œil clair et le geste alerte, Bétina côtoya encore le vertige juste à y penser et gratifia Jean-Sem d'une injure de la pire espèce:

— T'es encore mon meilleur.

— Et toi, ma pire, répondit-il du tac au tac.

Ils quittèrent la chambre sens dessus dessous, la lumière fermée autant que la fenêtre, en s'accrochant les pieds dans les fleurs du tapis.

Dans le petit matin, quelques irréductibles fêtards s'envoyaient encore autour du feu et ils regagnèrent le dispensaire au pas de course pour rattraper le temps perdu.

Lou dormait comme une conne.

L ou se leva le lendemain avec une idée fixe comme si elle l'avait mijotée depuis des heures: celle de partir au plus vite et de ne plus jamais remettre les pieds dans ce village du bout du monde.

— Je ne m'amuse pas du tout, expliqua-t-elle; Jean-Sem, tu me laisses seule toute la journée, et quant à toi Bétina, je te remercie de ton accueil mais mon plus cher désir est de décrisser au plus sacrant.

Jean-Sem accusa le coup avec amertume, entraîna Lou à l'extérieur pour en discuter entre quatre yeux, plaida sa cause les bras en l'air, mais il en revint bientôt pas plus avancé et conquis:

— On part demain, apprit-il à Bétina, sinon, elle va piquer une crise.

— Tu parles.

Lou en remit et exigea de Jean-Sem qu'il s'informe à l'aéroport s'il n'y aurait pas la possibilité qu'ils partent la journée même:

— Franchement, observa Jean-Sem.

— Je veux m'en aller! s'obstina Lou.

Information prise, il n'existait pas de possibilité qu'ils partent la journée même.

Devant l'attitude intransigeante de Lou, Bétina songea que Lou, tout à l'heure, ne dormait peut-être pas aussi profondément qu'ils ne l'avaient imaginé. Si tel était le cas cependant, jamais elle n'en fit mention dans ses récriminations et Bétina en fut soulagée. Tout d'un coup.

La journée s'annonçait donc assez pénible pour tout le monde et, heureusement, Aubin tomba pile quand il envahit le dispensaire avec sa juvénile conquête nouvellement avortée: une tout autre personne. L'adolescente s'était manifestement tirée de ce faux pas avec les honneurs de la guerre; elle affichait une mine réjouie, des yeux rieurs et elle n'arrêtait pas de se coller à un Aubin consentant et qui n'avait pas l'air de s'en plaindre. Bétina l'invita dans l'infirmerie pour un examen de contrôle et Jean-Sem en profita pour s'assurer de l'attention d'Aubin afin que Lou fasse de l'air. Ce qu'elle fit d'ailleurs en retournant se coucher.

La jeune fille se dévêtit sans gêne, balança dans la poubelle un tampon hygiénique souillé, et s'étendit sur la table les jambes grandes ouvertes, les pieds bien haut dans les étriers, regardant au plafond. Bétina se ganta avec complaisance, toute à son agrément de contempler cette chair rose et exquise, propre à susciter les plus grands espoirs; il y avait là, nonobstant ses tendances intimes, rendre tout être heureux. Troublée, elle s'attarda à la ligne régulière de la vulve et, considérant l'âge mineur de la patiente, à la pilosité excessive des lèvres; le système enveloppait le sexe dans son ensemble et débordait amplement sur le périnée. Bétina prévint les coups en matant son imagination au plus coupant et passa à l'examen proprement dit qu'elle entama par l'installation maladroite du spéculum. La situation évoluait de la manière la plus encourageante possible: le vagin, mis à part une tumescence bénigne sur sa face gauche, était libre de toute excrétion suspecte et le col, à peu près refermé, tenait sa place au centre du bassin. Bétina se saisit d'un dilatateur pour en écarter légèrement les lèvres et constater un étrange état de sécheresse à l'intérieur.

— Aïe! fit la patiente.

— C'est fini, la rassura Bétina et t'es chanceuse que ça se soit si bien passé. Rien paraît plus.

— C'est fini? s'assura la jeune fille en feignant de se redresser.

— C'est fini, mais reste couchée, juste le temps que j'explore ton ventre.

Bétina extirpa le spéculum, retira ses gants et entreprit alors l'inspection externe du bassin: «Avertis-moi à la moindre douleur.»

Elle entama l'examen en pressant le bassin çà et là avec constance, en effleurant à peine le grand droit de l'abdomen: aucune réaction. Elle insista de la paume dans les régions ombilicale et latérale avec un égal succès, mais la patiente l'alerta d'un geste au toucher de la zone pubienne: «Rien de grave, la rassura Bétina, le bassin se révolte contre la grande ouverture de tes jambes; la douleur va s'en aller d'elle-même.»

— Mes seins sont sensibles, lui apprit la patiente.

Bétina n'allait pas louper pareille chance et elle s'en donna à cœur joie en abordant les mamelons saillants, saumon et pointant avec fierté. En eau trouble, Bétina massa les seins d'un mouvement circulaire en les maintenant avidement dans ses mains. Elle conserva cette position jusqu'à la limite permise et annonça, la gorge sèche:

— Ils vont retrouver leur état normal dans peu de temps et, si tu constates un écoulement de lait, pas de panique; dans quelques jours, ça sera fini.

Bétina s'attribua l'ultime caprice de lui introduire elle-même un tampon hygiénique tout neuf, en s'appliquant méthodiquement à lui écarter les lèvres de ses doigts paniqués et peu sûrs d'eux-mêmes; elle poussa délicatement jusqu'à la moindre résistance, considéra le tableau d'un œil connaisseur et apprécia un chatouillis bienfaisant dans son bas-ventre. «Relève-toi.»

La jeune fille ne se le fit pas dire deux fois et en deux temps trois mouvements, elle était debout, habillée et prête à partir. Bétina la retint encore un instant, le temps de lui offrir des tampons de rechange et une bonne provision de prophylactiques. «Si tu en manques, l'assura-t-elle, j'en ai encore. Mais attention: pas tout de suite, laisse passer au moins six semaines avant de t'envoyer en l'air.»

Consentante, la jeune fille étreignit encore sa soigneuse dans ses bras délicats, lui déposa un baiser sur chaque joue avant de gagner la cuisine où l'attendait Aubin au-dessus de ses affaires. Il termina la narration d'une quelconque histoire avant de se rendre compte de sa présence, et devant les résultats on ne peut plus favorables de l'examen, lui conseilla de rentrer chez elle à pied pour favoriser sa convalescence.

Jean-Sem était un fin finaud; il prétexta une dernière exploration des berges du lac Nu pour s'esquiver avec Aubin, déléguant à Bétina le soin d'entretenir sa compagne. «Penses-tu que c'est drôle? lui reprocha Bétina en l'entraînant à l'écart; emmenez-la avec vous autres.»

— Entre filles, vous allez vous comprendre, rétorqua Jean-Sem.

— Ben quoi?

— Je suis sûr que tu vas te débrouiller et que vous allez passer une excellente journée, insista Jean-Sem en lui tapotant une fesse.

— Hostie de lâche!

Jean-Sem offrit à Lou, pour la forme, de participer à l'expédition et il obtint la réponse qu'il souhaitait:

— Pas question, déclina Lou, tu sais très bien que j'ai peur des bibites.

Il se garda d'insister, tenta d'intéresser Vincent à l'affaire, obtint un second refus, et entraîna Aubin avec lui en promettant d'être de retour pour le souper. Quant à Lou, dans le creux de la vague, elle s'isola sur le perron face à la mer et plongea le nez dans un traité d'obstétrique déniché dans la bibliothèque. Ouf!

Bétina n'avait pas cessé de songer à son voyage pour se rendre au chevet de sa mère; elle entreprit donc les démarches pour s'assurer une relève durant son absence et tenta sa chance du côté du couvent, le seul endroit où elle pouvait escompter obtenir du succès.

Il s'agissait d'un bâtiment imposant sis à proximité du presbytère et, isolé par une impénétrable clôture de planches de pin pour soustraire de la vue des passants, une imposante piscine hors terre. Bétina activa le gong de la porte d'entrée et se vit accueillir par une religieuse d'un autre âge, coiffée d'une cornette, le sourire discret mais cordial. Elle demanda à rencontrer la mère supérieure de la communauté et, subito presto, elle se découvrit en face d'elle, à croire que les religieuses communiquaient par télesthésie.

Au parloir, elle expliqua la raison de sa visite à une femme, affable, attentive et empestant l'encens à plein nez; quarante ans, portant haut le chef, drapée dans son costume d'une époque révolue.

— Si sœur Félicité demeurait encore ici, expliqua-t-elle, il n'y aurait vraiment pas de problème, mais là...

— C'est seulement en cas d'urgence, plaida Bétina, et c'est une question de trois jours, pas un de plus.

La supérieure réfléchit encore un moment, implora l'aide d'un immense crucifix sur le mur du fond et émit une ébauche de solution:

— Nous avons ici une religieuse qui a été missionnaire au Gabon durant cinquante ans; elle a dû en voir de toutes les couleurs et je crois bien qu'elle pourra avantageusement vous remplacer, avança-t-elle, indécise.

— Comprenez que ma mère me réclame, insista encore Bétina en éprouvant l'impression de se prostituer, et je m'en voudrais qu'elle disparaisse sans que je l'ai vue une dernière fois.

— Donnez-moi cinq minutes, proposa la religieuse et vous serez fixée tout de suite.

Elle disparut dans un couloir.

Bétina examina la pièce au plancher frais ciré, au point où l'on pouvait s'y mirer. Le mobilier, bancs et chaises, en bois foncé verni, était disposé pour recevoir plusieurs visiteurs à la fois, et les rayons d'une bibliothèque, d'un matériau semblable, croulaient sous quantité de bouquins à saveur confessionnelle. Sur une table de coin, elle

décela une quantité impressionnante d'œuvres d'art afri-
cain, dont des masques aux maquillages étonnants, des
vases de diverses géométries et, surtout, des bracelets
multicolores où s'entrecroisaient perles et cailloux, en-
châssés sur des lanières de peaux d'animaux exotiques.
Bétina en enfila deux ou trois à son bras, considéra leur
effet respectif, fixa son choix sur le premier et l'enfouit
clandestinement dans sa poche.

La supérieure se présenta dans un froissement de ju-
pes et de jupons, le sourire épanoui, fière d'elle.

— Il ne devrait pas y avoir de problème, annonça-t-elle,
mère Jérémie est d'accord et elle demande juste de visiter
brièvement le dispensaire pour se familiariser avec les médicaments dont elle pourrait avoir à se servir.

— Tout de suite, si elle le désire, proposa Bétina, j'ai
tout mon temps.

— Mère Jérémie est indisposée aujourd'hui, objecta
la religieuse, et elle préfère attendre à demain. Disons à
deux heures et il faudra qu'elle s'y rende en voiture
puisque ses jambes ne sont plus ce qu'elles étaient; qua-
tre-vingt-deux ans, précisa-t-elle, ce n'est pas rien.

— Oh! fit Bétina.

Elle revint au dispensaire le cœur léger, l'esprit
gaillard; la réalité la ramena vite les pieds sur terre.

De l'eau dégoulinait allègrement entre les interstices
des planches du plafond de la cuisine et l'escalier était devenu, par la force des choses, un ruisseau florissant. En
plus de couvrir le plancher, l'eau inondait également le
comptoir, la table et les appareils ménagers. «Câlisse!»

Bétina ne pensa à rien et elle se retrouva à l'étage face
à un Vincent aux oiseaux, assis tout habillé dans le bain dont
les deux robinets étaient ouverts au maximum. Elle para au
plus urgent en interrompant le débit d'eau, mais son fils
manifesta son désaccord en engageant avec elle une
épreuve de force: il lui empoigna les mains pour l'empêcher
de perturber son plaisir. «Non Vincent, laisse-moi faire!»

Vincent avait une idée fixe et il n'allait pas accepter de voir ainsi contrecarrer ses plans. Il se plaça à genoux, frappa, mordit, cogna de toutes ses forces et conserva un avantage certain sur sa mère. Déjà trempée, Bétina n'eut d'autre choix que de le rejoindre et, à genoux elle aussi, elle s'empara d'une serviette accrochée au mur, la plongea dans l'eau et réussit à envelopper Vincent pour finalement l'immobiliser dans cette camisole de force improvisée. Elle ferma les robinets alors que son fils grondait à s'en fendre l'âme.

— Veux-tu me dire? demanda Lou, debout dans la porte de la salle de bain, impressionnée.

— Vincent a décidé de se laver, répondit Bétina.

Le déluge. Il y avait là de quoi occuper tout un après-midi et c'est effectivement ce qui arriva. Lou apporta heureusement son concours, ce qui lui changea les idées, pour essuyer et éponger partout, le plancher, les meubles, la vaisselle dans les armoires de même qu'une partie du sous-sol où l'eau avait dévalé en empruntant l'escalier. «Un mal pour un bien, ironisa Bétina, au moins, le ménage est fait.»

Lou sourit péniblement, dépassée.

Mis à sécher à l'extérieur, Vincent fut libéré de ses menottes en fin d'après-midi, quand fut complétée l'opération nettoyage.

Jean-Sem téléphona depuis l'hôtel et Bétina décela dans sa voix un accent d'urgence. «Vernon?»

Il y avait de quoi. L'Indien était prostré à une table du fond, seul, soûl, et poursuivait un dialogue sans queue ni tête avec un interlocuteur imaginaire. Un imposant saumon barrait la table, au milieu d'un amoncellement de bouteilles et du contenu d'un cendrier renversé.

— Ton *chum*, lui présenta Aubin, assez fier de lui.

— Mêle-toi de tes affaires! ordonna Bétina.

Jean-Sem venait d'avoir la révélation de sa vie.

Vernon Metallic déclinait dans un état pitoyable après son voyage de pêche: la barbe longue, les cheveux poisseux, ses vêtements affichaient une tenue semblable et une couche de crasse tapissait les jointures de ses mains. L'arrivée de Bétina ne lui occasionna aucun souci puisqu'il eut beau fouiller dans le fin fond de sa mémoire, méditer pour rallier ses souvenirs, il ne la reconnut visiblement pas; il résista donc quand elle chercha de l'amadouer, en la refoulant sans ménagement à sa première parole. «Vernon, reste calme, c'est moi, Bétina.»

Vernon, dur de la feuille dans son état, la menaça d'une bouteille si jamais elle osait s'approcher. Au fait de la réputation de l'Indien, quelques consommateurs tendaient leurs muscles, disposés à intervenir en cas de casse; Aubin surtout, à l'affût près du bar, toutes griffes sorties. Jean-Sem, trop surpris, se tenait coi.

Bétina y alla d'un deuxième essai en s'assoyant à la table, mais Vernon considérait les choses d'un œil différent, et d'un coup de pied bien appliqué, il décida de la chasser de sa vue une fois pour toutes. Bétina para le coup et opta dès lors pour la manière forte elle aussi: telle une tigresse, elle lui sauta dessus, le jeta par terre en renversant la table et lui appliqua l'avant-bras sur la gorge jusqu'à ce que l'Indien manque de souffle. Tel un animal mutilé, il se débattit haut et fort un moment, battit en vain des quatre membres, râla alors en hoquetant, les yeux révulsés et rouge comme une tomate. Aubin s'approcha, prêt à s'interposer, mais son concours fut négligé du revers de la main: «Laisse faire, haleta Bétina, je suis capable de me défendre toute seule.»

Elle tira la paire de menottes de la poche arrière de son pantalon et emprisonna les mains de l'Indien qui n'en menait pas large. Toujours accroupie à califourchon sur sa victime, elle allongea le bras pour s'emparer d'un fond de bouteille sur une table voisine et en versa généreusement le contenu droit dans le visage de l'Indien; pour toute réaction, Vernon ouvrit la bouche toute grande pour en absorber le contenu. «Hostie!» murmura Bétina entre les dents.

Consommant sa défaite, l'Indien, encore plus soûl et mou comme de la guenille, montra une incapacité totale à se lever et Bétina, les deux pieds campés par terre, le saisit sous les aisselles, força comme une déchaînée et parvint à le hisser debout de peine et de misère. «Aubin!» appela Bétina.

Aubin s'amena et n'eut pas besoin d'un dessin: à deux, ils parvinrent à conduire l'Indien à l'extérieur en le soutenant par un bras, chacun de son côté. Jean-Sem les accompagna en espérant se rendre utile, et sur un signe de tête de son ex, il ouvrit la porte de la jeep.

— Pas dans mon jeep! objecta Aubin, pas de sauvage dans mon jeep!

— Aubin, insista Bétina, service pour service et ferme ta gueule, sacrament!

— En arrière, proposa-t-il, mais pas dans mon jeep, il va l'empester pour une semaine.

Aubin avait un peu raison, car l'Indien avait manifestement omis de se laver ces derniers jours et il exhalait une odeur rance, un mélange de transpiration tenace et de vomi faisandé. Bétina accepta le marché et Vernon Metallic regagna ses quartiers, tassé dans le compartiment arrière de la jeep en dormant à poings fermés. «Ton christ de sauvage, gueula Aubin, pourquoi qu'il se noye pas une bonne fois pour toutes?»

— Agrafe-la, ordonna Bétina, tant qu'à dire des bêtises de même!

— Je te l'ai déjà dit, une loque, renchérit Aubin et plus ça va, pire il est.

— Je t'ai dit de la boucler!

— J'ai sauvé le souper, apprit Jean-Sem, assis sur la banquette arrière en brandissant le saumon comme un trophée.

— Fourre-toi-le dans le cul! lui conseilla Bétina.

Depuis la réserve, encore fallait-il franchir la distance jusqu'à la tente de Vernon Metallic, dans le sentier beaucoup trop étroit pour permettre le passage d'une voiture. Bétina partit en reconnaissance, et comme elle l'avait espéré, elle réquisitionna une brouette abandonnée près d'une maison et se présenta, triomphante, tenant solidement les brancards du petit véhicule. Vernon y fut prestement balancé cul par-dessus tête. «Ça va les gars, je peux m'arranger toute seule.»

— On va t'aider quand même, proposa Aubin, revenu à de meilleurs sentiments.

— J'ai dit que j'étais capable seule, confirma Bétina sur un ton qui ne souffrait pas de réplique.

— Pas de drame, on a compris, renchérit Jean-Sem plus conciliant.

Les deux hommes s'inclinèrent et Aubin démarra sur le chapeau des roues.

Bétina se mit donc à la tâche de mener Vernon Metallic à bon port, faisant fi des regards inquisiteurs et des quolibets fusant de la part des jeunes Amérindiens en mal de spectacle. Il y avait de quoi, Vernon étendu face au ciel, menotté, les jambes pendant des ridelles, la tête renversée en arrière et continuant de dormir du sommeil du juste. Elle salua comme une délivrance l'accès au sentier proprement dit et elle ne fut pas longue à être rejointe par le lynx, anxieux, qui mena une incursion nasale dans son entre-jambes avant de s'attarder au visage de son maître mal en point qu'il pourlécha avec avidité. Vernon étouffa un rot et continua de dormir sans autre contrainte jusqu'à ce que Bétina, parvenue à destination, retourne la brouette à l'envers dans la rivière. Vernon crut sa dernière heure arrivée, dégrisa tout d'un coup, se débattit contre lui-même et, dans un élan formidable, sauta en un seul mouvement sur la terre sèche.

— Tiens, Vernon Metallic, c'est tout ce que tu mérites.

Vernon crut s'être réchappé de la noyade et debout, trempé comme une lavette, les yeux grands comme des soucoupes, il mit du temps avant de réintégrer le bas monde. L'effet des alcools refaisant surface, il examina les menottes.

— Enlève-moi ça.

— Un instant.

— Enlève-moi ça tout de suite, ordonna-t-il, l'œil en feu.

Bétina tenait le gros bout du bâton et elle le lui fit bien voir:

— Pas avant que tu te sois excusé pour tout à l'heure; christ, je suis pas une folle!

Vernon fut le premier surpris d'être pris à partie; on l'aurait accusé de meurtre qu'il ne s'en serait pas davantage souvenu.

Il se renfrogna et s'assit par terre comme dans une tentative pour regrouper ses idées, ses mains entravées posées sur ses genoux. Appréhendant une réaction violente, Bétina s'approcha à pas de loup et, sous le regard interrogateur du lynx, elle se mit en frais d'enlever les vêtements de l'Indien pour lui servir sa médecine. «Défendu de bouger, commanda-t-elle, et tu restes attaché tant que tu te seras pas excusé, capish?»

Vernon détourna les yeux et, dans les bas-fonds de l'orgueil, il vit sa compagne s'éloigner vers la tente, s'y attarder un moment et en revenir, munie d'un attirail de guerre: un couteau imposant, une serviette, un savon et une bouteille de shampooing. Surpris tout à fait, l'Indien écarquilla les yeux, incapable de prononcer un seul mot. «À nous deux!» annonça-t-elle, postée devant sa victime.

En deux temps trois mouvements, elle enfila la lame du couteau dans chacune des manches de la chemise jusqu'à l'encolure et les coupa sec; le pantalon subit un traitement semblable et Vernon se retrouva nu comme un ver.

— Détache-moi, implora-t-il, la tête penchée, jouant sur la pitié.

— Oh non! proclama Bétina, une chose à la fois; je te décrasse d'abord et on verra après, si tu le mérites.

Vernon n'en menait pas large et il n'eut pas le choix de se laisser débarbouiller à grande eau en paraissant souffrir le martyre. Des oreilles aux orteils, Bétina n'oublia aucun recoin de son anatomie et elle s'acquitta de sa tâche en chantonnant pour ajouter l'insulte à l'injure. «Voilà, jeune homme, comment on fait et oh! j'ai oublié ceci.»

En en rajoutant tant qu'il le fallait pour que porte bien la leçon, elle fit mine à plusieurs reprises de s'attarder sur des taches imaginaires dans le dos, sur le ventre ou pis, dans le visage; le sexe fut traité d'une méthode similaire et Vernon subit l'humiliation le regard absent, tout à son supplice. À son corps défendant, il fut ensuite disposé la tête au-dessus de l'eau pour le lavage des cheveux, parmi lesquels Bétina découvrit les cadavres de plusieurs insectes et des toiles d'araignées. L'ultime étape de l'opération consista à immerger complètement Vernon Metallic dans l'eau de la rivière pour chasser tout relent de savon, et il en ressortit propre comme un sou neuf. «Tu es magnifique!» avoua Bétina à un Indien tremblant comme une feuille.

Belle joueuse, elle s'empressa dans la tente pour y quérir une couverture et, au retour, elle buta sur le lynx qui ne la lâchait pas d'un pouce. «Écrase! le gronda Bétina, sinon, je te fous dans la rivière comme ton maître!»

Vernon prit la défense de son protégé:

— Donne-lui à manger et tu auras la paix.

Sur ses indications, elle dénicha dans une armoire un pan de morue fumée et l'animal en fit ses délices durant des heures, la triturant avec méthode en grondant comme Vincent. Un hydravion, arrivé de nulle part, survola le fleuve à basse altitude et, après deux tours de piste, il s'esquiva aussi subitement qu'il était apparu. «Enlève-moi ça», implora encore Vernon en désignant les menottes.

Bétina, occupée à monter un feu dans le foyer, fit la sourde oreille et, en chantonnant tout bas, elle s'appliqua à disposer des billes de bois en pyramide autour d'un bouchon d'écorce de bouleau. Elle flamba une allumette et Vernon se morfondait derrière elle, vêtu de la couverture comme d'un poncho.

— Assis-toi, fit-elle et si tu veux que je te détache, tu connais le mot de passe.

Vernon se renfrogna, silencieux comme une carpe, et après le traitement qu'il venait de subir, toute trace d'alcool semblait avoir disparu.

Ils s'attardèrent à contempler les flammes en silence jusqu'aux ténèbres, Bétina s'appliquant à alimenter le feu quand il le fallait et refusant à tout bout de champ d'aller quérir de la bière dans la tente. «Tu trouves pas que t'as eu ton quota pour aujourd'hui?»

— Non, répondait Vernon, j'ai soif.

— Sèche.

Bien plus tard, elle manifesta davantage de bonne volonté en se rendant dénicher un oreiller pour la poser sous la tête de l'Indien. Et une bière, «une seule», précisa-t-elle. À deux mains, à cause des menottes, Vernon la cala en deux gorgées et s'allongea au grand air, le plus heureux des hommes. Bétina se rapprocha alors et se coula sous la couverture sous prétexte de compenser la perte de chaleur du feu qui mourait, inepte mensonge puisque sans attendre, les mains prisonnières, Vernon la dévêtit complètement et elle n'opposa pas la moindre résistance. Sous le seul éclairage de la lune filtrant à travers le rideau translucide des nuages, Vernon ne perdit pas de temps pour l'amener sur lui et, conquise d'avance, elle se laissa mener par le bout du nez, esclave envoûtée. Il l'aguicha sans cesse en tardant à passer aux actes, à l'aisselle d'abord, dont il provoqua le muscle à n'en plus finir, prenant soin d'attaquer sournoisement la base du sein comme s'il craignait d'en entreprendre véritablement la conquête. Bétina expira un peu mais se maîtrisa. C'était sans compter sur la patience de Vernon qui s'acharna encore sur l'aisselle jumelle avec des mouvements tout à fait semblables à n'en plus finir. Plus dégourdi, il persévéra avec une formidable inspection des côtes, survolant en rase-mottes ici, atterrissant là de peine et de misère à cause des menottes et en aspirant ses mots; Bétina ne trouvait rien à dire non plus, se laissant drainer à bon port. Sans autre avertissement que le geste des bras, il décréta qu'il en avait assez, l'empoigna à deux mains par les cheveux, lui colla la bouche sur la sienne et l'embrassa de verte façon. Elle suffoqua, fit des mains et des pieds pour se libérer, se résigna de plus belle avant de sombrer corps et bien au plus profond d'elle-même. Vernon s'en donna à cœur joie avant de daigner la libérer, constata les dégâts et lui délégua l'initiative. Elle la prit sans rechigner et lui montra de quel bois elle se chauffait. Bétina le tourna sur le ventre, lui disposa les bras en triangle au-dessus de la tête à cause des menottes et à genoux près de lui, elle songea un instant par où commencer et porta son choix sur le muscle poplité qu'elle mordit à belles dents. Vernon plia la jambe pour éviter la torture, mais il s'en repentit bien vite quand elle choisit d'y aller mollo, lui agaçant le même épiderme à la seule faveur de ses lèvres. Prévoyant le pire, il croisa la jambe par-dessus l'autre, mais dans l'état dans lequel il trépassait, démuni, Bétina avait tous les pouvoirs et elle s'en servit à bon escient pour le soumettre davantage à ses desseins. Elle retourna à sa technique originale en mordillant sans cesse le muscle crural et prise à son propre jeu, s'aventurant au ras de la fesse, elle repoussa Vernon dans ses derniers retranchements. Il projeta de se replacer sur le dos mais en fut empêché dare-dare comme s'il n'était pas concerné, car Bétina complétait sa mission, affinée tout autant; elle ajusta sa mire et passa aux actes en investissant la croupe dans le même ordre d'idées. Les jambes béates elle aussi, encline à la convoitise, elle y posa la tête sans sommeil pour s'imprégner de l'odeur nouvellement candide de l'Indien. Il y avait de quoi pavoiser et elle y

demeura affalée, consentante à la démesure. La croyant
envolée dans des cieux inusités, Vernon y mit du sien, la
dérangea pour se tourner sur lui-même et s'offrir tout entier tant qu'à y être. Bétina déclina adroitement l'invitation, élimina tous les obstacles pour se concentrer à l'aine
avec laquelle elle entreprit de lier connaissance, parvenant à peine à respirer, le nez enfoui dans le crin fémoral.
Décelant une alerte, Vernon vola à son secours et l'incita
à adopter une position plus salutaire, à croupetons sur
son ventre. Déjà envoûtée, ne prenant aucun risque, elle
s'y installa confortablement et entreprit alors de balancer
toute retenue aux orties. Sur un sein et sur l'autre, à
cause des menottes, l'Indien eut fort à faire pour refréner
ses élans, Bétina partie à l'aventure et ne s'occupant que
de son seul plaisir, les coudées franches. Aiguisée de toute
part, entière et par le menu, elle se répandit peu après,
surprise elle-même d'être parvenue à destination si vite,
l'œil interrogateur avec l'air de se demander dans quel
pétrin elle s'était fourrée. Elle comprit alors la portée de
son geste l'instant d'après; interdite une seconde et peu
craintive, elle pénétra amplement au fond des choses
avec toute la latitude voulue, laissant déborder ses instincts les plus révélateurs. Se cramponnant aux menottes
de son sauveur qu'elle entrevoyait à peine, elle s'envola
par à-coups frénétiques en s'arc-boutant sur le moindre
appui pour ne rien manquer du paysage. Aïe! Vernon en
eut suffisamment des mains et des jambes pour l'inciter à
la démesure et en pleine gloire, le toisant avec hauteur,
elle croqua à belles dents tout ce qui lui tombait sous la
main pour décupler sa trajectoire. Jaloux de cette béatitude, il l'immobilisa ferme envers et contre elle, l'assassina d'un reproche avant de lui infliger le coup de grâce. Il
y eut de quoi tomber en bas de sa chaise et Bétina tour-
noya sur elle-même, chercha appui quelque part, ne décela rien de solide et dégringola lourdement face contre
terre. «Je meurs.»

Vernon n'en menait pas plus large et ils restèrent soudés l'un à l'autre en une étreinte éternelle, le lynx à proximité et se demandant bien quelle mouche les avait piqués. Il eut tout le loisir de s'en instruire, car autant Bétina que Vernon n'en eut marre qu'au matin. Repenti et finalement libéré de ses menottes en pleine nuit, après avoir rempli la condition et bien davantage, Vernon profita de cette aisance chèrement acquise pour renouveler les mêmes caresses sans plus de contrainte et Bétina fut en droit de se demander si l'idée était bonne de le dégager de la sorte. Elle en vit de toutes les couleurs, frôla la syncope toutes les heures, et en rentrant chez elle à la lumière du jour, elle avait peine à tenir sur ses jambes. «On se revoit quand?» avait-elle trouvé la force de lui demander avant de partir.

— Je pars dans trois jours.

— J'en fais mon affaire.

En la reconduisant dans le sentier, le lynx n'en revenait tout simplement pas.

Toute pleine de tendresse et cul par-dessus tête, Bétina dormit à peine deux heures, la tête calée sous deux oreillers.

Elle le constata en se réveillant, l'atmosphère au dispensaire ne péchait pas par excès de frivolité. Lou engueulait Jean-Sem comme du poisson pourri; à l'en croire, le souper de la veille n'avait pas connu beaucoup de succès.

— Tu le sais, criait-elle, je déteste le poisson pour m'en confesser, que ce soit du saumon, de la morue ou de la truite, c'est tout pareil! Et ton *chum* Aubin, Jos Connaissant, je ne veux plus le voir dans ma face! Cet homme-là est insupportable, et si je le rencontre une autre fois, je ne réponds plus de mes actes! Me dire à moi que je n'ai pas l'air d'une femme chaude, mais pour qui il se prend?

Bétina ne put réprimer un sourire.

Lou était hors d'elle et Jean-Sem parait les coups tant bien que mal:

— Je suis en vacances et j'ai le droit de m'occuper un peu de moi, plaida-t-il sans trop de succès.

— Mets-en que tu t'occupes de toi, je ne t'ai pas vu de la semaine et c'est à peine si tu venais coucher! J'avais espéré qu'hier, au moins, on se paye un petit souper à deux, le dernier de nos vacances; mais non, monsieur a invité son ami la grande gueule et tu ne m'as pas dit un mot de la soirée.

— Aubin connaît le village comme le fond de sa poche et j'avais besoin de ses conseils pour orienter mes recherches.

— Toi et tes maudites bibites, conclut Lou, tu te prends pour Jean Rostand ou quoi?

Bétina profita d'une accalmie pour se pointer dans la cuisine et sa présence fit en sorte de provoquer une pause dans les hostilités. Jean-Sem l'accueillit à bras ouverts comme un messie et Lou relâcha la pression. «Je vais préparer les bagages, fit-elle en gagnant l'étage, il n'est pas question de manquer l'avion.»

Jean-Sem buvait un café, adossé au frigidaire, et il excusa les excès de sa compagne par un haussement d'épaules:

— Elle a son voyage, c'est le cas de le dire.

— Tu dis, fit Bétina.

Elle se versa un café et prit place à la table de la cuisine, songeuse, regardant la mer.

— J'ai lu jusqu'à quatre heures et t'étais pas encore rentrée, remarqua Jean-Sem pour dire quelque chose.

— Je suis rentrée à six heures.

— Belle soirée?

— Au boutte.

Bétina avait encore les nerfs à fleur de peau, fébrile des pieds à la tête et sa pensée ne quittait pas Vernon Metallic. Elle roula un joint de haschisch en espérant recouvrer son calme, le partagea avec Jean-Sem qui en avait besoin tout autant, et le mit au fait de son projet. «Je serai à Montréal vendredi soir, si tout va comme je le pense.»

— À Montréal?

— Ma mère se meurt et je m'en vais la voir une dernière fois.

— Son cancer?

— Son cancer. J'ai déniché quelqu'un pour me remplacer durant trois jours, expliqua Bétina, et je reviendrai dimanche.

— Si ça peut t'arranger, je pourrai garder Vincent, proposa Jean-Sem; on sait ce que c'est, l'hôpital, les taxis...

— Vincent restera ici, avoua Bétina.

— T'es folle?

— Ben quoi? Tu l'as constaté cette semaine, Vincent vit en permanence dans la cave et refuse d'en sortir, sauf s'il le décide lui-même.

— C'est pas une raison.

— C'est une excellente raison, confirma-t-elle; il mange à ses heures, se lève et se couche quand il le désire et il se câlisse de moi comme de l'an quarante. Il se rendra même pas compte de mon absence; de vendredi à dimanche, c'est court.

— Et s'il arrive quelque chose? objecta Jean-Sem plus ou moins d'accord.

— Qu'est-ce que tu veux qu'il arrive? Laissé à lui-même, Vincent est aux oiseaux.

— Je voudrais en être aussi sûr que toi, conclut Jean-Sem avant d'aller rejoindre Lou pour essayer de se rendre utile.

Lou n'espérait aucune assistance et sentant l'heure du départ approcher, elle avait des ailes; il n'eut qu'à descendre les valises et à les disposer près de la porte. Il déploya par contre beaucoup d'énergie à la convaincre d'accepter de monter dans la jeep d'Aubin pour le voyage à l'aéroport.

— On prendra un taxi, suggéra-t-elle comme solution.

— Qu'est-ce que tu penses? argua Jean-Sem, c'est lui le taxi.

— J'irai à pied, s'obstina Lou, j'ai toute la journée pour m'y rendre. Je te l'ai dit, si je revois cet homme, il aura ma main en pleine face.

Elle eut d'ailleurs l'occasion de mettre immédiatement sa menace à exécution, puisque Aubin arriva au dispensaire, très peu préoccupé par Lou et ses semblables.

— Quand on parle du loup, on lui voit la queue, observa Bétina en pouffant de rire.

Aubin entra en coup de vent et ne mit pas longtemps avant d'exposer le but de sa visite:

— Bétina, viens avec moi, j'ai un beau noyé pour toi à matin.

— Il a passé combien de temps sous l'eau?

— Une heure et quart, évalua Aubin, et on vient juste de le retrouver.

— Qu'est-ce que tu veux que j'aille faire là? objecta Bétina, je ressuscite pas les morts.

— Viens quand même, proposa Aubin, au cas où.

Bétina acquiesça tout de même pour la forme et Jean-Sem, en les accompagnant, y trouva une excellente occasion de se soustraire aux soupirs de Lou. Ils traversèrent la moitié du village à vive allure, Aubin s'arrêta au dépanneur pour y quérir un *six-pack* de bière, en offrit à la ronde avant de reprendre le volant, une bouteille entre les jambes en jouant généreusement du klaxon. Il s'arrêta une autre fois chez lui pour y cueillir sa nièce en expliquant que, par une singulière tournure d'esprit, Dodo cultivait une attirance fétiche pour tout ce qui touchait les tragédies de toutes natures.

— Elle se gave de films d'horreur à la télévision et un bon vieux noyé va lui faire extrêmement plaisir.

— Il faut toutes sortes de monde pour faire un monde, concéda Bétina.

La route de terre battue conduisant à la rivière Croche se présentait toute en pentes abruptes et en sinuosités, multipliant les courbes aveugles et les passages en montagnes russes. Frondeur de nature et familier de ces cascades, Aubin s'y démêlait à l'aise sous les encouragements enthousiastes de sa nièce qui tenait de la famille. Ceinturé près d'elle sur la banquette arrière, Jean-Sem n'osait distraire le conducteur de quelque manière et était blanc comme un drap. Bétina appréciait ce qu'elle pouvait apercevoir du paysage.

Ils parvinrent à destination après vingt kilomètres de ce régime et abordèrent un rassemblement de cinq pêcheurs en vacances et éplorés, occupés à deviser de l'accident avec chacun un verre à la main. Le cadavre gisait sur la berge de la rivière, dissimulé sous une couverture, et le guide du groupe, un insulaire trempé jusqu'aux os, s'embrouilla dans des explications obscures et qui n'intéressaient personne. Bétina passa outre et s'amena près de la victime, sa trousse à la main par acquit de conscience. Elle souleva le coin de la couverture pour découvrir le visage du noyé, un homme frisant la soixantaine, les cheveux gris et affichant une barbe d'au moins trois jours. Dodo exigea de voir elle aussi et elle apprécia avec attention les yeux exorbités, la bouche démesurément ouverte et un filet d'eau qui s'écoulait d'une narine.

— Viens voir, Aubin, suggéra-t-elle, il a la même allure que le noyé du lac Nu.

— Un noyé c'est un noyé, conclut Aubin, c'est toujours pareil.

Confrontée à l'évidence, Bétina n'entreprit aucune tentative de réanimation, et elle conseilla aux compagnons de la victime de bien vouloir disposer du corps comme bon leur semblait puisque, dans les circonstances, elle ne pouvait leur être de quelque utilité en cette matière. À leur grand désarroi, ils s'étonnèrent qu'aucun thanatologue ne réside au village. «On peut pas tout avoir», trancha Bétina, et ils se concertèrent derechef sur la solution la plus convenable: évacuer la victime par avion vers son Nebraska natal.

Trouvant à se rendre utile dans les moments critiques, Aubin prit la gouverne des opérations et réclama de l'aide pour envelopper complètement le cadavre dans la couverture et le déposer à ciel ouvert dans la boîte de la camionnette du guide de pêche. Dodo ne perdit rien de la manœuvre, ravie de l'aubaine. D'une certaine manière, Aubin s'en lava ensuite les mains en déclarant aux compagnons de la victime:

— Il est à vous et faites-en ce que vous voudrez.

Plus tard, il accepta l'invitation de Jean-Sem de partager un sandwich au dispensaire, accompagné de Dodo qui jugea également l'idée excellente. Lou n'était pas de meilleur poil et elle considéra les envahisseurs d'un autre œil en s'apprêtant à s'esquiver dès leur arrivée, mais Dodo, sans s'en rendre compte, sauva la mise: elle s'enflamma sur la splendeur de ses longs cheveux et Lou accepta le compliment avec ravissement: «Comme les cheveux d'une sauvage», marmonna Aubin.

Lou serra les dents en le transperçant d'un regard de feu et se poussa à l'extérieur alors que Dodo, instruite de la présence de Vincent au sous-sol, s'amusa à aller lui tenir compagnie.

Avant son départ prochain, Jean-Sem sentit le besoin de récapituler sa semaine de vacances et il en profita pour réitérer à Aubin ses reconnaissance empressées pour l'avoir escorté dans ses expéditions:

— Pas de problème, fit Aubin, j'ai l'habitude. Une fois, j'avais servi de chauffeur à l'évêque du diocèse, un *flyé* comme on en rencontre rarement. Il s'était enfermé dans le presbytère avec le curé, mais quand il avait eu fini son travail deux jours plus tard, on est partis lui et moi sur une foire d'une semaine dans un camp de pêche de la Grande-Croche. Ce gars-là prenait un coup que c'en était beau à voir; il déjeunait au gin, dînait au scotch et soupait au rhum, vingt-quatre heures par jour rond comme un œuf. Il voulait profiter de son voyage au village pour pêcher, mais il n'avait pas sorti une ligne de la semaine. Mais un gars de «party», par exemple, un vrai. Le dernier soir, il a reçu des amis de Québec au chalet, un haut fonctionnaire du ministère du Tourisme avec sa suite. L'évêque n'avait pas arrêté de la soirée de *cruiser* une jeune secrétaire et, à trois heures du matin, je les ai surpris tous les deux à prendre un bain de nuit dans la rivière. Le monseigneur avait pris ça chaud; je sais pas si la fille *tripait* sur la religion, mais elle l'avait entraîné dans le péché mortel, je suis là pour en témoigner, une vraie orgie. Quand il s'est rendu compte que je les avais surpris en train de s'envoyer en l'air, il m'a avancé cinq billets de cent piastres pour que je tienne ça mort. La tombe. Le lendemain, quand il est monté dans l'avion de ses invités pour retourner chez lui, il marchait plié en deux.

— Justement Aubin, dit Bétina, en parlant de religion, tu vas me rendre un service, tantôt.

— C'est quoi?

Elle lui expliqua l'affaire et Aubin cliqua: «À Montréal?»

— Ma mère se meurt.

— J'y vais avec toi, proposa Aubin, toujours disposé à partir à l'aventure.

— Oh! fit Bétina.

— Oui, oui, insista Aubin, j'y vais avec toi; ça fait longtemps que je suis pas allé «swingner» en ville. On part quand?

— Vendredi.

— C'est comme si on était déjà partis, approuva-t-il.

Bétina n'avait pas prévu un revirement de la sorte, mais elle n'était pas pour l'empêcher de l'accompagner et elle différa le règlement de cette question à plus tard.

À quatorze heures pile, ils se présentèrent au couvent.

— Va la chercher ta mémé, proposa Aubin, on va l'amener prendre une bière à l'hôtel.

— Je t'ai pas emmené juste pour conduire, objecta-t-elle, viens m'aider.

Elle avait vu juste et Aubin fut de la plus grande utilité. Mère Jérémie ressemblait à une antiquité ambulante, dans les deux cent cinquante livres et qui tenait sur ses jambes de peine et de misère; ses quatre-vingts ans et quelques ne l'aidaient pas non plus et elle s'appuyait aux murs pour maintenir un équilibre précaire. Aubin, du haut de son immense expérience des choses de la vie, mangea sa claque quand même:

— Es-tu folle? murmura-t-il à l'oreille de Bétina, elle se rendra pas à la fin de semaine.

— Que veux-tu que je te dise?

Aubin avait cependant jugé trop vite et, en les apercevant dans la porte d'entrée, la vieille religieuse bénéficia d'un sursaut d'énergie; en s'en remettant à sa canne à pommeau de plomb, elle accéléra sensiblement le pas en récupérant une stabilité prometteuse.

— Quand vous voudrez, annonça-t-elle, mais jeune homme, adressa-t-elle à Aubin, vous devrez m'aider un peu.

— Accrochez-vous, grand-mère, suggéra Aubin, j'ai la poigne solide.

Pour s'accrocher, mère Jérémie s'accrocha et Aubin dut presque la soutenir à deux bras pour l'escorter dans la descente de l'escalier. Parvenu à la jeep, il la fit se courber à quarante-cinq degrés en avant et la poussa littéralement dans l'arrière-train pour l'introduire sur la banquette avant. «Tiens, grand-mère, l'encouragea-t-il, le pire est fait; on va aller mener toto.»

Bétina riait comme une malade sur la banquette arrière.

Mère Jérémie récupéra un peu et montra ses vraies couleurs:

— Quand j'étais missionnaire dans les faubourgs de Koulamoutou, au Gabon, j'utilisais une jeep de ce type pour visiter mes missions, une *Willis* 1973; une bonne voiture, appréciat-elle, mais le système électrique me causait des problèmes.

— Bizarre, remarqua Aubin, j'ai le même problème avec la mienne, même si elle date de l'année passée; un problème de court-circuit.

— C'est très fréquent chez toutes les marques de jeep, reprit la religieuse, une mauvaise conception du dispositif d'allumage.

— ...

— Facile à régler cependant, assura-t-elle, il s'agit d'enlever le couvercle du distributeur et de limer légèrement la face interne gauche du condensateur inférieur et comme ça, le tour est joué.

— Limer...? s'intéressa Aubin qui faillit en échapper son volant.

Mère Jérémie répéta dans des termes différents:

— À l'aide d'un papier d'émeri, tu polis la pale inférieure du système centrifuge, sous le doigt rotatif, afin de régulariser le débit électrique; sinon, l'allumage a trop d'avance par rapport au condensateur et c'est ce qui cause le court-circuit.

Aubin suait à grosses gouttes, la bouche grande ouverte, regardant droit devant. Il en dépassa le dispensaire et Bétina dut le ramener à la réalité.

Il ne fut pas moindre tâche d'aider mère Jérémie à s'extraire de la voiture; si elle manifestait une étonnante acuité intellectuelle pour son âge, ses muscles étaient mous comme de la guenille et son imposante corpulence n'aidait pas à la manipuler. Aubin ouvrit la porte à sa passagère, lui enclava solidement les mains dans les siennes et tira de toute sa force, les pieds bien campés dans le sable. Bétina força un peu au niveau des fesses impressionnantes et la vieille sœur fut enfin extirpée, la cornette à l'équerre. Elle ne se formalisa aucunement des difficultés de la manœuvre et considéra même l'opération avec un grain de sel: «À mon âge, remarqua-t-elle, je dois avoir un bon cent mille milles dans le corps.»

— Pas grave, grand-mère, compatit Aubin, c'est le moteur qui compte.

Aubin l'appréciait maintenant avec un œil nouveau, presque une consœur mécanicienne, et il la traita aux petits oignons durant la visite du dispensaire, l'assistant pour monter l'escalier, lui ouvrant les portes et la précédant toujours, prêt à intervenir en cas de panne sèche.

Dans l'infirmerie, Bétina la mit scrupuleusement au fait des dispositions essentielles, l'instruisant de la place de chaque médicament et l'endroit où dénicher les différentes pommades. Mère Jérémie, attentive aux explications, écouta comme un enfant d'école et, après le tour guidé, elle manifesta sa satisfaction:

— À Koulamoutou, remarqua-t-elle, je n'avais pas la moitié de ce matériel pour soigner au-delà de vingt mille personnes.

Bétina la rassura tout de même:

— Je serai absente pour au plus trois jours et il serait surprenant que l'on doive faire appel à vos services; vous servirez seulement de police d'assurance pour que je puisse partir l'esprit en paix.

— Pars sans inquiétude, l'assura mère Jérémie, Dieu n'abandonne jamais son troupeau.

— C'est ce que je me disais aussi, confirma Aubin.

Bétina le considéra avec un drôle d'air et Jean-Sem, assis au salon, se demanda quelle mouche l'avait piqué.

Avant de retourner au couvent, Aubin dénicha un morceau de papier d'émeri dans le coffre à gants de sa jeep et, après avoir ouvert le capot du véhicule, il demanda à sa passagère de bien vouloir lui indiquer la manière de procéder pour régler son problème de court-circuit: «Je sais comment faire, mentit-il orgueilleux, mais je veux voir si vous êtes aussi bonne que vous le dites.»

Sœur Jérémie y alla encore d'une explication détaillée de l'opération à effectuer, et devant les hésitations de son élève, elle coupa au plus court: elle pria Aubin d'enlever le couvercle du distributeur, colla son ventre énorme sur l'aile gauche de la voiture, fit bien attention de ne pas accrocher sa cornette au capot ouvert et polit elle-même la pièce défectueuse devant un Aubin médusé. L'opération dura tout au plus une minute et elle se redressa ensuite, sûre d'elle-même et satisfaite:

— Voilà, mon cher, conclut-elle, tu ne devrais plus avoir de problème.

— En plein ce que je voulais faire, remarqua Aubin, peu enclin à s'avouer vaincu.

En route vers le couvent, la religieuse l'invita d'ailleurs à communiquer avec elle si jamais il affrontait un problème mécanique insoluble:

— À part l'aide aux pauvres et les soins aux malades, expliqua-t-elle, la mécanique est mon point fort.

Aubin, encore sous le choc, ne disait pas un mot, et Bétina se tenait les côtes sur la banquette arrière.

À leur retour au dispensaire, Lou faisait les cent pas sur la galerie, prête à partir, alors que Jean-Sem avait retrouvé Vincent au sous-sol pour consommer les adieux. Vu la proximité du départ, Lou afficha de meilleures dispositions et elle accepta sans drame de monter dans la jeep, ce qui ne l'empêcha pas de vérifier l'heure à sa montre à tout bout de champ.

Elle déchanta vite à l'aéroport et refusa net de monter dans l'avion en compagnie du cadavre de l'Américain, toujours enveloppé comme un saucisson dans sa couverture à carreaux et installé dans un siège comme un passager vivant.

— Pas question que je voyage avec un mort, cria-t-elle, en larmes, ce n'est pas humain!

— Il y a rien là, la rassura Aubin, sois assurée qu'il sera pas malcommode.

— Je ne monte pas dans cet avion! persista Lou au bord de la crise de nerfs, me prenez-vous pour une folle?

Jean-Sem tenta de la persuader de prendre sur elle et lui assura qu'assise dans un siège en avant du cadavre, elle ne le verrait pas du voyage; Lou persévéra dans son refus: «Je partirai demain, s'obstina-t-elle, mais personne va me convaincre de monter dans cet avion!»

Le pilote apporta son concours:

— C'est vraiment le seul moyen, confirma-t-il, l'air tourmenté, et pensez que c'est juste pour la distance d'ici à Sept-Îles; après, dans l'autre l'avion, vous ne le verrez plus.

— Et la soute à bagages? suggéra Lou.

— Pas de place, avoua le pilote, il faudrait le plier en quatre.

— Il ne sentira rien de toute façon, s'obstina Lou en tapant du pied par terre.

Aubin commençait à la trouver énervante et il participa au débat:

— Parle avec ta tête si tu en as une, déclara-t-il, c'est pas un chien, c'est un homme!

— Mêle-toi de tes affaires! lui lança Lou, personne ne t'a demandé ton avis!

— Des «nounounes» comme toi, reprit Aubin, ça mérite juste de se faire botter le derrière, et si tu continues de niaiser, c'est moi qui vas te pousser; t'auras jamais monté aussi vite dans un avion!

Jean-Sem était assez d'accord avec Aubin.

Après bien des hésitations, moult commentaires et une autre crise de larmes, Lou se résigna à gagner un siège en se bouchant les yeux pour ne rien voir.

— Je ne remettrai plus jamais les pieds dans ce foutu pays, conclut-elle en guise d'adieu.

— Et personne va s'ennuyer, lui répondit Aubin.

— Téléphone-moi en fin de semaine, suggéra Jean-Sem à Bétina entre deux embrassades.

— Promis, fit-elle, samedi probablement.

— Une maudite folle, s'excita Aubin en revenant au dispensaire et ton ex a ben du mérite de la tolérer à l'année.

— Elle est pas si pire que ça, tempéra Bétina, c'est juste une mauvaise passe.

— Une maudite folle pareille.

Aubin avait heureusement un rendez-vous qui le pressait quelque part et il reconduisit Bétina chez elle sans s'attarder, le temps de récupérer une Dodo franchement impressionnée par le talent de Vincent: en n'arrêtant pas de s'exclamer, elle exposait un dessin d'elle-même que l'enfant avait pondu sur une feuille de papier bulle aux bords écornés.

— Toute nue? s'étonna Bétina.

— Mais oui, rétorqua le modèle, quand j'ai constaté qu'il dessinait aussi bien, j'ai pas pu résister à la tentation.

— T'aurais pu au moins te fermer les jambes.

— Non, non, répliqua Aubin, un beau corps de femme, il y a pas de mal à montrer ça.

Dodo n'y était pas allée de main morte dans son exhibition en adoptant une posture qui ne laissait aucune place à l'imagination: haut perchée sur une table, face à Vincent, elle était penchée en arrière, soutenue par ses bras tendus, et pointait des seins insolents à bouche que veux-tu. Ne voulant rien dissimuler de son corps exquis à d'éventuels admirateurs, elle apparaissait les jambes grandes ouvertes, la vulve pulpeuse bien en évidence. Vincent n'avait omis aucun détail, respectant à la ligne près le gabarit de son modèle, profilant chaque courbe invitante et soulignant au lavis les parties pileuses. Aubin n'en revenait pas et examinait le dessin sous tous ses angles.

— Digne de *Playboy*, apprécia-t-il, ton jeune pourrait faire fortune à Montréal.

— Mouais, fit Bétina.

Après une semaine à partager sa vie avec d'autres, elle apprécia se retrouver dans la quiétude du dispensaire. Elle passa le reste de la journée à ne rien faire d'autre que d'écouter de la musique, affalée sur le divan, le nez dans un livre, interrompant souvent sa lecture pour penser à Vernon Metallic de malheur qu'elle projeta de visiter le lendemain.

Il faisait jour depuis longtemps quand Darquis, toujours alerte, visita le dispensaire, une boîte dans les bras. Il profita de sa chance et, marchant sur la pointe des pieds, il s'approcha du divan aussi léger qu'une souris et apprécia la scène dans toute sa splendeur: Bétina dormait couchée sur le dos, les jambes entrouvertes, la main droite refermée sur son sein gauche comme si elle espérait une caresse. Son sang chaud ne fit qu'un tour et Darquis s'attarda un moment, le temps de s'imprégner du tableau, et pour s'assurer de ne commettre aucun acte répréhensible, il préféra disposer tout de suite et n'en conserver que le souvenir. Bétina se réveilla en sursaut et Darquis expliqua la raison de sa présence de si bonne heure.

— Dans l'énervement, hier, j'ai oublié de te la remettre; ça vient du Ministère.

Il s'agissait d'une boîte de médicaments commandée la semaine précédente.

La veille, Bétina s'était endormie sur les pages de son livre et elle avait passé la nuit sur le divan. Elle se leva, courbaturée, se délia un peu les membres et sans trop y penser, elle invita Darquis à rester un peu; il n'espérait que ça. «J'ai tout mon temps, dit-il, j'attends un avion de touristes juste à dix heures.»

Bétina le regretta immédiatement; pour un type d'homme tel que Darquis, une invitation si anodine équivalait à un engagement à partager la même couche. Négligeant tout préliminaire, il se dandina devant elle en l'informant de ses pensées intimes: «Si je m'étais pas retenu tantôt, j'aurais sauté sur le divan avec toi.»

— Ah bon! fit Bétina.

— Moi, les femmes, expliqua-t-il, je peux difficilement résister à ça.

— Pas chanceux.

— T'étais couchée, écartillée, la main sur un téton;
j'ai failli sauter sur toi. Qu'est-ce que t'aurais fait?

— Si j'ai un conseil, prévint Bétina, prends pas cette
chance-là.

Darquis refréna un instant ses ardeurs, tourna tout de
même en rond et étala des preuves pour appuyer ses dires:

— Quand les femmes me provoquent, je profite de
l'occasion, assura-t-il, et elles sont jamais déçues.

— Te provoquent...?

— Ça dépend des femmes, mais, moi, je sens ça ces
choses-là; j'ai du pif pour déceler quand une femme veut
coucher avec moi.

— Et là, qu'est-ce qu'il te dit, ton pif? demanda Bétina pour voir.

Darquis attendait la question:

— Mon pif me dit que ça pourrait marcher, et ce
faisant, il s'approcha d'un pas vers elle.

— J'ai des petites nouvelles pour toi, l'assura Bétina,
ton pif est dans les patates; j'ai aucune intention de coucher avec toi, ni maintenant ni plus tard.

— Je me trompe rarement, assura Darquis, j'ai un
sixième sens et, si ça t'intéresse, je pourrais te payer avec
un bon morceau de hasch.

— Ton sixième sens est *fucké,* certifia Bétina, et du
hasch, je peux t'en vendre.

Darquis ambitionna de lui prouver le contraire en
tendant la main pour la toucher aux seins. Bétina, qui le
dépassait presque d'une tête, n'en fit qu'une bouchée en
lui saisissant le poignet dans la peau duquel elle incrusta
ses ongles. «Darquis, je t'aime bien, mais tente rien que tu
pourrais regretter», le prévint-elle.

Darquis voulut compléter son geste avec son autre
main, mais Bétina avait prévu le coup et elle usa de la

même technique pour l'immobiliser davantage. Il se débattit un peu pour la forme, mais, adossée au comptoir de la cuisine, elle n'éprouva aucune difficulté à conforter sa position de force pour repousser le siège: «O.K. Darquis, proposa-t-elle, tu me lâches et on oublie ça, sinon, je te jure que tu vas sortir d'ici sur le poil des yeux; j'en ai déjà affronté des pas mal plus imposants que toi et je te jure qu'ils s'en rappellent encore.»

Darquis cessa de se débattre et, aucunement rancunier, oublia l'incident comme s'il s'agissait d'un détail de la vie; il avait tenté sa chance sans trop se faire d'illusion et dans sa tête, habitué à essuyer des refus, l'incident était clos. Il bifurqua du tout au tout:

— *Flyée,* la fille qui a pris l'avion hier.

— Tu trouves?

— Quand l'avion est parti, le pilote m'a contacté par radio et il m'a dit qu'elle a fait le voyage jusqu'à Sept-Îles, une couverture sur la tête pour rien voir.

— Admets que c'était particulier et que ça arrive pas tous les jours.

— Il y a rien là, jugea Darquis, c'est les vivants qui sont dangereux, avec les morts, jamais de problème.

— D'ac, approuva Bétina.

Il regarda l'heure à sa montre, jeta un œil au ciel par la fenêtre de la cuisine et prit congé, encore plus fébrile qu'à son arrivée:

— Je me sauve, annonça-t-il, si je veux pas manquer mon avion, un groupe de trente touristes qui viennent passer la semaine au village; j'espère qu'il va y avoir des belles petites mères là-dedans.

Pour peu qu'elle le connaissait, Darquis ne cultivait qu'une seule et unique idée; chacune de leurs rencontres, heureusement peu fréquentes, était prétexte à moult allusions à consonance sexuelle et elle venait de l'expérimenter, il ne perdait pas sa chance d'essayer de les mettre en pratique. Assez inoffensif cependant, nerveux et impulsif, on ne pouvait lui en vouloir pour ses techniques de séduction, directes mais somme toute anodines, pour peu que l'on puisse leur résister.

Vincent, apparemment revenu du passage bref mais remarqué de Dodo dans les parages, s'adonnait au dessin en reconstituant, sur une feuille quadrillée, la penderie de sa chambre dans la maison de Cookshire. Bétina se serait crue en face d'une photo. Il avait reproduit, à l'échelle, les tablettes et les crochets, y reconduisant, pendus sur leur cintre respectif, des vêtements qui n'existaient plus depuis belle lurette en respectant leurs couleurs exactes. Dans certains cas, on distinguait les boutons et les attaches et plus encore, une veste de tweed sergé montrait son tissu à côtes obliques courant sur la longueur de la manche. À même le plancher, vus d'arrière et alignés côte à côte, les souliers et les bottes dont certains aux talons élimés. Pour éviter tout acte regrettable, Bétina se contenta d'admirer sans toucher, Vincent s'occupant à terminer la serrure de la porte à moitié ouverte de l'armoire. Elle se limita à lui passer la main sur la tête et Vincent, chambardé dans son inspiration, émit un grognement menaçant.

En disposant les médicaments nouvellement arrivés sur les tablettes de la pharmacie, elle s'interrompit au toucher d'un flacon de comprimés fébrifuges pour se complaire à l'idée de s'en retourner voir Vernon. Selon ce qu'il lui en avait appris, il repartait à la pêche le lendemain et elle tenait à le revoir avant son propre voyage à Montréal. Obéissant à son envie subite, elle laissa son travail en plan, s'attarda sous la douche un moment et s'en fut vers la réserve.

Le lynx, toujours de garde, manifesta son étonnement à l'apercevoir à bicyclette et, pour toute réaction, il lui coupa carrément le chemin en se plantant droit au milieu du sentier. Bétina faillit lui rouler sur la queue en l'évitant et elle continua vers la tente en jetant de fréquents regards par-dessus son épaule.

Vernon était penché sur sa table de travail, occupé à renouveler son stock d'artificielles; il accueillit sa visiteuse sans surprise et avec déférence: lui offrant à peine un regard, il ne dit pas un mot. Elle s'approcha en douce et, lui plaçant les mains sur les hanches, elle lui déposa un baiser dans le cou. Il se redressa:

— J'en manque; les Américains, même s'ils pensent le contraire, pêchent comme des enfants, toujours accrochés dans les branches.

— Il y a beaucoup de choses que les Américains imaginent faire mieux que les autres, approuva Bétina.

Il était à ficeler le voile d'une *streamer* sur la hampe d'un hameçon et elle le constata par le lot de matériel éparpillé devant lui, il semblait en avoir pour le reste de l'après-midi. Méthodique comme un horloger, il avait, alignés devant lui, quantité de pots remplis de poix sirupeuse, de plumes multicolores et de soies floches. Juste à côté, un impressionnant rouleau de billets de cent dollars maintenu par une bande élastique.

— Wow! fit Bétina, t'as gagné à la loto?

— Les Américains pêchent comme des pieds, mais ils payent bien, répondit Vernon sans émotion.

— Il y a des milliers de dollars là-dedans, s'étonna-t-elle.

— C'est ce que je te dis, répéta Vernon, ils payent bien. Après une pause, il suggéra: apporte-moi une bière.

Bétina s'exécuta et s'en offrit une à elle aussi.

— Tu pars toujours demain?

— À l'aube.

— Moi aussi, lui apprit Bétina, vendredi, pour Montréal, voir ma mère mourante.

— Longtemps?

— Retour dimanche.

— Moi aussi.

Vernon compléta son travail sur la mouche multicolore en lui appliquant une couche de vernis jaune. Après une gorgée de bière, il entreprit sans répit le montage de la suivante en emprisonnant la gorge d'un hameçon entre les ailes de son étau.

— Si ça peut te donner un chance, proposa Bétina, je viendrai te préparer à souper.

— Si ça te tente.

— Toi, ça te tente?

— Je t'ai répondu.

— Pffft!

Vernon avait manifestement l'esprit occupé ailleurs et se préoccupait de la présence de Bétina comme de sa dernière chaussette. Elle prit une seule gorgée de bière, s'interposa sur la table pour solliciter un regard qu'elle obtint à peine et décida de partir. «Je reviendrai peut-être», fit-elle.

Le lynx, intéressé par la bicyclette couchée par terre, avait posé son énorme tête sur la roue arrière et semblait dormir au soleil. «Allez, sale bête!» l'admonesta Bétina en lui foutant un coup de pied dans les côtes.

Elle rentra au dispensaire la tête pleine d'idées noires. «Hostie de sauvage!» conclut-elle.

Elle terminait le rangement des médicaments dans les tablettes de l'infirmerie quand se présenta Dodo, avec deux de ses amies, venues elles aussi se faire tirer le portrait par Vincent. «Nues?» interrogea Bétina.

— Oui, confirma Dodo et tu verras, Iona est encore mieux faite que moi.

Iona, manifestement la plus jeune des trois, douze ou treize ans, accepta le compliment avec plaisir et Bétina, après avoir réfléchi un instant, conclut que l'initiative, en fin de compte, ne pouvait être dommageable pour son fils, et elles obtinrent le feu vert. Elles disparurent au sous-sol.

L'avion que Darquis attendait le matin était arrivé de toute évidence, car à partir de l'heure du midi, défila dans le village tout un flot de touristes indolents qui, par groupes, appréciaient les attraits limités et inédits du village. Plusieurs s'attardèrent sur la grève, d'autres visitèrent l'église et le cimetière, alors que plusieurs embarcations effectuèrent de fréquents allers retours à l'épave du *Marion*. Plus tard, Bétina se vit demander par un jeune quatuor d'Européens la permission de monter leur tente dans la cour du dispensaire; elle acquiesça et les deux couples se mirent tout de suite à l'ouvrage. Elle s'amena leur tenir compagnie un moment et dut étaler pour la nième fois les raisons qui l'avaient poussée à s'exiler dans ce «bled typique mais tellement isolé». «On s'y fait, expliqua Bétina, à condition d'avoir des loisirs.»

Laissant les jeunes touristes se démêler avec leurs piquets et leurs cordages, elle passa au magasin général acheter les denrées nécessaires au souper. Elle y croisa la supérieure du couvent qui s'informa, vivement intéressée, de son impression sur sœur Jérémie: «Une femme formidable, avoua Bétina, en qui j'ai une totale confiance pour me remplacer.»

— Au souper, avant-hier, confia la supérieure, elle nous a bien fait rire en nous racontant l'anecdote de la jeep.

— J'en connais un qui a trouvé ça moins drôle, précisa Bétina, et il n'en est pas encore revenu.

Avant de retourner auprès de Vernon, Bétina s'en fut s'enquérir, au sous-sol, des activités de son fils: il était en plein travail, les yeux rivés sur sa feuille. Le premier portrait était achevé et le modèle avait adopté une pose classique, légèrement de profil, les jambes croisées et les deux mains reposant sur le genou supérieur; les bras masquaient en bonne partie les seins naissants et le visage, complètement de côté, se distinguait par la proéminence du nez bourbonien.

Iona, à l'instar de Dodo, immobile et n'osant respirer, adoptait une pose davantage provocante et s'offrait de face à Vincent, le coude droit reposant dans la main gauche et la main droite elle-même, les doigts repliés, supportait sa tête inclinée en s'enfonçant dans sa joue.

Les jambes se trouvaient normalement écloses, laissant deviner la ligne régulière de la vulve à travers le poil brun du pubis. Le modèle compensait un visage boutonneux et des yeux mongoloïdes par des formes accomplies et une peau sortie tout droit des mains d'une satineuse; le teint était sombre, noir aux replis, onctueux, et Vincent, par un subtil jeu de grenure, s'appliquait à en reproduire toutes les subtilités. Troublée, Bétina dut se faire violence pour s'esquiver sans s'y être délectée du bout de la langue.

Dans la cour, les campeurs s'éreintaient encore à l'érection de leurs tentes, et avant de s'absenter, elle mit le dispensaire à leur disposition pour s'approvisionner en eau potable ou satisfaire leurs besoins naturels; elle reçut pour son offre une reconnaissance empressée et s'en fut rejoindre Vernon en l'espérant plus accessible.

Il l'était en fait à son arrivée, mais la situation se gâta vite: il daigna la rejoindre dans la porte de la tente pour l'accueillir, mais ses gestes avaient perdu de leur assurance. Il dégageait en outre une forte haleine d'alcool.

— Il m'en reste encore deux à faire, annonça-t-il, une heure, et si c'est trop long à ton goût, décampe.

— Vernon.

Elle faillit suivre son conseil, lui foutre son poing en pleine face et disparaître à tout jamais quand elle le vit réintégrer sa table de travail en ayant peine à placer un pied devant l'autre; au moins six bouteilles vides de bière jonchaient le sol autour de lui et il en entreprenait une autre. Incorrigible.

Bétina le laissa à lui-même pour aller cuver sa déception à l'extérieur et s'attarda à distraire le lynx qui ne la lâchait pas d'une semelle depuis son arrivée, lui mordillant les mollets ou lui passant sa langue rugueuse sur le revers des mains. Elle enleva son jean, saisit la bête par les oreilles et fit mine de l'entraîner dans la rivière: surprise, elle se laissa conduire dans l'eau jusqu'aux genoux et, se méfiant, elle donna un formidable coup de tête qui obligea

Bétina à lâcher prise. Même avec la meilleure volonté du monde, Bétina n'était pas de taille et, par défi, le lynx se coucha tout près, le bout des pattes frôlant l'eau. Elle imagina toutes les astuces pour le confondre, simula de sa main la présence d'une truite frétillant et lança des cailloux dans les vagues, mais rien n'y fit: le lynx, couché de tout son long, le nez relevé, la regardait avec de grands yeux étonnés. Elle se débarrassa du reste de ses vêtements et entreprit un exercice de nage qui la mena du côté opposé: encore là, le lynx resta sourd à ses appels et ne bougea pas d'un poil. Bétina revint, ses genoux effleurant parfois le lit de la rivière, en déployant des efforts astreignants pour compenser l'action du courant; le lynx fut puni pour son indolence en se voyant généreusement aspergé d'eau.

Bétina remit sa culotte et s'occupa à préparer le feu en prévision du souper. La réserve de bois étant à son plus bas, elle dénicha la hache dissimulée sous un carré de toile et fendit quelques bûches dont elle disposa ensuite les morceaux en pyramide avant de craquer une allumette: une flamme jaunâtre ne mit pas de temps à jaillir et elle réintégra la tente. Vernon se révéla aussi distant, toujours absorbé.

Pour occuper ses dix doigts, elle retourna près du feu feuilleter un livre antique traitant des engins de pêche en haute mer auquel elle parvint mal à s'intéresser, survolant les illustrations *ab irato* et lisant les vignettes en filigrane.

Depuis son retour à la tente, elle sentait poindre au fond de son ventre un vent de révolte qu'elle parvenait malaisément à maîtriser, et consommée, elle laissa libre cours à son sentiment jusqu'à ce qu'il la conquiert complètement. À chacune de leur rencontre, Vernon n'en finissait plus de la décevoir, la considérant de haut sans vraiment apprécier sa présence, ne lui manifestant aucune espèce de respect quand il ne l'envoyait pas carrément promener. Elle chercha vainement une raison de l'estimer en dehors de leurs ébats purement physiques qui, pourtant, à eux seuls, valaient le déplacement, pen-sait-elle.

Elle s'alloua une dernière chance, réintégra encore la tente pleine de bonne volonté et s'approcha de l'Indien, incliné sur sa table dans un demi-sommeil, un minuscule pinceau immobile entre les doigts. Un pot de vernis ren-versé répandait son contenu contre les bobines de mono-filament et un amas d'hameçons de tous types gisaient çà et là entre les plumes de faisan doré ou de poils de queue de chevreuil. Ruine.

Elle accosta l'Indien et tenta de le soutenir avant qu'il ne tombe par terre en le secouant par les épaules pour le tirer de son inconscience. Il le prit mal, et se croyant peut-être attaqué par quelque ennemi sournois, il se leva tout grand debout en battant l'air de ses bras puissants: atteinte en plein front, Bétina tomba à la renverse, des étoiles plein les yeux. Elle chercha à se relever en s'ap-puyant sur un coude, vit le plancher valser en face d'elle, perdit complètement l'équilibre et retomba le visage contre le sol. Dans son délire, elle entendit tout de même Vernon l'abîmer de reproches:

— Décrisse, je t'ai assez vue!

— Vernon.

— C'est tout ce que tu sais dire: Vernon, Vernon! Fais de l'air.

Le lynx s'était approché et regardait la scène, la tête de côté; Vernon la chassa du pied, mais la bête refusa de céder, le contourna et se planta en face de lui, l'air défiant.

Bétina nolisa ses forces et parvint à se mettre à qua-tre pattes, mais Vernon, insatisfait, lui appliqua un coup de genoux dans les côtes qui la jeta de nouveau par terre:

— Câlisse, Vernon, lâche-moi!

— Ça essaie de faire la morale aux autres et c'est même pas capable de se tenir debout!

Disant cela, il lui écrasa un pied de la puissance de ses *kodiacs,* s'appliquant à bien concentrer tout son poids à la pointe des orteils: Bétina en vit des chandelles, étouffa un cri, s'évada en se traînant par terre, et trouvant appui sur le lynx, elle banda la totalité de ses muscles pour contre-attaquer. Elle perturba ainsi la stratégie de l'Indien qui avait cru la partie gagnée d'avance: se tenant sur sa jambe valide, elle para l'attaque suivante en sautant de côté, accrocha Vernon par le cou et serra son étreinte dans une ultime tentative de sauver sa peau. Surpris par cette offensive imprévue de sa victime, l'Indien tenta de se dégager, mais abusé par les vapeurs de l'alcool, il perdit vite ses moyens, appliqua un faible coup de coude dans les côtes de Bétina, respira avec peine et vacilla sur son socle avant de mollir des jambes. Bétina se dégagea pour le regarder tomber de haut et il s'affala en tournoyant sur lui-même. Elle ne perdit pas de temps pour assumer sa revanche, lui martelant le visage de ses pieds nus en s'efforçant d'atteindre la cible avec ses talons.

— Mon câlisse! Tu me feras pas ce que tu as fait aux autres!

En pleine déroute, Vernon se protégea tant bien que mal, portant les bras au niveau de sa face, mais Bétina pouvait lui en montrer dans le domaine et elle visa alors la gorge sur laquelle elle s'acharna avec autant de furie. «T'es fait comme un rat!»

Dérouté, affaibli, l'Indien baissa sa garde et Bétina, à genoux maintenant, lui dégagea complètement le cou pour lui appliquer de solides coups de poing sur la jugulaire. Vernon râla, dégurgita une matière fielleuse, suffoqua dans ses excrétions, parvenant à peine à ménager un filet de souffle.

Elle s'interrompit enfin pour se reposer et vit le lynx s'approcher de son maître pour lui lécher la tête dans une caresse acharnée. Vernon ne bougeait plus, et assise par terre, Bétina prit le temps de masser ses orteils amochés pour chasser une douleur insoutenable. Insatisfaite encore et se laissant guider par son esprit de vengeance, elle se mit debout, s'empara sur la table d'un pot de laque noir à moitié plein et en colora le corps de l'Indien des pieds à la tête. Furieuse mais étonnamment calme, elle jeta un regard circulaire à la tente qu'elle ne reverrait sans doute jamais, éprouva une émotion onctueuse pour le lit sur lequel elle avait vécu des sensations exclusives et claudiqua jusqu'à l'extérieur. Elle rassembla ses vêtements, récupéra ses souliers, enfila le tout et s'apprêta à partir mais une dernière pensée s'imposa à son esprit, celle d'effacer toute trace de son passage. Sans même gratifier Vernon d'un regard, elle se saisit des côtelettes apportées pour le souper, en défit l'emballage et les offrit au lynx avide, ravi.

Le retour au dispensaire, à pied, fut des plus pénibles, Bétina devant utiliser une branche en guise de canne pour compenser le handicap de son pied à peu près hors d'usage. De plus, par suite du violent contact de son coude contre le plancher, son bras gauche n'en menait pas plus large et la transperçait d'une douleur qui se répercutait jusqu'à l'épaule.

Aubin, toujours à l'affût de nouvelles rencontres, tenait compagnie aux jeunes campeurs du dispensaire, leur racontant à sa manière, la chronique de la Basse-Côte et de ses gens. Apercevant Bétina, couverte de sueur et marchant avec peine, il s'amena à sa rencontre en devinant la cause de son état délabré:

— Ça paraît que tu arrives de chez le sauvage.

— Pas de panique, je suis tombée à bicyclette, pas de panique Aubin.

— Je t'ai jamais vue te promener à bicyclette, rétorqua Aubin.

— Justement, précisa Bétina, et t'es pas prêt de me voir non plus.

— T'es sûre que c'est bien ça, insista-t-il, et tu es allée chez le sauvage dans cet état?

— Je te l'ai dit, je suis tombée à bicyclette en essayant d'éviter un chat.

Heureusement pour elle, les campeurs, innocents de la vie de Bétina et occupés à préparer leur souper sur un réchaud au butane, restèrent étrangers à la conversation en foi de quoi ils auraient pu témoigner du contraire.

Aubin la supporta sous les aisselles jusque dans la cuisine. «Attention à mon bras», le supplia-t-elle, et il l'aida à s'asseoir à la table: blanche comme un drap, Bétina sentit une chaleur suspecte l'envahir et réclama un verre d'eau pour boire et une serviette humide pour s'asperger d'eau froide. Aubin se dévoua avec empressement et la porta ensuite sur le divan pour qu'elle puisse s'étendre. Sur ses indications, il la libéra de ses souliers avec précaution et le pied meurtri, bleui et veiné, dissimulait les orteils sous une formidable enflure. Respectant les consignes à la lettre, il se rendit quérir dans l'infirmerie un flacon d'alcool isopropylique et des tampons d'ouate à l'aide desquels il frictionna le pied complètement. Gavée de bien-être, Bétina se défit de son gilet et demanda à son soigneur de continuer l'exercice sur son bras et sur son épaule en insistant au niveau de la face extérieure du coude. Aubin, tout occupé qu'il était à son rôle, n'en apprécia pas moins la fermeté des seins de sa patiente de même que l'aguichant épiderme du ventre, à plat et fébrile.

— Si ça continue comme ça, blagua-t-il pour détendre l'atmosphère, je pense que je vais suivre des cours de dessin de ton fils; d'après ce que j'ai pu voir, il s'est rincé l'œil tout l'après-midi, le chanceux.

Bétina sourit faiblement et, une serviette sur le front, elle reprit graduellement du poil de la bête. Stimulée, elle demanda à Aubin de rouler un joint de haschisch dans l'espoir de banaliser ses idées. «Tu es une maudite menteuse, adressa-t-il à Bétina depuis la cuisine, ton histoire de bicyclette, conte-la à d'autres!»

— Laisse faire, Aubin, répondit-elle, je sais ce que je dis.

— Je t'ai averti, reprit Aubin, ton sauvage, c'est un christ de fou, et si tu me disais que c'est vraiment lui qui t'a mis dans cet état, j'irais lui casser la gueule tout de suite.

— Laisse faire, Aubin, insista Bétina, je suis capable de régler mes problèmes toute seule; on va voir ce qu'on va voir.

Aubin refusa une bouffée de haschisch et préféra une bière pour laisser à Bétina la chance de s'engourdir complètement.

— Le sauvage, raconta Aubin, a quasiment tué sa femme il y a huit ans au cours d'une beuverie. On l'a retrouvée derrière une maison sur la réserve, nue et à moitié morte, un couteau planté dans le ventre, et on l'a réchappée par la peau des fesses. Metallic avait été condamné à dix ans de tôle pour ça, mais vu qu'il était soûl ce soir-là, sa peine a été réduite à quatre ans. Si j'avais été juge, ça aurait été vingt ans, pas une journée de moins, pas une minute de moins; des fous comme ça, il faut enlever ça de la circulation.

— O.K. Aubin, fit Bétina, j'ai mal à la tête, tu parles trop.

Il l'accompagna encore jusqu'à sa chambre au deuxième, la soulevant par les hanches à chaque marche de l'escalier, l'aida à se dévêtir complètement en ne perdant aucun de ses gestes, et l'étendit sur le lit.

— T'es une maudite menteuse! lui reprocha-t-il encore en retournant tenir compagnie aux jeunes touristes dans la cour.

Du bout des doigts, Bétina massa ses membres à petites touches, évitant les écueils, et s'il n'en avait été la cause, elle aurait espéré subir le traitement bienveillant des mains de Vernon Metallic de qui elle commençait déjà à s'ennuyer comme une tête de linotte.

B étina se déplaça toute la semaine à vitesse réduite, son pied mettant du temps à désenfler et, le matin surtout, elle prenait appui sur les meubles pour assurer son équilibre. Avec précaution, elle vérifia l'articulation de chacun de ses orteils, mais n'y décela heureusement aucune fracture.

Son esprit vagabondait d'un extrême à l'autre, depuis un ressentiment acharné contre Vernon Metallic à une exaltation coupable pour le même homme. Confinée au dispensaire et se mouvant avec peine, elle eut tout le loisir d'analyser son foudroyant attachement pour l'Indien, n'en revenant pas elle-même de se considérer si démunie à la minute même où elle imaginait sa vie sans lui. Elle tint bon et négligea le prétexte d'aller exiger des excuses à la tente de crainte de succomber encore et de devoir s'en repentir par la suite.

Les jeunes campeurs dans la cour lui apportèrent une distraction permanente, inventant maints prétextes pour se retrouver dans le dispensaire entre leurs excursions au village; toutes les raisons étaient bonnes pour côtoyer Bétina, depuis la douche bienfaisante à la confection d'un frugal repas sur le comptoir de la cuisine. Un soir, alors qu'une pluie battante surprit tout le monde, Bétina s'empressa d'héberger les voyageurs et ils émigrèrent dans le salon avec leurs havresacs et une reconnaissance sans bornes. L'une des campeuses poursuivant une maîtrise en enfance inadaptée, même Vincent y trouva son profit, la jeune fille occupant plusieurs heures à l'observer tout en lui tenant compagnie. «Vincent a un réel talent pour le dessin, confirma-t-elle à sa mère, et vous devriez vous en occuper.» À voir.

Une jeune femme se présenta un matin, persuadée d'être enceinte et désireuse d'obtenir une confirmation de son intuition. Bétina l'invita à s'asseoir sur l'unique chaise de l'infirmerie et demeura elle-même debout, s'appuyant sur son pied valide. Elle découvrit son dossier sous le nom de Corina Balfour, une enseignante posée et méthodique, victime deux ans plus tôt d'une fausse-couche; elle parcourut le document en diagonale et posa les questions d'usage.

— Depuis quand vos règles sont-elles disparues?

— Mes dernières remontent à exactement soixante-quatre jours, répondit la patiente, j'ai calculé.

La jeune femme, de plus ou moins vingt-cinq ans, dégageait un air grave qui suscitait le respect. Quoique la dépassant en âge d'une bonne tête, Bétina hésita à la tutoyer.

— D'autres symptômes?

— Depuis deux semaines, répondit la patiente, j'ai de fréquentes nausées le matin et, avant-hier, j'ai vomi mon déjeuner. De plus, enchaîna-t-elle un peu timide, j'urine pas moins de quinze fois par jour.

— Je vois, fit Bétina en approuvant de la tête, ça semble positif. Déshabillez-vous.

Bétina lui offrit une jaquette de toile et trouva un prétexte pour s'absenter, le temps que la jeune femme se mette nue. Elle claudiqua jusqu'à la cuisine, salua les jeunes campeurs en train de démonter leur tente et revint dans l'infirmerie, retrouvant sa patiente couchée sur la table, les jambes serrées et la jaquette tirée sur les genoux. D'un mouvement empesé, elle releva la jaquette au niveau des seins qu'elle palpa en leur imprimant un mouvement rotatif: «Sensibles?»

La jeune femme approuva de la tête.

Les mamelons s'affichaient foncés et l'aréole, déjà gonflée, atteignait un diamètre de plus de deux pouces, striée par la protubérance des glandes sébacées.

— Sensibles et je ressens des picotements à l'intérieur.

Bétina approuva de la tête.

Par contre, le ventre était exempt de toute coloration particulière et le visage échappait encore au *masque de la grossesse.*

— Je vais voir ailleurs, enchaîna Bétina; placez vos pieds dans les étriers.

Après une demi-seconde d'hésitation, la jeune femme s'exécuta en prenant soin de ramener le bas de la jaquette sur les poils de son pubis, masquant ainsi une partie de l'éclairage de la lampe du plafond. D'un geste stoïque, Bétina releva la «jaquette» pour rétablir les choses et porta le regard sur le vagin régulièrement dessiné, entouré d'une auréole pileuse et affriolante. À doigts nus, elle en dégagea légèrement les lèvres soufflées et la paroi externe présentait une coloration violacée qui s'épanchait à l'intérieur. Elle se releva et ramena la jaquette sur le corps de sa patiente.

— Et puis?

— Au premier abord, ça semble positif, estima Bétina, mais pour en être bien sûre, il faut attendre au moins deux autres semaines. Vous pouvez vous rhabiller.

Bétina, pour son plaisir, resta près d'elle pour cette opération, justifiant sa présence en lui prodiguant des conseils généraux et lui fixant un prochain rendez-vous. Corina Balfour descendit de la table d'examen comme si elle débarquait d'un bateau et tourna le dos à Bétina pour remettre ses vêtements; cette dernière eut tout de même le loisir d'admirer ses formes timides mais régulières, s'attardant à la courbe des fesses menues et difficilement dissociables de la jonction des cuisses. La patiente remercia dans les formes et promit de porter une attention particulière à son alimentation. Elle nota la date et l'heure du prochain rendez-vous.

Les jeunes campeurs, sur le point de quitter, vinrent saluer et remercier leur hôtesse avant de rejoindre leur groupe au village: échanges d'adresses et promesses futiles. Pour avoir servi de cobaye, Vincent se vit remettre un assortiment complet de crayons de couleur auquel il porta une attention indécise. Bétina, à son tour, fut gratifiée d'un respectable carré de haschisch enveloppé dans un papier cellophane, auquel elle fit d'ailleurs honneur peu de temps après.

Aubin déboucha au dispensaire le vendredi à quinze heures, emphatique et disposé à conquérir le monde:

— Es-tu prête pour aller virer Montréal à l'envers? fit-il, vêtu d'une chemise bleue sur un tee-shirt et d'un pantalon de velours élimé.

— Ça promet, remarqua Bétina, et à t'entendre je sais pas si ça me tente encore que tu m'accompagnes.

— Aucune crainte à avoir, assura-t-il, on est pauvre mais on sait vivre.

Bétina vérifia une dernière fois le contenu de son sac de voyage, y enfouit une troisième brosse à cheveux et un tube de pâte dentifrice, se rendit au sous-sol embrasser Vincent et s'offrit tout entière à Aubin:

— Amène-moi au bout du monde, dit-elle, je vais te suivre comme un petit chien.

Agacé par le ton de ces paroles, Aubin se creusa les méninges pour en découvrir le sens véritable, mais il se garda bien de solliciter des précisions auprès de celle qui les avait prononcées.

— On peut faire vérifier ta jeep par la sœur si tu veux, proposa peu après Bétina à un Aubin tourmenté.

— Laisse faire et fais ça vite, répondit Aubin qui préféra ne pas s'étendre le sujet.

Bétina descendit du véhicule et se rendit au couvent remettre la clé de la porte à sœur Jérémie et revint aussitôt, sans plus qu'aucun empêchement ne compromette son voyage.

Après quatre jours, son pied montrait des signes évidents de guérison et elle pouvait s'y appuyer avec timidité, à condition d'orienter son poids plutôt vers le talon; et il fallait porter une attention particulière à sa démarche pour la voir clocher un tantinet à droite. Quant à son coude, badigeonné lui aussi toute la semaine à l'alcool isopropylique, il présentait encore un œdème persistant, mais l'articulation commençait à se dégager, permettant un usage restreint mais apprécié.

Sur le chemin de l'aéroport, Aubin sortit de sa poche un flasque de gin tiédasse qu'il déboucha avec ses dents et qu'il refila à sa passagère; elle y trempa les lèvres avec appréhension, en apprécia l'essence et en absorba une lampée en frémissant. Aubin l'imita et resta curieusement silencieux par la suite, concentrant son attention sur la route dont il connaissait pourtant les moindres particularités comme s'il l'avait lui-même construite. Regardant défiler les paysages comme autant de tableaux futiles, Bétina, le visage au grand vent par la fenêtre ouverte, sentit l'odeur acidulée de Vernon l'envahir toute entière et elle ferma les yeux sur ses souvenirs comme on passe à autre chose.

Darquis, cloîtré dans son cagibi, s'adonnait encore au visionnement d'un document pornographique, *hard-cord* selon lui, et qui valait le déplacement; Aubin s'y intéressa trente secondes et émit une critique:

— Toujours les mêmes maudites affaires, du «pognage» de cul et les filles sont même pas belles.

Bétina ne s'y attarda pas.

Le *Twin Comanche* roulait sur la piste et il vint déverser ses huit passagers, fourbus mais satisfaits d'être parvenus à destination, des pêcheurs en majorité. Bétina et Aubin y prirent alors place, accompagnés de six autres pêcheurs sur leur voyage de retour.

— La *run* de lait, remarqua Aubin au décollage, et dire qu'en ligne directe on serait rendus à Montréal en une heure.

L'un des pêcheurs, un médecin infatué originaire d'Ottawa, satisfait de ses deux saumons attrapés de haute lutte selon lui, occupa son temps à exposer par le menu à ses compagnons la manière la plus efficace d'aborder une rivière pour y découvrir les fosses les plus prometteuses.

— Il faut déceler les endroits ombrageux, expliqua-t-il, là où il y a peu de courant mais avec une eau fraîche; et employer des mouches noyées, la *Coachman* de préférence, pour aller aguicher le saumon dans le fond de sa fosse. On dira ce qu'on voudra, enchaîna-t-il, mais moi je ne pénètre jamais dans l'eau sous aucune considération; le saumon est un poisson intelligent et je pêche depuis plus de vingt ans sans jamais avoir chaussé de cuissardes de ma vie.

— Et si ça mord pas, rien de tel qu'une bouteille de chaux pour régler le problème, suggéra Aubin, ce qui lui valut un solide coup de coude dans les côtes de la part de Bétina.

— Ta gueule!

— Ça pêche une fois par année, tonna-t-il, et ça veut en montrer aux autres.

Le médecin releva le commentaire et y répondit à sa façon:

— C'est criminel de braconner, affirma-t-il, avec de la chaux ou de toute autre manière. C'est pour ça que les rivières sont vides et après le monde chiale qu'il n'y a plus de saumon; on devrait les enfermer, les braconniers, comme les meurtriers et les voleurs!

Le pêcheur s'enflammait et Aubin s'apprêtait à lui servir sa médecine, mais Bétina prévint le coup:

— Si tu dis un mot, je te fous une claque sur la gueule!

Heureusement pour tout le monde, l'avion se posa à Sept-Îles et les voyageurs s'apprêtèrent à débarquer sans ajouter d'autres commentaires, Aubin comme les autres. Dans l'aérogare, il retrouva cependant son homme à qui il décida de laisser un souvenir:

— Il y a aussi un paquet de médecins qui mériteraient d'être renfermés comme les braconniers, confia-t-il, les charcutiers à la petite semaine et les gynécologues qui baisent leurs patientes.

Le médecin ne s'y attendait visiblement pas et, dépourvu d'abord, il argumenta ensuite de verte façon en appuyant ses propos par de grands gestes impertinents:

— Les pommes avec les pommes, fit-il, et les tomates avec les tomates! Il y a des médecins qui sont des salauds, d'accord, mais tous les braconniers sans exception le sont aussi.

— Viens-t'en, Aubin, implora Bétina en le tirant par la manche devant les voyageurs ébahis, sinon je fais comme si je te connaissais plus du reste du voyage, compris?

— Des hosties de malades comme lui, se justifia Aubin, il faut leur parler dans la face!

— Laisse faire, dit Bétina, suis-moi à la barrière et arrête d'obstiner tout le monde.

— Dans la vie, conclut-il, il faut pas se laisser manger la laine sur le dos, sinon on passe pour des cons; au plus fort la poche.

Aubin, au grand soulagement de sa compagne, se montra docile: après s'être enfilé deux scotches doubles derrière la cravate au départ de Sept-Îles, il inclina le dossier de son siège et s'endormit jusqu'à l'atterrissage à Montréal, sans même se réveiller durant l'escale à Québec. Bétina avait fait très très attention à chacun de ses gestes pour éviter de le déranger.

Tel que convenu, Aïda les attendait à Dorval. Aubin la jugea d'un œil exercé: cinq pieds trois quatre, d'une tenue agréable, elle portait des vêtements amples pour masquer une rondeur des fesses qui ne la désavantageait pas pour autant. Les cheveux noirs, mi-longs et artificiellement frisottés, elle affichait des pommettes saillantes sur un visage sérieux, un tantinet tourmenté, le sourire forcé. Tout le contraire de Bétina. «Êtes-vous sûres d'être les deux sœurs? remarqua Aubin, à vous voir, pour moi, votre mère a levé la cuisse avec un autre.»

— Aubin, fit Bétina, tant qu'à dire des niaiseries de même, agrafe-toi-la.

Si Bétina était habituée à des remarques de la sorte, Aïda était estomaquée.

— Ben quoi? fit Aubin.

Il se fit conduire chez un de ses amis au centre-ville et fixa rendez-vous à Bétina pour la fin de soirée à une terrasse de la rue Saint-Denis.

À l'hôpital Notre-Dame, en terrain connu, Bétina retrouva une vieille infirmière de l'époque de son stage avec qui elle échangea des souvenirs un peu diffus dans les brumes du temps.

Même si elle avait suivi le conseil de sa sœur d'éviter de s'illusionner sur l'état de sa mère, elle ressentit un choc solide en pénétrant dans la chambre obscure du quatrième étage: la malade, à l'état squelettique, intubée de partout, surnageait dans une inconscience irrémédiable, la bouche béante et un œil mi-clos.

— Tu m'as fait venir pour ça, reprocha-t-elle à sa sœur.

— Pour ça? demanda Aïda inquiète.

— Qu'est-ce que tu veux que ça me donne de la voir de même? rétorqua Bétina, tu aurais dû attendre qu'elle meurt avant de me téléphoner. Un légume.

— C'est maman, reprit Aïda au bord des larmes.

— C'est maman pour moi aussi, la question est pas là.

Bétina se rapprocha encore, posa le revers de la main sur le front de sa mère, vérifia le pouls et en lisant les étiquettes des bouteilles, s'enquit de la composition des solutés qu'on administrait à la moribonde. «C'est bien ce que je pensais», remarqua-t-elle pour elle-même.

On entretenait le filet de vie de la mourante à coup de doses massives de sérum thérapeutique et de morphine administrées par des intraveineuses.

— Elle est si pire que ça? demanda Aïda, craintive.

— À l'article de la mort, c'est évident, répondit Bétina avec une franchise brutale; le pouls est faible, la respiration, anémique et regarde la peau, cireuse et figée. Je lui donne une semaine, deux au maximum.

Habituée à côtoyer sa mère tous les jours, Aïda s'était habituée à sa dégénérescence progressive et il fallait le point de vue objectif de sa sœur pour la placer devant la réalité toute crue. Elle éclata en sanglots, s'évada de la chambre et Bétina parvint à la rattraper au poste de garde. Elle la consola un tant soit peu et la ramena avec elle, lui affirmant que malgré tout, au point où elle en était, leur mère avait dépassé le stade de la souffrance et, pour son bien comme pour celui de ses proches, il restait seulement à souhaiter la délivrance finale. Aïda y puisa un mince réconfort.

Plus tard, Bétina, jouant de son influence, demanda à consulter le dossier de la malade; elle confirma ses assertions puisqu'il y était mentionné une nécrose progressive de l'activité cérébrale et un sévère dysfonctionnement de l'activité motrice. Aucune surprise de ce côté, et suivait le détail de la médication prescrite et adaptée dans les circonstances.

— C'est si grave que ça? s'assura encore Aïda au retour de sa sœur dans la chambre.

— Aïda, supplia-t-elle posément, rends-toi à l'évidence, depuis quatre mois que maman est ici.

Familiarisée avec la maladie, Bétina pouvait l'aborder en conservant plus ou moins la tête froide et que ce fut sa mère ne changeait rien à l'affaire. Il y avait aussi que, depuis les quelque quinze ans qu'elle avait quitté la maison familiale, elle avait continué d'entretenir avec sa famille des contacts chaleureux mais forcément épisodiques, alors que pour Aïda, plus disponible, les relations avaient été plus régulières et empreintes davantage de chaleur. «Je reviendrai demain», dit Bétina en se préparant à disposer.

— Tu pars déjà? se surprit Aïda, les yeux écarquillés.

— Je l'ai vue, expliqua Bétina et ça me donnerait rien de rester plus longtemps. Je reviendrai demain et d'ailleurs, j'ai faim; viens avec moi.

Tourmentée et avec l'impression de commettre un crime, Aïda la suivit avec réticence et ne reprit goût à la vie qu'en montant dans la voiture. Elle proposa un comptoir vietnamien, rapide-bon-pas cher.

— Parfait, dit Bétina, ça me tente pas de sortir mes grands airs.

Au restaurant, puisqu'il fallait bien en venir là, il fut question des arrangements funéraires, et en sa qualité de comptable, Aïda manifesta beaucoup de compétence à manier les chiffres pour que l'affaire puisse se boucler dans les limites du raisonnable.

— En tout et pour tout, il lui reste deux mille quatre cents dollars à la banque, annonça Aïda, il faut s'en tirer avec cette somme.

— C'est tout?

— C'est tout.

— Et le reste? Papa avait des sous.

— Il a tout bu avant de mourir, tu le sais bien.

Au dessert, après avoir versé une larme, Aïda se montra tout de même plus dégagée: «Parle-moi un peu de Vincent, demanda-t-elle, comment est-il?»

— Toujours pareil, en forme et il n'arrête pas de dessiner; on s'arrange.

— Et l'école?

— Niet, là-bas, ils ne veulent rien savoir de lui et je m'en chargerai moi-même.

— Il dessine toujours aussi bien?

— De mieux en mieux; sa technique s'affine et s'il n'a que ce talent, je le développerai au maximum.

— Et ton chum? demanda Aïda après une seconde d'hésitation, il ne semble pas avoir la langue dans sa poche.

— Oups! Aubin est un bon chum mais pas «mon» chum, précisa Bétina en pesant bien ses mots; il est venu avec moi parce qu'il voulait se payer un trip en ville mais sans plus.

— On dit ça, on dit ça, remarqua Aïda, moqueuse pour une fois. Eunice m'a téléphoné en revenant de te voir; ça n'allait pas fort fort.

— Laisse, veux-tu, implora Bétina.

Après une longue plaidoirie de sa sœur, Aïda accepta finalement de venir aussi à la rencontre d'Aubin, attablé à un bar terrasse et centre d'intérêt du lieu. À leur arrivée, il était à déblatérer contre le mauvais état des rues de la ville et, gestes incantatoires à l'appui, mimait les manœuvres insolites et nécessaires pour se déplacer avec un minimum de sécurité d'un quartier à l'autre.

— À Pointe-Manitou, pavoisait-il, on a une seule rue, mais on la protège comme la prunelle de nos yeux et malheur à celui qui y vide seulement un cendrier. S'il s'y creuse un trou, on le remplit, et s'il s'y forme une panse de vache, on l'aplanit. Ici, à Montréal, avec le paquet de fonctionnaires que vous payez, personne est assez intelligent pour décider qui va réparer les rues et on doit faire du slalom pour circuler à peu près décemment.

— Et dire qu'il n'a même pas conduit ici, glissa Bétina à l'oreille de sa sœur.

Elle se trompait royalement. Après les avoir présentées à la ronde et payé une bière tout en continuant son plaidoyer, Aubin les entraîna ailleurs dans une superbe BMW blanche de l'année, avec toit ouvrant électrique, chaîne stéréo impressionnante et cellulaire. «Où as-tu déniché ça?» demanda Bétina pliée en deux.

— Un *chum,* c'est un *chum,* répondit Aubin, j'ai mes contacts.

Sur la banquette arrière, Aïda s'assoyait les fesses serrées, elle qui avait accepté de laisser sa Renault 5 défraîchie à la merci d'un terrain de stationnement public.

Aubin connaissait les endroits in et il les invita dans un club *supersex* de l'ouest de la ville, un établissement immense sur deux étages avec des danseuses disséminées partout comme autant de fruits mûrs. De bonne tenue cependant, et il dut à sa connaissance du portier de pouvoir y entrer en chemise à col ouvert. Là, Aubin retrouvait son élément et il ne fut pas long à butiner d'un *stage* à l'autre pour consommer des retrouvailles passionnées, tapotant un sein ici, flattant là une fesse, et à le voir ainsi déambuler, on l'aurait pu croire maître de céans. Sollicité de toute part, ne sachant plus à quel saint se vouer, il laissa ses invitées à elles-mêmes une grande partie de la soirée, venant par-ci par-là renouveler leurs consommations en remerciant Dieu d'avoir créé de si belles choses. À la fin, pour le *sprint* final, on lui ménagea une surprise de taille: après avoir été prié de réintégrer sa table par une voix de stentor sortie du microphone, il eut droit à un spectacle intimiste par toutes les danseuses de la place, qui vinrent s'agglutiner en grappes autour de lui avant de se déhancher en cadence, toutes plus nues les unes que les autres. Aubin, qui avait pourtant vécu, manquait d'yeux pour tout voir; Bétina, attisée par cet étalage diabolique, se tenait les mains pour éviter de se compromettre et Aïda, plus morte que vive, voulait se cacher sous la table. À la fin du spectacle, Aubin manifesta sa reconnaissance en offrant une tournée générale, et au moment de reprendre le volant, il avait oublié comment conduire une voiture. Bétina prit les commandes.

Aïda vivait dans un quatre et demi confortable, au dixième étage d'une tour d'habitation du centre-ville. L'appartement comportait deux chambres, dont l'une plus ou moins transformée en bureau, mais comptant tout de même un lit dissimulé derrière un auvent astucieux. Aubin en hérita pour la nuit alors que Bétina partagea celui de sa sœur.

— Tu ne couches pas avec lui? hasarda Aïda.

— Je dors avec toi, confirma Bétina.

En cette fin de soirée mémorable, Aubin avait pourtant des idées plein la tête, mais il fit le mort.

Bétina passa la totalité de la journée suivante au chevet de sa mère, consolant Aïda à intervalles réguliers, et se permettant tout de même des distractions diverses en retrouvant plusieurs consœurs de l'époque de ses études. Toutes s'étonnèrent de son travail actuel, même si aucune d'entre elles n'avait jamais mis les pieds à Pointe-Manitou.

— Comment fais-tu? s'entendit-elle demander, toi une fille si active.

— Vous seriez surprises, rétorquait Bétina, je suis très active.

Encore sous le choc de sa soirée de la veille, Aïda refusa toute invitation à sortir en ville et elle rentra sagement chez elle, à l'heure du souper. «J'ai eu ma leçon hier, expliqua-t-elle, et ton Aubin ne me traînera pas dans un autre trou ce soir.»

Le rendez-vous était fixé à une adresse du nord de la ville, à neuf dollars et des miettes de taxi de l'hôpital. Aubin visitait des amis habitant un *condo* superbe, mezzanine à l'étage, décoré *high tech* et respirant un euphorique confort, tout en plantes vertes et en meubles luxueux. Dans le salon immense avec vue imprenable sur la rivière des Prairies, qui assis par terre qui enfouis dans des fauteuils moelleux, se languissaient des gens évanescents autour d'un assortiment de bouteilles à faire se pâmer d'envie le président de la Société des alcools en personne. Aucune bière. Accaparé par ses histoires, Aubin laissa à Bétina le soin de se présenter elle-même, ce qu'elle fit en s'intégrant au groupe d'une dizaine d'individus, six filles et quatre garçons si son calcul était juste. D'après ce qu'elle en put apprendre, ils partageaient les six chambres idoines selon une mathématique obscure, et même après une observation méthodique des faits et gestes de chacun elle échoua dans sa tentative de départager les couples de ceux qui n'en formaient point.

Aubin tenait le haut du pavé comme toujours en racontant des histoires exotiques de la Côte devant des citadins éblouis par tant de prouesses. Son anecdote la plus récente rappela la mémoire de l'Américain noyé dans la rivière Croche dont on expédia le cadavre en son pays d'origine, bien assis, emmitouflé, dans un siège d'avion. Il connut un succès égal avec celle de la chambre nuptiale de l'épave du *Marion,* destinée à consommer les amours imprévues dans un cadre propice aux abandons. «Un peu de folie dans leur vie, et les filles en perdent la raison», conclut Aubin. Déjà au fait des théories de son compagnon, Bétina accueillit celle-ci comme toutes les autres, avec un grain de sel.

Ilse, une Anglaise originaire de Stoke-on-Trent, plus accessible que les autres et croquant des cacahuètes du bout des dents, instruisit Bétina des raisons qui l'avaient amenée ici avec un accent charmeur. Déléguée aux relations publiques chez British Airways et ayant décelé en Bétina une oreille sympathique, elle l'entraîna alors petit à petit dans le boudoir pour l'entretenir des particularités de son travail en ne cessant jamais de la vouvoyer même si elle la rattrapait en âge. Bétina l'écouta avec une attention plus ou moins soutenue en retournant régulièrement remplir son verre. Après que Ilse, un peu grise mais délicieuse malgré tout, se mit à raconter pour la deuxième fois sa croisière sur le *Britannia* en compagnie de la Reine d'Angleterre, Bétina décida de couper court et préféra les histoires d'Aubin même si elle les connaissait déjà par cœur. Sur le tard, alors que l'assistance devenait clairsemée et qu'il commençait à faire jour, Aubin proposa de dormir là puisqu'une chambre leur était réservée au deuxième, et qu'il n'était plus en état de conduire de toute façon.

— D'ac mec, lui glissa Bétina à l'oreille, et on va faire ça vite parce que tes amis commencent à me faire chier.

— Tu aurais dû me le dire avant, rétorqua Aubin désolé.

— Pffft, reprit Bétina, comment j'aurais pu? tu parles comme une commère.

Intarissable et encore assoiffé, Aubin puisa une fois de plus à la source alors que, après s'être excusée, madame se retira dans ses appartements. La chambre était immense, constellée de miroirs et de lampes complices; un système vidéo trônait sur une commode au cas où le maître de céans eut pu tarder à couler dans le sommeil sur son impressionnant lit d'eau. Bétina passa à la salle de bain, dissémina partout ses vêtements comme on sème à tout vent, s'affala sur le lit en faisant des vagues et se couvrit d'une couette moqueuse et douce sur la peau des fesses. Un mouvement imprudent lui rappela sa blessure au coude, qui lui rappela à son tour l'absence accomplie de Vernon Metallic dont elle réclamait le retour aléatoire. Après moins d'une semaine, quelques jours à peine, elle se retrouva dépourvue de toute affection, la tête embrouillée d'idées noires, le cœur vacant et l'âme en peine.

Aubin s'amena peu après avec la discrétion d'un éléphant. Il pénétra dans la chambre, un verre à la main, déçu de sa performance:

— J'ai essayé de *cruiser* la petite Anglaise, déplora-t-il, mais elle est en amour jusqu'aux oreilles.

— Avec les dents qu'elle a, remarqua Bétina, t'étais pas mieux que mort.

Aubin porta un regard circulaire autour de la chambre, inventoria le matériel luxueux et introduisit plusieurs cassettes choisies au hasard dans le système vidéo. «Tu vas pas regarder la télévision, déplora Bétina, il est quatre heures du matin.»

— Je cherche un film de cul, répondit Aubin.

— Ça se peut-tu? rétorqua Bétina.

Au cours de ses tentatives, il tomba sur divers documents aussi peu inspirants que le reportage d'une expédition sur le mont Gasherbrum, un dossier promotionnel sur l'avion Concorde et un cours de taï-chi.

Il termina son verre d'un trait, retira ses vêtements sans manière et prit place près de Bétina qui le regarda en souriant:

— Coucher avec Michael Jackson, remarqua-t-elle.

— Laisse faire, veux-tu?

Aubin était tout de même un bel homme, grand, mince, et de tous ses métiers, il avait hérité de cicatrices mineures répandues aux bras et aux jambes, et de muscles saillants mais proportionnés. Si le visage était plutôt commun, sans attrait particulier, la chevelure, abondante et frisée, recelait un charme certain. Bétina considérait Aubin de la sorte pour la première fois et elle eut l'impression de lui découvrir une inévitable attirance, à cause du cadre inédit peut-être, ce qui revenait au même.

Aubin l'entreprit alors; négligeant les préambules, il l'entraîna sur lui et la visa droit dans les yeux: «Fallait venir à Montréal pour que ça arrive.»

— Quoi?

— Qu'on couche ensemble, qu'est-ce-que tu penses?

— Un accident, proposa Bétina.

— Appelle l'ambulance tout de suite, proposa Aubin.

Aubin savait tenir une femme même si ses gestes, un peu rustres, relevaient de la plus haute précision comme s'ils répondaient à une mécanique bien huilée. Il embrassa Bétina sur la bouche, une main dans son dos pour la retenir et joua des jambes dans les siennes pour l'entraver sur lui; elle se laissa malmener telle une couventine, y puisant encore un incertain plaisir, en attente davantage de tendresse. Aubin semblait ne pas y croire, qui interrompit sa séduction tout net pour la contempler un instant et décider dès lors de ne pas y aller par quatre chemins puisqu'il fallait bien en venir quelque part. Il la souleva à bout de bras, l'articula à sa manière pour la disposer à sa portée, se mit lui-même à genoux et visa dans le mille. Paf! Bétina, déjà apprêtée malgré tout, n'en subit aucun dommage, et que ce fut Aubin ou qui que ce soit d'autre, elle écopa de l'étreinte en percevant dans ses entrailles l'avènement d'une bouffée de complaisance en gémissant. Aubin la malmena alors de douce manière, modérant sa cadence pour lui fournir la chance de le rattraper et Bétina, sur les coudes, s'offrit encore mieux pour soutenir son plaisir. Il la palpa partout, autant aux hanches qu'à la nuque pour ne pas se laisser deviner et elle en redemanda sans gêne en feignant de s'en aller. Aubin revint en force, sûr de sa conquête, la soumit à sa mesure par des gestes étudiés et Bétina se laissa couler hors d'elle-même en se bouchant les oreilles.

— Étalon! trouva-t-elle la force de remarquer.

Aubin accepta le compliment avec indécence, se retira tout à fait, pensa à son affaire et, hors de tout doute, reprit ailleurs là où il avait laissé, précautionneux et attentif pour ne pas la blesser; Bétina songea lui interdire un tel outrage, mais attendit pour voir. Il farfouilla d'un côté et de l'autre, de haut en bas et dans le sens contraire, pour parvenir à se frayer un chemin dans le fin fond de sa plus clandestine intimité. Elle y découvrit d'abord un mystère déjà relevé, s'attarda à une hésitation jaillie dans son esprit, s'ouvrit encore plus grand pour la semer et relança tous ses muscles pour s'abandonner. N'ayant plus aucune interdiction pour le distraire, Aubin la chassa hors de ses plus insondables limites et Bétina, sans gêne et se cramponnant pour ne pas tomber, accepta tout le blâme sur ses épaules: amplifié par les vagues, la jouissance dura des lunes, s'éloigna aux confins de la chambre pour s'imposer plus aiguë, avec Bétina, à moitié morte, un oreiller sur la bouche pour ne pas ameuter tout le quartier. Aubin escompta à son tour autant de délices, et saisissant Bétina par les jambes, il réintégra sa position originale pour laquelle elle manifesta une connivence intéressée. Elle le laissa s'immiscer tout entier en bonne et due forme, et resserrant un peu les cuisses pour l'emprisonner sans procès, Bétina, par un mouvement de tête interrogateur, lui demanda s'il attendait la fin du monde pour agir. Aubin mit peu de temps à lui répondre et la maintenant bien ferme par la chevelure, lui murmurant des insanités dans les oreilles, il se laissa aller de tout son long sans lui accorder de droit de réplique, se répandant de tout au tout au point de la noyer haut et court. Agressée de toute part, acculée au pied du mur, elle se défila encore de plus belle, sensible à toute attaque intéressante et savourant les bonnes choses de la vie. Aubin tout pareil. Elle revint à elle la première, toisa Aubin démantibulé, empoigna la tête du lit pour ne pas tomber et sonna l'alerte:

— J'ai mal au cœur.

— Et comment donc.

— Le lit d'eau, c'est pour dormir, on dirait.

— Dors.

Ce qu'elle fit sans demander son reste.

Plus tard, au téléphone, Aïda se rebella contre l'intention de sa sœur de ne pas retourner à l'hôpital:

— Au point où elle en est, expliqua Bétina, ça change pas grand-chose et je suis dans le nord de la ville, assez près de Dorval.

Aïda la traita de tous les noms, l'accusa d'indifférence devant la maladie de leur mère et Bétina tint son bout sans sourciller: «J'ai passé la journée d'hier, se justifia encore Bétina, j'ai vu ce que je voulais voir et il est pas question que j'y retourne que ça te plaise ou non.»

Bétina s'attarda encore au téléphone à subir les arguments de sa sœur, supplia d'une moue Aubin tout proche de ne pas intervenir et vit Aïda retrouver de meilleurs sentiments avec plaisir: «Tiens-moi au courant, suggéra-t-elle, et prends soin de toi.»

Jean-Sem manifesta heureusement davantage de complaisance quand Bétina lui avoua être sur son départ. «J'ai pas trouvé le temps de te téléphoner avant, s'excusat-elle, tu sais ce que c'est, la maladie, l'hôpital...»

— Mets-en pas trop, conseilla Aubin.

Ils se retrouvèrent au premier étage comme dans un désert, sans âme qui vive: tous leurs hôtes étaient partis travailler.

Aubin fit comme chez lui; à l'aise autant avec le gau-
frier que la cafetière express, il concocta un petit déjeuner
digne d'une faim de loup, agrémenté de fromages de toutes pâtes et de fines marmelades. Ils s'empiffrèrent l'un
en face de l'autre sans allusion à leurs ébats de la nuit,
sauf à peine:

— Ton cœur va bien?

— Diguidou, dit Bétina.

À l'aéroport, en raison de la qualité de la bagnole, ils
eurent droit à un traitement particulier de la part des gar-
diens, celui de défiler devant beaucoup d'autres jusqu'à
l'entrée du terrain de stationnement *courte durée* et d'y
laisser la voiture, les clés sous le siège avant: «Mais comment?» dit Bétina.

— Il viendra la chercher ici, répondit Aubin, un
chum c'est un *chum.*

Entre Québec et Sept-Îles, l'avion affronta un puissant orage, ponctué d'éclairs éblouissants et d'impressionnantes turbulences au point où Aubin, dévoué à la cause,
s'appliqua à rassurer les hôtesses et à leur préparer verre
sur verre pour décupler leur courage.

Bétina dormait comme un bébé.

Bétina avait retrouvé Vincent tel qu'il était à son départ, et d'après ce qu'elle put en juger, il avait très bien supporté son absence puisqu'il ne manifesta aucune joie de la revoir. Un coup d'œil au frigidaire lui avait confirmé qu'il n'avait pas mangé depuis deux jours, et laissant là ses affaires, elle lui prépara un sandwich en vitesse qu'il repoussa avec adresse pour différer son repas au lendemain. Il en fut de même pour le bain dont il avait pourtant un urgent besoin, mais pour éviter tout drame, elle se plia à sa décision et se contenta de le cajoler de loin.

Au couvent, sœur Jérémie n'en menait pas large puisque, de toute la fin de semaine, personne n'avait requis ses services. Bétina la consola de son mieux, l'assurant qu'elle n'était nullement en cause et que cette absence de patients découlait simplement du hasard.

— Vous aurez l'occasion de vous reprendre bientôt, lui confia-t-elle, puisque ma mère est au plus mal et je m'attends au pire.

Sœur Jérémie y puisa un mince réconfort et sécha ses larmes devant une Bétina médusée.

— À mon âge, confia la religieuse, toutes les raisons sont bonnes pour se rendre utile.

— Je vois, fit Bétina, mais n'ayez crainte, vous ne perdez rien pour attendre si vous voulez mon avis.

En regagnant le dispensaire, elle se demanda si sœur Jérémie, malgré toute sa bonne volonté, n'était pas un peu maboule.

Le jeune enfant indien qu'elle connaissait déjà vint à sa rencontre, un sac dans les mains et la parole en bouche:

— Vernon vous envoie des truites qu'il a pêchées lui-même et il fait dire que, si vous voulez le voir, il est chez lui jusqu'à demain, déclara-t-il tout d'une traite comme une leçon apprise par cœur.

— Dis à Vernon que je n'irai pas le voir ni ce soir ni demain et que ses truites, il peut se les mettre quelque part, déclara Bétina aussi en verve que lui.

Surpris, l'enfant hésita à reprendre le colis, recula de deux pas pour penser à son affaire et s'en empara à la fin, en se demandant s'il ne commettait pas une erreur. «Et, ajouta Bétina, dis à Vernon qu'il arrête de faire faire ses commissions par les autres et que s'il veut m'offrir des truites, qu'il vienne les...»

L'enfant s'éloignait à la course porter le premier message et il se foutait bien du reste. «Et dis à Vernon qu'il est un égoïste de la pire espèce, une brute sans cervelle, un salaud sur toute la ligne et que je m'ennuie de lui à mourir si ça peut lui faire plaisir», cria encore Bétina à l'enfant maintenant disparu.

Couchée à même le plancher du salon, elle pleura comme une madeleine en se demandant ce qu'elle pouvait bien faire en ce bas monde tant qu'à être malheureuse à ce point, et elle résista à l'envie de courir à la tente de l'Indien.

Imbu d'une nouvelle assurance, Aubin ne fut pas long à se pointer et profita de toutes les occasions pour se rapprocher autant que faire se peut. Ainsi, il visitait Bétina à peu près chaque jour et inventait tous les prétextes pour s'attarder, dans la mesure où elle lui accordait une quelconque attention.

— Il fait beau, proposa-t-il, viens faire un tour et fais des sandwiches, j'ai faim.

— Si tu essaies de m'entraîner à l'hôtel, l'avertit Bétina, c'est non tout de suite.

— Pas de panique, répondit Aubin, je veux juste te sortir un peu; on dirait que t'es une ermite et tu passes tes grandes semaines ici sans mettre le nez dehors.

— C'est toi qui le dis, remarqua Bétina.

Elle profita tout de même de l'occasion de s'évader du dispensaire et de distraire son esprit de l'image de Vernon qui ne cessait de la harceler. Elle se chargea du lunch et Aubin, de la bière.

Même si Pointe-Manitou comportait des attraits assez limités, hormis son paysage grandiose et ses habitants sympathiques, Aubin, en guide éclairé, trouva le moyen de forcer l'attention de Bétina en racontant la petite et grande histoire du village, situant les origines de chaque camp de chasse ou remuant les souvenirs de chaque catastrophe. Ici, à l'extrémité d'une route dans les terres, la superbe villa du p.d.g. de la Chase Manhattan Bank, une piaule d'un demi-million et habitée à peine deux semaines par année. De l'autre côté, interdite d'accès par une énorme barrière à cadenas et abandonnée depuis des années, celle d'un important producteur de films américain qui y avait invité, selon la légende, les plus grandes vedettes de cinéma, depuis Jane Mansfield à Marylin Monroe et autres actrices comme Elizabeth Taylor, pour s'y adonner à d'indescriptibles libations orgiaques dont le diable en personne était un participant assidu.

— En 1966, assura Aubin, j'ai rencontré Elvis Presley lui-même au dépanneur; lunettes fumées et le col de chemine remonté pour passer incognito, il était venu acheter deux boîtes d'aspirines.

— Ah bon, fit Bétina, et Michael Jackson, l'as-tu vu?

— Lui, il est assez maniaque qu'il doit jamais sortir de son château, conclut Aubin.

Sur le chemin du retour, il invita Bétina à descendre de la jeep et à l'accompagner à une clairière, à proximité, pour y découvrir la carcasse éventrée d'un DC-3, écrasé en pleine nuit, l'avant-veille de Noël 1960, précipitant dans la mort ses dix-neuf passagers et membres d'équipage. «Le pilote était soûl comme une botte, affirma-t-il, et le copilote baisait avec l'hôtesse sur un banc d'en arrière.»

— Comment sais-tu ça? tiqua Bétina.

— On a retrouvé leurs cadavres, nus tous les deux, alors que les autres étaient emmitouflés par-dessus la tête, qu'est-ce que tu veux de plus?

— C'est une preuve contestable, plaida Bétina.

— Oui, mais à l'arrivée des premiers secours, deux heures après l'accident, le gars était encore bandé comme un cheval.

— Pffft, fit Bétina.

Ils complétèrent le grand tour à l'heure du souper et bifurquèrent vers le lac Nu, qui portait bien son nom d'après ce que Bétina en avait pu comprendre. Il s'agissait d'un lac de tout au plus mille pieds de diamètre, sis à deux kilomètres du village du côté de la réserve indienne et qui ne renfermait aucune truite; il tenait plutôt sa réputation au fait qu'il se trouvait le lieu de rendez-vous galants de toute la faune du village, et ses berges, selon la chronique populaire, en avaient vu des vertes et des pas mûres. À défaut de la chambre nuptiale de l'épave du *Marion,* réservée aux occasions spéciales, le lac, à cause de sa facilité d'accès, convenait parfaitement au menu fretin.

Aubin conservait toujours, au cas où, une couverture dans le coffre de son véhicule et il l'étendit sur le sable fin. Il ouvrit sa troisième bière et Bétina en accepta une pour elle-même.

— C'est ici que j'ai défloré ma première blonde, avoua Aubin, juste en face, un soir de pleine lune. J'avais seize ans, elle quinze. Une belle fille, morte ici même deux ans plus tard jour pour jour. Dopée jusqu'aux oreilles, elle s'est crue capable de nager comme une truite et s'est noyée comme une maudite folle sans se rendre compte de ce qui lui arrivait. On a repêché son cadavre le lendemain, dans à peine trois pieds d'eau. Dix personnes avec elle et personne a été assez intelligent pour aller la sauver. Une belle fille, les cheveux noirs, longs, les yeux noirs aussi, avec un petit quelque chose d'asiatique dans le regard, et une étincelle d'intelligence particulière. Elle m'avait promis son amour pour le reste de ses jours, mais le destin en a décidé autrement, conclut Aubin pour une fois nostalgique.

Bétina déballait les sandwiches qu'Aubin toisa de haut en se contentant de boire sa bière: «As-tu revu ton sauvage?» demanda-t-il à brûle-pourpoint.

— Vernon, Aubin, Vernon, s'il te plaît.

— C'est fini vos amours?

— Ça peut pas être fini, c'était même pas commencé.

— C'est toi qui le dis.

— C'est moi qui le dis.

Aubin se leva, s'isola dans les herbes pour pisser, lança des cailloux dans l'eau avant de revenir s'asseoir.

— T'as pas l'air dans ton assiette, remarqua-t-il en regardant ailleurs; ça file?

— Couci-couça.

— Ta mère?

— Mettons.

— Metallic?

— Mettons.

— On peut pas dire que t'as la parole en bouche, observa Aubin; depuis deux ou trois jours, tu traînes un air bête solide.

— Je t'oblige pas à le supporter; ramène-moi chez moi si tu veux.

— Les filles, se révolta Aubin, tu leur dis ce que tu penses et ça se fâche «dret» là. Pas moyen de parler à ça que ça monte tout de suite sur leurs grands chevaux. Les filles...

— Les filles...

Bétina avala un sandwich en silence, regardant nulle part. Aubin termina sa bière, s'en servit une autre et s'en fut ouvrir la radio de sa voiture pour détendre l'atmosphère. Il revint, prit place près de Bétina sur la couverture et se mit à lui caresser l'avant-bras, avec l'air de songer à autre chose comme s'il craignait de la déranger. Elle accepta le contact un moment, trouva un prétexte pour s'éloigner quelque peu, mais, décidé, Aubin se rapprocha encore et continua son manège. Elle s'éloigna encore:

— Tu veux pas que je te touche?

— Pas vraiment, avoua Bétina.

Aubin retira sa main, se raidit, respira bruyamment et accepta l'aveu de Bétina comme une mauvaise nouvelle.

— Je te fais remarquer qu'on a baisé ensemble en fin de semaine, reprit-il un peu sonné.

— Pis?

— Pis. Ça veut dire quelque chose, il me semble; on baise pas avec n'importe qui.

— C'est toi qui me dis ça, Aubin, laisse-moi rire.

— T'as pas aimé ça qu'on baise ensemble, s'inquiéta-t-il, l'œil en alerte.

— J'ai beaucoup aimé ça, si ça peut te rassurer, mais c'était accidentel; l'occasion fait le larron.

Aubin insista encore et posa carrément une main sur les seins de Bétina; elle se révolta en douce: «Je préfère que tu me touches pas, si tu veux savoir, et pour tout dire, je trouve ça désagréable, Ramène-moi au dispensaire, ça presse.»

Aubin, orgueilleux, ramassa sa couverture, ses bouteilles vides et ne dit pas un mot de tout le voyage de retour. Il laissa Bétina au dispensaire et s'en fut se soûler la gueule à l'hôtel.

Bétina n'était guère plus avancée et elle consacra les trois jours suivants à tenter de se rapprocher de son fils pour se distraire de la pensée de Vernon Metallic.

En vieillissant, Vincent semblait supporter de plus en plus mal la présence de sa mère alors que les étrangers trouvaient grâce auprès de lui. À la minute où elle se présentait au sous-sol, il enfouissait ses dessins sous la table, lui tournait le dos et refusait même de lui porter le moindre regard. Dans leur vie quotidienne, ils ne se côtoyaient jamais, Vincent, refusant de partager tout repas avec Bétina, profitait de la nuit pour grignoter quelque friandise glanée dans le garde-manger. Il considérait le bain comme une punition et tentait tant bien que mal de s'en charger lui-même pour alléger l'épreuve. Vivant en permanence dans une demi-obscurité, il affichait un teint blafard sur une allure malingre et l'inactivité affectait son sens de l'équilibre; parfois, s'il tentait de se déplacer trop vite, il butait sur des obstacles inexistants ou s'affalait en pleine face dans les marches de l'escalier, ce qui affûtait son mauvais caractère. Bétina s'appliqua à enrayer le problème en broyant des capsules de vitamine pour les mélanger à sa nourriture, mais après plusieurs semaines, elle ne décela aucune amélioration dans son apparence.

Quelqu'un cogna à la porte et il s'agissait de Vernon Metallic: Bétina faillit tomber à la renverse. Elle allait lui sauter dans les bras quand elle se rendit compte qu'il n'était pas seul; l'Indien était accompagné d'un vieil Américain, victime d'arythmie cardiaque, et il s'amenait au dispensaire pour renouveler sa provision de *propanolols:*

— Vous comprenez, Mademoiselle, dit-il dans un français laborieux, la pêche au *salmon* me cause des plaisirs fortement et j'ai oublié les miennes chez moua, à New York.

Bétina les incita à entrer et s'en fut dans le dispensaire en tremblant comme une feuille:

— J'ai pas le prescription, mais mon guide m'a dit que, viou qu'il vous connoissait, il devrait pas avoir problème.

Bétina se foutait pas mal de la prescription; restée sans voix, elle manipula divers bocaux avant de mettre la main sur les fameux comprimés et son patient manqua de peu de se retrouver avec des pilules anticonceptionnelles. Le pêcheur offrit un billet de banque au montant imposant, mais reprenant ses esprits, elle lui repoussa la main d'un geste ferme:

— Avec les compliments de la maison, fit-elle, et dans les circonstances, elle lui aurait offert la lune pour le même prix.

Le pêcheur s'en retourna à la camionnette en fourrant les pilules dans sa poche et Vernon, un peu tourmenté, s'attarda un moment:

— Tu viens plus me voir? demanda-t-il avec détachement.

— Plus jamais, fit Bétina.

— O.K.

— Avant que tu me tues, aussi bien couper court. Elle s'informa: Tu pars encore à la pêche?

— J'en arrive, je suis là pour deux jours.

— Oublie ça, proposa Bétina, ça donnerait rien.

Vernon disposa sans insister davantage; Bétina prit acte.

Après son départ, elle se rebella contre la façon qu'il avait de considérer leur relation à la légère, sans apparemment y participer vraiment, presque avec un grain de sel. Depuis le début de leurs fréquentations, jamais il n'avait manifesté un intérêt très évident pour les poursuivre, et si tel était son désir, il le dissimulait très bien dans le fond de son indifférence.

Elle se retrouva seule face à elle-même avec personne sur qui s'épancher; elle adressa une lettre à Eunice dans une tentative de dissiper son ennui. Elle écrivit au fil de la plume sans trop se préoccuper de la signification de chaque mot, des phrases interminables et ampoulées, dans lesquelles se confrontaient regrets et tendresse, projets et souvenirs. En relisant l'embrouillamini par la suite, elle conclut qu'Eunice pourrait y puiser ce dont elle avait envie, sans que la lettre ne porte trop à conséquence.

C'est le lendemain seulement qu'elle succomba à la tentation de revoir Vernon Metallic, sous le prétexte d'aller lui dire pour une fois sa façon de penser, étonnée et ravie par l'intention de Vincent de l'accompagner; de passage dans la cuisine pour manger une bouchée à même le comptoir, il l'aperçut en train de se vêtir, l'imita en passant un tee-shirt sur son torse nu et l'attendit près de la porte. «Viens, mon petit homme, fit Bétina, on va voir ce qu'on va voir.»

Sur le perron, Vincent manqua de tomber, ébloui par la pleine lumière du jour; il s'arrêta un moment, se frotta énergiquement les yeux avec les poings fermés et tourna les talons pour retourner à l'intérieur. «Viens, insista Bétina, c'est fini maintenant, viens.»

Manifestant une docilité inhabituelle, Vincent se laissa guider par la main, et au magasin général, il suscita une discrète curiosité des clients frappés par ses yeux absents et son allure frêle. Bétina y acheta des friandises au cas où, en cours de soirée, il prenne l'envie à son fils de grignoter.

La marche vers la tente ne se fit pas sans mal, Vincent avançant à pas de tortue, butant sur des cailloux pas plus gros que des œufs de poule et risquant à tout moment de s'infliger une entorse à chaque aspérité du sol; sa mère le côtoya en permanence, prête à intervenir à la moindre alerte.

Prenant son rôle de chien de garde au sérieux, le lynx s'amena à la fine course dans le sentier, risquant de les jeter tous les deux par terre. Il s'arrêta net juste à temps, délaissa Bétina dont il reconnut l'odeur familière, et s'intéressa plutôt à son fils qu'il flaira de la tête aux pieds; habituellement réservé et peu enclin à livrer ses sentiments, Vincent accrocha solidement la bête par une oreille qui se laissa docilement malmener sans la moindre réaction angoissante.

Vernon était seul, assis par terre près du feu et en train de manger le reste d'une truite imposante. Il accueillit Bétina par un signe de tête approbateur et Vincent par un «Salut bonhomme!» sincère. Des bouteilles de bière vides jonchaient le sol, mais l'Indien affichait une apaisante sobriété. Il coupa court à son repas, en offrit les reliefs au lynx, qui s'éloigna de Vincent pour manger en paix; l'enfant avait déjà porté son attention ailleurs, occupé à ressusciter le feu en le nourrissant de brindilles.

— Je t'attendais hier, avoua Vernon.

— M'en fous, reprit-elle tout de suite pour bien situer les choses.

Vernon accusa le coup avec étonnement, la regarda avec des yeux de lynx:

— Qu'est-ce que tu fais ici ?

— Je peux m'en aller si tu veux.

Vernon exprima son désaccord en la délaissant pour se réfugier dans la tente; Bétina n'allait pas se laisser décontenancer pour si peu: «Qu'est-ce que tu veux que ça me fasse que tu partes demain, après-demain ou la semaine prochaine?» l'assomma-t-elle en le relançant dans sa retraite.

Pour toute réponse, l'Indien lui offrit la bière qu'il était à déboucher, mais il n'obtint pas un grand succès: Bétina l'accepta et balança la bouteille à tour de bras à l'extérieur:

— Les nerfs, dit Vernon.

— Compte-toi chanceux que je les prenne pas plus souvent! le défia Bétina en s'approchant de lui. Tu me prends pour une folle ou quoi? C'est fini et la prochaine fois que tu lèves la main sur moi, je t'étrangle, m'entends-tu?

— T'es capable de te défendre, tenta de s'excuser Vernon.

— Mets-en que je suis capable de me défendre et j'en ai dompté des pas mal plus gros que toi!

Vernon coupa court en se réfugiant à son établi, mais, pour Bétina, la question n'était pas réglée pour autant. «Je suis venue te dire qu'il y a plus rien entre nous, enchaîna Bétina, je veux plus rien savoir de tes regards de chien battu et de tes caresses, sale mec! Tu veux la paix, eh bien tu l'auras, et tu pourras boire ta bière tant que tu voudras sans que j'en subisse les conséquences. C'est fini, f-i-fi, n-i-ni!»

— D'où tu sors? on dirait une tigresse, remarqua Vernon en s'intéressant plutôt à ses artificielles.

— De chez moi, qu'est-ce que tu penses? où je rumine ma rage depuis des jours! On dirait que t'as pas de cœur, Vernon Metallic, et que tu te fous du mal que tu fais aux autres!

— …

— La dernière fois que je suis venue, un peu plus et tu me cassais un membre! J'arrive ici et qu'est-ce que je vois? Monsieur, l'âme en paix comme s'il s'était rien passé. Un détail, un pied en compote pour une semaine parce que «monsieur» était soûl comme une botte.

— …

— Dis quelque chose, sacrament! Envoie-moi chier si tu veux, mais dis quelque chose, ça se peut-tu?

— Oublie ta dernière visite, dit enfin Vernon les yeux fixés sur ses mouches, et si je t'ai fait mal, je m'excuse et je me souviens de rien.

— Bon, enfin, «monsieur» daigne parler, ironisa Bétina un peu contente. Et les autres fois, tu t'en souviens pas non plus, je suppose, parce que tu étais encore soûl, toujours soûl. Chaque fois que je te vois, tu te souviens de rien. Ça donne quoi, alors?

— Je t'ai dit que je m'excusais, reprit Vernon en essayant de l'attirer par un bras, remonte pas jusqu'au déluge.

— Je te défends de me toucher, ordonna-t-elle, j'ai trop peur que tu me fasses mal.

— Bon, bon, fit Vernon, mets-en pas trop, veux-tu?

Assis sur son banc face à elle, il la regardait droit dans les yeux en maintenant la tête basse, les mains sur les genoux. Elle hésita sans rien dire, jeta un œil à Vincent par la porte de la tente, considéra la table de travail en comptant les mouches une à une et approcha de deux pas pour se blottir entre ses jambes.

— Sale mec, tu vas me faire mourir.

Vernon l'entoura de ses bras peu à peu, en évitant de trop insister de crainte qu'elle ne se rebelle, dans l'état où elle se trouvait. Il prit bien son temps aussi pour introduire sa main sous son gilet et lui flatter le dos dans le sens du poil, juste pour voir. Bétina, un peu plus olé olé, fit de même en insistant à peine, le temps que s'amenuise complètement sa rage. Elle se dégagea plus tard: «Va me chercher une bière, demanda Bétina, j'ai trop parlé et j'ai plus de salive; ça m'apprendra.»

Vernon s'exécuta, la queue basse, et elle lui aurait ordonné de se jeter dans la rivière qu'il s'y serait précipité sans poser de questions.

Vincent affichait un calme attendrissant, occupé à entretenir une flamme vacillante au centre du foyer. Il arpentait le terrain avec méthode, à la recherche du moindre copeau, et à chaque nouvelle découverte, il s'amenait nourrir le feu pour continuer alors sa prospection là où il l'avait laissée. Conscient de sa carence, il se déplaçait à petits pas prudents, et s'il lui arrivait de tomber, il continuait à genoux pour un moment avant de reprendre une position normale; son pantalon allait se percer aux articulations. Rassasié, le lynx dormait, une patte trempant dans la rivière.

Bétina revint à la tente alors que Vernon rassemblait ses mouches en prévision de son départ le lendemain matin.

— Je t'avertis, Vernon Metallic, si jamais je te retrouve soûl, tu me reverras plus pour le reste de tes jours.

— Une fois n'est pas coutume.

— C'est toi qui me dis ça, reprit Bétina, faut pas être gêné.

— Respire par le nez.

— Ça veut dire que, si tu te souviens de rien, ça veut aussi dire que tu ne te souviens pas qu'on ait baisé ensemble, si je comprends bien?

— Ça recommence.

— Ça veut dire que tu as oublié comment j'ai frémi sous tes caresses, exagéra-t-elle, comment je t'ai donné mon corps et mon âme, comment j'ai pleuré de plaisir, comment j'ai joui comme une maudite folle, comment je veux jouir encore comme toi seul sait me faire jouir, comment, comment...!

— O.K., fit Vernon, tombe pas dans les pommes.

Bétina abandonna sa bière sur la table, rejoignit le lit, enleva ses vêtements un à un et invita Vernon à la rejoindre:

— Viens me trouver pour que je te colle un peu; viens me trouver, j'ai froid.

Vernon n'allait pas laisser passer si belle occasion d'attirer la rémission de ses incartades et il s'amena un peu contrit. «J'aime ça me coller près de toi, confirma Bétina, t'es chaud comme une fournaise et j'aime ça.»

Bétina en espérait davantage; elle l'incita à se coucher sur le dos et à ne plus bouger d'un pouce. Lentement, en le couvrant de baisers à chacun de ses propres mouvements, elle lui enleva sa chemise, son pantalon et le reste avec des gants de velours. Vernon sentait l'amande. Il se dressa soudain tout droit assis, lui immobilisa les membres, et l'obligea à s'étendre à son tour à côté de lui; Bétina obéit comme une bête docile. Jetant son dévolu sur le ventre séduisant, il entreprit son manège en plein centre, comme s'il visait une cible, et s'acharna sur le nombril du bout de la langue. Bétina arrêta de respirer pour éviter de le distraire, mais Vernon, cachottier, camouflait d'autres tours dans son sac et il lui fit bien voir. Il négligea le nombril sans trop savoir pourquoi et déménagea ses pénates à la hanche, qu'il effleura tout autant, comme s'il n'avait que ça à faire dans la vie; Bétina resta interdite, se demanda qu'est-ce qui lui prenait, mais s'arma de patience en attendant la suite des événements. Elle n'avait rien vu encore, et y décelant un attrait soutenu, l'Indien lécha et pourlécha à fleur de peau comme s'il craignait d'abîmer un joyau; Bétina lui offrit l'autre hanche sans succès et Vernon s'obstina à frôler et frôler encore *ad vitam æternam*. Elle soupira d'aise et se dressa subitement pour se soustraire, mais l'immobilisant des deux mains, il s'acharna à lui en faire voir de toutes les couleurs et y parvint les doigts dans le nez: Bétina était au plus mal et fondait comme neige au soleil. Sans intention autre que celle de la perturber davantage, Vernon, pourtant sollicité ailleurs, réintégra le ventre et maintint son siège à fleur de peau en s'acharnant sur un ennemi déjà vaincu. Abusé par les brumes, il atterrit au pubis, s'y attarda un instant trop court pour orienter sa course dans un chemin tracé d'avance et facile d'accès. Il allait s'y conforter l'esprit en paix et ses élucubrations s'avéraient insupportables; Bétina prit le taureau par les cornes et lui présenta la réalité en pleine face, disposée à lui faire un dessin s'il tergiversait encore. Vernon n'était quand même pas né de la dernière pluie, et s'appuyant à terre pour assurer son emprise, il la disposa à sa portée avec une surprenante agilité et piqua du nez sans dévier d'un iota. Négligeant les fleurs du tapis, fort d'une assurance complice, il abandonna Bétina à son triste sort comme s'il n'était nullement intéressé. Il le regretta amèrement, car ayant une seule idée en tête, elle lui signifia bien haut qu'il n'avait qu'à bien se tenir, et surpris de tant d'allégresse, il se vit contraint de bien vouloir collaborer, sous peine de se voir rejeter du revers de la main. Il trouva l'occasion de se rendre utile et, emprisonné entre autant de bras que de jambes, il mena Bétina dans les voltiges les plus reculées sans trop s'en rendre compte. Il l'effleura à peine pour la ramener sur terre, mais c'était mal la connaître, et alors qu'il imagina la dresser, elle s'évada de plus belle. «Je meurs, trouva-t-elle la force de prononcer, et si tu oses me toucher, tu meurs aussi.»

Vernon prit note de la promesse telle une prière et décida de s'y conformer en tout état de cause; revenu sur le lit, il projeta de l'enfouir au plus profond de lui-même si jamais le dessein rencontrait une oreille attentive, et il ne fut pas long à le détecter quand Bétina, au bord de l'éclatement, s'offrit, la tête renversée en arrière. Il eut alors beau jeu de s'en remettre à elle envers et contre tous, et aiguisé dans toutes ses chairs autant que sa compagne, il sombra tout de suite sans retenue de par le vaste monde. N'espérant qu'un signal, Bétina le suivit en bonne et due forme, nullement prise au dépourvu. S'agrippant l'un à l'autre pour parer la tempête, ils sombrèrent en cadence avec à peine le temps de se dévisager. Elle vogua la galère de la tête et du cœur, et tout son être se referma en lui-même pour ne plus jamais s'épanouir autrement. Déjà repu et ne semblant pas trop comprendre, Vernon se retira sans peine pour voir de quoi il en retournait: le visage défait et les cheveux en bataille, Bétina gisait la bouche ouverte, au pays des rêves. «Sale mec», implora-t-elle, pleine aux as.

Pour contrer toute autre tentative, elle s'assit dans le lit à hauteur d'homme et assécha ses épaules avec le coin de la couverture.

— Tu pleures, remarqua Vernon.

— Moi, pleurer, confirma Bétina, je fais que ça, pleurer, dans la vie, si tu veux savoir. Le matin, le midi, le soir, qu'est-ce que je fais? Je pleure. La nuit, je pleure. Chaque fois que j'ai rien à faire, je pleure et pour me consoler: je pleure. Content?

— *Fuck.*

Plusieurs heures plus tard, Vincent s'occupait encore de la même manière, et s'étant déplacé à quatre pattes plus souvent qu'à son tour, il avait les genoux en sang sans avoir l'air de s'en rendre compte. Le lynx était revenu près du feu et se chauffait la couenne, un œil ouvert et l'autre fermé.

Bétina rassembla ses vêtements dans le noir en risquant de tomber à chaque pas, ce que voyant Vernon prit Vincent sur les épaules et les reconduisit au dispensaire sans poser de questions.

Bétina salua avec bonheur l'arrivée du mois de septembre, souhaitant découvrir en cette fin de l'été une tranquillité qui lui avait fait défaut jusqu'alors. Même si son installation au dispensaire s'était effectuée sans mal, elle avait tout de même ressenti un certain stress face à cette responsabilité nouvelle, qu'elle avait compensé en entrant de plain-pied dans ses nouvelles fonctions. Après ces quelques mois à Pointe-Manitou, le rythme était établi et jusqu'à maintenant elle n'avait aucune raison de s'alarmer.

Le village retrouvait aussi son harmonie coutumière; les touristes et autres visiteurs étaient repartis, la saison de pêche allait s'achever, et plusieurs travailleurs s'apprêtaient à rassembler leurs pénates pour aller gagner leur vie ailleurs, dans le nord pour la plupart, sur les barrages d'Hydro-Québec ou quelque autre important chantier.

Elle vécut avec un certain pincement au cœur la rentrée scolaire, et si elle y songea, elle oublia le projet d'aller plaider encore la cause de Vincent auprès de la directrice de l'école. En lieu et place, elle chargea sa sœur d'effectuer le tour des éditeurs scolaires et d'y choisir des livres adaptés à la condition de son fils. Aïda n'y alla pas avec le dos de la cuillère, et quelques jours plus tard, elle en reçut une pleine caisse de toute tenue, allant du b-a ba du vocabulaire aux albums de contes les plus enchanteurs. Elle commença au bas de l'échelle, et à la première véritable leçon au sous-sol, Vincent manifesta un intérêt marqué pour les voyelles, en les reproduisant à l'aide d'arabesques envolées, mais il refusa obstinément d'en reproduire les sons même au prix d'évocations les plus convaincantes.

— A, a, dit interminablement Bétina en désignant la lettre du bout de l'index.

Mais Vincent se renferma dans un mutisme obstiné, se limitant à en représenter le galbe à pas moins de vingt exemplaires de dimensions différentes.

Elle y consacra un après-midi complet et au souper, fourbue et démontée, elle chercha une méthode d'enseignement différente sans trop savoir vers laquelle s'orienter.

Le téléphone de Rosemonde Dupéré, le lendemain, faillit la jeter à terre, et ce qui ne ramena pas les choses, la directrice la convoquait à l'école pour rediscuter le cas de Vincent. Bétina y vola immédiatement.

On aurait dit une autre femme. Alors qu'à l'occasion de leurs précédentes rencontres, la directrice affichait des vêtements sombres, classiques et taillés à l'équerre, elle avait, pour une raison dont elle était seule à détenir le secret, transformé sa garde-robe pour le mieux et portait allègrement une jupe de suède noir de bonne coupe et un blouson en coton jaune camaïeu. Même la coiffure avait perdu son éternel chignon pour se répandre en boucles sur les épaules; de deux choses l'une, songea Bétina, ou elle était en amour ou elle était tombée sur la tête. Enfin, les vacances semblaient lui avoir été bénéfiques puisqu'elle salua sa visiteuse par un sourire engageant et en apparence sincère et Bétina occupa la chaise en face d'elle avec tout de même une certaine appréhension.

Du point de vue professionnel, Rosemonde Dupéré était cependant la même, et habituée à frayer dans l'administration scolaire, elle considéra le problème de Vincent comme tous les autres, avec rigueur et compétence.

— J'ai bien réfléchi au cas de votre fils durant l'été, déclara-t-elle, et petit à petit, ma perception a changé.

— Bien, fit Bétina.

— Dans un sens, j'ai considéré qu'il ne devait pas se trouver pénalisé par votre arrivée au village, d'autant plus qu'il n'a pas dû être facile de vous éloigner si loin des vôtres, pour venir vous dévouer au sein de notre communauté.

— J'en retire beaucoup de plaisir, avança Bétina.

— Dieu fasse que ça continue, enchaîna la directrice, et quant à Vincent, si tel est toujours votre désir, je suis disposée à l'accepter dans l'école.

— Parfait, apprécia Bétina, et je crois que vous aurez pas à le regretter.

— Mais mettons les choses au clair tout de suite, précisa Rosemonde Dupéré, il sera dans la classe de première année, et comme notre enseignante est déjà suffisamment occupée avec ses vingt-deux élèves, il évoluera à son rythme, sans qu'elle puisse lui accorder d'attention spéciale.

— Je comprends, fit Bétina.

Affairée par la rentrée, la directrice manifesta son obligation de s'occuper d'un autre cas, en reconduisant Bétina à la porte de son bureau non sans conclure:

— Le contact quotidien avec les enfants de son âge lui sera sans doute salutaire et, après quelques semaines, nous pourrons évaluer ensemble l'état de la situation. L'école commence demain à neuf heures.

Bétina la remercia avec aisance.

Sitôt revenue chez elle, elle s'accrocha au téléphone pour informer Jean-Sem de la bonne nouvelle et remplie d'optimisme, elle entrevit avec lui un avenir grandiose pour leur fils.

Le lendemain, à la première heure, Vincent, d'une démarche mal assurée, lavé de frais et vêtu de neuf de pied en cap, se laissa conduire sans rébellion dans la cour de l'école, où il reçut un accueil intéressé de la part de son institutrice et de Rosemonde Dupéré elle-même. Bétina versa une larme.

Elle dut bien vite revenir les deux pieds sur terre quand peu après elle fut mandée d'urgence dans la rue du Garage municipal pour s'occuper d'une affaire désolante.

Elle s'y présenta, sa trousse en équilibre instable sur le guidon de sa bicyclette, et elle fut dirigée par la famille en pleurs vers un hangar dans le fond de la cour. Pourtant habituée à en voir des vertes et des pas mûres, elle resta interdite un moment face à la vision d'horreur: un adolescent dans la force de l'âge, la langue pendante et les yeux exorbités, se balançait au bout d'une corde, les pieds frôlant le sol. Devant la famille et quelques voisins éplorés, elle s'étonna que personne n'ait pensé à le décrocher avant d'entreprendre toute autre démarche, mais ne recueillit que d'impuissants haussements d'épaules. Elle réclama un couteau de toute urgence et vit le père, tout près, sortir un canif de sa poche et le lui remettre sans avoir songé à s'en servir lui-même. Bétina sollicita l'aide de deux hommes pour soutenir le corps et elle sectionna la corde de nylon d'un jaune vif au niveau de la double boucle. La victime, déjà affligée de la raideur cadavérique, fut déposée sur le sol, et au fil des murmures des spectateurs, elle apprit que le jeune garçon était disparu depuis la veille, mais jamais personne ne se serait douté qu'il puisse avoir pu faire un geste si tristement irrémédiable.

— Problèmes personnels? s'informa Bétina tant qu'à y être.

— Dans la dope jusqu'aux oreilles, suggéra quelqu'un.

— Dans les vaps depuis un an, affirma un autre.

Pour sa gouverne, Bétina tâta tout de même le pouls inexistant et, au toucher, la langue était sèche comme un croûton de pain; en outre, comme il arrive fréquemment en ces occasions malheureuses, les sphincters de la victime s'étaient relâchés sous le choc et il empestait la merde à vingt pieds à la ronde.

— Désolée, annonça Bétina à la dizaine de personnes présentes, plus rien à faire.

Devant l'évidence pourtant prévisible, la mère de la victime fendit la masse des spectateurs et s'affala sur le corps de son fils en pleurant à chaudes larmes, tout en implorant le ciel de le ramener à la vie. On la laissa exprimer son chagrin un moment, et il fallut les efforts de trois hommes pour l'arracher au corps de son fils avant que Bétina ne prie la famille de le transporter dans la maison en attendant l'arrivée du thanatologue de Sept-Îles qui viendrait comme d'habitude prendre charge de la sépulture. Il y avait un hic que le père lui-même se chargea d'expliquer: en raison de l'état de santé chancelant de sa femme, déjà victime de deux infarctus récents, sans compter le choc de ce nouveau drame, il fallait découvrir une solution de rechange pour lui éviter toute palpitation supplémentaire. «Ça serait son coup de mort», ajouta-t-il, approuvé en cela par le reste de la famille. Bétina pensa vite et allait suggérer le sous-sol de l'église où tout autre endroit isolé, quand un voisin et oncle, plus futé que les autres, suggéra plutôt le dispensaire comme endroit tout désigné, puisqu'il tenait en fait lieu d'hôpital.

— Ah bon! fit Bétina interloquée, j'avoue que j'y avais pas pensé.

Dans les circonstances, elle aurait été mal venue de refuser, et en considérant froidement la situation, le voisin n'avait pas tout à fait tort. Tourmentée mais prise au dépourvu, elle donna son accord: «À condition, suggéra-t-elle, que vous fassiez une toilette sommaire à la victime.» Et elle proposa en outre de brûler ses vêtements au plus sacrant. On la remercia avec empressement et, en prime, elle offrit les services d'un brancard rescapé de la deuxième guerre et entreposé dans le sous-sol du dispensaire en cas de catastrophe.

Elle retourna chez elle fumer un joint de haschisch pour se remettre de ses émotions et, aussi peu qu'une heure après, on lui livra le discutable colis. Informé de la nouvelle, Aubin avait pris charge des opérations et dirigea le bal de main de maître. Le corps, enveloppé complètement d'une couverture grise, était porté par deux hommes, suivi par la famille éplorée et accompagné par une ribambelle de voisins compatissants. À la porte du dispensaire, Aubin mit son holà et s'adressa au cortège sur un ton qui ne souffrait pas de réplique:

— Restez dehors! ordonna-t-il, vous êtes pas au salon mortuaire; vous irez le voir quand il sera exposé à la salle paroissiale.

Sous ses ordres et après consultation avec Bétina, il fit porter le corps dans une chambre du deuxième dont il ferma précautionneusement la porte avant de redescendre. La foule se dispersa.

Aubin trouva ainsi une excellente raison de s'attarder, lui qui, depuis plusieurs jours, ne s'était pas montré le bout du nez. Il rejeta du revers de la main la prétention de Bétina que son attitude puisse être motivée par son refus de baiser avec lui sur les berges du lac Nu.

— Moi aussi, des fois, le cul me dit pas grand-chose, expliqua-t-il, et il faut pas en faire un drame, ça arrive dans les meilleures familles.

Bétina considéra son raisonnement avec un grain de sel en riant sous cape.

— C'est parfait ça, Aubin, approuva-t-elle, j'aime ça quand tu parles de même.

— Si tu m'as pas vu au village, c'est que j'étais absent, confirma Aubin.

— Ah? fit Bétina.

— Un petit aller retour à Montréal pour régler des affaires urgentes, et j'ai eu le temps de penser à toi durant mon voyage.

Pour le prouver, Aubin déposa une petite boîte sur la table, sans autre emballage que le carton luxueux identifié aux couleurs d'un joaillier réputé.

— Pour moi? s'étonna Bétina.

Il y avait de quoi, puisque l'écrin contenait, monté sur une armature métallique recouverte de velours rouge, un bracelet de marcassite ciselé de délicates fleurs de lys et serti en son centre d'une rangée d'œils-de-chat disposés en volute, de quoi attendrir le cœur le plus coriace. Superbe. «Superbe! dit Bétina, mais pourquoi?»

— Es-tu contente ou t'es pas contente? demanda Aubin.

— Mets-en que je suis contente.

— C'est beau de même, conclut Aubin, mets-le et on en parle plus.

Ce que fit Bétina et la question fut liquidée de cette manière expéditive à la satisfaction de l'un et de l'autre.

Bétina était aux oiseaux, comblée dans son âme et dans son corps, puisque ces derniers dix jours, même si Aubin n'avait pas été là pour la distraire, elle avait vu Vernon à deux reprises entre ses expéditions, sobre et de bonne tenue, amant d'une vigueur inlassable, et qui lui avait annoncé, pas plus tard qu'avant-hier, s'absenter pour la dernière fois, puisque la saison de pêche au saumon s'achevait avec cette semaine. Sans trop s'illusionner, elle s'imagina tout de même que la vie plus sédentaire de l'Indien leur permettrait peut-être de cultiver leur relation avec davantage de constance, au risque de déboucher sur quelque chose de plus solide si jamais le Vernon Metallic de malheur se décidait à se prendre en main.

Après s'être servi les deux bières dans le frigidaire, alors que Bétina était retombée tête première dans le haschisch, Aubin s'absenta au dépanneur pour renouveler les provisions et profita du voyage pour apporter également du magasin général deux steaks flamboyants en prévision du souper: «Tu m'as dit que ton fils grignotait des biscuits, expliqua-t-il, et quant à l'autre, couché en haut, il va passer en dessous de la table.»

Vincent se présenta en fin d'après-midi et, à l'étroit dans ses vêtements neufs, il se déshabilla flambant nu près de la porte, avala un imposant carré de fromage en vitesse et se réfugia dans le sous-sol. Bétina l'accompagna pour tenter de déceler quelque réaction à la suite de sa première journée d'école, mais son fils se cantonna dans un silence impénétrable et se remit à ses crayons sans lui accorder la moindre attention.

— La première journée d'école de sa vie, remarqua-t-elle fièrement à l'intention d'Aubin

— Moi, à ma première journée d'école, se souvint Aubin, j'avais apporté une pomme à la maîtresse, mais pour faire mon fin, j'y avais enfoui des gousses d'ail. À la récréation, pour calmer une petite fringale, elle avait mordu dans la pomme à belles dents. Au retour dans la classe, elle m'avait obligé à toute la manger devant les autres; j'en ai encore la gueule sure.

Bétina accepta une bière et roula encore un joint de haschisch de sorte que, de fil en aiguille, l'heure du souper passa sans que personne ne s'en formalise. Aubin ingurgita les autres comme s'il s'agissait d'eau, mais sitôt la noirceur venue, il manifesta l'intention de changer d'air et invita Bétina à l'accompagner à l'hôtel, «question de voir du monde», précisa-t-il. Le cerveau en relâche, Bétina hésita avec mollesse, plus ou moins convaincue, mais dénicha le prétexte de préparer Vincent pour l'école du lendemain pour refuser finalement. Aubin se montra disponible si jamais elle changeait d'idée.

Elle sortit respirer un peu à l'extérieur. Le village était tranquille, hormis sur le quai, où le *Manicouagan* déchargeait ses marchandises, sombre silhouette sur et autour de laquelle s'animaient les marins pressés.

Vincent avait apparemment trouvé la journée difficile, car réputé de tout temps comme un solide oiseau de nuit, il dormait déjà à vingt et une heures et, indice significatif, il avait laissé en plan la reproduction noir et blanc des murs de sa classe, ce qui ne lui arrivait jamais, s'appliquant toujours, quelle que soit l'heure, à terminer ses dessins jusqu'a l'ultime détail.

Se découvrant toute seule après cette journée pleine d'événements inédits, elle puisa encore dans le haschisch une mince consolation, et ne sachant trop comment occuper ses dix doigts, elle décida d'imiter Vincent et de s'étendre sur son lit pour une sieste, quitte à se lever plus tard et à entreprendre autre chose. Une sourde appréhension l'assaillit en pleine face au milieu de l'escalier, au point où elle fut tout à fait incapable de continuer jusqu'au deuxième. Dans sa pratique, elle avait eu l'occasion de côtoyer des blessés graves de toutes conditions, certains faisant peur à voir, et, le plus souvent, elle était la première à se dévouer pour leur prodiguer les soins requis. En outre, Félicité Desmarais ne lui avait pas caché qu'à une certaine époque le dispensaire avait tenu lieu de salon mortuaire et elle ne s'en était pas portée plus mal. Mais de là à réaliser qu'un mort en chair et en os reposait dans une des chambres obscures du corridor, il y avait un stade que Bétina se révéla incapable de dépasser: elle gela sur place durant de longues secondes, incapable de bouger et ne trouvant pas le courage de retourner. Elle s'assit dans les marches pour réfléchir et se convaincre de la futilité de son émoi, mais ne parvint aucunement à maîtriser ses sentiments et regagna la cuisine en tremblant comme une feuille. Il fallait qu'elle s'évade et projeta de visiter la tente dans l'éventualité d'y retrouver Vernon, mais la traversée du sentier, en pleine forêt et dans le noir, l'incita à renoncer à son plan de sauvetage.

L'autre possibilité était de rejoindre Aubin à l'hôtel et elle y reçut un accueil chaleureux, marqué par un brin de sarcasme:

— Je le savais que tu changerais d'idée, dit-il, t'es pas capable de te passer de moi.

— Pffft, fit Bétina, et, au serveur, elle demanda une grosse, et que ça saute.

— T'aurais dû venir plus tôt, reprit Aubin, t'aurais vu quelque chose de drôle?

— Quoi? lui demanda Bétina du bout des lèvres, habituée à se méfier de son humour parfois discutable.

Sous les approbations de plusieurs clients intéressés, sauf de Darquis dans ses petits souliers, Aubin raconta que l'embaumeur, fraîchement arrivé de Sept-Îles, s'était amené au bar dans tous ses états pour enfiler coup sur coup deux gins doubles afin de penser à son affaire. Il affrontait un problème puisqu'à la suite d'une regrettable erreur du préposé à l'aéroport, le ci-devant Darquis la tête de linotte, ses bagages avaient été oubliés dans l'avion et avec eux, ses instruments de travail. Devant le fait accompli et avec aucune solution de rechange, on avait vu le croque-mort se précipiter au magasin général pour y acheter lames, couteaux, soda à pâte et autres instruments de fortune, afin de pouvoir effectuer la mise en bière avec un minimum de décence.

— T'aurais dû le voir, s'esclaffa Aubin, un peu plus et il empruntait les couteaux dans la cuisine pour coupailler son cadavre.

— Ouach! fit Bétina, franchement, tu peux pas parler d'autre chose, l'implora-t-elle, en se retenant d'éclater à son tour.

Pour oublier ses malheurs, Darquis provoqua Bétina en duel sur la table de billard et elle releva le défi, un peu baveuse et sûre de ses moyens: «Je te donne deux boules, proposa-t-elle en le toisant avec dédain, et je garde la casse.»

— À ce compte-là, proposa Darquis, je mets un dix sur la table.

— Top là, fit Bétina, et que le meilleur gagne.

Son premier coup ne lui apporta rien qui vaille et, pour son malheur, elle empocha la blanche. Darquis eut beau jeu de prendre sa revanche; il réussit deux de ses boules d'un coup et considéra déjà la victoire à portée de baguette. Bétina n'avait pas une mince tâche, et le regard embué par la bière et le haschisch, elle parvint à enfiler une boule de peine et de misère, avant d'empocher encore lamentablement la blanche dans une poche de coin. Surpris lui-même, Darquis répéta son exploit et au prochain tour, se vanta-t-il l'air superbe, il s'agirait d'une affaire de rien d'éliminer le dernier obstacle avant de s'attaquer à la pièce de résistance, en l'occurrence la noire qu'il prévoyait déjà éliminer dans une poche du centre. Bétina frotta méthodiquement le carré de craie bleue sur le procédé de sa queue, jaugea d'un œil exercé la géographie de la table, avala une gorgée de bière pour affûter son attention et exécuta son prochain coup avec méthode, mais échoua encore. Darquis y vit son ultime chance de venger l'échec de leur premier duel; il ajusta sa mire droit dans le mille, changea de position pour s'assurer un appui plus commode sur la bande, visa encore en arrêtant de respirer et s'élança: la balle parcourut toute la table en diagonale avant de disparaître dans une poche du fond. Il ne manifesta aucune marque de satisfaction pour éviter de perturber sa chance, et décidant de battre le fer tandis qu'il était chaud, il se plaça pour appliquer le coup de grâce en s'attaquant à la boule noire, signe incontestable de victoire si jamais il parvenait à la mater. Après mille calculs sur le facteur de rétention de sa baguette, autant d'essais sur le coefficient de rebondissement de la bande, il s'exécuta avec une précision de chirurgien et vit effectivement la boule convoitée s'évanouir… suivie de la blanche qui s'éclipsa à son tour dans une poche du côté opposé. Si près de la victoire, le perdant mit du temps à s'en remettre et il promit à la face du monde de ne plus jamais côtoyer une table de billard pour le reste de ses jours. Bétina, pour sa part, célébra sa victoire par une autre bière, même si les yeux et la tête commençaient à lui fléchir de plus en plus.

Aubin, dans un état semblable et porté sur la controverse en ces circonstances, l'accueillit comme un chien dans un jeu de quilles:

— Aimes-tu ça te pencher sur la table en sachant que tous les gars te reluquent les fesses?

— Qu'est-ce que t'en penses? répondit Bétina, toi, aimes-tu ça?

— Certain que j'aime ça, confirma Aubin, un fou.

— Pourquoi tu chiales, alors? demanda Bétina, ça te dérange tant que ça?

— Je chiale pas, se défendit Aubin, je voulais juste savoir si tu étais comme les autres filles.

— Mets-en que je suis comme les autres filles, qu'est-ce que tu penses?

— Toutes pareilles, s'avança Aubin, toutes des danseuses de la première à la dernière qui perdent aucune occasion de faire bander les gars. Mais quand tu veux leur toucher en bas de la ceinture, par exemple, wow! là ça se gâte. Toutes pareilles.

— J'ai des petites nouvelles pour toi, mon Aubin, se défendit Bétina; les filles se laissent toucher par les garçons qui leur font du bien, si tu veux savoir. Les filles sont toutes pareilles, tu as tout à fait raison, elles courent toutes comme des maudites folles après les garçons qui sont doux, fins et qui se prennent pas pour le nombril du monde, c'est-tu assez pour toi?

— J'en ai connu...

— On s'en fout, Aubin, de celles que t'as connues, coupa Bétina, je te parle juste de la vraie vie, des vraies filles et des vrais garçons; mets ça dans ta pipe pis fume.

— J'en ai connu...

— Je viens de te le dire, coupa encore Bétina, on s'en fout éperdument des filles que t'as connues, c'est ton hostie de problème et puis change de sujet parce que je t'étampe ma main dans la face.

Aubin venait de trouver chaussure à son pied et d'aussi loin qu'il se souvienne, jamais il ne s'était fait apostropher de la sorte. Il réfléchit dans sa bière un moment et s'arma d'une délicatesse relative pour enchaîner:

— Quand je parle des filles en général, t'es pas comprise là-dedans, c'est clair, dit-il.

— Évidemment, veux-tu dire que je suis pas une fille?

— T'es une fille, confirma Aubin, une christ de belle fille à part de ça, je te l'ai déjà dit...

— Mais une fille pas fine parce que j'ai refusé de baiser avec toi, si je te suis bien.

— Tu mélanges tout, s'impatienta Aubin, t'es paquetée jusqu'aux oreilles et t'es pas parlable.

— C'est ça, l'approuva Bétina, changeons de sujet parce qu'on pourra pas s'entendre.

Le bar commençait à se vider et Darquis quitta en catimini, la tête entre les jambes. Aubin commanda une dernière bière, en offrit une à Bétina, «pour te fermer la gueule», précisa-t-il, et ils restèrent à peu près seuls au comptoir, hormis un fonctionnaire de passage, assez obscur et qui avait pris un coup solide tout en renouvelant sa provision de haschisch auprès du barman.

— Au moins, on peut dire que t'as de la gueule, remarqua Aubin, et que tu sais te défendre; j'aime ça de même.

— T'as rien vu, mon homme, l'avertit Bétina, poussée à bout, tu serais surpris.

— Parler pour parler, c'est ce que j'aime de toi, confia-t-il plus calme, t'es capable d'affronter n'importe qui et tu as peur de personne.

— Justement, en profita Bétina, ça tombe bien parce qu'il est pas question que je passe la nuit seule avec ton hostie de macchabée, d'autant plus que sa chambre est située juste en face de la mienne.

— Regarde donc ça, s'étonna Aubin, une infirmière. Tu as dû en voir des cadavres dans ta vie?

— En masse, confirma Bétina, mais c'est pas une raison pour que je couche avec; ça fait que grouille-toi, tu viens coucher au dispensaire.

— Si je veux, rétorqua Aubin faussement affecté.

— Fais pas le «smatte», tu viens coucher au dispensaire.

Aubin cultiva son plaisir en s'attardant jusqu'aux petites heures, et alors qu'il insista pour un dernier service après le *last call*, Bétina commença à le trouver moins drôle; le fonctionnaire en rajouta, en trouvant en eux des oreilles attentives pour déverser son fiel sur son employeur avec une diction rendue à peu près incompréhensible par l'alcool. «On crisse notre camp d'icitte», proposa Bétina, et pour une fois, Aubin fut d'accord avec elle.

Il rentra en jeep; elle insista pour rentrer à pied, question de s'oxygéner les esprits, et en pénétrant dans le dispensaire, Aubin crut être drôle:

— Ça sent le mort ici, remarqua-t-il, c'est le temps que tu fasses le ménage.

— Ta gueule, lui ordonna-t-elle, sinon, on couche sur le perron.

Bétina laissa Aubin la précéder dans l'escalier et, fanfaron, il ouvrit la porte de la chambre fatidique «pour vérifier s'il dort encore».

— Ferme cette porte immédiatement, ordonna Bétina sans se retourner, et laisse faire les farces plates.

Au lit, ils s'aguichèrent un peu du bout des lèvres et doutant de ses moyens à cause des effets imprévisibles de l'alcool, Aubin évita comme la peste toute tentative de séduction qui aurait pu, on sait ce que c'est, susciter des doutes sur sa virilité. Tombant de sommeil, Bétina s'en accommoda sans s'en plaindre, et moins de cinq minutes plus tard, le mort bien tranquille à proximité, ils dormaient tous les deux côte à côte.

Le lendemain matin, le croque-mort zélé se présenta à sept heures au dispensaire et réveilla toute la maisonnée, à l'exception de Vincent, matinal comme un coq. Aubin se tira péniblement du sommeil, il alla lui-même modérer ses transports en l'accueillant dans la porte, et nonobstant la présence de quelques proches du défunt, la mine basse, il lui livra sa façon de penser.

— Tu parles d'une heure pour réveiller le monde, l'apostropha-t-il, ton mort, il s'en ira pas et tu aurais pu attendre à neuf ou dix heures pour lui mettre la patte dessus!

— Ta gueule, Aubin, le supplia Bétina de sa chambre et à moitié endormie, pense à la famille.

— J'en ai un autre qui m'attend à Sept-Îles, se défendit l'embaumeur et je reprends l'avion cet après-midi.

— Ça se peut-tu? conclut Aubin.

Deux hommes s'amenèrent à l'étage quérir le brancard et son contenu, et l'opération achevée, Bétina poussa un soupir de soulagement avant de se rendormir comme une bûche. Aubin l'imita.

Vincent se pointa dans la chambre une heure plus tard, nu comme un ver, maigre à faire peur, en attente. Bétina se dressa instinctivement dans le lit et l'invita à la rejoindre; l'enfant tourna les talons pas du tout intéressé. Elle s'élança à sa suite et remarqua qu'il tenait solidement la rampe pour descendre l'escalier; il n'en menait pas large et ses efforts des derniers jours pour l'inciter à mieux s'alimenter tardaient à produire des résultats. Elle s'appliqua à lui préparer un déjeuner consistant, mais Vincent, l'esprit ailleurs, leva le nez sur l'œuf dur et les rôties et il toucha à peine à un bol de céréales. Il se laissa vêtir sans trop de mal, accrocha une banane sur le comptoir et accepta la compagnie de sa mère pour se rendre à l'école. Deux jeunes enfants s'amenèrent à leur rencontre et, chacun de son côté, prirent Vincent par la main; Bétina leur légua son fils et assécha une autre larme.

Une lettre l'attendait et Bétina en prit connaissance, assise sur le perron du bureau de poste. En raison du contenu de la sienne, récente et marquée par un accès de vague à l'âme, Eunice s'était crue contrainte de rappliquer d'urgence et, tel qu'elle l'avait imaginé, son ex-compagne n'y avait vu que du feu, y décelant tous les motifs pour afficher un optimisme enflé. Usant d'un style direct mais cependant empreint, comme d'habitude, d'innombrables fautes de français, elle assurait encore Bétina de sa constante disponibilité, sûre de la stabilité de ses sentiments que leur séparation n'avait pas affectée; «... *si tu t'ennui,* terminait-elle, *gène toi pas, fait moi un signe, je saute dans la première avion pour allé te trouvez.*» «Chère Eunice, songea Bétina, toujours la même.

Au dispensaire, Bétina découvrit Aubin au téléphone en train de dire sa façon de penser à un interlocuteur anonyme:

— C'était pas nécessaire d'appeler si tôt, reprochait-il, ça aurait pu attendre.

Bétina lui arracha l'écouteur des mains en se disposant à réparer les dommages. Il s'agissait de la pauvre épouse du cruciverbiste à qui son mari causait problème, et selon ses propres termes, «il fait du chapeau». Elle écouta longuement, sourit souvent et elle promit une visite dans les prochaines minutes pour observer *in situ*.

Ayant veillé tard et voyant son sommeil perturbé par le croque-mort, Aubin était de mauvais poil et en voulait au monde en général, à Bétina en particulier.

— C'est quoi l'idée de te laisser déranger par n'importe qui à huit heures et demie du matin? l'apostropha-t-il en avalant un verre d'eau.

— Ben quoi? fit Bétina.

— Dis à tes patients de respecter ta vie privée, conseilla Aubin, tous les médecins font ça.

— Je suis infirmière, lui fit remarquer Bétina.

— C'est pareil, insista Aubin; j'ai un *chum* qui est médecin en Gaspésie, et quand un patient lui téléphone chez lui, il charge cent piastres la *shot*. Les malades y pensent en hostie avant de l'appeler.

— Voyons, objecta Bétina, parle avec ta tête.

— La compétence, ça se paye, conclut Aubin en s'apprêtant à partir. Et après un temps, il ajouta: ça a pas l'air qu'on peut dormir, ici; je m'en vais me coucher chez nous.

— Fais donc ça, approuva Bétina.

Elle s'attarda sous la douche durant de longues minutes pour le plaisir de sentir le jet d'eau lui masser le dos, et dans une forme relative elle aussi, elle sauta sur sa bicyclette pour se rendre chez le cruciverbiste.

Les symptômes étaient conformes à ceux décrits au téléphone: le vieil homme, prostré au bout de la table et insensible à toute vie extérieure, se démenait les méninges à résoudre une grille géante de mots croisés; jusque-là, Bétina n'y vit rien de répréhensible, sauf que les murs de toutes les pièces de la maison, les meubles et les fenêtres étaient tapissés de bouts de papier déchirés à la diable et sur lesquels le cruciverbiste avait copié des mots de vocabulaire.

— Quand il découvre un mot nouveau et qu'il pense qu'il pourrait lui servir plus tard, il l'écrit et le colle au mur, voulez-vous me dire?

— En effet, sympathisa Bétina sur le point d'éclater de rire, c'est assez embêtant.

— Il en colle partout, confirma la pauvre femme, jusque sur le banc des toilettes et dans le frigidaire, voulez-vous me dire?

— Depuis quand s'intéresse-t-il aux mots croisés? s'informa Bétina.

— Depuis son jeune âge, dit la vieille femme, mais depuis sa retraite, c'est du matin au soir et souvent la nuit.

— Oui, oui, fit Bétina, songeuse. Je dois vous dire, chère madame, qu'il n'y a pas grand-chose à faire; votre mari souffre seulement d'une fixation due à son âge et à son amour inconsidéré pour son *hobby*.

— Vous n'avez pas de pilule qui...

— Il n'existe pas de médicament pour ce genre d'affection, coupa Bétina, pusique ce n'est pas une maladie. Il s'agit en fait d'une manie persistante qui, j'en ai bien peur, ne disparaîtra pas de sitôt et pour être franche, qui risque plutôt de s'accentuer.

— Doux Jésus! fit la vieille femme.

Bétina s'approcha du mari sans que celui-ci ne se rende même pas compte de sa présence; d'une écriture méthodique, il avait rempli les cases entrecroisées et en l'observant un moment, elle le vit chercher un mot dans le dictionnaire, essayer de l'introduire en vain dans une série de cases blanches, l'écrire sur un feuillet et aller le coller entre de nombreux autres sur le mur du salon. «Vous voyez, dit sa femme, il fait ça durant de grandes journées.»

— Bon, fit Bétina, puisqu'il n'y a pas grand-chose à faire, je vais quand même vous remettre des sédatifs...

— Des sédatifs? interrogea la femme.

— Des pilules pour dormir, si vous préférez, et si votre mari se lève trop souvent la nuit, vous pourrez toujours lui en faire prendre une avant le coucher; ça le tranquillisera jusqu'au matin.

Elle se montra satisfaite même si le problème n'était pas complètement réglé pour autant, et pour son déplacement, Bétina se vit offrir le traditionnel pot de cretons, un usage solidement établi dans cette maison.

Elle revit Vernon Metallic seulement deux jours plus tard, peu de temps après souper, alors que, oh surprise! l'Indien apparut au dispensaire. «Sais-tu, Vernon Metallic, que c'est la première fois que tu viens ici de ton plein gré?» lui fit remarquer Bétina en l'accueillant avec effusion.

— Tu t'en plains? s'inquiéta Vernon Metallic.

— Et sais-tu, Vernon Metallic, que je t'ai pas vu depuis plus d'une semaine et que je m'ennuyais à mourir? enchaîna Bétina en multipliant les tendresses.

Il avait bu modérément, mais son prétexte était valable, puisqu'il avait fêté avec d'autres, la fin de la saison de pêche. En plus d'un superbe saumon évidé qu'il déposa sur la table, il lui fourra dans la main un appréciable carré de haschisch, «pour me faire pardonner», précisa-t-il.

— Tu achèteras pas mon silence avec de la dope, l'avertit Bétina, tu es un sans cœur de la pire espèce, un sauvage de la tête aux pieds et je t'aime comme une folle, si tu veux savoir.

Vernon quémanda une bière et passa directement au salon pour rejoindre le divan; le téléphone sonna, Bétina s'en fut répondre et Vernon se rendit se servir lui-même dans le frigidaire.

Aïda était en émoi et réclamait la présence de sa sœur. «Wow, pas si vite! objecta Bétina, j'en arrive.» Aïda exposa, en larmes, l'état de sa mère et ajouta que, selon le médecin traitant, elle était sur ses derniers milles. «Tu dois bien t'en douter un peu, constata Bétina, depuis le temps que ça traîne.» Elle écouta encore en haussant les épaules plus souvent qu'à son tour et exposa enfin clairement sa position: «Je retournerai à Montréal au décès de maman, que ça fasse ou non ton affaire. J'ai du travail ici et je ne peux laisser comme bon me semble, même s'il s'agit d'un cas de force majeure, je le concède.» Bétina tiqua de l'œil, se dandina sur un pied et sur l'autre et conclut: «Tiens-moi quand même au courant, mais d'ici je ne peux t'être d'un grand secours.»

Vernon avait presque eu le temps de s'endormir, la bière entre les jambes. Il sursauta au retour de Bétina près de lui, quand elle lui caressa les cheveux. «Du calme, l'apaisa-t-elle, du calme, c'est moi.»

Vincent déboucha du sous-sol, nu comme un ver, et il se dirigea vers la salle de bain. «Attends-moi, Vincent, je vais t'aider, attends-moi.»

Vincent avait d'autres préoccupations et il passa outre à la demande de sa mère. «Donne-moi dix minutes, dit-elle à Vernon, le temps de débarbouiller mon fils et je reviens.»

Vernon se leva tout droit debout, affichant manifestement l'intention de partir. «Attends, insista Bétina, cinq minutes et je reviens; Vincent peut pas se laver tout seul et je dois le surveiller.»

— Laisse faire, dit Vernon, je m'en vais.

— Dors un peu, suggéra Bétina, ça va te faire du bien, et tantôt, tu seras en forme. As-tu soupé?

Vernon l'écarta de son chemin par un geste du bras:

— Je m'en vais.

— J'irai te voir plus tard, lui promit alors Bétina, couche-toi en arrivant chez toi et je te réveillerai.

Vernon, renfrogné, disposa sans ajouter de commentaire. L'emprise de l'alcool commençait à l'affecter et il affichait une démarche vacillante, en zigzag, les bras battant de chaque côté de son corps.

Vincent était maigre comme un oiseau, mais, mince consolation, il retrouvait davantage d'appétit depuis quelques jours. Si le matin, il acceptait un fruit de peine et de misère et sautait le repas du midi en se réfugiant au sous-sol, l'après-midi, par contre, après une journée d'activités à l'école, il s'empiffrait comme un goinfre, ingurgitant tout ce qui lui tombait sous la main, aussi bien du pain sec avec du yogourt, des carottes avec de la moutarde sans apparemment d'ordre précis. Bétina avait beau lui concocter des repas chauds pour le souper, insistant sur les saveurs, Vincent, rassasié plus tôt, n'en avait cure et elle se retrouvait invariablement seule à table, à manger en silence. «Allez canard, dans l'eau.»

Vincent, l'air détaché, se laissa plonger dans l'eau du bain, l'esprit tout à fait ailleurs. Un paquet d'os plus ou moins soudés ensemble et, instinctivement, Bétina promena la serviette sur cette peau cireuse avec attention comme si elle craignait de casser quelque chose. Les clavicules étaient saillantes, les bras fins et décharnés et les côtes, qu'elle pouvait compter une à une, allaient percer l'épiderme; quant aux jambes, sur lesquelles elle pouvait discerner tous les muscles, elle se demanda comment elles pouvaient supporter ce corps tout de même frêle dans ses déplacements. «Allez jeune homme, sur le ventre.»

Vincent obéit sans rechigner et Bétina lui lava le dos et les fesses, mais pour une raison mystérieuse, son fils maintint la tête sous l'eau jusqu'à suffoquer. «Vincent! Vincent!»

Elle lui prit la tête dans les mains, mais Vincent s'obstina dans son manège et replongea tête première jusqu'au fond. Bétina s'alarma, et pour lui éviter de développer une fixation qui pourrait déboucher sur des conséquences dramatiques, elle l'extirpa du bain derechef, ambitionnant ainsi de lui changer les idées. Debout, se tenant au mur, Vincent se laissa essuyer le visage, mais refusa net d'exercer davantage sa patience et retourna, dégoulinant, s'abriter au soussol. Sa mère l'y rejoignit, mais il s'occupait ailleurs, courbé sur ce qui lui tenait lieu de table de tavail. À la faiblarde lumière d'une ampoule, il allait entreprendre un dessin et, pour sa satisfaction, Bétina s'attarda à côté pour constater de visu où son imagination allait le mener. Le garçon traça alors, à main levée, un rectangle aux angles parfaits dans lequel, tel un caricaturiste, fébrile, il esquissa des silhouettes diverses et nombreuses, prises de dos et reposant assises sur des meubles inexistants. Sur le centre gauche de la feuille, légèrement en retrait, apparut le portrait plus détaillé de ce que Bétina reconnut vite comme son institutrice, bien plantée sur ses jambes, un livre dans une main et un crayon dans l'autre. La ressemblance était frappante avec les cheveux mi-longs, le cou allongé, le buste accentué et les hanches proéminentes. Bétina n'avait rien vu, car à la suite, Vincent s'attarda au visage proprement dit, qu'il reproduisit sous les traits discutables d'un démon à l'expression redoutable. En un tour de main habile, deux innocentes mèches de cheveux acquirent l'allure de cornes repoussantes, les oreilles se transformèrent en deux appendices pointus et poilus, les yeux, fixes et malfaisants, accentuèrent un regard insoutenable et les ongles cédèrent leur place à des griffes menaçantes. Bétina consommait sa désolation quand Vincent, après un instant de réflexion, compléta la scène en ajoutant une queue mobile et immense qui emprisonna tous les élèves de la classe, qui par le cou qui par le torse, comme une liane visqueuse. Interdite, Bétina s'interrogea alors sur la provenance de tels accès d'inspiration issus de l'irréel, Vincent qui fréquentait à peine les livres et ne s'attardait au grand jamais devant la télévision. Elle esquissa, avant de quitter, le geste de s'emparer de la feuille mais Vincent, en désaccord, s'en empara d'un geste et s'en fut la dissimuler dans un coin obscur de son antre.

Le lynx était au comble de l'excitation, planté bien droit au milieu du sentier et émettant des grondements menaçants, au point où Bétina, pourtant une familière, songea à rebrousser chemin. L'apercevant au loin, il s'amena vers elle, ventre à terre, les oreilles renversées, la queue à la traîne et le nez au sol. Le regard était infernal. Elle s'interrompit tout de go, statue de sel, prête à contrer toute velléité d'attaque. Des éclats de voix passionnés parvenaient de la tente, mais le lynx, autant qu'elle, avait l'esprit ailleurs. La bête s'immobilisa à ses pieds, nerveuse, et ouvrit une gueule immense; Bétina déglutit, disposée à défendre sa peau bec et ongles. Le lynx, inclinant la tête, posa alors prudemment quatre crocs brillants et épouvantables sur sa jambe, exerçant une pression suffisante pour marquer la chair mais sans vraiment susciter la douleur; un filet de bave lui inonda la cheville. La bête s'intéressa ensuite au genou qu'elle enveloppa complètement de ses mâchoires, tâtant la rotule avec la pointe de ses dents acérées; d'une docilité incommensurable dans les circonstances, Bétina commençait tout de même à en avoir marre. Le lynx l'inonda d'un autre filet de salive, manifesta l'intention d'investir l'autre jambe mais c'en était assez: sans en mesurer les conséquences, elle saisit la bête par les deux oreilles, se disposa à sa portée, plongea des yeux malfaisants dans les siens et lui infligea un traitement semblable en lui mordillant la peau d'une patte. La bête retroussa les babines, frémit des mâchoires et renversa la tête en arrière; Bétina s'attarda au genou, tâta la rotule de ses dents avant de relâcher son étreinte; le lynx plia les pattes arrière et se soulagea d'un long filet d'urine. «À finaud finaud et demi.»

Vernon n'était pas seul, occupé à discuter ferme avec deux inconnus, élégamment vêtus, debout près de la rivière. Ils tenaient chacun une bière à la main et le plus grand des deux, le plus vieux aussi, dissimulait étrangement son regard derrière d'opaques verres teintés malgré la presque noirceur. Ils ne lui portèrent aucune attention notable et même Vernon, pourtant posté face à elle, l'accueillit comme un mirage. Bétina marchait sur des œufs et elle se réfugia dans la tente sur la pointe des pieds; le lynx, revenu à de meilleurs sentiments, lui marchait sur les talons.

La tente était sens dessus dessous, victime, aurait-on dit, d'un tremblement de terre. La table de travail, renversée, offrait un spectacle désolant: les hameçons inondaient le plancher, des pots de vernis, sans couvercle, répandaient leur matière visqueuse et le duvet d'oiseaux exotiques flottaient encore dans l'air comme des papillons. Le divan reposait debout contre une armature de la tente et le lit, dont le matelas avait été crevé en maints endroits, gisait près de la porte. «Dieu!»

Les trois hommes discutèrent ferme durant encore de longues minutes pendant lesquelles Vernon, la bouche pâteuse, parla, d'après ce que Bétina en put saisir, de la traîtrise des courants marins et du vent d'est imprévisible; l'un des hommes renchérit sur les risques d'amerrir en plein fleuve et, de surcroît, à la nuit noire. À un certain moment, Vernon vint dans la tente, et sans la gratifier du moindre regard, il prit appui sur le dossier d'une chaise pour reproduire grossièrement un plan sommaire de la géographie du village, l'emplacement de son propre quai par rapport à l'ensemble, la position de son filet à morue et, à l'aide de flèches parallèles, l'endroit où il prévoyait le déplacer, plus à l'ouest, entre Pointe-Manitou et le village voisin. Les deux inconnus consultèrent alors le plan, suggérèrent des corrections et l'un des deux, celui à lunettes teintées, plia soigneusement la feuille pour l'enfouir ensuite dans la poche intérieure de son veston d'excellente coupe. Ils scellèrent alors leur bonne entente par une autre bière et Vernon les accompagna ensuite jusqu'à son quai; une minute plus tard, elle entendit le moteur d'un hydravion démarrer et aperçut, à travers le rideau translucide des arbres, l'appareil prendre son envol et disparaître direction sud-ouest vers la côte de la Gaspésie.

Vernon mit du temps à revenir et considérant Bétina, occupée à ramasser les bouteilles vides jetées çà et là près de la rivière, il les lui arracha des mains en lui intimant l'ordre de se mêler de ses affaires; elle lui rentra dedans à vive allure: «Minute, bonhomme! si t'es pas vivable, je fous le camp tout de suite.»

Pour toute réponse, Vernon lui saisit un poignet, le compressa de toute sa force en le tordant, l'assassina d'un regard de feu et gratifia le lynx, venu voir, d'un solide coup de pied dans les côtes: le lynx s'enfuit en miaulant comme un chat et Bétina échappa les deux bouteilles qu'elle tenait jusqu'alors.

— Je suis capable de m'occuper de mon terrain, dit Vernon, et quand je voudrai une bonne, j'irai certainement pas te voir.

— Christ que t'es bête!

Il la laissa pantoise pour gagner la tente, mais Bétina, surexcitée, s'y rendit lui montrer l'autre revers de la médaille; elle n'avait pas anticipé pareille réaction et dans la porte, sans avoir le temps de se protéger de quelque manière, elle reçut une bûche de bois en plein front et culbuta sur le dos, inconsciente et silencieuse.

— La paix! dit Vernon, l'hostie de paix!

Elle était comme morte et alors que Vernon, attaquant tous les saints du ciel, reconstitua son intérieur, le lynx s'en vint s'étendre près de Bétina sur la pointe des griffes. Vernon voulut l'en éloigner mais la bête, un seul instinct en tête, montra des crocs menaçants et s'accroupit en position d'attaque en feulant du fond de la gorge.

En revenant à elle plusieurs heures plus tard, Bétina s'imagina en enfer: tous ses membres brûlaient, elle était devenue aveugle, la tête allait lui éclater et le froid la transperçait de part en part. Elle surestima ses forces en ambitionnant se mettre à genoux, et ne décelant aucun appui dans le noir, elle se retrouva face contre terre, et se touchant le front par inadvertance, elle prit conscience de l'ampleur de sa blessure; son front affichait un œdème frémissant et elle n'y voyait rien que d'un œil. Elle parvint au second effort à se poster sur ses jambes tant bien que mal et en cherchant un moyen ou l'autre d'éclairer la place, elle buta sur un corps immobile.

— Vernon?

Elle dénicha la lampe au benzol à sa place habituelle, les allumettes à côté, mais elle faillit l'éteindre aussitôt et prendre les jambes à son cou: Vernon gisait par terre sur le dos, à moitié nu, et affichait les marques affreuses de son combat avec le lynx. Il y avait de quoi paniquer puisque l'Indien, soûl comme une botte, n'avait apparemment pas opposé de résistance notable, et la bête s'en était donnée à cœur joie en lui lacérant les membres d'interminables entailles dont certaines, sur les bras surtout, s'incrustaient dans les chairs en longues rainures. «Câlisse!»

Les jambes, mince consolation, affichaient une meilleure mine, et si le pantalon était en lambeaux, les lésions apparaissaient plus superficielles, hormis un carré de chair pendouillant au-dessus du genou gauche. Par miracle, le visage avait échappé au carnage, à l'exception d'une éraflure superficielle au niveau de la joue droite.

Le lynx s'était poussé.

Vernon était mal en point, et surmontant ses propres douleurs, elle prit les choses en main comme si de rien n'était; elle dénicha une guenille, l'imbiba d'eau et aspergea le visage de l'Indien qui, sous le choc, ouvrit des yeux hésitants. «Bouge pas, dit Bétina, laisse-moi faire.»

Vernon ne demandait pas mieux et sans un mot, il réintégra une inconscience relative, manœuvrant sa tête d'un côté et de l'autre en respirant bruyamment. Bétina renouvela la médecine en portant ses soins sur le front et les tempes jusqu'à ce que l'Indien, assailli par un hoquet subit, se dresse assis pour mieux respirer. «Tu t'es fait arranger solide.»

Puissant comme un cheval, Vernon se mit debout et, se tenant aux meubles, il se hasarda vers le lavabo pour se laver. Bétina l'assista par la force de ses faibles moyens, rinça les écorchures et désinfecta les estocades. Il la repoussa pour s'occuper lui-même de ses propres affaires, mais il frappa un nœud: «Veux veux pas je t'aide, et si tu dis un mot, câlisse, je te casse la gueule.»

Vernon n'était plus en état de se défendre et résigné, il se laissa conduire à une chaise de cuisine. À la faveur de la lampe, Bétina examina la blessure au genou gauche et opta pour une action immédiate: «Peux-tu te traîner au dispensaire? Il faut des points de suture là-dessus.»

— J'ai déjà vu pire, fit Vernon.

— On s'en fout, rétorqua Bétina, je te dis qu'il faut soigner cette blessure au plus vite.

Sous l'emprise encore des effets de l'alcool et affaibli par le combat livré au lynx, il devint vite évident que Vernon ne pourrait entreprendre le voyage. Bétina remit le lit à sa place, l'y coucha sous une couverture et rassembla ses forces pour se rendre cahin-caha au dispensaire.

Nulle trace du lynx.

Elle s'occupa d'elle d'abord et, dans un miroir, constata l'état désolant de son visage: le front ne cessait d'enfler et son œil gauche, complètement fermé, affichait l'allure de celui d'un boxeur victime d'un *knock-out*. En effleurant à peine la paupière, elle l'aspergea d'une solution antiseptique, et pour soulager une céphalée vasculaire persistante, elle ingurgita deux pastilles de *mépéridine;* quant à l'intumescence de son front, il n'y avait pas grand-chose à faire d'autre qu'attendre qu'elle se résorbe d'elle-même. Pour discipliner ses idées et souffler un peu, elle roula un énorme joint de haschisch qu'elle absorba au salon dans le noir et, alors seulement, elle s'intéressa à nouveau à Vernon Metallic.

Au matériel de sa trousse, en permanence sur le qui-vive, elle ajouta les aiguilles et le fil à suture et doubla sa provision de tampons hydrophiles.

Vincent dormait comme un ange.

Vernon aussi; une bière à la main et dans les limbes, il ne ressentit rien des traitements sauf au moment où Bétina, à la lumière de la lampe, désinfecta la plaie ouverte du genou avec une solution d'eau phéniquée. Aucune autre réaction, même quand elle recousut les lèvres de la plaie l'une contre l'autre et qu'elle termina l'ouvrage par une injection d'un vaccin antirabique au cas où.

Avant que la nausée ne l'envahisse complètement, elle tapissa Vernon de baisers brûlants, l'enveloppa de la couverture des pieds à la tête et rentra au dispensaire en jurant de ne plus jamais remettre les pieds à la tente envers et contre tous. «Ton chien est mort, Vernon Metallic.»

Nulle trace du lynx.

Bétina releva ses bretelles pour s'occuper d'elle en permanence, récupérer des forces et se foutre de Vernon Metallic comme de l'an quarante; elle y parvint dans une certaine mesure.

Vincent fréquentait l'école depuis maintenant cinq semaines et son institutrice, une jeune fille affable et à son affaire, manifestait un optimisme prudent. «Je n'ai pas grands commentaires, avoua-t-elle, Vincent passe ses journées dans le fond de la classe à dessiner et il ne se mêle pas aux autres.»

— As-tu tenté de l'intéresser à tes cours? demanda Bétina.

— Pas vraiment, avoua la jeune fille, avec vingt-six élèves de la première à la quatrième année, je manque de temps pour m'occuper de lui.

— Mouais, fit Bétina.

— Selon ce que m'a dit mademoiselle Dupéré, enchaîna-t-elle, Vincent doit seulement profiter de la présence de ses compagnons et compagnes sans que je doive lui prodiguer un enseignement spécifique, c'est bien ça?

— Mouais, fit Bétina tourmentée, c'est ce qui a été entendu.

L'autre devina son inconfort et manifesta une charmante compassion:

— Croyez bien qu'il ne s'agit pas de mauvaise volonté de ma part, mais dans les circonstances je ne vois pas ce que je pourrais faire de plus. Vincent a un talent évident pour le dessin, mais ici il n'a pas une grande chance de le développer et, d'ailleurs, c'est un domaine tout à fait en dehors de mes compétences.

— C'est ce que je voulais savoir, conclut Bétina, et elle s'en retourna au dispensaire la tête haute, conduisant Vincent par la main pour ne pas qu'il tombe par terre.

Ainsi donc, la situation se présentait d'une manière acceptable et Vincent, tel qu'elle l'avait souhaité, profitait de son nouvel environnement même si elle ne s'attendait pas à un miracle; au moins, le garçon quittait son sous-sol quelques heures par jour et, seulement pour cette raison, il y avait de quoi être optimiste. Sans manifester un quelconque empressement pour fréquenter l'école, il était déjà beau qu'il accepte de le faire sans rouspéter.

Par contre, même si depuis ces semaines il profitait de l'occasion de sortir à l'extérieur comme jamais cela lui était arrivé, son allure s'affichait la même: blême à faire peur, toujours aussi maigre, ses forces tardaient à revenir. Selon son institutrice toujours, il accompagnait les enfants dans la cour de récréation, mais alors que les autres s'adonnaient à des jeux de leur âge, Vincent restait à l'écart, le plus souvent adossé à un mur, seul dans son coin. Bétina cultivait l'espoir.

Un soir, après souper, alors qu'elle s'aérait les esprits à l'extérieur en raclant des feuilles mortes, on vint quérir ses services d'urgence. Deux adolescents, un peu embarrassés, la prièrent de les suivre au quai, où un de leurs compagnons, sous bonne garde cependant, menaçait de se jeter à l'eau.

— Qu'est-ce qu'il a? demanda Bétina.

— Sais pas, dit le plus jeune, mais il est *flyé* au boutte.

— Bon, dit Bétina, allons-y voir.

Munie de sa trousse à tout faire, elle les suivit et, sur le quai, elle éprouva du mal à fendre la masse compacte des spectateurs qui entouraient la victime désignée, un beau jeune homme d'une quinzaine d'années. Elle posa des questions à la ronde et obtint des réponses imprécises et placées sous le signe de la retenue. Selon ce qu'elle en put apprendre, l'adolescent, tout à l'heure, avait décidé de mettre fin à ses jours en se foutant à l'eau, et alors qu'il était retenu par les autres pour l'empêcher d'exécuter son sombre dessein, il avait démontré une force herculéenne pour se défaire de ses empêcheurs de tourner en rond; au moment d'escalader la bitte du quai pour le saut fatidique cependant, il avait ressenti des convulsions cloniques qui, d'une certaine manière, lui avaient sauvé la vie puisque, perdant alors tous ses moyens, il s'était écrasé par terre comme une poche de guenilles, en râlant comme un perdu.

Ayant aperçu l'attroupement sur le quai, Aubin était venu aux nouvelles et il ne mit pas de temps à rendre son verdict:

— Un *bad trip,* c'est ben clair, annonça-t-il à la ronde.

— T'as l'air au courant, Aubin, dit Bétina.

— La dope, c'est comme les femmes, reprit Aubin, faut prendre ça à petites doses, sinon ça nous retombe sur le nez.

Les effets maximaux de la crise s'évanouissaient, heureusement sans trop de dommages, mais l'adolescent, couché sur le dos, respirait bruyamment, affichait des yeux globuleux et souffrait de spasmes réguliers comme si sa respiration causait problème. Calme la plupart du temps, il éprouvait parfois des sursauts de frayeur et son visage se crispait, alors comme si son imagination amenait à ses yeux des visions d'horreur; en ces occasions, au comble de l'excitation, il se contractait sur lui-même, portait une main devant ses yeux et menaçait d'avaler sa langue.

Bétina prit les choses en main en lui administrant une injection anxiolytique et aussitôt, le garçon recouvra son calme et sembla se fondre dans une léthargie apaisante: il respira plus à l'aise, ses muscles se détendirent et ses yeux papillotèrent normalement.

— Vous pouvez l'emporter, dit Bétina, et pas de dope pour lui pour au moins une semaine.

Elle obtint, pour la première fois dans l'exercice de ses fonctions, une salve d'applaudissements nourris, et un jeune homme à carrure d'athlète s'empara de la victime comme d'un bébé, la passa sous son bras et mit le cap sur le village, suivi par la procession de tous les adolescents témoins de l'incident.

— Hostie de dope, remarqua Aubin resté seul sur le quai avec Bétina, les jeunes tombent là-dedans comme dans du sucre à crème.

— Comme tu le dis, Aubin, faut prendre ça à petites doses, hein? comme les femmes.

— Mets-en, dit Aubin qui évita de s'étendre sur le sujet.

Depuis sa dernière rencontre avec Vernon Métallic, son front désenflait petit à petit, mais son œil continuait d'afficher une allure repoussante, mauve-noir et la paupière inférieure gonflée à bloc; Aubin sauta sur l'occasion:

— T'as vu ton sauvage? interrogea-t-il.

— J'ai vu Vernon Metallic, avoua Bétina, mais c'est pas ce que tu penses; disons que j'ai eu une discussion virile avec mon fils et il a perdu la tête.

— Ouais, fit Aubin, j'ai l'impression que tu m'en passes une petite vite, mais c'est ton problème.

Bétina refusa l'invitation de terminer la soirée à l'hôtel et s'en retourna au dispensaire pour penser plus à l'aise à Vernon Metallic.

Bien sûr, elle n'avait obtenu aucune nouvelle de lui et n'en attendait d'ailleurs pas, mais dans le fin fond de ses tripes, quelque part dans son bas-ventre, sa présence commençait à lui manquer. Même si leur dernière rencontre s'était révélée douloureuse autant pour l'un que pour l'autre, le passage du temps atténuait ses blessures, et après ses grandes résolutions motivées par la rage, elle se disposait à lui offrir une dernière chance, son attitude habituelle. Elle acceptait difficilement l'idée de savoir Vernon si près, à portée de la main, accessible, et l'impossibilité de se trouver près de lui. Elle résista tout de même à son envie de courir à la tente et se coucha tendue, en rage contre elle-même, dans ses petits souliers.

Corina Balfour, l'institutrice présumément enceinte, arriva à l'heure à son rendez-vous, discrète et posée, comme si elle désirait ainsi s'excuser de son état. Perçue comme une distraction charmante dans cette journée déjà morose, Bétina la salua avec emphase, le sourire fendu jusqu'aux oreilles.

Depuis leur dernière rencontre remontant à trois semaines tout au plus, l'allure de la jeune femme s'était déjà modifié; son visage, naturellement délié, affichaient des pommettes joufflues, les seins accentuaient leur volume sous le chemisier de tulle et le ventre, plat jusqu'alors telle une planche à repasser, croissait au niveau de la ceinture. Bétina apprécia ces changements comme autant de signes prometteurs et Corina Balfour rougit jusqu'aux oreilles. Rompue aux us de la maison, la patiente revêtit la jaquette de toile sans chichi et s'étendit, un tantinet crispée, sur la table d'examen.

Bétina l'estima alors, il s'agissait d'une jeune femme d'une beauté toute naturelle avec son visage classique et régulier, des cheveux brun foncé étoilés sur le tissu blanc de l'oreiller et des lèvres vermeilles finement accentuées par un trait de rouge régulièrement dessiné. Même si le corps arrondissait ses angles, les proportions demeuraient intactes et la peau, laiteuse et fleurant la lavande, s'apparentait à l'apparence de la soie.

— Pas de problème? interrogea Bétina en se gantant.

— Pas vraiment, répondit la jeune femme, sauf que j'urine encore souvent.

— Normal, l'encouragea Bétina, et ces symptômes disparaîtront si vous êtes vraiment enceinte.

— Ce n'est pas encore sûr? s'alarma la patiente.

— À peu près sûr, la rassura Bétina, et l'examen va le confirmer. Les jambes dans les étriers.

La jeune femme s'exécuta en douce et Bétina se rendit voir. À la palpation, l'utérus était mou et spongieux, et le segment inférieur montrait une souplesse appuyée; d'ailleurs, le col, dur à l'état normal, trahissait une mollesse comme s'il se fut agi du lobe d'une oreille. L'index enfoui jusqu'à la jointure de la phalange, Bétina s'appliqua à imprimer un mouvement sec à son doigt et elle sentit le mouvement du liquide amniotique battre contre la paroi de présentation du fœtus. La patiente montra un regard étonné: «Normal, dit Bétina, l'utérus est plein de liquide pour protéger l'embryon.»

— Ouf! fit la jeune femme.

Quant aux lèvres du vagin, leur couleur s'était accentuée jusqu'à virer au noir mais, dit Bétina, «elles reprendront leur teinte originale après l'accouchement.»

— C'est fait, je suis enceinte? conclut alors la patiente.

— Tout à fait, confirma Bétina, et d'après moi, il devrait pas y avoir risque de fausse-couche cette fois; la grossesse semble bien engagée.

— C'est mon mari qui va être content, remarqua la jeune femme, lui qui désire tellement un garçon.

— Ça, il est trop tôt pour le savoir.

Elle négligea l'examen détaillé des seins, se limitant à y jeter un coup d'œil discret sans palper, et à peine effleura-t-elle le ventre, elle qui, d'habitude, puisait un plaisir démesuré à aborder cette partie de l'organisme.

La jeune femme se rhabilla en un temps record comme si elle brûlait de retourner chez elle annoncer la bonne nouvelle. Bétina eut à peine le temps de lui conseiller de surveiller son alimentation et de prévoir un programme d'exercices, qu'elle était déjà sortie, retournant d'un pas léger dans la rue du Garage municipal.

Une constatation s'imposa alors à l'esprit de Bétina: pour la première fois depuis longtemps, elle s'en était tenue à un examen exclusivement médical, sans se laisser aller, comme d'habitude, à la jouissance toute secrète d'apprécier incongrûment l'intimité de sa patiente révélée dans ses repaires les plus secrets. Elle resta songeuse un moment en replaçant ses appareils médicaux et mit son désintéressement sur le compte de la distraction; depuis la première minute de son réveil, son attention était nolisée par Vernon Metallic.

Elle succomba encore, sous le prétexte, cette fois, de remplir son devoir professionnel; la jambe, abîmée par le lynx, commandait des soins attentifs, et si l'Indien passait outre à toute notion de prudence, il était de son ressort à elle de se préoccuper de la guérison de la blessure envers et contre lui-même. Elle se rendit à la tente, l'esprit tout à fait dégagé, comme si elle s'apprêtait à visiter un patient ordinaire, la trousse à bout de bras, hargneuse mais décidée.

Le lynx, en l'apercevant depuis la berge de la rivière, se traîna péniblement à sa rencontre, mais de Vernon point. La pauvre bête avait de toute évidence mangé une volée et elle s'amena, tirant de la patte, un œil complètement obstrué par des humeurs purulentes et la lèvre inférieure fendue de part et d'autre du menton. «Câlisse!»

Bétina para au plus pressé en désinfectant l'œil, mais la bête, angoissée, montra les dents en se couchant sur son ventre. Elle eut beau manifester tous les signes de compassion, risquer une caresse derrière l'oreille, prononcer des paroles apaisantes, le lynx ne voulut rien savoir et concentra ses forces furtives pour une éventuelle attaque. «Belle bête.» Elle songea à l'anasthésier pour annihiler toute intention belliqueuse, mais encore il fallait l'approcher suffisamment pour lui appliquer un tampon d'éther sous le nez et dans les circonstances, l'entreprise n'était pas sans risque. L'arrivée de Vernon eut pour effet de la distraire de son projet.

Il déboucha du chemin du quai, une navette dans une main, un peloton de fil de laiton de l'autre. En plein midi, il était sobre d'après ce que Bétina put en juger. Il boitait de la jambe gauche en raison de sa blessure et, s'interrompant un instant pour considérer le tableau, il continua ensuite comme si elle eut été une parfaite étrangère. «Hé, Vernon Metallic, tu pourrais me dire bonjour!»

Ses paroles passèrent dans le beurre et l'Indien, cultivant son indépendance, pénétra dans la tente comme si de rien n'était; elle n'allait pas se laisser impressionner et elle l'y suivit sans aucune hésitation. Curieusement, la tente était dans le même état que lors de sa dernière visite: les meubles renversés, tout sens dessus dessous, comme si l'Indien avait vécu ailleurs depuis le saccage. «Viens retenir ta bête, ordonna-t-elle, dans cet état, elle survivra pas deux jours.»

Vernon, muet comme une carpe, fit mine d'entreprendre le ménage de la pièce. Enjambant une chaise, Bétina s'en fut se planter droit devant lui pour lui bloquer le passage: «Je t'ai demandé de m'aider, Vernon Metallic, et je te prierais de te grouiller le cul; ton lynx souffre le martyre et c'est criminel de le laisser souffrir de même.»

— Il a ce qu'il mérite, rétorqua Vernon.

— Et moi, Vernon Metallic, regarde mon œil, est-ce que j'ai ce que je mérite, tu penses? Regarde mon œil, câlisse!

Vernon fit l'erreur de s'approcher pour y déposer un baiser, mais il devait s'en repentir tout de suite quand Bétina le repoussa sans ménagement: l'Indien se dandina sur sa jambe valide, battit l'air de ses bras pour s'accrocher à quelque chose et perdit l'équilibre pour se retrouver assis par terre, la tête contre le montant de la table: «Si tu essaies encore de me toucher, trancha calmement Bétina, je t'assassine, comprends-tu? Pas après ce que tu m'as fait, hostie de sauvage; pas une excuse, pas un mot de regret. Je n'ai que faire de tes baisers qui empestent la bière, de tes caresses avec tes mains calleuses et de tes belles paroles innocentes. J'étais venue par pitié, mais à te voir agir tu mérites même pas ça, et si tu veux pas m'aider, je vais quand même parvenir à soigner ton lynx, que tu le veuilles ou non, avec ou sans ton aide.»

Bétina laissa Vernon à sa honte, affalé sur le sol, et se posta devant le lynx, sûre d'elle-même en affichant une détermination sans bornes. «À nous deux, sale bête, et que je t'entende pas me menacer parce que je te fous dans la rivière.»

Le lynx, couché sur le côté, agita une patte de devant en rugissant faiblement, mais Bétina, déjà accroupie devant lui, étala les règles du jeu: «Que tu sois d'accord ou non, je te soigne et tes coups de pattes ne m'impressionnent pas, si tu veux savoir; alors, on se tient tranquille, on fait la belle bête docile et tu m'en donneras des nouvelles. Tu vois cet œil affreux, dégueulasse, yark! quelques petites gouttes de ceci et après-demain, tu y verras plus clair. Et cette lèvre baveuse, qu'est-ce que t'en penses? On peut pas laisser ça comme ça. Comment feras-tu alors pour attraper les délicieuses truites dans la rivière, hein, veux-tu me dire? Une belle gueule comme ça, il faut que ça impressionne, que ça claque sec pour être efficace, hein? Tu me diras pas que je te fais mal, un gros chat comme toi, bâti comme un lion. Tu aurais pas peur de ces quelques petits points de suture de rien du tout; je t'assure, une affaire d'une minute et rien n'y paraîtra plus. Il faut rentrer ces dents à l'intérieur, car, sinon, tu seras la risée du village sans compter que, la lèvre pendante comme ceci, tu n'effrayeras plus personne Te vois-tu, la queue entre les jambes à la moindre alerte, hein? Je suis sûre que tu serais malheureux comme une pierre, sale bête, plus capable de défendre ton maître. Un tuyau: laisse-le sécher comme une morue au soleil, c'est tout ce qu'il mérite, l'hostie de sauvage, et s'il te fait des misères, saute-lui dessus, égorge-le, dévore-lui le cœur et je serai la première à applaudir.»

La bête, n'y comprenant guère, avait subi le traitement sans rechigner, attentive à ce discours insolite; à peine avait-elle tiqué un peu au moment où Bétina avait cousu la lèvre à l'aide de points fondants, mais sous l'effet d'un tampon d'éther adroitement appliqué sur le museau, elle était retombée dans un état léthargique voisin de l'inconscience. Bétina palpa la patte arrière qui avait manifesté des signes de faiblesse, mais au toucher les os semblaient intacts et l'articulation obéissait sans coup férir; le temps arrangerait les choses.

Elle n'avait pas hésité une seconde et elle retourna au dispensaire le cœur défait, fière tout de même de ne s'être pas laissée attendrir par l'état de Vernon Metallic. «Hostie de sauvage.»

Le soir même, alors que Bétina cultivait son chagrin, à plat ventre sur le divan, le téléphone d'Aïda ne ramena pas les choses: leur mère était morte.

Surprise elle-même, Bétina avait dormi sans problème comme si la nouvelle du décès de sa mère l'avait distraite de la pensée de Vernon Metallic. Même que, le lendemain, elle se réveilla alors que Vincent était déjà parti à l'école et elle s'alarma un moment à songer que, peut-être, l'enfant s'y était présenté flambant nu, lui qui comptait toujours sur les soins de sa mère pour le vêtir; plus d'une heure plus tard, si tel avait été le cas cependant, on eut sans doute déjà communiqué avec elle et elle chassa cette supposition malcommode.

Après s'être emmenée au parloir du couvent de peine et de misère, sœur Jérémie accueillit l'annonce du décès avec une sympathie toute maternelle; écoutant sa compassion, elle serra Bétina contre son énorme ventre:

— Ma pauvre enfant, trouva-t-elle à dire, ce n'est jamais drôle même si on s'y attend un peu.

— En effet, dit Bétina, mais il faut tous passer par là, hein?

La vieille religieuse se montra toute disposée à prendre la relève, en précisant d'ailleurs:

— Si c'est comme la dernière fois, tu peux partir sans inquiétude.

— Une affaire de deux jours, précisa Bétina, car je compte revenir après-demain.

— Déjà?

— Ma sœur et moi avons décidé de couper au plus court; ma mère ne sera pas exposée et son corps sera incinéré dans l'intimité.

— Je vois, fit sœur Jérémie.

Aubin, mandé d'urgence, envahit le dispensaire frais et dispos, le verbe haut et «prêt à faire ce que tu voudras» selon ses propres termes. Bétina y alla directement et Aubin tiqua un peu:

— J'ai jamais gardé d'enfants de ma vie, objecta-t-il, et je commencerai pas à mon âge.

— Il s'agit pas de le garder, expliqua Bétina, Vincent est capable tout seul; je veux seulement que tu viennes voir le matin si tout est en ordre et lui aider à se préparer pour aller l'école.

— J'ai jamais fait ça de ma vie, objecta encore Aubin.

— Pis, ça change quoi? Je m'en fous que tu l'aies fait ou non; débrouille-toi, c'est tout ce que je te demande; moi non plus j'avais jamais fait d'avortement de ma vie...

Face à cet argument draconien, Aubin réfléchit une seconde et dénicha une solution acceptable:

— Je l'ai, annonça-t-il, Dodo va être contente de se rendre utile à quelque chose et ça va lui mettre un peu de plomb dans la tête.

— C'est ton problème, conclut Bétina; tout ce que je veux, c'est partir la tête tranquille.

— Pas de problème, dit Aubin.

Fier de sa trouvaille, il accepta encore de conduire Bétina à l'aéroport l'après-midi même et s'engagea à aller l'y quérir à son retour de Montréal.

Le temps de préparer un minimum de bagages, disposer les vêtements de Vincent sur le divan du salon et passer au magasin général pour des achats de dernière minute, la journée se déroula à une vitesse folle.

Elle perdit cependant une demi-heure au téléphone avec la pauvre femme du cruciverbiste qui ne savait plus où donner de la tête avec son excentrique de mari; selon ses dires désolés, son état empirait et, depuis deux jours, il avait complètement perdu la boule. Non seulement il continuait de coller des papiers partout dans la maison, mais à l'heure présente il était affligé de la folle manie de

découper les mots et leurs définitions à même les pages
de son antique dictionnaire et de les enfouir dans la plume de son oreiller. «Il dit que la nuit les mots lui entreront
de force dans la tête et qu'il pourra résoudre ses mots
croisés sans effort, voulez-vous me dire?»

— Mouais, fit Bétina.

Il n'y avait pas grand-chose à faire pour régler le problème et elle conseilla à la vieille femme de se montrer
compréhensive. «Je comprends que ça puisse vous tomber sur les nerfs, compatit Bétina, mais votre mari est pas
malade à proprement parler; d'ailleurs, il m'a semblé en
pleine forme. Soyez patiente, essayez de le distraire et, si
vous parvenez à lui changer les idées, peut-être oubliera-t-
il ses host…, ses mots croisés.»

La vieille femme ne déborda pas d'optimisme, mais
elle promit de suivre le conseil à la lettre et de lui donner
des nouvelles des résultats.

«Vieux fou», songea Bétina en raccrochant.

Aïda rappliqua sur l'heure du midi pour exposer un
problème inattendu: vu que le cancer de leur mère avait
évolué à une vitesse remarquable, le conseil des médecins
de l'hôpital, pour en connaître la cause, demandait la permission à la famille d'autopsier le corps, ce qui risquait de
repousser les funérailles d'une semaine. Aïda branlait
dans le manche. «Pas question! dit Bétina, notre mère est
morte et ils en feront pas du steak haché.»

— Betty, tu exagères, dit Aïda, si ça peut servir à
d'autres malades, suggéra Aïda.

— On s'en fout des autres malades, rétorqua Bétina,
pour ma part c'est non.

Aïda apporta d'autres arguments d'ordre humanitai-
re, ajouta que leur propre mère aurait sans doute acquies-
cé à une telle demande si on la lui avait exposée avant
son décès, et qu'en tout état de cause ça ne changeait pas
grand-chose à l'affaire que les funérailles se déroulent cette semaine ou plus tard. Bétina resta sur ses positions.

— Tu as toujours fait à ta tête, conclut Aïda avant de raccrocher.

De son propre aveu, Aubin avait une bonne raison de se pointer au dispensaire avant l'heure prévue; il s'amena, un vingt-six onces de cognac à la main:

— Dodo va s'occuper de ton fils et pars sans inquiétude, elle a ça dans le bras, malgré les apparences. Et j'ai pensé à toi, annonça-t-il, on sait ce que c'est dans ces occasions-là et un petit remontant a jamais nui à personne.

— D'ac mec, dit Bétina, c'est pas de refus et on va y goûter tout de suite.

Aubin ne demandait pas mieux et il se chargea du service.

— Tu vas faire rire de toi, à Montréal, avec ton œil au beurre noir.

— S'il te plait, Aubin, on se mêle de ses affaires, O.K.?

— Si tu me disais que c'est ton sauvage qui t'as mis dans cet état, j'irais moi-même lui casser la gueule.

— O.K. Zorro, oublie ça.

— À la tienne.

— À la tienne.

Bétina était prête à partir et, assise à la table, elle écoutait Aubin, un peu distraite tout de même par Vernon Metallic. Peut-être, hier, avait-elle mal agi, aux prises avec un sentiment de vengeance impulsive. Si elle s'était donné la peine d'attendre un peu, peut-être l'Indien en serait-il venu à oublier son orgueil. Dans le passé, elle l'avait déjà vu changer son attitude du tout au tout, et à chacune de leur dispute, le scénario se répétait: après une période de tension plus ou moins sentie, ils se réapprivoisaient de nouveau par petites touches, étudiaient leurs gestes du coin de l'œil et le déclic se produisait subitement en les jetant dans les bras l'un de l'autre. Cette fois, le ressentiment ayant pris le dessus, elle avait déclaré forfait trop vite et elle ne comptait aucunement sur Vernon pour faire les premiers pas. Que non. Et elle s'en mordait les doigts.

À l'aéroport, Aubin, toujours aussi frondeur, recommanda à Bétina de ne pas trop s'en laisser imposer par la tristesse des funérailles, et pour lui aider à surmonter le stress des prochains jours, il glissa la bouteille de cognac dans son sac en la priant de ne pas se gêner si l'atmosphère devenait trop plate.

— Une bonne gorgée, ça replace les affaires, assura-t-il, et tu boiras ça en pensant à moi.

— Mets-en, dit Bétina.

Tel que convenu, Aïda l'attendait à l'aéroport, accompagnée d'une cousine lointaine redécouverte dans les circonstances, et assez bien de sa personne merci. Dans la fleur de la vingtaine, Salomée avait le sourire facile et l'entregent à fleur de peau. Courte, cinq pieds et trois tout au plus, elle compensait par des cheveux mordorés lui descendant au niveau de la ceinture, et elle était affligée de la délicieuse manie de toucher les mains de ses interlocuteurs à tout bout de champ pour accuser l'effet de ses phrases; Bétina apprécia cette charmante marotte.

— Qu'est-ce que t'as à l'œil, demanda Aïda, t'es-tu battue?

— Un accident, expliqua Bétina en s'efforçant de passer à autre chose.

Malgré la gravité de la situation, Aïda tenait les rennes bien en main et elle s'était occupée de tous les fastidieux détails de la sépulture, de la sélection du thanatologue à celle de l'urne funéraire et jusqu'au choix de l'heure de la cérémonie.

— À quelle heure, au fait? demanda Bétina.

— Dix-sept heures, c'était pris avant. En tout et pour tout, deux mille dollars, ajouta Aïda, fière d'en être parvenue à ce coût abordable, et il en reste quatre cents pour le lunch.

— Le lunch?

— Le lunch pour la famille, après la cérémonie, expliqua Aïda.

— T'aurais pu t'en passer, reprocha Bétina, c'est pas un mariage

— C'est la tradition, ajouta Salomée de l'arrière de la voiture.

— Pffft, fit Bétina, mon œil.

La soirée fut consacrée à téléphoner aux membres de la famille immédiate pour les informer des détails de la cérémonie funèbre et chacun y apporta du sien pour collaborer à l'affaire; même Jean-Sem, venu avec l'ineffable Lou, plaça des appels.

— Veux-tu me dire? ton œil? demanda-t-il en apercevant Bétina.

— Un accident bête, mentit encore Bétina

— Qui téléphone à Eunice? s'informa-t-il à un certain moment.

— Personne, fit Bétina, j'ai assez de problèmes de même.

— Qui est Eunice? s'informa Salomée avec de grands yeux étonnés.

— Une ex-blonde de Jean-Sem, mentit Bétina pour éviter de répondre à d'autres questions.

Et Lou qui n'arrêtait pas d'ameuter tout le monde parce qu'elle ne parvenait pas à fixer son choix sur la robe qu'elle porterait le lendemain.

— Viens en jeans, conseilla Bétina, comme ça, tout le monde sera content.

— Oh! fit Lou en émoi.

Bétina se coucha fourbue à côté de sa sœur, elle qui s'était séparée de la cousine Salomée avec une certaine amertume; durant toute la soirée, entre deux téléphones, elles avaient échangé des regards furtifs, et un peu effarouchée peut-être devant cette attitude troublante, la jeune femme avait pudiquement détourné les yeux.

— Avant la crémation, proposa Aïda au moment de s'endormir, il sera possible de voir le corps de notre mère une dernière fois.

— Merci bien, fit Bétina, j'ai déjà donné.

La première pensée de Bétina à son réveil fut destinée à Vernon Metallic. Les cendres de leur chicane était retombées et, avec le recul, elle percevait les choses d'un œil différent. Elle n'en revenait pas encore, Vernon si discret dans un état normal et si bête aussitôt que l'alcool lui montait au nez. À leur dernière rencontre, pas plus tard qu'hier, l'Indien avait affiché sa vraie nature, discret et réservé, et ce qu'elle avait pris pour la manifestation d'un incommensurable orgueil pouvait tout aussi bien, aujourd'hui, être considéré comme une poignante retenue. Sobre, Vernon avait sans doute eu le temps de penser à son affaire et la gêne avait motivé sa discrétion. Elle n'était pas dupe tout de même et l'Indien ne pouvait se livrer corps et âme comme il lui arrivait lors de leurs belles heures sans cultiver de sentiments pour elle. À voir.

— Tu viens en jeans? demanda Aïda inquiète.

— Ben quoi? fit Bétina.

— Quand même, objecta Aïda, tu aurais pu prévoir autre chose.

Bétina discuta âprement, refusa la jupe de laine et le gilet de mohair, hésita devant une robe de lycra qui lui conférait une allure de vieille fille, pour fixer son choix sur un pantalon de velours côtelé noir et un *sweat-shirt* plus clair; sa veste de suède était encore présentable.

Au crématorium, Salomée, toute de blanc vêtue, ressortait avantageusement du tableau de la parenté plus ou moins immédiate. Les cheveux attachés en une interminable queue de cheval qui dégageait son visage rond, des souliers à talons la grandissaient de deux pouces et, contrairement à la veille, elle n'était affligée d'aucun maquillage comme si elle avait placé dans ses yeux foncés tous les espoirs de souligner les traits épanouis de sa physionomie. Bétina l'avait à l'œil et émue par l'attendrissant tableau, elle mélangea sans vergogne les noms de ses oncles et tantes les plus proches, n'en finissant plus de s'excuser de ne pas les reconnaître. «Un accident bête», répéta-t-elle à la lie à propos de son œil et: «Vincent, à l'école maintenant, n'a pu m'accompagner.»

Elle ressentit avec un soulagement certain l'arrivée du corps de sa mère, drapé dans un linceul noir et posé sur un triqueballe manœuvré par deux hommes discrets en costume de cérémonie. L'assistance serra les coudes pour écouter les invocations latines d'un prêtre sorti de nulle part, et après qu'il eut aspergé la dépouille d'un jet d'eau bénite en manquant d'échapper son goupillon, il se retira aussi délicatement qu'il était venu, une cérémonie d'à peine trois minutes.

Aïda s'approcha discrètement de sa sœur et elle réitéra son offre de contempler le visage de sa mère une ultime fois avant l'étape finale.

— Laisse faire, dit Bétina, je préfère conserver le souvenir de son visage vivant.

L'un des employés, d'une voix solennelle, laissa le libre choix aux membres de la parenté d'accompagner le corps jusqu'au four crématoire. Bétina déclina et elle se retrouva comme bien d'autres à l'extérieur à accepter avec circonspection les nombreux témoignages de sympathie. Salomée s'amena aussi, présenta une main moite et Bétina ne put résister à l'envie de poser sur chacune de ses joues un baiser prometteur. Aïda, ayant suivi la cérémonie jusqu'à son inexorable fin, se présenta alors les yeux rougis et proposa à Bétina de se rendre tout de suite à la salle de réception.

— Le protocole demande que nous y soyons les premières pour accueillir la parenté.

— On s'en fout du protocole, remarqua Bétina.

Un oncle, le corps empesé dans un habit trop étroit pour lui, offrit à Aïda de conduire sa voiture pour le retour; elle consentit, alors que Bétina accepta la charmante invitation de Salomée de monter dans la sienne. «Allons donc», fit Bétina charmée de l'aubaine.

Il s'agissait d'une salle anonyme dans le sous-sol d'un immeuble commercial, sans fenêtres, éclairée aux néons et laide à faire peur. Un lunch était déjà posé sur des tables alignées contre un mur et deux préposées, affichant des visages de circonstance, s'apprêtaient à effectuer le service.

Lou, finalement drapée dans une longue robe noire qui s'épanchait jusqu'à terre, laissa libre cours à son émotion et négligea de manger pour liquider son chagrin sur l'épaule d'un Jean-Sem timoré. «Franchement, lui fit remarquer Bétina discrète, amène-la quelque part.»

Un sandwich dans une main et un verre de jus fade dans l'autre, elle découvrit ensuite un cousin affable et à la crinière éloquente, *lead guitar* dans un orchestre blues-rock cultivant une certaine renommée dans les bars branchés de la province.

— Je t'aurais jamais reconnu, avoua Bétina amusée.

— Je comprends, l'excusa Jordan, on s'est pas revus depuis la petite école.

En termes convaincants et truffés d'expressions anglaises, le cousin surexcité exposa les projets des membres de sa formation, en discussion pour assurer la première partie du prochain show de Céline Dion au Forum, et en préproduction d'un *compact disc* dont le lancement était prévu pour le printemps.

— Ouais, fit Bétina, vous marchez.

— Si tu veux nous voir, on joue ce soir aux *Beaux Esprits,* sur Saint-Denis.

— Mets-en, dit Bétina.

Le beau Jordan s'éclipsa tôt pour se rendre préparer le *set up* du premier set de son spectacle et Bétina, un peu lointaine, se vit accaparer par Salomée jusqu'alors d'une discrétion à toute épreuve.

— Je m'emmerde, lui confia Bétina avec un regard complice.

— Foutons le camp, proposa Salomée tout à fait d'accord.

Aïda exposa un avis différent:

— Attends au moins que la parenté soit repartie, supplia-t-elle, je vais restée «pognée» avec les matantes.

— T'es capable de te débrouiller, assura Bétina, t'es bonne dans ces affaires-là.

— Betty...

— Je suis sur le bord d'éclater, jura Bétina, et avant de faire des bêtises, je décrisse.

Après un rapide survol des membres de la parenté encore présents, Salomée proposa elle-même de passer à son appartement, question de souffler un peu.

— Moi aussi je déteste ce genre de rencontre, confia-t-elle dans sa voiture, et on en a rapidement fait le tour.

À la lumière d'un feu rouge, elle accepta l'invitation d'ingurgiter une gorgée de cognac à même le goulot de la bouteille offerte par Aubin. Et aussitôt chez elle, elle se défit de sa robe de cérémonie pour enfiler un peignoir de ratine au corsage innocemment échancré; Bétina voyait double. En deux heures, elles vidèrent complètement la bouteille de cognac déjà sérieusement entamée, et, assises l'une contre l'autre sur la minuscule causeuse du salon, elles échangèrent diverses impressions sur leur famille, tout en s'intéressant un peu à l'intrigue d'un film policier se déroulant sur l'écran du téléviseur que Salomée avait fait l'erreur d'ouvrir. Durant toute la durée de l'émission, Bétina ne manqua aucune occasion de se rincer l'œil, profitant de toutes les occasions pour se tasser près de sa cousine et plonger des regards pointus dans le col entrouvert de son kimono invitant; elle décela le galbe de deux seins agités, et à une reprise au moins, aperçut en frissonnant un mamelon instigateur. Elle salivait, cependant que Salomée, d'une innocence crasse, continuait de s'agiter, inconsciente du trouble dont elle était la cause.

À la dernière image tant espérée du film, Bétina proposa à son hôte charmante de l'accompagner découvrir les talents de musicien de leur cousin commun; la jeune fille accepta, d'autant que le séjour dans un bar aurait pour effet, espéra-t-elle, de modifier pour le mieux l'atmosphère pénible de cette journée.

— Top là, dit Bétina, allons apprécier le génie du seul artiste de la famille.

— Je l'ai déjà entendu, confia sa compagne, il se débrouille pas mal et son *band* en vaut bien d'autres.

En terrain connu, avec sa veste de cuir noir, ses jeans serrés et ses bottes à talons aiguilles, Salomée fit des ravages. Familière de la place, elle connaissait tout le monde, et déambulant de table en table, elle laissa Bétina seule au comptoir à mijoter à petit feu, qui eut tout le loisir d'évaluer les talents de son cousin pour reproduire les complexes doubles accords des chansons à la mode les doigts dans le nez. Un Asiatique, haut comme trois pommes, vint lui tenir causette un moment, suivi par un «latino» s'exprimant plus ou moins en créole et un autre, Québécois pure laine, qui l'aborda en lui demandant carrément le tarif pour une fellation.

— Es-tu fou? dit Bétina, surprise, et elle s'interrogea sur son apparence.

Salomée revint enfin, aux dernières notes de *Toujours vivant* de Gerry Boulet, et comme pour attirer le pardon pour sa longue absence, elle colla ses seins dans le dos de Bétina en lui caressant le cou avec des doigts aguichants.

— Tu t'ennuies pas trop? glissa-t-elle à l'oreille de Bétina.

— Pas du tout, répondit Bétina, et toi non plus à ce que je vois.

Jordan, fier de sa performance, les entraîna toutes les deux dans le sous-sol encombré tenant lieu de loge, et après avoir distribué les lignes de cocaïne à la ronde, il sollicita les critiques. Bétina, connaisseuse, apprécia particulièrement ses effets de *slide* dans les pièces *folk* et son aptitude évidente à reproduire à s'y méprendre les en participant aux préliminaires du bout des doigts. Un baiser plus tard, elle en prit son parti, et balançant toute réserve comme une folle excuse, elle se dévoila bras et jambes écartés comme un fruit mûr. Désirant qu'elle en conserve un souvenir attendri, Bétina s'attarda par touches dérobées, effleurant ici, insistant là partout où elle avait affaire et Salomée ne fut pas longue à la solliciter non-stop. Désirant obliger sa compagne à concrétiser ses espoirs, Bétina se plaça dans une position semblable et Salomée, dépourvue devant ces affections nouvelles, se montra bien en peine d'étaler son savoir. Néophyte en cela comme dans toute autre matière, la cousine resta un moment sur sa faim, le temps de réfléchir à la façon de procéder, mais Bétina avait l'œil qui l'obligea à se compromettre par l'exemple; elle s'empara de ses mains timides qu'elle posa sur son propre ventre, l'incitant à laisser libre cours à son imagination. Placée devant le fait et disposant de tout risque d'erreur, Salomée s'élança dans maintes caresses à la va-comme-je-te-pousse et aux doigts inexpérimentés succéda d'ailleurs une langue exquise qui, surprise! ne sembla pas née de la dernière pluie. Bétina commença de se plaindre en douce, et devant cette réaction pour le moins attendue, Salomée concéda qu'elle ne procédait pas trop mal et décida d'en remettre. Elle lécha d'un bout à l'autre, et s'imprégnant à son tour de l'atmosphère envahissante, son propre plaisir monta en graine, à proximité de l'éclosion finale. À l'écoute du moindre souffle suspect, Bétina reprit du poil de la bête pour répéter les caresses. Et Salomée qui avait douté de ses aptitudes, prête à la démesure à la moindre sollicitation; qu'est-ce qu'il ne faut pas entendre? La cousine était disposée, docile et attentive, et elle s'offrit sans réserve en s'ouvrant toute grande des lèvres et des jambes. Se disposant sur elle à contresens pour faciliter les choses, Bétina répartit son poids sur toute sa longueur et savoura partout du nez au préalable, rasa le duvet d'une cuisse et le sillon d'une aine, avant de plonger *de jure* sans poser de question. Salomée, déjà syncopée, activa les reins pour amplifier les excès et Bétina dut la retenir à deux mains afin de pouvoir continuer de la chambarder de la sorte. Cousine Salomée, qui n'avait jamais connu, selon elle, des passions de cette mouture, montra toutes les aptitudes à apprendre la leçon. Bétina décida dès lors de rendre l'initiation profitable et sourde aux complaintes et aux conjurations, elle continua tant et tant ses jeux précis et concentrés que Salomée, en proie à la fureur, l'emprisonna entre ses jambes pour ne plus jamais la libérer. Immobilisée dans ses élans, Bétina décela une occasion de reprise, et se frayant un chemin entre des obstacles si prometteurs, elle parvint, en sueur, à planter la langue de la plus inédite façon dans les replis sauvagement protégés. Salomée n'en demandait pas tant et, s'étant imaginée à l'abri de toute rechute, elle avait baissé la garde de ses jouissances sans se méfier le moins du monde de ses propres facultés; elle retomba aussitôt plus bas dans la béatitude, perdant l'une après l'autre les facultés de chacun de ses sens pour se découvrir sourde et muette et aveugle. Au comble de la dérive, elle mordit à son tour Bétina à belles dents qui ne demandait pas mieux de s'immoler à son tour; Salomée modéra ses transports en songeant que le temps n'était pas aux blessures, et revenant peu à peu les deux pieds sur terre, elle s'appliqua daredare à rendre caresse pour caresse. Depuis le temps qu'elle faisait le pied de grue, Bétina mit peu de temps à réagir, et au moindre effleurement bien appliqué, elle s'inonda à son tour en s'appliquant après une longue pratique à répartir son plaisir exactement là où il le fallait. La cousine, dirigée de main de maître, suivit la vague comme une leçon bien apprise et Bétina, sur ses grands chevaux, bifurqua tout droit, hélas! vers le sentier de Vernon Metallic. Elle rama à contre-courant pour éviter cette destination imprévue, mais déployant des efforts inimaginables

S alomée, tout feu tout flamme, reconduisit Bétina à Dorval comme si elle ne devait jamais plus la revoir du reste de ses jours. Un peu timide de s'être tant laissée envahir, elle n'en revenait pas encore. «J'aurais jamais cru...» ne cessa-t-elle de dire. «Il y a rien là!» répondit Bétina.

Aïda fit preuve d'une humeur massacrante:

— Tu aurais pu me le dire que tu partais pour la nuit, je t'ai attendue jusqu'à deux heures du matin!

— Je le savais-tu, moi, que j'irais pas coucher?

— Et tu retournes tout de suite dans ton village perdu?

— Je suis à Dorval, répondit Bétina, et mon avion décolle dans vingt minutes.

— T'as pas de cœur, gronda Aïda, il reste encore des détails à régler: que fait-on des cendres de maman?

— Euh... fit Bétina, ce que les autres font d'habitude; fais-les enterrer.

— La belle affaire. J'aurais quand même aimé qu'on se retrouve en tête à tête pour jaser un peu.

— La prochaine fois, la consola Bétina, et tu peux toujours venir à Pointe-Manitou, je suis sûre que tu aimerais ça malgré ce que tu en penses.

— Embrasse Vincent pour moi, conclut Aïda avant de raccrocher, en rage contre sa sœur.

À l'aéroport de Sept-Îles, le capitaine Rock Dufresne la reconnut parmi les passagers et l'aborda avec plaisir; il s'amena à elle, drapé dans son costume de pilote, un attaché-case à la main. Après les salutations d'usage, il plongea au cœur du problème:

— J'ignore si on vous en a informé, mais le sort de votre «séducteur» du printemps dernier s'est réglé il y a deux semaines.

— Ah bon! fit Bétina.

— Cette histoire a traîné durant tout l'été et j'ai moi-même été appelé à témoigner deux fois contre lui devant le comité de déontologie de la compagnie.

— Et puis? s'intéressa Bétina.

— Il a plaidé ses états de services, sa conduite irré-prochable avant cet incident malheureux qu'il a mis sur le compte de l'alcool, et le comité a tranché la poire en deux: sans le licencier, elle l'a affecté à des tâches de bureau avec diminution de salaire à l'avenant.

— Tiens, tiens, observa Bétina.

— Et aux dernières nouvelles, il rongeait son frein du siège social de la compagnie, confiné au service de la paye.

— Le pauvre homme, fit Bétina en adoptant un air faussement contrit.

Sollicité à la tour de contrôle pour une modification à son plan de vol, le capitaine Dufresne évita de s'attarder, et aussitôt livré son message, il s'esquiva tout de suite sans ambages avec à peine le temps de dire au revoir.

L'aérogare était en pleine activité et tous les em-ployés semblaient sur un pied de guerre, discutaient à voix basse, des documents à la main. Il y avait des poli-ciers partout, des maîtres-chiens, d'autres en habits civils et, parmi eux, Bétina crut curieusement reconnaître les visages de deux fonctionnaires de l'usine de pêche ayant déjà séjourné à l'hôtel de Pointe-Manitou. D'après ce qu'elle put en apprendre d'une employée du casse-croûte plus futée que les autres: «Il se prépare un gros coup dans un village de la basse côte.» À l'extérieur se déployait une batterie d'appareils portant le sigle de la Sûreté du Qué-bec: un avion moyen porteur, deux hydravions et trois hé-licoptères; il y avait de quoi là embarquer tout le village prospecté. Bétina passa outre et ne se préoccupa plus de l'affaire, les idées embrouillées par ses excès récents.

Elle avait projeté de continuer son somme dans l'avion durant la dernière partie du voyage, mais étant la seule passagère, le pilote du *Twin Comanche* la reconnut comme une voyageuse habituelle et l'incita fortement à occuper le siège du copilote pour lui tenir compagnie.

— Moins de bagages cette fois-ci, remarqua-t-il.

— C'est pas fête tous les jours, répondit Bétina.

— Les grandes manœuvres, aujourd'hui, à l'aéroport, enchaîna le pilote en actionnant les manettes de son appareil.

— On se croirait en temps de guerre, approuva Bétina.

— Les flics préparent une grosse descente sur la côte mais pas moyen de savoir où; le coup du siècle, à ce qu'il paraît, ajouta-t-il, sceptique. On m'a même interdit de voler demain pour pas que je sois dans leurs jambes.

— Ouais, fit Bétina, ils prennent ça au sérieux.

— Tu parles, dit le pilote.

Durant tout le vol, il expliqua chacune des manœuvres à sa passagère, s'attardant sur l'utilité de chaque cadran, à la fonction du moindre bouton et l'invita même à tenir le manche de commande après avoir atteint l'altitude désignée; Bétina déclina, occupée qu'elle était à surveiller deux vedettes de la Garde-côtière voyageant à la file sur le fleuve.

Le fiable Aubin l'attendait comme un seul homme à l'aéroport, les mains dans les poches, égal à lui-même.

— Ça a «swingné» fort à Montréal, remarqua-t-il en apercevant sa passagère!

— Grossière erreur, rétorqua Bétina, je suis allée enterrer ma mère, oublie pas ça.

Aubin visait juste: en raison de ses débordements de la nuit précédente, elle marchait au branle, affichait des traits tirés et la bouffissure de son œil, quoique résorbée à demi, lui conférait une allure de chien battu. «T'as les deux yeux dans le même trou», confia Aubin sur le chemin du retour.

— Rien n'est gratuit, offre-moi une bière, dit Aubin au dispensaire.

— Allez donc, accepta Bétina, c'est ce qu'on appelle payer en nature.

Vincent était revenu de l'école et il accueillit sa mère au sous-sol comme si jamais elle ne s'était absentée, lui offrant à peine un regard et s'intéressant plutôt à fignoler le dessin de sa gardienne Dodo. La jeune fille avait apparemment profité de l'occasion pour regarnir les pages de son *scrap-book;* çà et là sur la table gisaient des représentations de la jeune fille dans le plus simple appareil et sur lesquelles Vincent s'esquintait à effectuer les ultimes retouches. On l'apercevait debout, assise, à genoux, à quatre pattes, d'avant et d'arrière, et toujours, le modèle s'était appliqué à maintenir les jambes outrageusement écartées. Confronté au fait accompli, Aubin apprécia en connaisseur:

— Parle-moi de ça, dit-il, as-tu quelque chose contre?

— Ta nièce a une idée fixe, remarqua Bétina.

— Il y a de quoi, conclut Aubin.

Appelé à aller compléter la négociation du contrat de construction d'une maison dans la rue du cimetière, il ne s'attarda pas trop, le temps d'enfiler une autre bière.

— T'aurais dû voir ça à l'aéroport de Sept-Îles, confia Bétina, une vraie insurrection.

— Quoi? s'intéressa Aubin.

Elle lui détailla le tableau en long et en large, recréa l'atmosphère tendue de l'aérogare, l'attitude circonspecte des policiers consultant des cartes géographiques en catimini et s'échangeant des informations à l'oreille. «Tant mieux, dit Aubin, qu'ils viennent tous nous embarquer et qu'ils ferment le village; on va avoir la paix avec ça.»

Il ne réagit pas avec davantage de sérieux quand Bétina lui fit part de son pressentiment concernant les deux fonctionnaires soi-disant délégués pour préparer l'éventuelle réouverture de l'usine de pêche. «Tous de la même *gang,* jugea Aubin, il y a rien qui ressemble autant à un fonctionnaire qu'un autre fonctionnaire.»

— Ben voyons donc, se rebella Bétina, je suis pas folle.

— Oublie ça, conseilla Aubin, y a rien là.

Il s'en alla négocier son contrat et Bétina retomba seule avec elle-même, aux prises avec une folle envie de retrouver Vernon Metallic. Pour se distraire et éviter de succomber, elle défit méticuleusement ses bagages, poussa le zèle jusqu'à entreprendre le ménage de sa chambre, après quoi elle se rendit au magasin général refaire provision des vivres essentiels. Comme à l'accoutumée et acharné sur les dessins de Dodo, Vincent négligea le riz aux légumes, et quand il se rendit à la toilette sur le coup de vingt et une heures, il retrouva sa mère la bouche ouverte, endormie sur le divan.

Le grand coup se porta à minuit pile et réveilla tous les habitants du village du premier au dernier; plusieurs conclurent à un bombardement, d'autres à un tremblement de terre et Bétina, inquiète comme les autres à la fenêtre de sa chambre, y vit la reconstitution de l'invasion d'un village assiégé dans les films de guerre. Il y avait de quoi s'y méprendre.

Le *Twin Otter* de la Sûreté du Québec, escorté par deux hélicoptères munis de puissants projecteurs, survola le village à basse altitude, avant de se poser sur le terrain d'atterrissage; deux douzaines d'agents en tenue de combat en descendirent, mitraillettes aux bras. Les hélicoptères bifurquèrent alors vers le large pour s'immobiliser en vol stationnaire et braquer leurs *spots* sur la silhouette d'un navire marchand, ancré à deux milles marins, en droite ligne avec Pointe-Manitou. Les villageois, regroupés en hâte sur la grève, purent alors contempler le tableau à loisir, les deux vedettes de la police s'approcher du bateau, des agents l'arraisonner, alors qu'une

autre escouade s'occupa de l'embarcation de Vernon Metallic. On arracha en outre les filets de pêche de l'Indien
en portant une attention spéciale pour éviter d'en abîmer
les flotteurs. La main dans le sac, c'était le cas de le dire,
et en tout et pour tout, l'opération n'avait pas duré dix
minutes. Au poil.

Les agents de terre n'étaient pas en reste et ils
avaient simultanément investi l'hôtel, trois maisons du
village et le dispensaire.

Accourue en hâte à la porte d'entrée, Bétina leur en
avait formellement interdit l'accès, mais, mandatés en
bonne et due forme, les quatre agents lui avaient ri au nez
avant d'entreprendre une fouille systématique de toutes
les pièces de la maison en lui ordonnant de ne pas bouger
de la table de la cuisine. Vincent fut tiré de son sous-sol
haut et court et ses grognements n'impressionnèrent personne, encore moins le chien pisteur auquel il fit des guilis
sans grand succès; il se rendormit peu après sur le divan.
Croyant être d'un quelconque secours, Aubin se présenta
à toute allure, et il eut beau tempêter à la pleine force de
ses poumons qu'il se vit tout de même sommé de déguerpir sous la menace d'être écroué pour entrave à la justice.
L'investigation dura jusqu'au petit jour et, au milieu de la
nuit, Bétina dut insister à trois reprises pour obtenir la
permission de se rendre à la toilette pour pisser. En tout
et pour tout, les agents apportèrent deux paquets de papier à rouler des cigarettes et les nus de Dodo, «au cas où
il y aurait un rapport», précisa l'officier en charge. «Franchement», objecta en vain Bétina. Mais elle trouva sa revanche sur le chien renifleur qui fut confondu par sa tac-
tique: à la première alerte, elle avait eu la présence d'esprit d'enfouir un carré de deux grammes de haschisch
dans le fond de son vagin et elle avait passé la nuit les
jambes serrées comme au temps de ses premières règles.

Au matin, un autre avion nolisé atterrit, rempli à ras
bord de journalistes représentant tous les médias de la

province. Devant cet afflux inattendu, le commandant céda aux pressions de participer à une conférence de presse improvisée en la salle municipale. Le tout Pointe-Manitou s'y précipita et, à l'entrée, on joua des coudes pour se ménager les meilleures places; Aubin visait les premières loges et parvint, sous la menace, à s'y faire accompagner par Bétina.

Le commandant de l'opération, fier comme un coq, occupa la tribune entouré de ses principaux lieutenants, et il demanda la parole pour exposer les détails de l'intervention qui avait été préalablement baptisée sous le nom de code de *Chien de garde*. «Ils pouvaient pas mieux choisir», glissa Aubin à l'oreille de Bétina.

Le bilan était positif et se détaillait comme suit: le *Trafalgar*, un céréalier propriété d'une compagnie espagnole, loué à une entreprise colombienne et immatriculé aux îles Caïmans, se trouvait arraisonné au large, son équipage aux arrêts; on attendait l'arrivée des bateaux de la Garde-côtière pour le remettre à la compétence des officiers de l'organisme gouvernemental. Pour ce qui était de la portée de l'opération dans le village, il confirma ce que tous les autochtones savaient déjà: arrestation de six suspects: Vernon Metallic, le courrier de l'affaire et principal accusé, Darquis, le préposé à l'aéroport qui avait pour mission d'expédier la drogue par avion à l'intérieur de faux colis destinés aux autres villages de la côte, le propriétaire de l'hôtel, dont l'établissement déjà mis sous scellés servait de dépôt local, ainsi que du menu fretin, trois jeunes du village, chargés d'écouler la drogue sur le marché domestique, soit deux garçons de dix-huit ans et une adolescente de quinze ans, la propre fille du maire abasourdi. Pour l'heure, les suspects furent isolés dans le local de l'aéroport avant d'être évacués dans les minutes suivantes vers le centre de détention Parthenais de Montréal. En prime, le commandant exhiba six agents doubles souriants qui, durant les dernières années, avaient adopté l'identité de fonctionnaires dépêchés pour travailler à la réouverture de l'usine de pêche. On faillit les lyncher et Aubin se dressa les bras en l'air pour aller leur casser la gueule en les abîmant de bêtises: quatre agents se ruèrent en sa direction pour prévenir tout grabuge, et sous les instances de Bétina qui ne voulait rien perdre de la suite, il se rassit en rongeant son frein.

Pressé de questions par les journalistes, l'officier en rajouta: il s'agissait d'une saisie majeure et, selon l'enquête, le manège durait depuis des années; le trafic étendait ses ramifications dans plusieurs pays, dont la Colombie, le Brésil et les États-Unis. Le modus operandi était le suivant: à intervalles définis, des navires de passage s'arrêtaient, la nuit, à proximité des filets de pêche de Vernon Metallic et, en un tournemain, des membres de leur équipage remplaçaient les flotteurs vides des filets, constitués de barils en fibre de verre, par d'autres bourrés de haschisch. Par la suite, l'Indien amenait les barils à terre dans son embarcation; des complices, confondus avec d'honnêtes pêcheurs de saumon, venaient alors prendre livraison de la drogue en hydravion pour la réacheminer sur les marchés majeurs du Canada et des états frontaliers américains, une affaire de plusieurs dizaines de millions par année.

Bétina en savait assez, et gardant la tête froide dans les circonstances, elle pressa Aubin de la conduire à l'aéroport. Aubin n'hésita pas une seconde, mais s'arrêta chez lui pour y quérir un dix onces de cognac auquel ils firent honneur avec avidité. Comme il fallait s'y attendre, l'accès au local se trouvait interdit, mais le hasard faisant bien les choses, ils assistèrent, de loin, à l'embarquement des suspects dans l'avion, menottés et les chaînes aux pieds; seule la fille du maire, en raison de son âge, avait eu droit à un traitement de faveur et, pour toute précaution, elle se trouva encadrée de près par deux agents et elle monta la dernière dans l'appareil. Vernon, la tête basse, boitait, alors que Darquis, inconscient de se retrouver aux portes de l'irréel, avait trouvé le moyen de laisser de lui un souvenir impérissable en saluant des deux mains, à cause des menottes, tout en affichant un large sourire. Il fut prestement poussé dans le derrière.

En voyant l'avion décoller en soulevant un nuage de poussière, Bétina eut l'impression que s'enfuyait une partie d'elle-même et elle fondit en larmes.

— Prends ça *cool,* dit Aubin en lui pressant la tête sur son épaule, ça paraît peut-être pire que c'est en réalité.

— Câlisse, qu'est-ce que je vais faire, Aubin, toute seule au village? le pressa Bétina; Vernon parti, c'est comme si je me retrouvais toute nue dans la rue.

— Au moins, dit Aubin, tu mangeras plus de claques sur la gueule.

— T'as jamais rien compris, toi non plus, câlisse! Vernon Metallic était doux comme un agneau.

— Pffft, fit Aubin avant de l'entraîner dans son quatre par quatre en la soutenant par le bras.

Le repaire de l'Indien était gardé par six policiers postés tout autour; alors qu'Aubin favorisait la manière forte pour forcer le barrage, Bétina adopta son ton le plus posé en réclamant de s'approcher pour constater ce qu'il était advenu du lynx. Tout en lui interdisant formellement de pénétrer dans la tente, on lui accorda le privilège, et à elle seule, de s'avancer, et elle vacilla en voyant la pauvre bête couchée sur le côté près du foyer, les flancs transpercés par une rafale de mitraillette.

— Gang de christ! leur adressa Bétina, c'est une honte ce que vous avez fait là.

Les agents restèrent de glace et ils ne protestèrent pas davantage quand elle pressa Aubin de trouver une pelle pour creuser une fosse. Aubin s'en fut la dénicher dans le coffre de son véhicule, et quand il réapparut peu après, il vit Bétina, à genoux et en larmes, occupée à gratter les oreilles de la bête. Suant à grosses gouttes en creusant la fosse, il pria Bétina de ne pas se faire de mal pour rien, et le lynx fut enseveli au bord de la rivière, le nez pointé vers l'est. Quand ils revinrent au village, l'avion des journalistes prenait son envol.

À défaut d'hôtel, la population, par solidarité, trouva refuge à la salle paroissiale pour attendre les bulletins de nouvelles de fin de soirée. On devisa sur les conséquences de la catastrophe en grignotant des sandwiches préparés d'urgence par les dames du Cercle des fermières, et le maire, doublement accablé, prit son courage à deux mains pour soumettre l'idée d'un plan d'urgence concernant la réouverture de l'usine de pêche.

— Qu'ils mangent tous de la marde! objecta Aubin, on est capable de s'arranger tous seuls.

Tous les réseaux de télévision retenaient la même manchette où, sur des textes semblables, on apercevait les différents sites de la descente, le *Trafalgar* à proximité de l'épave du *Marion,* l'aéroport, et la tente de Vernon Metallic. Les reportages exposaient en gros plan, la dépouille du lynx, un long filet de sang dégoulinant de la gueule. Et ils se terminaient tous de la même manière, Vernon la tête basse et boitant un peu, Darquis saluant des deux mains tous les téléspectateurs du pays.

— C'est payer bien cher pour passer aux nouvelles, dit le maire en refoulant ses larmes.

— Si ça prend juste ça, dit Aubin, ils ont pas fini d'entendre parler de nous autres.

Bétina ne voulut plus rien savoir de personne et elle s'en retourna au dispensaire seule, à pied, écrasée sous le poids de tous les péchés d'Israël. «Repose-toi bien mon petit homme, ça presse, dit-elle à Vincent endormi depuis belle lurette, le pire est pas faite.»

Bétina avait les esprits en effervescence; en plus de la fatigue accumulée par son voyage à Montréal, le stress causé par les événements de la veille laissait des marques et elle avait pour ainsi dire passé une nuit blanche. Sitôt qu'elle fut parvenue au dispensaire, le téléphone n'arrêta pas de sonner; Jean-Sem d'abord qui, en raison de sa visite récente, avait développé une certaine solidarité avec les habitants du village; Aïda en émoi, puisque dans le cadre d'un bulletin radiophonique de nouvelles, il avait été fait mention de la perquisition au dispensaire et jusqu'à Eunice, plus calme mais non moins impertinente, qui s'informa carrément de ses intentions maintenant que son *chum* était sous les verrous. «Je le sais-tu? rétorqua-t-elle avec rancœur, et quoi que je fasse, c'est pas de tes affaires.» Eunice venait de prendre une solide *drop* dans les affections de Bétina. En plus, alors qu'elle était à un pas du sommeil, le téléphone avait sonné encore et, cette fois, le maire du village, démuni, avait réclamé, en s'excusant bien bas, des calmants pour parvenir à apaiser les tourments de sa femme qui ne s'était pas encore remise de l'arrestation de sa fille; compte tenu des circonstances, elle ne pouvait tout de même pas lui raccrocher la ligne au nez.

Et le jour avait pointé alors qu'elle n'avait pas encore fermé l'œil.

Aubin n'allait pas la laisser seule à ruminer son désarroi et il envahit le dispensaire peu après huit heures. C'était samedi, il n'y avait pas d'école, et Bétina languissait encore au lit, sur un sentiment et sur l'autre. Elle se rendit lui ouvrir, vêtue seulement de sa nudité et Aubin cliqua de l'œil.

— Entre si tu veux, lui dit-elle, mais moi je retourne dans mon lit. Grouille.

Aubin n'avait quand même pas besoin d'un dessin, et il suivit Bétina dans l'escalier en faisant claquer les semelles de ses lourdes bottes comme s'il voulait apeurer des fantômes.

— Après la nuit que j'ai passée moi aussi, c'est pas de refus.

— Tu vas pas te coucher tout habillé, quand même? lui reprocha Bétina.

— Minute, dit Aubin, laisse-moi le temps de me tourner de bord.

Aubin fit valser ses bottes contre un mur de la chambre, détacha sa chemise en un tour de main, se défit de son froc de la même manière et se glissa dans le lit qui grinça haut et fort.

— Tu empestes le fond de tonne, Michael Jackson.

— Et toi, t'as les fesses gelées comme de la giboulée.

— Monsieur fait des vers.

— Oui, saint cibouère; quand il arrive des choses de même, ajouta-t-il, on peut faire n'importe quoi, il y a rien à notre épreuve. Moi qui pensais avoir le nez fin comme une belette, je me suis fait avoir à cent milles à l'heure. Jamais j'aurais pensé que ton sauvage serait pris dans une grosse affaire de même.

— Vernon, Vernon Metallic, sacrament Aubin; pour la dernière fois, je t'en supplie.

— Des passes comme ça, enchaîna Aubin, vaut mieux les faire au vu et au su de tout le monde, autrement, tu deviens suspect. Regarde, moi, quand je cultivais mon *pot* en Gaspésie, c'était en plein village, au nez du curé, et jamais personne m'a achalé. Quand j'ai vendu des champignons magiques en Abitibi, je livrais aux maisons et tout le monde me pensait livreur de pizza. Et quand j'étais *pimp* à Montréal, je conduisais les filles aux plus grands hôtels, le Ritz, le Sheraton, amènes-en, et les portiers étaient sûrs que j'étais chauffeur pour une agence de mannequins. C'est facile fourrer le monde, tu leur fais ça en pleine face et ils se rendent compte de rien; plus tu en mets et plus ils sont contents.

Bétina s'était endormie, la tête cantonnée dans le creux de l'épaule d'Aubin. «Ton sauvage, poursuivit-il, il aurait pas dû se cacher et je suis sûr qu'en cas de casse tout le monde du village lui aurait aidé. On parle ben comme ça pour fanfaronner, mais on est tous dans la même marde et chacun essaye de s'en sortir du mieux qu'il peut, ton sauvage comme les autres. Il a voulu faire ça en cachette dans son petit coin et ça l'a pas payé, qu'est-ce que tu veux que je te dise? Même toi, tu t'es fait avoir alors que t'étais tout le temps rendue chez lui; imagine nous autres. Là, le village retombe à zéro, et avec la publicité qu'on a eue, on est bons pour faire rire de nous autres pour les dix années à venir. *Fuck* l'usine de pêche, *fuck* les touristes, *fuck* le monde, on s'en crisse! On va faire ce qu'on a toujours fait, on va se débrouiller tout seul parce qu'il y en a pas un câlisse qui veut savoir de quoi de nous autres.»

Ils se réveillèrent passé midi, aussi surpris l'un que l'autre de se retrouver solidement enlacés.

— Qu'est-ce que je vais faire Aubin? demanda subitement Bétina, le cul sur la paille.

— Je suis pas en peine pour toi, fit Aubin, où est-ce que tu passeras pas, il y a pas grand monde qui va passer.

— Tu penses...?

— Mets-en.

Bétina se cantonna encore plus profond au creux de l'épaule d'Aubin qui commençait à trouver que, malgré tout, la vie était bien faite. Il entreprit de lui flatter le dos d'un mouvement circulaire, peu appuyé, et obtenant un certain succès, il enfila un gant de velours pour bifurquer sur les reins, qu'il effleura à peine de crainte de déranger. Les yeux grands ouverts et fixant le plafond, Bétina le regarda subitement droit dans les yeux:

— J'ai pas la tête à baiser ni à beaucoup d'autre chose, si tu veux savoir. Tes caresses me font mal et la peau me tire de partout, comme si elle était devenue trop petite pour moi.

— Aimerais-tu mieux que je sois une fille? demanda Aubin.

— Tu sais ça, toi? demanda Bétina, surprise.

— Rien qu'à voir on voit ben, dit Aubin, tu montreras pas à un vieux singe à faire des grimaces.

Ils folâtrèrent dans le lit durant des heures, multipliant les aveux et les cafés, et avant souper, alors que la vie avait repris son cours normal, Bétina entraîna Aubin au repaire de Vernon Metallic. Le *Trafalgar,* sous séquestre, mouillait encore au large, en attente de jours meilleurs.

Dans le sentier qu'elle avait maintes fois emprunté, souvent, se rappela-t-elle, en état de légitime défense, Bétina crut apercevoir le lynx se précipiter à sa rencontre. «Brave bête.»

La tente avait été ravagée comme si on l'y avait précipité un obus. L'armature était défaite et l'impressionnant pan de toile de chanvre gisait en tas informe, telle une immense peau mégissée à la hâte. Tous les meubles, qui ne payaient déjà pas de mine, avaient été détruits, comme si un acharnement de cette envergure avait pu contribuer à accumuler des preuves supplémentaires contre Vernon Metallic. Près du foyer extérieur, elle décela un tas de fragiles artificielles parmi lesquelles elle fixa son choix sur une *Light Hendrickson* rose et bleue, qu'elle fixa à l'encolure de sa veste de chevreau. Elle s'attarda encore un moment au-dessus de la fosse du lynx sur laquelle, avant de quitter, elle lança un long filet de salive pour encourager la repousse des fines herbes et effacer à jamais le lieu de la sépulture.

Le village était quasi désert si l'on exceptait la présence de deux religieuses qui marchaient côte à côte dans la cour du couvent en récitant leur chapelet, et quelques jeunes sur le quai qui, en groupes, refaisaient le monde à leur manière.

Le maire, la tête entre les jambes, tournait autour de l'usine de pêche en élaborant des plans novateurs pour favoriser sa réouverture. «On va chez nous, proposa Aubin, ça va nous changer les idées.»

Dans la cour, deux hommes en bleus de travail s'esquintaient à rafistoler un moteur de motoneige et un tout jeune adolescent, plus loin, arrachait des clous d'un tas de vieilles planches. «Attention de t'estropier, le somma Aubin, j'ai pas d'assurance!»

Sa mère, d'une discrétion maladive, s'esquiva dès leur arrivée.

La maison était dans un état voisin de celui de sa première visite, comme si celle-ci datait de la veille. Les boîtes de carton croupissaient à la même place, dans leur état original, le pneu également, et l'un des téléviseurs éventrés offrait refuge à la chatte couchée sur le côté qui nourrissait quatre rejetons ronds et noirs comme des boules de laine. Les revues pornographiques trônaient sur une petite table circulaire au centre de la pièce, et la page centrale de l'une d'elles montrait une photo pleines couleurs d'un danois, la langue pendante, en train d'enculer une femme.

Dodo vint voir, précieuse et sur la pointe des pieds, et Bétina lui apprit que, lors de la perquisition au dispensaire, les flics avaient réquisitionné les dessins de sa belle personne. Dodo s'en montra ravie, imaginant tout haut que l'exportation des reflets de ses courbes dans la grande ville pourrait peut-être lui apporter une notoriété bien séante.

Aubin était allé quérir des bières dans la cuisine et il apporta en même temps une baguette de pain et du fromage.

— J'ai décidé d'acheter l'hôtel, fit-il entre deux bouchées; lundi matin, je m'en occupe. Je vais transformer ça en un immense bordel, le plus gros de la province. On va venir de partout pour coucher avec mes filles; je vais engager les plus belles, les plus cochonnes, quelque chose de bien et tu vas voir que, dans un an, Pointe-Manitou va être devenu célèbre à la grandeur de l'Amérique du Nord, la mecque du cul. C'est ça que le monde veut, il va en avoir en masse, je te le garantis.

Bétina mangeait du bout des lèvres et écoutait Aubin, optimiste, élaborer des plans pour sauver et sa propre peau et celle de ses congénères.

— C'est bien beau, ça, Aubin, dit Bétina, mais ça ramènera pas Vernon Metallic.

— Pis? dit Aubin, on s'en fout du sauvage; il a joué avec le feu et il s'est brûlé par sa faute.

— Tout à coup il me prendrait l'envie de retourner à Montréal pour être près de lui, de sa prison, songea tout haut Bétina.

— Vas-y, ma fille, le retrouver ton sauvage, qu'est-ce que tu veux que ça me fasse? L'amour, c'est plus fort que la police, c'est connu.

Bétina demeura interdite en avalant un morceau de pain et Aubin s'absenta pour aller engueuler ses employés dans la cour.

Il croisa Dodo, en panne, l'échancrure de son jean béante, une paire de pinces à long bec à la main. Elle sollicita de l'aide et Bétina offrit de se dévouer pour régler le contretemps. La jeune fille se coucha de tout son long par terre pour, précisa-t-elle, atténuer la courbure de son ventre qui, de toute façon, était inexistante, et d'un geste mal assuré, Bétina remonta sec la fermeture éclair jusqu'à la ceinture. À la voir ainsi allongée par terre devant elle, Bétina conclut que la nièce d'Aubin possédait déjà tout ce dont elle aurait besoin pour faire son chemin dans la vie.

Aubin revint tout de suite, visiblement nerveux, et comme bien des gens du village, il éprouvait des difficultés à fixer son attention sur des activités précises. Il tourna en rond un moment, prit un chaton dans sa main pour lui examiner le ventre, termina sa bière d'une gorgée et demanda à Bétina de le suivre.

— On s'en va, proposa-t-il.

Ils firent un autre tour dans le village, toujours aussi désert, et, sur le quai, les jeunes commençaient à se disperser avec la venue de la noirceur. Selon ce qu'en avait appris Dodo, le rendez-vous de la soirée avait été fixé sur les berges du lac Nu où l'on montait déjà un feu de camp comme jamais Pointe-Manitou en aurait connu.

Bétina requit de passer au dispensaire.

— Déjà? s'étonna Aubin.

— Je veux voir si Vincent est bien, dit Bétina.

Son fils continuait de croupir au sous-sol et, sous une lumière blafarde, il recommençait, de mémoire, la reproduction des formes de Dodo. Un dessin était déjà achevé, le plus pudique, montrant le modèle, debout et de face, les bras chastement croisés sur la poitrine pour dissimuler les seins; le pubis était pourtant à découvert.

— Habille-toi comme il faut, suggéra Aubin à Bétina quand elle revint dans la cuisine, on part à l'aventure.

— Où?

— Au bout du monde, répondit Aubin, tu perds rien pour attendre.

— J'hésite, cria Bétina de sa chambre, ma pauvre mère m'a toujours conseillé d'être prudente avec des inconnus!

— Elle avait tout à fait raison, lui répondit Aubin.

Bétina revint, vêtue d'un pull de laine sous sa veste, prête à conquérir le monde.

Après avoir stationné sa jeep à proximité, il l'entraîna sur le quai en la tirant par la main, comme s'il voyait dans ce geste la manière de compenser pour une certaine urgence. «Je descends avant toi, proposa-t-il, et si tu as des problèmes, je t'accroche au passage.»

N'y voyant rien dans le noir, Bétina suivit les consignes à la lettre pour placer prudemment ses pieds sur chacun des barreaux de l'échelle métallique fixée à même l'armature du quai. Aubin la saisit par les deux épaules, la dirigea comme un père vers le banc central et s'occupa ensuite de faire démarrer le hors-bord complice qui obéit du premier coup.

En ce début d'automne, la mer commençait à s'énerver, mais expérimenté en la matière comme en toutes choses, Aubin manœuvra à régime modéré pour obéir au relief des vagues, prévenant ici l'arrivée d'une lame, déjouant là le tourbillon d'un remous. Prudents dans le noir, couverts de poudrin, ils aperçurent deux bateaux de la Garde-côtière aborder l'étrave du *Trafalgar;* Aubin agit de même avec celle du *Marion.*

L'échelle de corde, sur bâbord, se balançait au gré des vagues, et Bétina obéit aux recommandations de son compagnon de s'y agripper solidement et d'éliminer ainsi tout risque de se retrouver dans la flotte, ce qui n'aurait pas manqué de sonner sa dernière heure, dans le noir et dans le froid. La colonie de goélands était déjà installée sur la passerelle pour la nuit et l'intrusion des humains ne les troubla nullement; ils demeurèrent pelotonnés l'un contre l'autre, les plumes en boules. Aubin prit la gouverne et la conduisit dans une série de corridors sinistres pour finir par déboucher sur le pont promenade, à la porte de la *chambre nuptiale.* Il alluma la lampe au butane. «C'est ici que ça se passe», dit Aubin.

— Quoi? demanda Bétina, jouant l'innocente.

— C'est ici qu'on baise, si tu veux savoir.

— On gèle.

— Pas grave, dit Aubin, et commence pas à faire des manières.

La chambre était dans un état semblable à celui de leur première visite, sauf que, dans la penderie dont la porte était restée à moitié ouverte, elle aperçut plusieurs paires de pantalons, des chemises et des vestes, dont une en cuir, comme si quelqu'un vivait ici en permanence. Au mur sur lequel donnait le fauteuil, une main inconnue avait accroché les dessins de Vincent, représentant Dodo et ses amies dans des poses discutables.

était jeune, et si tel était leur désir, il pouvait tout aussi bien croupir ici durant des semaines entières. Aubin interrompit tout net sa course, se demanda quelle mouche l'avait piquée; l'imaginant mal à l'aise pour une raison ou pour une autre, il manifesta un accord tacite pour modifier en tout et partout l'apaisement de leurs affections et y alla mollo derechef en modifiant la cadence de ses étalages. Bétina retrouva enfin un confort certain à se laisser mener de main de maître, prenant ce qui lui convenait et ne voyant pas alors plus loin que le bout de son nez. Mal lui en prit car alors, que ce fut Aubin ou qui que ce soit d'autre, il y eut de quoi la surprendre et elle s'étonna elle-même d'y puiser une réelle complaisance. Elle s'attela donc à la tâche d'écouter les attentes de ses sens, constatant le vide dans sa tête et dans son cœur, et partout où le malheur aurait une chance de frapper. Elle ne fut pas longue alors à obtenir des résultats au-delà de ses espérances, à commencer à exulter des sueurs froides par tous les pores et à se parer à affronter la tempête qui s'amena subito presto comme un cheveu sur la soupe: elle martela le mur de ses poings, y cogna un peu aussi la tête, ouvrit les yeux pour ne rien voir et l'échappa belle puisque Aubin, appliqué et méthodique, avait revitalisé ses plus chers désirs. Convaincant, démesuré et fidèle à son attitude, il s'épancha dans sa plus pure tradition et fit voler en éclats les plus minimes espoirs de sa compagne qui se retrouva le bec dans l'eau; Aubin devint pantelant et, déjà gavé en apparence, tout à fait disposé à passer à autre chose. Halte là! et il allait bien voir qu'on ne récidive point dans des quiproquos de la sorte. Bétina l'interpella avec un visage de carême et tenta de le soumettre à ses intentions, comme jadis le lynx de regrettée mémoire. Aubin ne sut que faire, inconfortable et dépourvu devant tant d'insolence, et Bétina s'interrogea sur l'opportunité de lui faire un dessin. Il n'était cependant pas si bête, et conscient de se complaire dans la *chambre nuptiale* de si haute réputation, il accepta de varier ses tactiques avant que l'atmosphère ne tourne au vinaigre. Bétina se remit à espérer en l'avenir et y mit du sien pour qu'on en finisse au plus sacrant avant de foutre le camp hors de ces murs qui en avaient à l'évidence vu d'autres. Aubin, alors épris de nouveauté autant pour lui que pour elle, la plaça dans sa mire pour la pomponner de ses mains chercheuses et de sa bouche consentante. Déjà attisée par les reflets préalables, Bétina occupa enfin la délivrance tant espérée, et suppliant Aubin de ne pas s'interrompre en cours de route sur une si belle lancée, elle l'envahit sous toutes les coutures et se découvrit la première surprise d'entreprendre une si intenable envolée. Elle le maintint collé à elle le temps nécessaire, prit appui partout pour assurer son équilibre et déborda les murs attenants pour se fondre là où elle le pouvait, se cramponnant çà et là à tâtons sans plus rien y voir. Elle oublia Aubin et toutes ses manières, se pinça partout pour s'assurer de ne pas rêver, et affronta l'euphorie comme elle avait toujours su le faire: elle emmagasina de quoi pavoiser durant des heures pour compenser toute disette probable, emplit son bol à ras bord en prévision des journées d'indigence et se mit à espérer sans dommages la prochaine occasion avec qui que ce soit d'autre. Ferrée d'effusions éternelles de la tête aux pieds et dans tous ses sens, elle interrompit Aubin pour lui demander:

— C'est ben beau, Aubin, toutes ces câlisses de folies-là, mais qu'est-ce que je vais devenir sans Vernon Metallic, veux-tu me dire?

Aubin avait la tête ailleurs puisque, depuis peu, l'épave du *Marion* s'était mise à vibrer sur les hauts-fonds; il soupçonna Bétina de remuer mer et monde sous sa gouverne, mais il déchanta vite en apercevant, par le hublot béant sur sa gauche, le *Trafalgar* appareiller sous bonne garde pour aller affronter la justice des hommes.

CET OUVRAGE
COMPOSÉ EN SOUVENIR 12 POINTS SUR 14
A ÉTÉ ACHEVÉ D'IMPRIMER
LE DIX-HUIT MARS MIL NEUF CENT QUATRE-VINGT-TREIZE
PAR LES TRAVAILLEURS ET TRAVAILLEUSES DES
PRESSES DE L'IMPRIMERIE GAGNÉ
À LOUISEVILLE
POUR LE COMPTE DE
VLB ÉDITEUR.

IMPRIMÉ AU QUÉBEC (CANADA)